剑来

⑪ 君从故乡来

○ 烽火戏诸侯 著

浙江文艺出版社

001　第一章　水落石出

024　第二章　异乡见老乡

059　第三章　礼物

088　第四章　在书院

112　第五章　斗法

135　第六章　来者不善

163　第七章　三思

185　第八章　炼制

207　第九章　人间最得意

231　第十章　陌上花开

第一章
水落石出

狮子园外墙异象横生后,柳伯奇率先掠到一座凉亭顶上,轻轻点头,破天荒地有些赞赏神色。

在倒悬山师刀房那边修行,见到奇人异事的机会,比在浩然天下任何一洲之地都要多。柳伯奇又是被那位倒悬山大天君寄予厚望的天之骄子,而且经常跟随师门前辈出海捕捉布雨归来的疲惫老蛟,她的眼光,自然很高。

朱敛站在美人靠栏杆那边,裴钱站在栏杆上,好奇地问道:"是我师父吗?"

朱敛笑道:"少爷会使用符箓,大泉边境山头一役,我是亲眼见过的。三张铁骑绕城符,结阵成为一套三才兵符,威力巨大,硬生生困住了那只埋河大妖。不承想少爷还能自己画符,造诣不低,气魄不小……"

裴钱没好气道:"我师父什么不会?有什么好奇怪的!"

朱敛调侃道:"那你刚才眼珠子瞪得跟簸箕似的,偷偷笑得张开一张血盆大口做甚?"

裴钱板起脸,不跟老厨子瞎扯,扬起脑袋,瞥了眼头顶屋檐,再看看栏杆外边的地面,深吸一口气,使劲一蹦,高高跳起,双手抓住屋檐,想要一个翻身滚上屋顶,结果却拽着瓦片一起向下坠。朱敛刚想伸手拎住这个冒失鬼的后衣领,将她扯回廊道,却突然改变了主意,任由裴钱摔向院子。裴钱在坠落过程中,脑袋里一片空白,只是凭借本能,体内一股火龙之气汹涌流转,瞬间蜷缩出与朱敛撑起拳架时有几分神似的猿猴之形,然后在离地一丈高的时候,手脚蓦然舒展,如一只小野猫轻灵落地。

朱敛趴在栏杆那边,啧啧道:"这位女侠还会飞檐走壁,轻功了得啊。"

裴钱一屁股坐在地上,吓得脸色雪白。回过神后,对着看人挑担不吃力的朱敛破口大骂道:"老厨子,你干吗不救我?!我要是摔个半死,缺胳膊少腿的,师父嫌弃我怎么办?我走路本就慢,总会拖慢师父,本来就是个拖油瓶,到时候师父一个不高兴,直接就不要我了……"

裴钱一想到那副悲惨场景,不由得号啕大哭。号得朱敛耳根子不清净,号得就连婢女赵芽都赶紧跑到了屋外。赵芽方才一直陪着小姐说悄悄话,此刻看到了坐在地上的裴钱,满脸疑惑,不知这个古灵精怪的小丫头怎么就坐在院子里了。

朱敛故作惊慌:"快上楼,有妖怪!"

裴钱停下哀号,飞快起身,噔噔噔跑上绣楼台阶,冲入门未闭的闺阁内,转身关紧门,提起那根行山杖,一鼓作气跑到朱敛身边,四处张望,一边抹眼泪一边伸手拍了拍额头上的黄纸符箓,问道:"哪里哪里?"

朱敛忍住笑,随口胡诌道:"算你运气好,好像那妖物见绣楼强攻不下,走了。"

裴钱狠狠抹了把满脸的泪水和汗水,实在是太过害怕,从头到尾就没怎么留心朱敛的促狭神色,仍是使劲睁大眼睛,仔细寻找妖物的踪迹。她一本正经道:"朱敛,如果下次妖怪再来绣楼,你可一定要保护好柳小姐和芽儿姐姐啊,不然师父回来一看,她们俩给妖怪抓走了,就算师父嘴上不骂我,心里边肯定会生我的气。"

赵芽转过头,掩嘴偷笑。

朱敛笑道:"不担心担心自己的安危?"

裴钱又掏出一张符箓,贴在自己脑门上,攥紧手中行山杖:"师父要我保护好自己,我就一定要做到!"

朱敛一手握拳负后,一手贴在身前腹部,无形中尽显宗师风范,微笑道:"放心吧,你师父也说了,要我保护好你。"

藏书楼上。

独孤公子笑道:"那只鬼鬼祟祟的妖物,恐怕要被关门打狗了。"

蒙珑问道:"当真困得住整座狮子园?"

独孤公子解释道:"未必经得起那只妖物几次冲撞,可是只要他以真身现世,就是那女冠出刀斩杀的时候。"

蒙珑又问:"可如果妖物打定主意躲着不出来呢?"

独孤公子指了指狮子园边缘地带的灵气异象,凡夫俗子身在狮子园内,未必看得出什么,但落在行家眼中,就可见一条如溪涧流淌、环山而转的金光。独孤公子道:"这一手不知名的符箓结阵,灵气化液,妙处不止'圈禁'二字,如果不出意外,还会牵扯到此地的山根水脉，加上如今土地已经脱困，搜寻妖物藏匿之处，就更加简单了。再者，既然这位年轻仙师能够画出这么大的一套符阵，接下来在狮子园内，不断圈圈画画，将一些藏风聚水的中枢地点都给画上符，妖物就算不被活活闷死，也会被恶心死，如人置身沸水中，很不好受。"

蒙珑不以为然道："画了那么多张符箓，才折腾出这些动静，算不得厉害。公子的师父，随手一张符箓就可以气降紫烟，缠绕一座有数十万百姓的城池，不然就是手抓黑云化螣蛇，直接将一只金丹境大妖镇压打杀……"

独孤公子无奈道："我在说那个年轻人的好，你在说我师父的厉害，两者又不相干。你啊，别总是瞧不起公子之外的练气士和纯粹武夫。"

蒙珑直截了当道："我就是见不得别人能跟公子比较。若那姓陈的年轻人是个女子，就算是一位剑仙，公子看奴婢会不会嫉妒？"

独孤公子笑问道："那如果既是年纪轻轻的女子剑仙，又长得比你好看呢？"

蒙珑趴在栏杆上："那奴婢可要嫉妒得想要杀人了。"

独孤公子微笑道："鼠肚鸡肠，欲多心窄，要引以为戒啊。"

蒙珑望向远方，轻声道："我们剑修，本就是走了条最险峻的羊肠小道，飞剑能过就行了。"

独孤公子摇头道："那是你走得还不够高不够远，但是无所谓，你天资足够好，在剑道一途慢慢攀爬就行。便是我爹娘也都很器重你，觉得你是极好的先天剑胚，不然也不会将那尊夜游神赏赐给你。"

蒙珑突然觉得自家公子好像有些心里话，憋着没有说出口，便转过头，脸颊贴在栏杆上。

独孤公子沉默片刻，笑道："你难道是我肚子里的蛔虫？好吧，我便与你说一桩趣事。我爹娘当年曾经陪着那人一起赶赴风雷园，拜访李抟景，得以旁观第三场元婴境剑修间的厮杀。当然，是我们这边输了。只是那李抟景事后煮茶待客时，说了句很怪的话。这位宝瓶洲第一元婴，笑言练气士哪来的狗脸俯瞰人间，瞧不起山下人，不过是凑巧走了条阳关道而已，若是最早的规矩，跟'养炼灵气'无关，而是天底下谁种庄稼的本事最大，谁就最'合道'，或是谁缝补鞋子最厉害，谁就'得天独厚'，那么你看现在那些高高在上的神仙，会是什么光景。"

蒙珑轻声道："风雷园李抟景，真是个喜欢说怪话、做怪事的怪人。"

独孤公子嗯了一声："李抟景是当世真人。不过他死后，风雷园哪怕有黄河与刘灞桥，仍是压不住正阳山的剑气冲天。"

蒙珑突然想起一事："那刘灞桥和苏稼，到底如何了？有没有像话本小说写得那般圆满，有情人终成眷属？"

独孤公子想了想:"即便这两人的爱情故事,真是一本花好月圆的话本小说,可如今估计咱们才将书翻到一半吧。"

蒙珑突然放低声音,悄悄道:"公子,真有那小说家云集于那处白纸福地,书上如何写,福地芸芸众生便如何做吗?主母还说诸子百家中的这一家圣贤,可厉害了:修为高的,可以写一国事态;修为差些的,就写一州一地;修为最低的小说家子弟,刚刚入门,则只能写一人之生老病死。最后小说家们笔下人物越写越多,那座福地的版图就越来越大。"

独孤公子笑了笑:"大千世界,无奇不有,真真假假,谁知道呢。"

蒙珑问道:"公子,哪天咱们都成了地仙,就去看看真假?"

独孤公子双手抱住后脑勺,眯眼笑道:"好啊。"

柳清山书斋内,黑袍少年神色惶惶。

那个该死的背剑年轻人,怎么会精通符箓之法,并且身上还带着那么多张品相不俗的符箓?!

这是要铁了心跟他不死不休?难道就不怕到最后,双方鱼死网破,谁都讨不了半点好?你这姓陈的外姓人到底图什么!桌上这块巡狩之宝,是那扶龙的老变态拿了才有用!这么多张符箓砸下去,真当自己是那皑皑洲财神爷刘氏子弟?

他像是热锅上的蚂蚁,在书斋里团团转。

疯子,都是疯子。

一个什么獍神、狗屁甲作的师刀房婆娘也就罢了,又冒出个施恩不图报的正人君子,两个八竿子打不着的家伙,竟然懂得联手做局坑害他,一个在外边绕墙鬼画符,一个在园子里边转移他的注意力,扰乱他的视线。

难道自己这次顺着大势图谋狮子园,竟会功亏一篑?一想到那鹰钩鼻老变态,以及那个大权在握的唐氏老人,他便有些发虚。

他差点就要心念一动,让真身现世,不管不顾撞烂那墙壁。只要离开了狮子园,到时候就是天高任鸟飞了。自己天赋异禀的遁地术,加之园外又是四面环山的绝佳地带,除非是元婴境地仙亲自前来搜捕,且有惊天动地的实力,能够将四面青山随意劈开,不然他谁都不怕。

只是他很快就默默告诫自己,要临危不乱,狮子园暂时成为一座牢笼,已成定局,不能急,绝对不能忙中出错。

他展颜一笑,想出一个点子:"那就让青老爷先试探一下你们这些货色的虚实。"

狮子园最外边的墙头上,陈平安正犹豫着要不要再让石柔去跟柳氏讨要青鸾国官家银锭。银书一样可以画符,只是银书材质远远不如金锭研磨制成的金书。不过有弊有利,坏处是效果不佳,符箓威力下降,好处是自己画符轻松,不用那么劳心耗神。说实话,这是笔赔本买卖,除了积攒许久的黄纸符箓一扫而空之外,还有些法袍金醴中尚未来得及淬炼的灵气,也差不多被他挥霍大半。只是这些内幕,不足为外人道也。

尽量往好处想吧。例如若是真给他做成了符满狮子园这么件盛举,也是值得以后跟张山峰和徐远霞好好说道说道的⋯⋯下酒菜。

正当陈平安下定决心之时,他眯眼望去,只见占地广袤的狮子园中,几乎同时出现了近百个黑袍少年,少年或是在廊道、道路上撒腿狂奔,或是跃上屋脊,蜻蜓点水般飞掠,纷纷向狮子园外逃逸而去。

极有可能,其中某个俊美少年,就是那妖物的真身。一旦被他逃出狮子园,下一次潜返,陈平安就真拿他毫无办法了。

陈平安知道自己所画符箓的斤两,勉强能算气盛,但是不够绵长,灵气消散速度极快,这就是武夫画符最致命的缺陷。

陈平安果断说道:"我留在这里,你去守住右手边的墙头,狐妖幻象,打碎不难,若是发现了真身,只需拖延片刻就行。我借给你的那根缚妖索⋯⋯"

石柔以为陈平安是要取回法宝傍身,便神色自若地将那根金色绳索递过去。陈平安气笑道:"是要你好好使用,赶紧去那边守着!"

石柔微微讶异,手持这根品相极高的缚妖索,一掠而去。

陈平安轻拍养剑葫,心中默念道:"先不急着出来,你们可是我的杀手锏,确定了妖物真身从哪个方向突破,你们再出来不迟。"

藏书楼那边,婢女蒙珑跃跃欲试,眼神炙热:"不管是不是障眼法,公子,让奴婢出手吧!在这狮子园待着,闷死人了。"

独孤公子提醒道:"现在青鸾国有很多人盯着狮子园,所以你不许使用本命飞剑。怀璧其罪,我可不想惹来一堆麻烦事。再就是,别在狮子园踩坏太多建筑。"

蒙珑有些失望,不过总比杵在原地当木头人好些。她脚尖点地,飘向栏杆站定,嘴里念念有词,一手掐诀,一手向前一伸,一双灵秀眼眸中,金光点点,最后轻喝道:"出来!"

一尊身高三丈的金甲神灵,轰然落地,尘土飞扬。

这尊神人除了身材巍峨外,高大身躯上缠绕着五条灵气汇聚的彩带,头戴冠冕,一条手臂的金色甲胄上,瘴气横生,另外一条手臂的金甲上篆刻有各种鬼魅面孔的狰狞图案。只是神灵始终闭眼。

似乎得到了蒙珑的命令,这尊罕见夜游神虽然双眼紧闭,但每次向前行走,依旧可以刻意绕开狮子园中的各个建筑,只是行走之间,大地震动。

夜游神一脚就将一名躲避不及的黑袍少年踢得粉碎。

五条由仙师淬炼的彩带，如五条蛟龙离开龙潭，长不过两丈，但是游弋迅猛，轻松洞穿那些俊美少年的身躯。

夜游神一臂横扫，一巴掌拍烂了一个在屋顶上空飞掠的妖物幻象。

蒙珑换了姿势，坐在栏杆上，不屑道："这么不堪一击？"

独孤公子解释道："那妖物将一点神意灵光分散，能够有此矫健身形，已经相当不错了。"

大概是亲眼见过了夜游神碾压狐妖的画面，胜负悬殊，危险应该不大，在狮子园别的地方登高望远的师徒二人，以及道侣修士，这才有意无意，刚好比藏书楼这边慢了一拍，开始各展神通，斩妖除魔。

老人肩头那只火红小狸，跃向空中，身躯一颤，蓦然变大无数倍，当它落在一处屋脊上时，已是体形巨大如牛的一头火狸，浑身火焰飘荡。而高大少年一挥手臂，碧绿如竹叶盘踞于手臂的那条蛇，亦是一扑而去，变成了一条长达两丈的巨蛇。火狸和巨蛇各自扑杀那些向狮子园外疯狂逃窜的黑袍少年。

那对道侣修士，两人结伴而行，拣选了花园附近一处，一人驾驭背后长剑出鞘，如剑师驭剑杀敌；一人双手掐诀，脚踩罡步，张嘴一吐，一口浓郁灵气激荡而出，散入花园，如雾气笼罩住那些花草树木。转瞬之间，花园之中，蓦然掠起一道道手臂等高的各色精魅虚影，追上黑袍少年后，那些精魅便砰然炸碎。

陈平安、石柔、藏书楼独孤公子二人各据一方，师徒和道侣四人则守在狮子园西方。

陈平安站在墙头出拳，石柔则以金色龙须缚妖索抵挡。

只是妖物幻象实在太多，仍是有四十余个黑袍少年，不断撞向狮子园那堵有金色符箓蛟龙游弋的外墙墙壁。

藏书楼中那位独孤公子不许蒙珑使用本命飞剑，他自己又袖手旁观，所以漏网之鱼不少。可即便如此，那尊夜游神实在太有威慑力，许多原本奔向藏书楼那边高墙的妖物幻象，临时更换了逃跑路线，所以藏书楼这个方向，反而是妖物幻象撞墙最少的。

西边虽然"人多势众"，有四个修士坐镇，却是妖物幻象撞墙最多的险峻地带。

而石柔这边，略微有些手忙脚乱，她终究不是那种擅长厮杀的鬼物，而崔东山赠予的压箱底，她哪敢现在使用，所以将近十个黑袍少年撞在了墙壁上，然后被外墙那条金光长河消融，一些侥幸挣脱开的幻象，继续再撞，视死如归。所幸石柔应对得没有太大纰漏。

陈平安出拳看似不快，却阻挡得最为游刃有余。他以六步走桩在墙头上辗转来回，两袖翻转，拳罡浩荡。

只是那条以雪白墙壁作为河流的金色蛟龙，金光已经黯淡了几分，以至于四周墙壁被撞出无数"小门"似的窟窿。

陈平安画符之后，再次应付这些让人眼花缭乱的黑袍少年，似一口纯粹真气不济，正要停步换气，就在这时，柳氏祠堂那边如有鳌鱼翻背，然后四面八方皆地震，轰隆隆作响，动静以西边最为激烈。

蒙眬猛然起身，双手掐诀，闭上眼睛，以秘术神魂出窍，依附在那尊夜游神身上。金甲神人睁开眼眸，微微屈膝，拔地而起，脚下则出现一个大坑。高三丈的夜游神，往西边飞掠而去。

夜游神双脚踩在西边高墙花园中，地面深陷，他蹲下身，抡起一臂，一拳拳重重砸入地下，泥土飞溅，硬生生打断了狮子园地底下的一条小山根。

独孤公子犹豫了一下，还是没有出手。

只见藏书楼附近有一个身高五六丈的俊美少年，破土飘荡而出，是几乎与藏书楼等高的妖物，往那边墙壁一冲而去。

那条绕墙一圈的金色蛟龙，就像是这个妖物的绊脚绳索，所以现出真身的妖物咆哮着继续大步向前时，别处符箓金光都被拖曳向他这个方向。

妖物已经撞开墙壁，只是膝盖处仍旧有一条金色符箓绳索死死粘住。

他高高抬起一脚，依旧无法挣脱开那碍事的绳索，便干脆继续埋头前奔。

那条原本首尾衔接的金色蛟龙，砰然绷断，被现出金身法相的黑袍大妖拉扯着向前，曳地晃荡。妖物如同一条大鱼，虽未脱钩，但因气力实在太大，以至于连鱼线鱼竿都要一并拖走。

陈平安伸手按住养剑葫的口子，心道："不对劲，再等等。"

一道始终站在凉亭顶上的修长身影，如白虹挂空，一刀劈去，脚下凉亭轰然倒塌。

终于出手的柳伯奇身形已经高过藏书楼，一刀直接将那金身法相斩成两半。

柳伯奇看也不看货真价实的那副惨淡金身，冷笑道："去！"

只见柳伯奇后背处飘荡出一个持刀之人，与常人等高的身材，身躯如那水银雷浆，手持的竟是一把比人还长的黑色纤细长刀。

持刀之人一闪而逝。下一刻，她以长刀刀尖刺入一处墙壁窟窿处，站定不动。

石柔咽了一口唾沫，低头望去，只见刀尖处戳中了一只通体雪白、巴掌大小的蠕动妖物。

柳伯奇一掠来到石柔附近的高墙下，走向那个持刀神人，两人重新重叠，变成柳伯奇一人而已。只是那把极长之刀尚在，静止悬停空中，柳伯奇走到刀尖处，笑道："抓到你了。"

她没有立即将这只化宝妖收入囊中，而是转头望向远处高墙上手心已经离开养剑葫的陈平安，问道："怎么说？你们人多，要不要争上一争？"

陈平安笑道："你得了便宜，就别卖乖了。"

柳伯奇"善解人意"道："能够抓住这家伙，我不否认，其实你出力不小，但是我可没有和人分宝的习惯，所以为防你心里不痛快，不如我们双方打一架，来决定这只小东西的归属。我可以答应不杀人，事后你心服口服了，说不定就会暗自庆幸，能够活下来，就已经是不错的结果了。"

陈平安沿着墙头走向柳伯奇。

绣楼处，朱敛一掠而出，站在临近柳伯奇的一处屋顶翘檐处，和柳伯奇第一次在他们小院露面时一模一样。

石柔走出数步，悬空而停，先给陈平安让出墙头，等到陈平安擦肩而过，她才尾随其后。

陈平安先对朱敛摆摆手。

柳伯奇也来到墙头，向陈平安走去。

柳伯奇将那把本命之物甲作留在原地，只是手持出鞘佩刀猿神。

柳伯奇眼神古怪，问道："就凭你一人？"

陈平安将手伸到背后，继续前行，手已经握住了那把剑仙的剑柄。

一个师刀房女冠，一个背了把半仙兵的纯粹武夫，两人相距不过五十余步。

柳伯奇突然转头望向一座青山之巅，陈平安几乎同时转头，看到那边有一个老者身形正巧消逝。

柳伯奇收回视线，眼角余光看到远处柳氏族人已经快跑而来，其中就有一瘸一拐的可怜书生柳清山。

柳伯奇收刀入鞘："化宝妖，我七你三。"

见陈平安疑惑不解，她有些恼火："怎么，不肯要?!"

陈平安想起柳伯奇方才的视线，灵机一动，松开剑柄，一手负后，一手摩挲着养剑葫，微笑道："五五分账，我就答应。"

柳伯奇眯起眼："不要得寸进尺，见好就收是个好习惯。"

石柔叹息一声，一脸遗憾，像是在劝说陈平安，又仿佛是害怕陈平安和柳伯奇厮杀起来，柔声道："公子，不如就算了吧。公子终究不只是山上人，要个好名声也不错，干脆让仙长得个大便宜，事情了结。公子可还要在青鸾国待着，看那佛道之辩，又要拜访故人，名声口碑，对于那些要面子的读书人来说，是很重要的。"

陈平安一手负后，对石柔竖起大拇指。

柳伯奇瞥了眼石柔："你一个鬼物娘们，躲在一副糟老头子的皮囊里边，不嫌恶心吗？"

石柔微笑不语。

柳氏一行人越来越近。

柳伯奇伸手一抓，本命法刀甲作被她握住，然后她从袖中拿出一只极小的手拈葫芦，将那只蚰蜓收入黄皮小葫芦中，压低嗓音，对陈平安愤愤道："回头分赃。"

陈平安笑着点头："好的。"

柳老侍郎一大家子，自然对此次众人合力降妖，感激涕零，尤其对柳伯奇和陈平安两人，更是感恩戴德。

柳清山红着眼睛，单独找了个机会率先向柳伯奇作揖，然后是向陈平安他们。

柳伯奇抿起嘴唇，没有说话。

晚上，狮子园办了一场洗尘庆功宴，柳伯奇依然面无表情，只是偶尔夹几筷子吃食，但是即便觉得枯燥乏味，浪费光阴，她仍是坐到了宴席结束。

第二天，柳清山不知为何和柳伯奇并肩而立，邀请陈平安去狮子园赏景。陈平安婉拒无果，只得和他们一起散步。

途中柳伯奇冷冷瞥了眼陈平安，陈平安视而不见。

太阳正好，在得到陈平安允许后，裴钱自告奋勇，独自一人，蚂蚁搬家般在狮子园一处空地晒书晒竹简。

忙碌完毕，裴钱蹲在地上，心满意足。

从远处走来两人，裴钱知道他们的身份，老夫子叫伏昇，中年儒士姓刘，是狮子园家塾的教书先生。所以，裴钱就没拦着他们靠近。

刘先生在远处就停了步，只有老先生伏昇走到裴钱身边，笑问道："小姑娘，我能瞧一瞧竹简上边的文字内容吗？"

裴钱起身有模有样作揖致礼，喊了声伏老先生后，想了想，蹲回地上，摆摆手："看吧。又不是什么见不得人的东西，好着呢，是我师父从书上辛苦摘抄下来的，要不就是远游四方时，听别人说的。"

就连最近朱敛那句随口瞎说的"人生苦难书，最能教做人"，也被陈平安一字不漏地刻在了竹简上。不过裴钱最不喜欢那片竹简，所以将它放在了最外边，孤零零的。反正她觉得那片竹简，比不上师父其他所有竹简。

裴钱仰着脑袋，一丝不苟道："老先生，事先说好啊，给你看了我师父珍藏的这些宝贝，万一我师父生气，你可得扛下来。你是不知道，我师父对我可严厉了。唉，没得法子，师父喜欢我呗，抄书啊，走桩啊……算了，这些事情，估计老先生你听不明白。书斋里做学问的老夫子嘛，估计都不晓得一个馒头卖几文钱。"

裴钱再次郑重其事地提醒道："老先生，你可不能让我好心没好报，中不中？"

伏昇展颜笑道："中！"

于是小的蹲在原地,老的也蹲下身,一片一片竹简浏览过去,轻轻拿起,小心放下。这让裴钱松了口气。

一一看过约莫半数竹简,伏昇笑问道:"拳头大就是世间最大的道理。小姑娘,你信不信这套说辞?"

裴钱毫不犹豫道:"信啊,不然我才这么点大,就每天走桩练拳、练习刀法剑术干啥?江湖很险恶,坏蛋很多啊。"

裴钱本想说几句自己志向远大的豪言,只是突然想到老魏说的,交浅言深是江湖大忌,于是她忍住了没说。这些掏心窝子的话,还是留在自个儿心窝子里吧。师父一个人知道就行了。

远处刘先生习惯性皱眉,伏昇却是爽朗大笑。

裴钱不知道这有啥好笑的,便去将附近一些竹简翻过来晒太阳,一边辛苦劳作,一边随口道:"可是师父教我啦,要说清楚这个道理,就得讲一讲顺序,顺序错不得。做人先讲理,然后拳头大了,和不讲理的人讲理更方便些,可不是劝人只讲拳头硬不硬,然后噼里啪啦,一股脑忘记了慎独啊、克己复礼啊、扪心自问啊啥的。唉,师父说我年纪小,记住这些就行,懂不懂,都在书上等着我呢。"

裴钱最后盖棺论定:"所以老先生说的这句话,道理是有的,只是不全。"

刘先生脸色这才稍稍好转。

伏昇倒是没有笑话裴钱,也没有说什么。

裴钱眼神熠熠:"老先生,我师父,学问是不是很大?"

伏昇答道:"单凭你师父这几句话,看不出学问大不大,但是至少……说得很对,嗯,就是无错。听着简单,其实颇为不易,践行此理,更难。"

裴钱一挑眉头,气呼呼拦着伏昇继续翻看竹简。她双臂环胸:"那老先生你少看些竹简。"

伏昇笑道:"哟,小丫儿还挺记仇。"

裴钱点头道:"尊老爱幼,老先生你岁数大,我年纪小,咱俩扯平了。老先生可莫要跟一个小姑娘倚老卖老啊。"

伏昇只得说:"你师父教得对,更难能可贵的是,还能保住你的性灵之气。你师父很厉害啊。"

裴钱先是开心地笑起来,然后摇头晃脑道:"老先生这么说,是不是想多看些竹简?行吧行吧,看吧看吧,怕了你们这些老夫子了,一套一套的。唉,愁人。"

如此一来,便是刘先生都有了些笑意。

至圣先师曾经编撰一书,其宗旨立意,不过是"思无邪"三字而已。以至于后世一位大圣人,为了维护至圣先师的道德无瑕,又不好擅自删去一些篇幅,所以注解训诂得很是辛苦。这让伏先生很是笑话了一番。这个中年儒士刘先生深以为然。

似乎三教百家,帝王将相,整个天下,都有这个问题。

不过刘先生觉得今天的伏先生,有些奇怪,竟然又笑了。在狮子园待了这么久,他可从未笑过。

翻遍了竹简,伏昇站起身,看着那个还在给竹简辛勤翻个儿的黑炭小丫头,想要搭把手,裴钱赶紧摆手,用手臂胡乱擦了擦额头上的汗水,笑道:"我可尊老得很哩,不用老先生你帮忙,不然给师父看到了,非要揪我耳朵不可。"

伏昇笑着告辞离去,伸手虚按两下,示意裴钱不用起身作揖行礼,算是爱幼了。

两位夫子并肩行走在林荫小道。

刘先生欲言又止。

伏昇淡然笑道:"不出意外,那个年轻人,就是老秀才的关门弟子。"

刘先生神色复杂。

伏昇感慨道:"我们就别管了。"

刘先生点了点头,问道:"那么先生何时收取柳清山为弟子?我觉得柳清山此次大考,已经过关了。"

伏昇摇头道:"还早呢,在书斋读万卷书,道理是懂了些,可如何做呢?还需要柳清山行万里路,看更多的人和事。"

刘先生问道:"先生是准备带着柳清山一起返回中土神洲?再将那些当年先生一力救下的圣贤典籍摹本,交予柳清山?"

伏昇想了想:"我不一定陪着这个孩子游历,那太显眼了,而且未必是好事。"

这位曾经被誉为"为天下儒家续了一炷香火"的老先生,突然笑道:"虽说老秀才和我们文脉不同,可不得不承认,他挑选弟子的眼光,从崔瀺,到左右,再到齐静春……是越来越往上走的。"

刘先生摇头道:"那个年轻人,至少暂时还当不起伏先生这份赞誉。"

柳清山带着陈平安和柳伯奇去了他的书斋。

柳伯奇一眼就看到了那只小木盒,里边装着一个大王朝末代皇帝的巡狩之宝,落在不对路、眼界又不高的练气士手中,就是个小金块而已,撑死了卖出几枚小暑钱。而她当然就属于那不对路的修士。

柳伯奇有了些想法。

之后独孤公子和婢女蒙珑,率先离开狮子园,带着那两件俗世古董而已。

与他们继续同行的那对师徒修士,得了也不知道柳氏从哪里拿出来的一堆神仙钱,满载而归。

再之后，就是那对道侣修士也离去了，同样收获颇丰，兜里装着的可是小暑钱，远远超出预期，雀跃不已。

陈平安原本早就想走，只是一直被柳清山挽留，故又多留了三天，趁机把狮子园逛了个遍。

柳清山其实偶尔眉宇间有些忧愁，所以每次都要跟陈平安喝酒。

陈平安知道是因为那栋绣楼的家务事，只是这些，他不会掺和。

这几天里，柳伯奇去小院找了陈平安两次。一次是告诉陈平安，她将那个柳树娘娘打了个半死，最近百年柳树娘娘应该会很老实。一次是跟陈平安分赃。

化宝妖总不能用法刀獬神一切为二，事实上，天地间任何一只地仙化宝妖，只要能够饲养，调教得当，便大道可期。当然嫌他耗费神仙钱和机缘，杀了夺宝，也是一笔巨大财富。所以柳伯奇折算成一笔谷雨钱，当作陈平安赢得的报酬。

柳伯奇走后，陈平安和裴钱师徒二人，一起对着桌上的"小山堆"，裴钱笑得灿烂，陈平安也笑了，摸了摸裴钱的脑袋："那就不扯你耳朵了。"

裴钱一头雾水："啥？"

陈平安弯腰趴在桌上，没有给出答案，看着那座谷雨钱堆成的小山。

裴钱双臂环胸，挺直腰杆，不去想那句话，开心地问道："师父，我这次不是赔钱货了吧？"

陈平安坐起身，笑着伸出双手，将裴钱的脸颊搓圆弄扁。

朱敛坐在门口翻书，看得聚精会神，看到精彩处，根本不舍得翻页。

有些怀念那位荀老前辈啊。

石柔瞥了眼朱敛那本书，差点没气死。

在狮子园的最后一天，陈平安一行就要动身去往京城之际，天刚蒙蒙亮时分，柳伯奇独自一人前来，将那块从木盒里拿出的巡狩之宝交给陈平安，面无表情道："这是柳老侍郎最早答应的事情，归你了。你拿来炼化本命物，会极其出众。因为这个小金块当中，除了残留着一个世俗王朝的文运，在狮子园搁放数百年后，也蕴含着柳氏文运。我拿它无用，可你陈平安一旦炼化成功，对你这种半吊子读书人，就是奇效。最重要的是，即便你已经有了五行之金的本命物，一样可以将其炼化消融，甚至可以帮你原本的本命物提高一个品秩，以后的修行路上，自然可以事半功倍。"

陈平安拿着那枚小巧巡狩之宝，端详一番，然后递还给柳伯奇，小声道："帮我偷偷放回柳清山书斋，记得别放在太显眼的地方。"

柳伯奇皱眉道："不要？你认为我是在骗你，觉得这枚巡狩之宝名不副实？"

陈平安懒得跟她解释。

喊上已经斜挎好包裹、手持行山杖的裴钱，陈平安离开院子，沿着狮子园外那条静谧小路缓缓而行。

一直留在院子里的柳伯奇突然笑了笑。

如果陈平安胆敢收下,她可就要出刀杀人了。

那么陈平安到底为何会拒绝这份天经地义的馈赠?是察觉到她的动机,不敢收,还是当真只是不愿收下?柳伯奇不去深思,既然巡狩之宝留下了,那么陈平安的想法,就与她无关了。

裴钱蹦蹦跳跳跟在六步走桩的陈平安身边,好奇地问道:"师父,为啥不要那块金子呢,瞧着很讨喜唉。而且那个女冠还说了那么多好处。"

陈平安一边出拳走桩,一边微笑道:"柳氏文运跟它挂了钩,我们拿走,柳清山怎么办?他可是送了你一本书的。"

裴钱想了想,点头道:"也对,瘸子叔叔本来就已经那么可怜了,还是让他留着吧。"

然后裴钱跟着陈平安一起走桩。

裴钱冷不丁笑道:"师父,这是不是叫君子不夺人所好啊?"

陈平安出拳不停,缓缓而行,摇头道:"我啊,距离真正的君子,还差得远呢。"

"有多远?有没有从狮子园到咱们这儿那么远?"

"大概比从藕花福地到狮子园,还远吧。"

"这么远?!"

"可不是?"

"师父,可是再远,都是走得到的吧?"

"对喽。前提是别走错路。"

裴钱突然停下脚步,站着不动,等到朱敛和石柔都擦肩走向前后,她悄悄伸手到屁股后头,然后手掌虚握成拳头,跑到朱敛那边,笑嘻嘻问道:"想不想知道我手里藏着啥?"

朱敛黑着脸:"滚蛋!"

裴钱将手伸向石柔:"石柔姐姐,你猜猜呗。猜中了我就送给你哦。"

石柔翻了个白眼。

陈平安本来还偷着乐和来着,结果看到裴钱笑嘻嘻望向自己,不等她说话,立即一栗暴敲下去。

出了狮子园小路,路过小湖那片翠绿芦苇荡,再一个拐弯,就可以岔入去往青鸾国京城的官道,结果还没绕出芦苇荡小路,就看到有人风尘仆仆,乘坐牛车,刚刚从官路那边进入小路。道路狭窄,路面颠簸,车子一个蹦跳,坐在后边的青衫男子虽然没被甩出去,但也被颠得七荤八素,差点散架,而驾车之人,是个书童模样的少年。大概是被自家老爷一路催促,本身又是毛躁的岁数和性情,加上驾驭牛车的手法生疏,牛儿四腿撒欢儿就蹿入了这条小路,结果怎么都没想到,从这条小路尽头唯有狮子园的芦苇荡畔,会走出一行人来,为首一人还是个蹦蹦跳跳、手持行山杖的小姑娘,这要是撞上了,还不得闹出人命来?

少年书童慌了神,青衫男子更着急,一个手忙脚乱,一个大声提醒,于是裴钱瞪大眼睛,看着那辆牛车。只见摇来晃去的老牛拖曳着两个大傻瓜,一溜烟儿冲到芦苇荡湖泊里去了。

其实裴钱早就躲过了,她站在了一大丛芦苇荡当中,哪怕牛车直直前行,都没有问题,肯定撞不着她。

咋的,一大早还有人凫水洗澡啊?难道他们是一伙神仙人物,那牛儿可以拖车踩水行走,特别仙气?之前她不就骑了头地牛之属的黄牛嘛,确实神奇,上山下水,稳稳当当。

可是眼前这一幕好像不是那么回事啊,一大一小,哇哇乱叫着,然后扑通一声,水花溅起,没影了。

裴钱挪动脚步,顺着芦苇荡中被牛车碾压出的那条小路望去,整辆牛车早已直接冲到水里去了。

裴钱捏着下巴,陷入沉思,听说山上神仙只要携带避水珠,探渊涉水捉蛟抓龙,如履平地。

朱敛和石柔飞掠而去救人救牛。

陈平安扯住裴钱耳朵:"要你小心看路。"

裴钱跐起脚,大声求饶,解释道:"我哪里想得到,那牛车自个儿不走正道,非要跟喝醉酒的汉子似的,扭来摆去,把自己绕沟里去了啊。哎哟,疼疼疼……师父,我真的已经让出道路了……而且牛车骡车,师父你也见过,不都是慢腾腾的吗,这辆牛车老霸气了,恨不得飞起来……"

陈平安松开手,让裴钱立定站好,裴钱龇牙咧嘴,伸手轻轻揉着耳朵,真疼!果然,朱敛是个乌鸦嘴,说什么要自己别得意忘形。

朱敛和石柔入水之后,很快就将主仆二人、牛和车一同搬上了岸。陈平安略微松了口气。

少年书童心有余悸,坐在先前被牛车碾压倒地的芦苇上号啕大哭。

老牛上岸后,抖了抖身躯,刚好一尾巴甩在少年书童脑袋上,这下少年书童倒是不哭了。

青衫男子约莫三十岁,面相不老,被救上岸后,对石柔作揖致谢。

陈平安走过去,抱拳道歉。

青衫男子羞愧难当,连忙再次作揖赔罪。

最后这个男子擦过脸上水渍,眼前一亮,向陈平安问道:"可是和女冠仙师联手救下我们狮子园的陈公子?"

陈平安点头后,试探性问道:"是柳县令?"

青衫男子爽朗大笑:"在下柳清风,正是柳清山的大哥。"

柳老侍郎长子柳清风,如今担任一县父母官,不好说飞黄腾达,却也算是仕途顺利的读书人。只是作为仕途平步青云、士林声名大噪的柳敬亭的儿子,柳清风就显得很是庸碌平常了。柳敬亭在他这个岁数,都快要担任青鸾国从三品的礼部侍郎了。柳敬亭又是公认的文坛领袖,一国斯文宗主,如今再看其长子柳清风,也难怪让人有虎父犬子之叹。

须知柳敬亭去世后必然获得朝廷头等美谥,这是板上钉钉的事情,至于"文"之后的什么字眼,是"正",还是"忠",或是略逊一筹的"恭""成",都有可能。这两者都需要皇帝特旨,不能由群臣擅议定夺。之前朝堂上觉得前者可能性更大,但在其二子柳清山瘸腿后,人们就大大降低了预期,莫说青鸾国历史上屈指可数的"文正"了,就连"文忠",人们都觉得有些悬了。

陈平安喊了一声裴钱。一直像是被贴了仙家定身符的裴钱如获大赦,一路跑到陈平安身边,向柳清风和少年书童作揖致歉,大声讲述自己的诸多过失。其实心里边,裴钱可没觉得自己有多大的错,还有些埋怨这个柳清风太不济事,只是师父生气了,她有什么办法?莫说是不掉肉的道歉,就是要她掏银子赔偿,从多宝盒里头往外搬东西,她也只能乖乖照做。

柳清风连忙为裴钱说话,裴钱这才好受些,觉得这个当了个县太爷的读书人,挺上道。

之后当然是挽留陈平安一同返回狮子园,只是当陈平安说要去京城,看能否赶上佛道之辩的尾巴时,柳清风就不好意思再劝了。

陈平安先帮着柳清风修好牛车,然后双方道别,各自继续赶路。

岔入官道后,朱敛笑道:"我觉得狮子园这个老侍郎长子柳清风,比弟弟柳清山更像一块当官的材料。"

陈平安不置可否。

柳清山书生气更重,才气更大,满腹韬略,为人更属正人君子,兄长柳清风似乎没那么锋芒毕露,几无棱角。

但是陈平安觉得兄弟二人,都是这个世道需要的读书人,仅此而已,至于未来成就谁高谁低,归根结底,还不都是狮子园一家人?

陈平安问道:"裴钱,知道柳县令最让人钦佩的地方在哪里吗?"

裴钱脱口而出道:"当了官,脾气还好,没啥架子?"

陈平安摇头道:"是发乎本心,不惜让自己身陷险境,也要给你让道。"

裴钱哦了一声,似懂非懂:"师父,我先记下来,就像前两天在狮子园晒书晒竹简那样,大太阳的时候,时不时就将这些事情,翻个个儿。"

陈平安嗯了一声,揉了揉她的脑袋,不再多说什么。

朱敛笑道:"少爷,以后老奴有机会帮你喂喂拳?"

陈平安毫不犹豫道:"可以啊。"

朱敛随后转头望向裴钱:"瞧见没,这就是发乎本心。须知世间纯粹武夫之间的喂拳养拳,蜻蜓点水,轻打轻放,毫无裨益,想要有效果,老奴就得拿出真本事,拿出了真本事,拳头就会有杀气,身上就会有杀意,那么万一老奴其实早有预谋,心中杀机就会隐藏得很好,但是少爷仍然信得过老奴,这就叫发乎本心……"

裴钱依旧似懂非懂,用心想了想:"老厨子,你在狮子园每天翻完书,就要自言自语,说兜里没钱心里发慌,到了京城万一错过了那些美好书籍……还说青鸾国那啥春宫图,是宝瓶洲一绝,入宝山而空手返,岂不心痛……你跟我老实说,是不是想要骗我师父的银子去买书和春宫图?"

朱敛一脸羞赧,搓手不言语。

陈平安当机立断道:"喂拳可以,银子没有!"

朱敛急眼了:"少爷,咱们这趟狮子园之行,是挣着了钱的啊。老奴这次虽未如何出手,可日月昭昭,忠心可鉴啊!"

陈平安对裴钱道:"你来说。"

裴钱扯开嗓子朗声道:"没有银子!进了我师父兜里的银子,就不是银子啦!"

石柔走在最后边,心中哀叹不已。瞧瞧,江山易改,禀性难移,这伢又来了。

柳清风一路上被书童埋怨得不行,他也不还嘴,更不会拿身份去压书童。两人浑身湿漉漉的,乘坐牛车到了狮子园附近,过了石崖和老树,当书童瞧见了再熟悉不过的狮子园轮廓时,立即没了半点怨气。他从小就是在这长大的,对青梅竹马的赵芽,那是相当喜欢的……

清字辈,老侍郎柳敬亭五名子女,从大到小,刚好是"风雅山青郁"。

换上一身洁净衣衫,柳清风直奔弟弟书斋,书童说老爷已经在那边等着了。

父子三人坐定。

柳敬亭见着柳清风后,如释重负,这份心神放松,不比亲眼见到妖物被擒拿少。

且不说陈平安、柳伯奇这些外乡仙师,甚至狮子园内绝大多数人,可能都无法想象,狮子园真正意义上的主心骨,是官品不高、才名平平的柳清风,而非身为家主的柳敬亭。柳伯奇当初偷窥过三人喝酒,只是更多注意力已被柳清山吸引,所以没能嚼出那场酒局的滋味来。父子三人各自心态上的转变,循序渐进,水到渠成,并非柳清风刻意为之。极其务实、推崇事功的长子柳清风,很早就已担任类似柳敬亭客卿、幕僚的角色。柳清山除了游历和科举二事,都待在狮子园潜心学问,柳清风则不然,柳敬亭在京城为官期间,他这个长子一直在京城府邸陪伴左右,所以远比柳清山更早介入柳老侍郎的政务,更加熟稔青鸾国庙堂的风云变幻。

柳清风笑道:"父亲寄到县衙的书信,我已经仔细看过。"

柳清山发现兄长笑着望向自己,顿时有些局促不安。

柳清风蓦然大笑起来。

柳清山脸色微红:"大哥!"

柳敬亭感慨道:"柳树娘娘一事,若是早些听了你的话,早早和她开诚布公谈一谈,说不定不用像如今这么关系僵硬。"

柳清风安慰道:"父亲,为人也好,神祇受香火也罢,心性一事,到底是根柢所在,不是我们一方三言两语,道一番肺腑之言,就能改变这场狮子园变故的。所幸柳树娘娘与我们狮子园柳氏荣辱与共,此次祸事,也算是对她的警诫,因祸得福。这都要归功于那位侠义心肠的陈公子,以及清山熟识的那位女冠……姓柳,叫什么来着?"

柳清山恼羞成怒道:"柳伯奇!大哥你有完没完?!"

柳清风收敛笑意,正色问道:"你可是真心喜欢人家?"

柳清山有些难为情,左右张望。

柳敬亭犹豫了一下,无奈道:"那位女冠终究是山上修道之人。只说狮子园一事,我们如何感激都不为过,可是涉及你弟弟这终身大事,唉,一团乱麻。"

作为青鸾国礼部老侍郎,和一国辖境的仙家或是过路仙师,并不陌生,加上唐氏皇帝历来强势,所以他这个侍郎,面对谱牒仙师和山泽野修,腰杆子一直比较硬。只是清官难断家务事。

柳清风眼神示意父亲他心里有数,对柳清山说道:"清山,我相信你,喜欢便是真心喜欢,姿容、身世、品行,这些你都有自己的仔细考虑,我也相信你的眼光,我这个兄长不来谈这些,更不会对你们二人指手画脚。那我们就来假设那个名叫柳伯奇的别洲女冠仙师,接下来有可能嫁入我们狮子园,成为你明媒正娶的妻子。那么我们就要考虑两件事:第一,柳伯奇是一个修道之人,所以我们不苛求她与柴米油盐打交道,只是她愿不愿意在狮子园修行,真心以夫妻之礼对待你,还是相处久了,就要自恃山上仙师,事事凌驾于你之上,甚至会插手狮子园家务?

"第二,清山,她有没有透露过一些言语,暗示你随她一起修行仙法?要你弃了所有圣贤书,离开狮子园,出世登山?

"世间男女情爱，一开始多是教人觉得处处美好，事事动人，就像这座狮子园，建造在青山绿水间，世外桃源一般，世代尊崇那个土地柳树娘娘，可事到临头又是如何？如果不是柳树娘娘实在无法挪窝，恐怕她早就撇下狮子园，远远避难去了。柳氏七代人结下的善缘和香火情，到头来在祠堂，当着那么多祖宗牌位，柳树娘娘的那些言语，不一样伤人至极？所以，清山，我不是要你不与那柳伯奇在一起，只是希望你明白，山上山下，是两种世道，书香门第和修道之人，又是两种世态人情，入乡随俗，成亲之后，是她柳伯奇迁就你，还是你柳清山顺从她？可曾想过，想过了，又可曾想清楚？

"对，柳伯奇是对狮子园有大恩，不但降伏妖魔，救我们柳氏于大厦将倾之际，事后更是一掷千金，先替我们柳氏支付了那么多神仙钱。可是清山你要清楚一点，柳伯奇这份大恩大德，我柳氏不是不愿偿还，从父亲，到我这个兄长，再到整个狮子园，并不需要你柳清山一力承担，狮子园柳氏一代人无法偿还恩德，那就两代人、三代人，只要柳伯奇愿意等，我们就愿意一直还下去。"

柳清风感慨道："别怪我如此市侩功利，以小人之心度君子之腹，实在是我们今日多想一些，来年少愁许多。说一千道一万，还是希望清山你，过得好。与此同时，我当然有私心，狮子园柳氏家学和门风，我这个当兄长的，自认没有本事扛起来，仍是需要你来继承。"

柳清山起身，由于腿瘸，肩头歪斜了一下，但他神色洒脱，作揖道："我这就去问清楚。"

柳清风眼神复杂，一闪而逝，轻声道："世间多神仙。清山，你放心，能够治好的，大哥可以跟你保证。"

柳清山只当是兄长在宽慰自己，笑着离去。

柳敬亭却是公门修行出来的老辣眼光，他最是熟悉这个长子的心性，沉稳异常，心境豁达，远超凡人，于是这位柳老侍郎脸色微变。

柳清风在柳清山离开书斋后关上了门。

柳清风神色疲惫，笑道："来的路上，刚好遇见了那个陈平安。"

柳敬亭压下心头那股惊颤，笑道："觉得如何？"

柳清风点头道："极其少见的山上人，更像是个世族豪阀里走出的正经读书人。"

柳敬亭笑道："确实如此。"

柳清风欲言又止。

柳敬亭站起身，伸手按住长子的肩头："自家人不说两家话，以后清山会明白你的良苦用心。爹呢，说实话，不觉得你对，但也不觉得你错。"

柳清风神色黯然。

柳敬亭说道："去看看清青，她亲近清山，却敬畏你，所以有些话，还是你来说最管用。"

柳清风点点头："我坐一会儿，等下先去拜见了两位先生，就去绣楼那边。"

柳敬亭叹了口气："理当如此。"

老侍郎率先离开书斋。

柳清风独自坐在椅子上，转头望向那副对联：

> 诗词万马兵，笔下千军阵；立德齐今古，藏书教子孙

这其实不是这座书斋的主人柳清山写的，而是柳清风他这个兄长，在当年弟弟加冠之礼时亲笔撰写，赠予柳清山的礼物。

柳清风神色萧索，走出书斋，去拜见老夫子伏昇和中年儒士刘先生，前者不在家塾那边，只有后者在，柳清风向后者请教了一些学问上的疑惑后，才告辞离开，去绣楼找妹妹柳清青。

柳清风离开后，老夫子伏昇凭空出现。

刘先生问道："先生，柳清风这样做，将柳清山拖入青鸾国三教之争的旋涡当中，是对还是错？"

伏昇笑道："不是有人说了吗，昨日种种昨日死，今日种种今日生。今日对错，未必就是以后对错，还是要看人的。再说这是柳氏家事，刚好我也想借此机会，看看柳清风到底读进去多少圣贤书。读书人气节一事，本就唯有苦难砥砺方可成。"

刘先生无可奈何，伏昇先生以佛家说法论儒家门生的所作所为，不合礼啊。只是伏先生在中土正宗文庙，地位何其尊崇，他也知道，伏先生视野所及，很远，不涉及柳清风脚下大道偏差，他都不会插手。若是柳清风这次在祠堂，没有挺身而出，反驳那个柳树娘娘，那么柳清风这辈子就只会知道，家塾中的两位教书匠，在狮子园待了这么多年，然后有一天返乡离去，就此杳无音信。

其实世间种种机缘，皆是如此，可能会有大小之分，又如诸子百家以及山上仙家收取弟子，脚下各有道路，相中弟子的切入点，又各有不同，可其实性质相同，还是要看被考验之人，自己抓不抓得住。道家神仙尤其喜欢这套，相较于先生伏昇的顺势而观，要更加坎坷和复杂，荣辱起伏，生离死别，父子、夫妻之情，诸多牵挂，诸多诱惑，可能都需要被考验一番，甚至历史上有些著名的收徒经过，耗时极其漫长，甚至涉及投胎转世，以及福地历练。惊心动魄，且蔚为大观。

伏昇突然说道："其实柳清风，适合做你的嫡传弟子。"

刘先生摇头道："我知道此人心性不错，而且志向远大，同时又做得了烦琐事，只可惜并不适合继承我这一小脉学问。"

伏昇笑了笑,不再言语,没有说破。

先生传道弟子,当真就只有弟子竖耳聆听夫子教诲那么简单?弟子难道当真无法为先生之学问查漏补缺?

只是这些,不可由外人来说,得自己想到才行。

至圣先师曾有忧虑,儒家圣贤的学问越高,地位越高,神位就会不断远离人间,那么人间怎么办?

礼圣,亚圣,还有他伏昇,或者说伏胜,以及那两位儒家副教主,各有各的答复。只是至圣先师仍是眉头不展。

后来便有了那个陋巷老秀才的横空出世。

那个时代,熠熠生辉。

两次三教之争,佛道两教的那两拨惊才绝艳的佛子道种,毅然转投儒家门户,可不止一两位啊。

曾有一个参与了争辩的白玉京年轻仙人,问了一个问题:"既然你们儒家推崇人性本善,既然人人已经本性纯善,那你们儒家的教化之功,功在何处?"

刘先生突然问道:"若是柳清山先与师刀房女冠柳伯奇一同远游,最终结为夫妻……"

老夫子伏昇,或者说儒家大圣人伏胜笑道:"这有什么,三教门户之见,只是在学问上较真。"

刘先生又有疑惑。

伏昇点头道:"柳清风已大致猜出我们的身份了。因为狮子园有了退路,所以才有此次柳清风与大骊绣虎的文运赌局。"

刘先生冷哼一声。

伏昇却唏嘘道:"若是当年老秀才门下弟子中,多几个崔瀺、柳清山,也不至于输……可能还是会输,但至少不会输得这么惨。"

柳清风站在绣楼底下,让婢女赵芽请他妹妹柳清青下楼。

赵芽有些为难。这几天小姐晓得了大致真相后,伤心欲绝,尤其知道了二哥柳清山是因为自己才瘸的腿,连轻生的念头都有了,如果不是她发现得早,赶紧将那些剪子什么的搬空,恐怕狮子园就要喜极而悲了。所以她日夜陪伴,寸步不离。小姐这两天下来,憔悴得比遭难之时还要吓人,消瘦得都快要皮包骨头了。

柳清风淡然道:"去喊她下楼。"

赵芽悚然,立即转身跑上楼。

柳清青怯生生走下楼,甚至没敢让赵芽搀扶。

柳清风看了妹妹一眼,没有说话。

柳清青低下头去,心中惶恐。她从小就畏惧这个分明处处不如柳清山出彩的大哥。

柳清风放缓语气:"天塌不下来,我陪你走走。"

半个时辰后,赵芽忧心忡忡地站在绣楼这边翘首以盼。

赵芽发现自家小姐回来时,脸上犹有泪痕,只是似乎打开了心结。

拎着裙摆,柳清青登上绣楼,赵芽一头雾水,跟在身后。

柳清青突然笑问道:"芽儿,你陪我一起去山上修道吧。"

赵芽愕然,看着不再死气沉沉的小姐,点了点头。

柳清风独自走在狮子园。

当一个醇儒,将学问做到极高极大,是做不得了。他柳清风既然跨出了那一步,那么这辈子注定要在烂泥潭里摸爬滚打。

柳清风心中悲苦,无法言说。

读书人,谁不愿在书斋潜心立言,一篇篇道德文章,流芳百世。

读书人,谁不愿桃李满天下,被奉为斯文领袖、士林盟主。

读书人,谁不愿两袖清风,为儒家学脉正本清源、别开生面。

可最难独善其身的官员,总得有人来当,鸡毛蒜皮的实事,为老百姓斤斤计较每一文钱,总得有人来做。

好在据说读书学问做至极处,一样可以学问事功两不误。

柳清风在小桥流水处,转过头,看到柳清山和柳伯奇并肩走来。

最后柳清山独自一人,走向柳清风,笑道:"我想先和柳伯奇远游宝瓶洲,去观湖书院,还有那大隋山崖书院,以及最北边大骊龙泉郡新建书院游学。"

柳清风笑问道:"想好了?如果想好了,记得先跟两位先生打声招呼,看看他们意下如何。"

柳清山嗯了一声:"柳伯奇说我这条腿可以治好,但是我觉得不用着急。不然又要欠她一份人情,如果到时候……"

柳清风打趣道:"如果是一家人了,倒是可以不用计较这么多。"

柳清山转身要走,柳清风突然喊住这个弟弟,说道:"我替柳氏祖辈和所有青鸾国读书人,谢谢你。柳氏醇儒之风不减当年,青鸾一国读书人,得以抬头挺胸做人。"

柳清山疑惑道:"这是为何?大哥,你到底在说什么,我怎么听不明白?"

柳清风给柳清山理了理衣襟,微笑道:"傻小子,不用管这些,你只管安心做学问,争取以后做儒家圣人,光耀我们柳氏门楣。"

柳清山玩笑道:"大哥,你是不是当官当傻了,你如今才只是县老爷,以后当了侍郎、尚书，怎么办？"

柳清风微笑道："看着办。"

柳清风问道："你去和两位先生道别的时候，我能不能跟柳伯奇聊聊？放心，就几句话。"

柳清山点头道："这有什么。"

柳清风去与柳伯奇说了，柳伯奇答应下来。在柳清山去找伏老夫子和刘先生的时候，柳清风带着柳伯奇去往柳氏祠堂。

一路上，柳清风并未开口说话，柳伯奇破天荒有些心中惴惴。当然主要是和柳清山一见钟情后，再与柳清风、柳敬亭相处，她总觉得辈分上便矮人一头。只是柳伯奇也有些古怪直觉，觉得这个柳清风，可能不简单。

柳清风在祠堂门外停下脚步，问道："柳伯奇，假若我弟弟柳清山，只有一介凡夫俗子的短暂寿命，你会怎么做？"

柳伯奇答道："我如今已是地仙修为，以后跻身上五境不难，所以我愿意为柳清山耽搁百年光阴。"

柳清风又问："那如果柳清山前程锦绣，立志于我们儒家三不朽，并且有希望做到，你又当如何？"

柳伯奇答道："嫁鸡随鸡嫁狗随狗，敢坏我柳伯奇夫君大道之人，先问我佩刀獍神和本命刀甲作答应不答应。"

柳清风摇摇头。

柳伯奇皱了皱眉头："那要我如何做？"

柳清风轻声道："大事临头，尤其是那些生死抉择，我希望弟媳妇你能够站在柳清山的角度，考虑问题，不可第一个念头，便是'我柳伯奇觉得如此，才是对柳清山好，所以我替他做了便是'。大道崎岖，打打杀杀，在所难免，但既然你自己都说了嫁鸡随鸡嫁狗随狗，那么我还是希望你能够真正知道柳清山所想所求，所以我现在就可以跟你说明白，以后肯定免不得要你受些委屈，甚至是大委屈。"

柳伯奇原本听到"弟媳妇"三字十分别扭，但是听到后边的言语，她便只剩下由衷的佩服了，展颜笑道："放心，这些话说得我服气，心服口服！我这个人，比较犟，但是好话坏话，还是听得出来的！"

柳清风如卸重担，笑道："我这弟弟，眼光很好啊。"

柳清风向祠堂伸出手掌："你是山上神仙，对我们柳氏祠堂拜三拜即可。"

柳伯奇照做了，却发现柳清风一样遥遥拜了三拜。

柳伯奇心情有些沉重。

柳清风轻声道："如果没有意外，很快，我就会被柳氏族谱除名，到了那个时候，我就不是柳清山的兄长了。到时候,若是柳清山收到家书,想要放弃远游,无论当时你们是在宝瓶洲还是中土神洲,如果他执意要返回狮子园,向我兴师问罪,你一定要拦下他,护着他继续游学万里。"

柳伯奇虽然不知其中缘由,仍是点头,然后苦笑道:"这么快就要我做恶人?你倒是不见外。"

柳清风转移话题:"听说你狠狠收拾了柳树娘娘一顿?"

柳伯奇开始心虚。

柳清风眯眼而笑:"很小的时候,我就想这么做了,本来想着还需要再过七八年,才能做成,又得谢谢你了。"

柳伯奇直到这一刻,才开始彻底认同"柳氏家风"。

远处,柳清山一瘸一拐走向祠堂,他发现兄长与心爱女子相谈甚欢。只要兄长点头,那自己与柳伯奇这门婚事应该就稳妥了,柳清山便笑了起来。这位尚且年轻的读书人,只觉得天地之间再无难事了。

第二章
异乡见老乡

陈平安一行顺利进入青鸾国京城。

继老龙城之后,一行人再次有了人间熙攘的繁华感觉。

陈平安到底还是给了朱敛一些金银等黄白物,由着他去购买那些让石柔深恶痛绝的书画。

陈平安自己则找了家百年老字号铺子,买了好些一文钱一分货的精美宣纸。

入城之前,陈平安就已在僻静处将竹箱腾空,物件都被他放入咫尺物中去了。

崔东山之前在百花苑客栈提及过这场争辩的内幕,其中就有那座在青鸾国籍籍无名的白云观,所以陈平安刻意绕过了白云观。

陈平安总觉得自己的好运气在狮子园那边用得差不多了,遂想着千万别太招摇,别主动闯入云林姜氏和青鸾国唐氏皇帝的视野。

在闹市一栋酒楼大快朵颐的时候,京城人氏的食客们,都在聊着临近尾声却未真正结束的那场佛道之辩,个个兴高采烈,眉飞色舞。不论是礼佛还是向道,言语之中,难以掩饰身为青鸾国子民的傲气。其实这就是一国国力和气数的显化之一。

这种情形,陈平安在一些地方见过,比如在风雪之中的大骊边军斥候身上见过,在大隋京城的老百姓身上见过,在老龙城那辆马车上的少女身上见过,在倒悬山也见过。

附近几张桌子的人都在说一桩京城刚刚发生的妙事,事情广为流传。

陈平安便听着,裴钱见陈平安听得认真,这才稍稍放过剩下的那半只美味真美味的烧鸡,竖起耳朵聆听。

朱敛偷偷伸出筷子，想要将一只鸡腿夹入碗中，被眼疾手快的裴钱以筷子挡下，一老一小瞪着眼，出筷如飞，陈平安夹菜时，两人便鸣金收兵，陈平安低头扒饭时，裴钱和朱敛则又开始较量高下。

陈平安懒得理睬这对活宝，只是好奇那场看似偶遇的打机锋。

原来昨天京城下了一场大雨，有个进京书生在屋檐下避雨，有僧人持伞在雨中。

于是有了一场妙不可言的对话，内容不多，但是意味深长，被坐在陈平安附近的几个酒客琢磨出无数玄机来。

当时书生询问僧人能否捎他一程，方便避雨。僧人说他在雨中，书生在檐下无雨处，无需度。书生便走出屋檐，站在雨中。僧人便大喝一声："自找伞去。"最后书生失魂落魄，返回屋檐下。

酒客多是惊叹于这位禅师的佛法高深，说这才是大慈悲，真佛法。因为即便书生也在雨中，可那个僧人之所以不被淋雨，是因为他手中有伞，而那把伞就意味着苍生普度之佛法，书生真正需要的，不是禅师度他，而是心中缺了自度的佛法，所以最后被一声喝醒。

见实在是很难从裴钱眼皮子底下夹到鸡腿，朱敛便转而给自己盛了一碗鸡汤，喝了一口，撇嘴道："味儿不咋的。"

陈平安笑道："你骨子里还是读书人，自然觉得味道一般。"

朱敛点点头："可不是，劳心劳力还不讨好，换成是少爷或是柳氏兄弟，就得乖乖拿出伞为那书生遮风挡雨，捎他回家，说不定还会因为路上踩到了水坑，或是那人肩头给雨水打湿了，而不被那人念你们的好。换成是臭牛鼻子的话，估计都没这些事儿，看也不看屋檐下，直接就走了。"

陈平安想了想，笑问道："若是一声喝后，禅师再借伞给那书生，风雨同程走上一路，这碗鸡汤的味道会如何？"

朱敛晃了晃碗里的鸡汤，笑道："可能就会好多了。"

石柔算是听明白了。

裴钱听得迷糊，何况还要忙着啃鸡腿。

陈平安对裴钱笑道："别光吃鸡腿，多吃米饭。"

裴钱使劲点头，身体微微后仰，挺着圆滚滚的肚子，得意扬扬道："师父，都没少吃哩。"

青鸾国京城这场佛道之辩，其实还出了很多咄咄怪事。

有僧人劈烂了佛像当柴火烧，还有僧人大大咧咧在市井中喝酒吃肉，嚷了一句"酒肉穿肠过，佛祖心中留"，可谓振聋发聩，难免引人深思。

青鸾国道士反而少有惊世骇俗的言语举动，温温吞吞，而且据说各大著名道观的神仙真人们，已经在双方教义争论中，逐渐落了下风。

尤其是京城南边那座白水寺的高僧斩猫公案，一开始好像是道家神仙攻讦佛家的突破口，但是高僧大德们似乎早有预料，一通庄严说法，将道人们反驳得哑口无言。

对于这些传闻，陈平安听过就算了。

吃过午饭，陈平安便开始带着裴钱他们逛街。

陈平安买了一对青釉围棋瓷罐，罐子器形相对一般，尺寸硕大，但是偏偏秀雅精熟，殊为不易。店主说此物曾是烧造极少的云霄国宫廷御用，应该不假。陈平安烧瓷出身，这份眼光还是有的。关键是棋罐连盖，并非后世增补，所以贵就贵了，一对罐子，店铺开价五十两银子，陈平安掏得心甘情愿。

再给裴钱买了一只手拈小葫芦，雅称"草里金"，个头极小却品相极好，当初在狮子园墙头上，女冠柳伯奇就是用类似模样的小葫芦，收了那只蛞蝓妖物的真身。当然，这只黄皮小葫芦，只是供人把玩的世俗寻常物。

陈平安一眼相中，见裴钱也看得目不转睛，就买了下来。

因为在裴钱心目中，行走江湖，大概就应是师父陈平安这样，得有个装酒喝的物件儿。

这只一看就死贵死贵的小小黄皮葫芦，裴钱觉得跟她岁数刚好。裴钱当然没敢开口讨要，见陈平安主动买下了，立即笑得合不拢嘴，小心翼翼地捧在手里，嚷嚷着有酒喝喽，结果陈平安一栗暴打得她当场就蹲下了身。虽然脑袋疼，裴钱还是高兴得很。

白水寺，那位白衣僧人坐在封堵多年的井口旁，喃喃道："输了，输了。不是佛法输了，是我们输了。"

年轻僧人满脸泪水，望向远处："世人若学我，如同进魔窟。我错了，我错了。"

京城白云观，一个住在小道观附近的妇人带着丢了纸鸢的孩子对着一个小道童大骂不已，中年观主则躲得远远的。之后那个小道童哭着找到了观主师父，伤心道："师父，我们不如把那几棵树砍了吧，经常讨街坊邻居的骂，香客又被骂跑了，接下来我们真就没有香火啦，会挨饿的，师父以后也会买不起那些书的。"

中年观主当然不会砍去那些古树，但是小徒弟哭得伤心，他只得好言安慰。他牵着小道童的手去书斋时，小道童还抽着鼻子。但到底是久经风雨的白云观小道童，伤心过后，立即就恢复了孩子的天真本性。小道童遇到的事还算好的，有的师兄还被一些个埋怨他们晨钟暮鼓吵人的悍妇挠过脸呢。反正道观师兄们每次出门，都跟过街老鼠似的。习惯就好，观主师父说这就是修行。大夏天，所有人都热得睡不着，师父也一样睡不着，跑出屋子，跟他们在大树底下纳凉，一起拿扇子扇风，他就问师父为啥咱们修道之人,做了那么多科仪功课,还是热呢,心静自然凉才对呀。师父也说不出个所以然来,就只是笑。小道童就会气得从师父手中夺过扇子,好在观主师父从来不生气。

这会儿,把雨后天晴的小徒弟安置好,中年道人抽出一本儒家蒙学书籍给孩子看。

中年观主继续翻看桌上的那本法家书籍。先前他看到一句"为政犹沐也,虽有弃发,必为之",便开始提笔做注解。准确说来,是又一次书写读书心得,因为书页上之前就已经被他写得没有立针之地,他只好拿出最廉价的纸张,以便写完之后,夹在其中。

小道童不太爱看书——以前都是观主师父给他讲书上的故事——就放下书籍,走到师父身边。看到师父下笔如飞,写了些他看也看不懂的内容,小道童踮起脚,看了看那本摊开的书,转头望向师父,好奇问道:"师父,写啥呢?"

中年观主将手中毛笔放在他自制的木雕笔架上,笑道:"重新读到了一句法家言语,心有所感,就写些东西,以便下次翻到,可以自省,好知道自己昨日之想,再来验证明日之思,一次次切磋琢磨之后,学问才能从存在于诸子百家的圣贤书中,变成真正属于我们自己的学问。"

小道童哦了一声,还是有些不开心,问道:"师父,我们既舍不得砍掉树,又要被街坊邻居们嫌弃,这嫌弃那讨厌,好像我们做什么都是错的,这样的光景,什么时候是个头呢?我和师兄们好可怜的。"

中年观主神色和蔼,微笑着歉然道:"别怪街坊邻居,若是有怨气,就怪师父好了,因为师父……还不知道。"

小道童挠挠头,白云观道人一律头戴方巾,不戴芙蓉、鱼尾和莲花三种道冠,小道童眼巴巴道:"那师父到底什么时候知道解决的答案啊?"

虽然师徒二人说的"知道",差了十万八千里,中年观主仍是叹了口气,耐着性子道:"还是不知道啊。"

小道童突然笑了起来,拍了拍师父的胳膊:"师父,不急,我们不急啊,要不要我帮你揉揉胳膊?"

中年观主给那句话做完了注解,想了想,拿起桌上一本佛家经典,上边记载了近百篇佛门公案,只是他没有着急打开,而是突然笑道:"佛祖应该比我更愁啊,佛祖不愁,我愁什么。"

小道童突然轻声道:"对了,师父,师兄说米缸见底啦。"

中年观主点点头,缓缓道:"知道了。"

小道童翻了个白眼。

师父每次都这样,到最后咱们白云观还不是拆东墙补西墙,对付着过。

只是小道童突然看到一件奇怪事,好像有一阵金色的清风,从窗外飘入,翻开了观主师父桌上的书籍,然后好像整座屋子都被翻了一遍。

小道童使劲眨眨眼，发现是自己眼花了。

只是师父闭上眼睛，在打瞌睡，就像睡着了一般。师父应该是看书太累了吧，小道童蹑手蹑脚走出屋子，轻轻关上门。

陈平安抬起头，望向某处。

裴钱问道："咋了？"

陈平安笑道："没什么。"

众人都察觉到了陈平安的异样，朱敛和石柔对视一眼，朱敛笑呵呵道："你先说说看。"

这老匹夫老色胚的眼神，估计再过一百年还是这么令人作呕，石柔强忍心中不适，低声道："我是阴物，先天被京城重地克制，公子视野所及处，出现了让我更加心神不安的东西。你呢？"

朱敛点头道："方才少爷心生感应，转头望去，石柔姑娘你随之举目远眺的模样，眼神恍惚，很是动人。"

石柔恼火道："连裴钱都知道以诚待人，你这老不羞不懂？"

裴钱有些委屈："石柔姐姐，什么叫'连'，我读书写字很用心的好不好。"

石柔只得报以歉意目光。

裴钱大手一挥，又开始胡乱拼凑书上看来的大道理："人非圣贤孰能无过，世间无不可恕之人……"

裴钱立刻心知不妙，果然很快便咿咿呀呀踮起脚，被陈平安拽着耳朵前行。

陈平安教训道："书上那些来之不易的圣贤道理，你现在连一知半解都算不上，就敢拿来瞎显摆？"

裴钱立即认错。耳朵那边火辣辣地疼。

经过一番风雨洗礼后，现在裴钱已经大致晓得师父生气的轻重了。敲栗暴，哪怕重些，那都还好，师父其实不算太生气；若是扯耳朵，那就意味着师父是真生气了，如果拽得重，那可了不得，生气不轻。但是吃栗暴、扯耳朵，都比不上陈平安生了气，却闷着，什么都不做，不打不骂，裴钱最怕那个。

陈平安找了一间闹市客栈，在京城最为繁华的昌乐坊，这里多书肆。

只是如今青鸾国京城各地的客栈房间，都太紧俏，只剩下两间散开的屋子，价格明摆着是宰人，但柜台那边的年轻伙计，一脸爱住不住、不住滚蛋的表情，陈平安还是掏钱住下。当然还需要先给伙计看过通关文牒，需要记录在册，以备事后京城官府衙门查询。陈平安拿出了崔东山事先准备好的几份户籍关牒，伙计确认无误后，立即更换了一副嘴脸。抄录完毕，伙计不仅毕恭毕敬双手奉还，还殷勤无比地给陈平安赔不是，说如今客栈实在是腾不出多余屋子,但只要有客人离店,他肯定立马通知陈公子。

陈平安笑着说好,很快就有一名妙龄少女被伙计喊出,带着陈平安一行人去了住处。

伙计则立即找到客栈掌柜,说店里来了一拨南下游历的大骊王朝京城人氏。

掌柜是个几乎瞧不见眼睛的臃肿胖子,身穿富家翁常见的锦衣,正在一栋雅静偏屋悠哉品茶,听完店里伙计的言语后,见伙计一副洗耳恭听的憨傻德行,立即气不打一处来,一脚踹过去,骂道:"愣这儿干啥,还要老子给你端杯茶解解渴?既然是大骊京城那边来的大爷,还不赶紧去伺候着!他娘的,人家大骊铁骑都快打到朱荧王朝了,万一真是位大骊官宦门户里的贵公子……算了,还是老子自己去,你小子做事我不放心……"

年轻伙计邀功不成,反而挨了一脚踹,便有些腹诽,结果又挨了掌柜重重一巴掌:"老子用屁股想,都知道你起先那副狗眼看人低的嘴脸,要不是看在你喊我一声姐夫的分上,早让你去街上捡狗屎去了。"

靠攀着一层关系才在客栈当伙计的年轻人,回到柜台那边才敢骂骂咧咧,自己那个如花似玉的姐姐,给这么头肥猪当小妾,真是……挺有福气的事儿。衣食无忧,穿金戴银,每次回娘家那条破烂巷子,都跟宫里头的娘娘似的,很风光,连带着他这个弟弟都脸面有光。

掌柜亲自出马,硬是给陈平安他们又腾出了一间屋子,于是裴钱跟石柔住一间,石柔本就适合夜间修行,无需睡眠,床铺便让裴钱独占了。陈平安担心裴钱忌讳石柔的阴物身份和杜懋皮囊,便先问了裴钱,裴钱倒是不介意。石柔当然更不介意,若是与朱敛共处一室,那才是让她毛骨悚然的龙潭虎穴。

人间细事多如毛,陈平安早早习惯了多上些心。他上心,身边的人就可以少做许多琐碎事,多做正经事,从护送李宝瓶他们去大隋求学开始,走的就是这么个路子。

两间屋子隔得有些远,裴钱就先待在陈平安这边抄书。

陈平安练习天地桩,朱敛闲来无事,就站在墙角那边保持一个猿猴之形。

其实已是远游境武夫的朱敛也好,尚未跻身六境的陈平安也罢,早早知道,功夫更在日常的点点滴滴,行走时的拳架,登山蹚水各有不同的门道,坐时呼吸,就连睡觉,朱敛和陈平安都有各自温养拳意的路数。至于裴钱,毕竟年岁尚小,还没有走到这一层境界,不过陈平安和朱敛不得不承认,世间某些家伙的确有那种出类拔萃的习武天赋,连出了名的讲究脚踏实地、没有捷径可走的武道一途,都给裴钱走出了作弊的意思,例如陈平安教给裴钱的剑气十八停,裴钱进展之快,陈平安在老龙城灰尘药铺时就已经自惭形秽了。

当陈平安收起天地桩的时候,朱敛跃跃欲试,陈平安心中了然,就让已经抄完书的裴钱,用行山杖在地上画了个圈,和朱敛在圈内切磋,出圈则输。当年在彩衣国大街上,陈平安和马苦玄的"久别重逢",就用这个分出了暗藏玄机的所谓胜负,若非陈平安知道马苦玄的真武山护道人在暗中冷眼旁观,恐怕泥瓶巷和杏花巷的两个同龄人,就要直接分出生死了。

对于那个父母很早就坐拥一座龙窑的马苦玄,陈平安不会客气,新仇旧怨,总有梳理出脉络真相、再秋后算账的一天。

裴钱画完一个大圆后,有些忧愁,崔东山传授给她的这门仙家术法,她怎么都学不会。

陈平安和朱敛站在圆圈内,方丈之地,沉闷出拳。

朱敛自然压低了武道境界,跟郑大风当初喂拳给他们画卷四人如出一辙。

一炷香后,陈平安被朱敛一拳打得向后仰去,可是两脚仍扎根在圈内,紧接着又被朱敛一肘敲在胸口,身体便轰然坠地而去,陈平安双掌拍向地面,在后背距离地面只有一尺高时,身体旋转,大袖摇晃,好似陀螺,双脚刚好沿着圆圈边界线,绕向朱敛一侧,结果又被朱敛一脚踹中胸口,砰然撞向墙壁。

陈平安双手掌心先于后背贴在墙面,卸去所有劲道,不然以朱敛那一脚的力道,就不只是撞破一堵墙壁的事情了,最终飘然落地,笑道:"输了。"

朱敛笑问道:"少爷这么多奇奇怪怪的招式,是从藕花福地那场甲子收官战中偷学来的?比如当年拿走我那顶道冠的丁婴?"

陈平安点头道:"丁婴武学驳杂,我学到不少。"

两人落座后,朱敛给陈平安倒了一杯茶,缓缓道:"丁婴是我见过天赋最好的习武之人,而且心思缜密,很早就展露出枭雄风采,南苑国那场厮杀,我知道自己是不成事了,积攒了一辈子的拳意,死活就是春雷不炸响。当时我虽然已经身受重伤,丁婴辛苦隐忍到最后才露头,可其实那会儿我如果真想杀他,还不是拧断鸡崽儿脖子的事情,便干脆放了他一条命,还将那顶谪仙人的遗物道冠,送给他丁婴。不承想之后六十年,这个年轻人非但没有让我失望,野心甚至比我还大。"

陈平安笑道:"难怪丁婴对于这场武道发迹之战,讳莫如深,从来不对人提起。应该是既不好意思吹牛,也不愿自曝其短。"

裴钱气呼呼道:"你是不知道,那个老头儿害我师父吃了多少苦。"

朱敛笑眯眯道:"早知道这样,当年我就该一拳打死丁婴。对吧?"

裴钱吃一堑长一智,先了看陈平安,再瞅了瞅朱敛一脸挖坑让她跳进去然后他来填土的欠揍模样,立即摇头道:"不对不对。"

裴钱一见师父没有赏赐栗暴的迹象,就知道自己答对了。

她先将桌上的笔墨纸小心翼翼放入陈平安的竹箱,给自己倒了一杯茶,之后突然站起身,在陈平安耳边小声道:"师父,不知道怎么回事,如今我再翻书看吧,乍一看,好像书上的字,漂亮了许多。"

陈平安没有当真,笑问道:"怎么说?"

裴钱小心提防着朱敛偷听,继续压低嗓音道:"以前那些小墨块儿,像我嘛,黑乎乎的,这会儿瞧着,可不一样了,像谁呢……"

裴钱开始掰手指头:"教我剑术刀法的黄庭,狐媚子姚近之,脾气不太好的范峻茂,桂姨身边的金粟。师父,事先说好,是老魏说近之姐姐狐媚狐媚的,是那种祸国殃民的大美人儿,可不是我讲的哦,我连狐媚是啥意思都不晓得嘞。"

朱敛大笑着拆台道:"你可拉倒吧……"

裴钱赶紧跑过去,想要一把捂住朱敛那张狗嘴里吐不出象牙的妇人碎嘴,朱敛哪里会让她得逞,左摇右摆,裴钱张牙舞爪。

陈平安看着一老一小的打闹,提醒道:"我们在京城买完了感兴趣的东西,再逛过一些名胜古迹,最多再待两天就去青鸾国东边的那座仙家渡口,直接去大隋山崖书院。"

朱敛一边躲避裴钱,一边笑着点头:"老奴当然无需少爷担心,就怕这丫头无法无天,跟脱缰野马似的,到时候就像那辆一鼓作气冲入芦苇荡的牛车……"

裴钱怒道:"朱敛,你总这么乌鸦嘴,我真对你不客气了啊!"

朱敛正要逗弄裴钱几句,不承想陈平安说道:"是别乌鸦嘴。"

朱敛立即点头道:"少爷教训得是。"

裴钱坐着,一手抱着肚子,一手指着朱敛,总算逮住机会报了一箭之仇,哈哈大笑道:"还好意思说我见风使舵。老厨子,你可拉倒吧。"

朱敛一本正经道:"你那叫墙头草,我这叫识时务者为俊杰,英俊的俊,俊俏的俊。"

裴钱眨了眨眼睛,好奇问道:"师父说你在咱们藕花福地,曾经是一位俊美无双的公子哥?"

不等朱敛滔滔不绝说一说当年的丰功伟绩,裴钱已经双手捧腹,脑袋撞在桌上:"你可拉倒吧,笑死我了,哎哟喂,肚子疼……"

朱敛看到陈平安也在忍着笑,便有些惆怅。

在佛道之辩即将落下帷幕之时,青鸾国京郊一处避暑别宫,唐氏皇帝悄然亲临。有贵客大驾光临,唐黎虽是人间君主,仍是不好怠慢。

因为来者是云林姜氏一位德高望重的老人,既是一位定海神针一般的上五境老神仙,还是负责为整个云林姜氏子弟传授学问的大先生,名为姜袤。

除此之外,还有嫁入老龙城苻家后、头回返家省亲的姜氏嫡女,以及一个随她一起离开姜氏的教习嬷嬷,传闻是个杀力可怕的元婴境剑修。

唐黎身边则有两人跟随,一个是能够让他安心放权的皇室老人唐重,按照辈分,其实唐重算是皇帝唐黎的叔叔，跟老侍郎柳敬亭曾经在私底下书信往来颇多，那些吵架的书信，唐黎其实都看过。再就是一个鹰钩鼻老者，青鸾国所有谱牒仙师中的头一号——周灵芝。很多人都已经忘记了这个老仙师的山泽野修出身，他已经辅佐唐氏皇帝三代之久，虽说名声不太好，但是唐黎生长于帝王家，视野所及是那江山一统、国祚万年，哪里会计较这些不痛不痒的非议。

见着了那位云林姜氏的老神仙，唐黎这位青鸾国君主，再对自家地盘的山上仙师没好脸色，也要执晚辈礼恭敬待之。

双方设席相对而坐，就像刻意不分出主宾，更没有什么君主。

姜袤没有印象中的那种架子，言谈和煦。

唐黎让礼部官员为姜袤送上一大摞档案，和一些以仙家拓碑手法记录的画卷。相貌周正、口齿伶俐的年轻礼部官员，在姜袤随手翻阅档案和浏览画卷时，向他汇报佛道之辩的过程，详略得当，只在精彩处、惊心动魄处细说，说得干脆利落，而且面对一位传说中的上五境修士，不卑不亢，偶有问答，应对得体，很给皇帝陛下长脸，所以唐黎很满意。

唐黎侧过身，望向叔叔唐重。

唐重轻声介绍道："礼部仪制清吏司宋山溪，青松郡宋氏子弟，秋魁二年的榜眼。"

唐黎道："下次京考，可以提一提。"

唐重笑着点头。

唐黎突然问道："韦都督今天怎么不在场？"

唐重解释道："韦都督与一位名为姜韫的姜氏子弟关系好，姜韫与姐姐重逢于此，就拉上了韦都督。"

名义上的青鸾国仙师第一人、老者周灵芝在一旁听到皇帝陛下以"韦都督"称呼韦谅后，眼皮子微微颤抖了一下。

宝瓶洲东南版图一带，世人只知青鸾国中部有个世袭的韦家大都督，世代独苗，偏偏香火传承得有惊无险，顺顺利利。

青鸾国唐氏太祖开国以来，虽说皇帝陛下换了无数个，可其实韦大都督始终是同一个人。

这个深藏不露且与唐氏渊源极其深厚的韦谅，就是周灵芝在青鸾国最忌惮之人，没有之一。

玉璞境修士姜袤看完听完之后，笑问道："听说狮子园柳清山，临时被加入考验后，表现得极为出彩，除了文字记载，可有画卷能够观看？"

唐重摇头道："回禀姜老，有人提醒我们最好不要擅自进入狮子园，便是我们周供奉，也只能在狮子园外的山巅远观。但是通过里边谍子的见闻，加上周供奉点到即止的掌观山河,柳敬亭二子柳清山,确实属于靠自己过关,并无外力帮助。"

姜袤微笑道:"不就是那个大骊国师崔瀺嘛,你们有什么好避讳的。"

唐重笑道:"正是崔国师。"

皇帝唐黎心中却不太舒服。

青鸾国迫于一洲大势,不得不与崔瀺和大骊谋划这些,他这个皇帝陛下心知肚明,面对那头绣虎,自己已经落了许多下风。当下姜袤如此云淡风轻地直呼崔瀺姓名,可不就是摆明着他姜袤和背后的云林姜氏,没把大骊和崔瀺放在眼中。那么对于青鸾国,这会儿面子上客客气气,姜氏的骨子里又是何等瞧不起他们唐氏?

唐黎虽然心中不悦,脸上却不动声色。

说句难听的,姜袤真要往他脸上吐口浓痰,他这个青鸾国皇帝也得以笑脸受着,说不定还要来一句"老神仙口渴不口渴"。

姜袤没有继续让唐黎难堪,抽出几幅画卷,画卷上边,就两处场所两个人,京城以南,以泉水清冽著称于世的白水寺,京城之中,名声不显的白云观,一个年纪轻轻的白衣僧人,一个中年观主道人。姜袤点头道:"就目前情形来看,佛家胜在台面上,道门赢在幕后,你们青鸾国儒家门生推出来的狮子园柳清山,表现不俗,说不定还有机会,但是如果没有更让人眼前一亮的东西拿出来,至多争一个第二,够吗?无论是道门还是佛家,成为青鸾国的国教,好吗?"

这话有些咄咄逼人。

云林姜氏作为宝瓶洲最古老的豪阀,在中土神洲曾经都是第一流的大族大姓。

作为儒家"立教"之前就是掌礼之一的存在,在这场出现在宝瓶洲历史上的首次三教之争中,云林姜氏会偏向谁,显而易见。

但若是青鸾国只是碍于姜袤和姜氏的颜面,将本就不在佛道争辩之列的儒家,硬生生拔高为唐氏国教,到时候明眼人都会知道是姜氏出手,姜氏又怎会容忍这种被人诟病的"白玉微瑕"。所以说,这就是姜袤最难伺候的地方,结果得有,过程还得让所有旁观者挑不出毛病,不可以有半句闲言碎语往云林姜氏身上招引。

如今宝瓶洲中部各国士子南徙,衣冠齐聚青鸾国,对于这场没有读书人参与其中的佛道之辩,本就十分不满,那些外乡豪阀,呼声很高,还有不少脾气不太好的倨傲世族,叫嚣着不管佛道谁成为国教,他们都要搬出青鸾国。其实青鸾国位居庙堂中枢的那拨人物,以及真正的道门神仙和佛家高僧也清楚,两教之争,是在争第二,争一个不去垫底。

而庆山国皇帝,之所以愿意带着那几个惊世骇俗的爱妃,来青鸾国京城看热闹,其实就是想要看看唐氏皇帝到底怎么个不要脸,是如何讨好云林姜氏和那拨浩浩荡荡的南渡衣冠,到最后又会不会沦为半洲的笑柄,以至于儒释道三方都不讨好。

皇帝唐黎有些笑意，伸出一根手指摩挲着身前茶几。

唐重开口道："其实大骊国师崔瀺真正推出之人，是柳敬亭长子柳清风，一个学问近法的儒家弟子。"

姜袤眯起眼："哦？有何异于常人之处？我倒要见识见识。"

唐重站起身，拿出两本早就准备好的泛黄书籍，一本儒家圣贤书，一本法家著作。

唐重打算走过去送书，但不见姜袤有任何动作，两本书就已从唐重手中脱开，出现在了姜袤身前桌上。姜袤将那本儒家典籍随手放在角落——看一眼都嫌浪费光阴，宝瓶洲有几人有资格在云林姜氏面前谈"礼"？倒不是这位老神仙目中无人，而确是有其家族底蕴和自身学问撑着，如山岳屹立。

姜袤翻开那本柳清风读书批注的法家书籍，看得极快，有不以为然，有微微点头，最后视线停在某一页，在某一句旁边，看那落笔字迹，应该是先后三次注解批注，著书之人那句原话是"爱人者不阿，憎人者不害，爱恶各以其正，治之至也"。最贴近这句话的书页处，柳清风第一次写了"'至'字不妥，过高，应当修改为'本'"。

姜袤又看过其余两次读书心得，微笑道："不错。可以拿去试试看那个白云观道人的斤两。"

这位云林姜氏明面上修为最高的老神仙，随手将钤印有柳清风私章藏书印那一页撕去，两本书籍重新返回唐重身前桌上。姜袤笑道："找个机会，让那白云观道人在近期凑巧得到这本书，到时候看看这个观主是怎么个说法。"

唐重答应下来。

相较于姜袤所在场合的暗流涌动，避暑别宫一座绿竹环绕的幽幽凉亭里，就要和睦喜庆许多。

那个曾经从骊珠洞天得了那条铁链机缘的高大青年、住在蜂尾渡小巷尽头的姜韫，正在和出嫁到老龙城的姐姐聊着天。

大都督韦谅在一旁坐着，与那个神色萎靡的教习嬷嬷也在闲聊。

姜韫看着眼前姐姐的容貌，哭笑不得。

女子一挑眉头："怎么了，以貌取人？我觉得挺美啊。"

姜韫笑道："姐，我得说句良心话，你当下这副尊容，真跟美不沾边。"

肥胖女子白眼道："我倒要看看你将来会娶个怎样的仙子，到时候我帮你掌掌眼，省得你给狐狸精骗了。"

姜韫双手合十，求饶道："别，我怕以姐你这脾气，一两句话就把我未来媳妇吓跑了。"

女子正要唠叨几句，姜韫已经识趣地转移话题："姐，苻南华这个人怎么样？"

女子摇头道："就那样，挺好的，谁也不管谁，相敬如宾，好得很。"

姜韫大笑道："那我有机会一定要找这个可怜姐夫喝个酒，相互吐苦水，说上个几天几夜，说不定就成了朋友。"

这个姜氏嫡女无所谓道："你爱咋咋的。"

她想起一事，小声问道："你师父跟至交好友去寻宝，得手没？如果得手了，我偷偷摸摸跟你去趟蜂尾渡，飞升境大修士身死道消后的琉璃金身，我还没亲眼见过呢。家里倒是有一块，可老祖宗藏着掖着，我这么多年都没能找到。"

她又悄悄道："你要是让我见着了那件东西，姐姐送你一样很特别的礼物，保证让你羡煞一洲年轻修士。"

姜韫摆手道："免了。我师父的脾气一样不好，涉及琉璃金身碎块这么大的事情，我如果敢擅作主张，他平时再好说话，也不管用，非得扒掉我一层皮不可。真不是开玩笑。师父当年就说，我要么去骊珠洞天，要么去神诰宗的那座福地历练，必须选一样。结果等我回来，师父就开始反悔了，说福地历练也是需要的，反正骊珠洞天都去过了，好事成双嘛，趁着这两年运道好，在洞天得了件宝贝，说不定在福地就能拐个水灵媳妇……"

姜韫愁眉苦脸，无奈道："摊上这么个无赖师父，没法讲理。"

女子嗤笑道："真是身在福中不知福！宝瓶洲历史上，有几人能以山泽野修的出身，跻身上五境？能够让李抟景这么个眼高于顶的家伙，都敬佩有加？能够跟那个性情古怪的老帮主成为患难之交？你啊，就知足吧。有空赶紧回家族给老祖宗们烧几炷香，好好感谢祖上积德。"

姜韫神色淡然，摇头道："你就别劝我回去了，我实在是提不起劲儿。"

女子叹息一声，伸手在姜韫脑门上屈指一弹："从小到大，就这么犟，如今都是山上神仙了，还看不开早年那点事情？"

姜韫不搭话。他看了眼那个教习嬷嬷，女子轻轻摇头，示意姜韫不要询问。

两人沉默期间，刚好大都督韦谅和那个教习嬷嬷闲聊到了竹海洞天和那位青神娘娘。

韦谅环顾四周，满眼的翠绿修竹，似真似假玩笑道："贤人君子读书人，都喜好这青竹，我倒想斩去恶竹千万竿。"

姜氏嫡女打趣道："韦先生，你若是在这儿砍竹子，将我们那位想要找你切磋学问的老祖宗晾在一边，不好吧？"

韦谅笑道："我坐在那儿，太抢风头，有违臣子本分。"

姜氏嫡女正要刺他两句，韦谅笑眯眯道："小生姜啊，小时候我可是抱过你的，时间过得真快，眨眼工夫，襁褓里的黑丫头，就成大姑娘嫁人了。"

女子怒目相向，掏出一块自小就喜欢吃的生姜，狠狠啃了一口。

韦谅爽朗大笑。姜韫佩服不已。

京郊狮子园最近走了许多人，作祟妖物一除，外乡人走了，自家人也离开了。

被困在娘家很久的大女儿柳清雅，火急火燎带着夫君率先离开，一朝被蛇咬十年怕井绳，她那夫君这次算是给结结实实吓惨了。

之后是那两个柳氏家塾先生，结伴离去。

然后是二子柳清山和女冠柳伯奇，两人准备骑马远游，一路北上，先去观湖书院看看。

紧接着是柳敬亭的小女儿柳清青，与婢女赵芽一起前往某座仙家门派，兄长柳清风向朝廷告假，亲自护送这个妹妹。那座山上府邸，距离青鸾国京城不算近，六百余里，柳老侍郎在任时，跟那门派的话事人关系不错，所以除了一份厚重拜师礼，还写了一封信让柳清风带着，大致内容，无非是即便柳清青资质不佳，并非修道之才，也恳请收取他的女儿，当个记名弟子，在山上挂名修行几年。

事实上，哪怕柳敬亭不是礼部侍郎了，只要他还在世，那么女儿柳清青进入青鸾国任意一座仙门都不难，甚至完全不需要这封信。

一路上，两辆马车缓缓而行，柳清青笑容渐多，婢女赵芽自然也跟着高兴。

柳清风多是坐在车厢内翻书，到了沿途驿站下车，便打点关系，待人接物，不只是世家子的礼数周到那么简单，地方芝麻官和胥吏，无论清流浊流，即便官品极低，可哪个不油滑，没眼力？柳清风这个一县父母官，是假客气真清高，还是真对他们以礼相待，一眼便能看穿，所以柳清风根本不像是青鸾国士林领袖柳敬亭的长子，人人对其印象不错，成为各地驿站一桩趣谈。

柳清青本就是女眷，年纪又不大，所以看不出兄长柳清风的种种细节，心思细腻的赵芽却叹为观止，总觉得狮子园内的大少爷，跟走出狮子园的柳县令，完全是两个人。

到了那座峰峦叠翠的仙家府邸，柳清青的访仙拜师一帆风顺。

柳清风安顿好柳清青后，却没有立即下山，而是被人领着去了一座崖畔观景高楼，登楼后，看到了一个凭栏赏景的青衫老儒士，一个风流倜傥的公子哥。

柳清风心中叹息，收敛了复杂情绪，作揖行礼："柳清风拜见崔国师。"

大骊国师崔瀺竟是亲自来到了青鸾国。

崔瀺笑着伸手虚抬，示意柳清风不用如此客气，然后指了指身边人："李宝箴，龙泉郡人氏，如今是大骊绿波亭在宝瓶洲东南的全权掌舵之人，以后你们会经常打交道。"

那个俊逸青年对柳清风作揖道："见过柳先生。"柳清风只得还礼。

李宝箴以一口纯正的青鸾国官话说道："柳先生，此行南下青鸾国，让我大开眼界，妙人太多，单说那个白云观道人，微末道行，就胆敢行合道之举，窃取天机，还真给他越过了那道元婴境地仙都极难跨过的天堑。只是太过惹眼，是福是祸，估计得看云林姜氏的意思了。"

柳清风笑了，只是没有出声。

下马威？真是年轻气盛，锋芒毕露。

李宝箴静待下文，见柳清风软绵绵不开腔，便也笑了起来。

崔瀺看了眼柳清风，微笑道："柳清风，以后青鸾、庆山、云霄三国，大事不用你们二人劳心，至于小事，你多教教李宝箴。"

柳清风点点头。

李宝箴神色自若，面带微笑，一揖到底："有劳柳先生。"

那座陈平安曾经题字在墙壁上的河伯祠庙，最近来了一伙出手阔绰的大香客，而且就住在祠庙里边。

两人一黄牛。

让庙祝香火钱收得战战兢兢。

眉心有痣的白衣翩翩少年，喜欢游览碑廊。正是不知为何仍滞留青鸾国的崔东山。

这天晚上，圆月当空，崔东山跟河伯祠庙庙祝要了一只竹篮，去打了一篮子河水回来，滴水不漏，已经很神奇，更玄妙之处在于竹篮里边河水倒映的圆月，随着篮中水一起摇摇晃晃，哪怕走入了廊道阴影中，水中月依旧光亮可爱。

崔东山走到一处廊道，坐在栏杆上，将竹篮放在一旁，抬头望月。

唯有竹篮水和水中月，与他做伴。

崔东山思绪飘远。

佛祖愁那众生苦，至圣先师担心儒家学问到最后成为只是那些不饿肚子之人的学问。

道祖呢？据说在观看那个一。

可能被困井底的王朱是一，杨家药铺那个老人也是一。或者有可能在道法高到没边的道祖眼中，谁都是那个一？

崔东山揉了揉脸颊，从袖中咫尺物中取出两只普通枣木材质的卷轴，将两幅小画卷摊开，悬停在身前。

第一幅画卷上，有位衣衫老旧的老秀才，端坐在一条长凳中央，弱冠之龄的崔瀺，坐在一侧，少年左右和少年齐静春，坐在另外一侧。一条长凳坐了四个人，略显拥挤。

有个脑袋闯入本该独属于师徒四人的画卷之中，歪着脑袋，笑容灿烂，还伸出两根手指。

另外一处，有个蹲着的壮硕身形，在角落，背对着所有人。

第二幅上，那个在第一幅画卷中探头探脑的家伙，光明正大站在画卷中央，摊开双臂，少年左右和少年齐静春双手抱住那个男人的胳膊，屈膝收腿，悬挂空中，两个少年咧嘴大笑。

年轻书生崔瀺，站在那人身后，笑得含蓄些，只是也笑得很真诚。

崔东山就想着什么时候，他，陈平安，那个黑炭小丫头，也留下这么一幅画卷？

接下来两天，陈平安带着裴钱和朱敛逛京城铺子，原本打算将石柔留在客栈那边看家护院，也省得她提心吊胆，不承想石柔自己要求跟随。

热闹是真热闹，就因为这场声势浩大的佛道之辩，这座青鸾国首善之地，三教九流鱼龙混杂，求名的求名，求利的求利，当然还有陈平安这样纯粹来赏景的，顺带购买一些青鸾国的特产。

裴钱和朱敛约莫是灯下黑，都没有看出陈平安喜欢逛书肆有什么古怪，可是心细如发的石柔却看出些蛛丝马迹。陈平安逛那些大小书铺，版刻精良的新书，几乎从来不碰；诸子百家的典籍，也兴趣不大；反而对于稗官野史和各国县志类杂书，还有些只会被搁放在角落的生僻家谱，见一本翻一半，只不过翻完之后陈平安又不买，惹了不少白眼。好在有一有银子就喜欢大手大脚的朱敛帮衬，才没招来铺子书坊的恶语相向。

裴钱大概是觉得在京城，陈平安先是买了十数刀青鸾国最著名的昂贵宣纸，再给卢白象买了那对青釉御用棋罐，又给她买了只手拈葫芦，开销很大，已经远超平时，哪怕瞧见了真心喜欢的顺眼物件，都只是偷偷看几眼而已，何况当初姚近之赠送的多宝盒，真的已经满满当当，塞不下更多物件了，不然再跟师父讨要个崭新的多宝盒？裴钱一番思量之后，还是打消了念头，觉得虽说这次在狮子园师父是挣了些谷雨钱，可自己也买了个手把件，下次再挣着钱，再跟师父开口。

到底是穷。

裴钱有些伤心，不知道自己什么时候才能积攒下一只只的多宝盒，全部装满，都是宝贝。老厨子朱敛说比多宝盒更好更大的，是那富贵门庭都有的多宝架，摆满了物件后，那才叫真正的琳琅满目，看得人眼珠子掉地上捡不起来。

这两天逛街，听到了一些跟陈平安他们勉强沾边的小道消息。

按照朱敛的说法，庆山国皇帝的口味，极其"鹤立鸡群"，令他拜服不已。这位在庆山国一言九鼎的君主，不喜欢婀娜多姿的苗条佳人，唯独喜好世间富态女子，庆山国宫中几名最得宠的妃子，有四人都已经不能用丰腴来形容了，个个两百斤往上，被庆山国皇帝美其名曰媚猪、媚犬、媚罴和媚雀。

而四媚之首的媚猪袁掖，还有一个更出名的身份，是宝瓶洲东南十数国版图的四大武学宗师之一。

庆山国皇帝何夔如今下榻青鸾国京城驿馆，身边就有四媚随行。

前天何夔身穿便服，带着妃子中相对"身姿纤细"的媚雀，一同游览京城寺庙道观，结果烧香之时，跟一伙世族子弟起了冲突，媚雀出手凌厉，直接将人打了个半死，闹出很大的风波，掌管京城治安的衙门、青鸾国礼部都有高品阶官员露面，毕竟涉及两国邦交，好不容易才安抚下去。闹事者是京城大族子弟和几个南渡衣冠世交同龄人，得知庆山国皇帝何夔的身份后，也就消停了。但是一波未平一波又起，当晚闹事者中，就有多个刚刚在青鸾国新宅邸落脚没多久的人暴毙，死状凄惨，据说连衙门仵作都看得反胃。

很快就有言之凿凿的消息传遍京城上下，凶手的杀人手法，正是庆山国大宗师媚猪的惯用手段，拔除四肢，只留头颅在身躯上，点了哑穴，还会帮忙止血，让人挣扎而死。

青鸾国朝廷已经火速抽调各方人手探查此事，更有一行由查案经验丰富的刑部官员、朝廷供奉仙师、江湖名宿组成的队伍，第一时间进入何夔所在的驿馆，可仍是挡不住群情激愤，无数士子书生将皇帝何夔围堵在下榻的驿馆。如果不是京城衙役阻拦，以及大都督韦谅亲自派遣两百精锐甲士，没有任由局势糜烂下去，后果真的不堪设想。那些手无缚鸡之力的读书人，当然只能是被四媚之一的何夔爱妃媚猪当场打杀。

媚猪袁掖放出话来，她跟同为四大宗师之一的大泽帮竺奉仙来一场厮杀，若是她输了，这一大瓢脏水，庆山国便认，可如果她赢了，当初在驿馆外边瞎嚷嚷的青鸾国士子，就得一个个跪在驿馆外磕头道歉。

而传闻曾经驾驶一辆猩红色马车、在数国江湖上掀起腥风血雨的老魔头竺奉仙，近期确实身在京城，借宿于某座道观。

然后在昨天，三十年前恶名昭彰的竺奉仙重出江湖，竟是以青鸾国头一号英雄豪杰的身份，如约而至，步入驿馆，与媚猪袁掖来了一场生死战。

从竺奉仙乘坐马车离开道观起，沿途就有无数青鸾国京城百姓和江湖中人，为此人摇旗呐喊。

只是道高一尺魔高一丈，原本被寄予厚望的竺奉仙，竟是力战不敌那个媚猪，最后身受重伤，输给了四大宗师中排名第二的袁掖。浑身浴血却并无大碍的袁掖，随手拽住竺奉仙的脖子，大摇大摆走到驿馆大门口，环顾四周已经哑然的众人，将已经瘫软昏厥过去的竺奉仙丢到大街上，撂下一句："明天别忘了磕头。"

竺奉仙被大泽帮弟子含泪放入车厢，离开驿馆返回那座道观救治。

驿馆外，门可罗雀。道观外，骂声不绝。

在书肆凑巧听过了这桩风波的过程，陈平安继续找书。

裴钱没心没肺，只觉得那个竺奉仙真是惨，本事不高，还喜欢出风头，就不知道躲在道观里边不出去？现在不但被那两百多斤的媚猪打得生死不知，一世英名也没了。按照那本演义小说所描述的江湖风貌、武林纷争，混江湖的人，没了名声，可不就等于没了命？裴钱唯一感到惋惜的是，当初登山去金桂观，他们还住过竺奉仙为他孙女在半山腰搭建的那座豪门宅邸，竺奉仙是个有钱又阔绰的主，她挺中意的。可惜现在看来，就算竺老头命硬，在道观那边没死，下次双方碰面，她估计也甭想跟那老头儿蹭吃蹭喝喽。

那次两拨人偶遇，先是一起避雨，然后一起登山，最后老人的孙女竺梓阳，与云霄国胭脂斋少女刘清城，一同成为金桂观老神仙张果的嫡传弟子。

裴钱和陈平安旁观过那场收徒礼，堪称十分繁缛，耗时将近一个时辰。到最后看得裴钱脑壳疼，可怜她还要当个木头人一动不动，觉得比抄书还累。

陈平安走出书肆，正是正午时分，他站在台阶上，想着事情。

朱敛轻声问道："少爷，怎么说？"

石柔心弦紧绷，心中默念，别掺和，千万别蹚浑水。

陈平安的答案，让石柔喜忧参半。

陈平安说道："去看看竺奉仙，如果伤得重，我身上刚好有些丹药，送了丹药见过了人，我们就离开道观。"

朱敛赞叹道："少爷有情有义，关键还稳重。"

裴钱瞪眼道："你抢我的话做什么，老厨子你说完了，我咋办？"

朱敛不客气道："咋办？吃屎去，不用你花钱，到时候没吃饱的话，跟我打声招呼，回了客栈，在茅厕外等着我就是，保证热腾腾的。"

裴钱白眼道："真恶心。"

陈平安没理睬一老一小的日常斗法，问过了路，往那座一夜之间声名大噪的京城道观行去。

大概走了大半个时辰才临近道观，围墙外边稀稀疏疏有些人，有人丢了石子大骂几句就跑，更多还是看热闹的，在道观外边逛荡一圈就已心满意足，还有些闻讯赶来的江湖中人，应该多是父辈祖辈在大泽帮手上吃过苦头的，倒是没敢破口大骂，更不会傻乎乎去痛打落水狗，毕竟老魔头竺奉仙生死未卜，况且还有几名凶名赫赫的弟子待在道观，哪怕单独拎出一人，也够寻常的青鸾国武林高手吃上一大壶罚酒的。

道观不大，今日闭门谢客，陈平安在一处侧门敲门很久，才有道士开门，神色戒备，陈平安说与竺老帮主是旧识，劳烦道观这边通报一声，就说是陈平安来访。

道士点点头，要陈平安稍等片刻，关上门，约莫半炷香后，除了那个回去通风报信的道士，还有个当初陪同竺奉仙一起送竺梓阳登山拜师的随从弟子也来到侧门。认出是陈平安后，这个竺奉仙的关门弟子松了口气，给陈平安带路去往道观后院深处。此人一路上没有多说什么，只是些感谢陈平安记得江湖情谊的客套话。

众人临近一座屋舍，药味极为浓重，竺奉仙的几个弟子，束手恭立在门外廊道，人人神色凝重,见到了陈平安,只是点头致意,而且没有任何松懈。毕竟当初金桂观之行,不过是一场短暂的萍水相逢,人心隔肚皮,天晓得这个姓陈的外乡人,是何居心。如果不是躺在病榻上的竺奉仙,亲口要求将陈平安一行带来,没谁敢答应开这个门。

陈平安让朱敛三人留在廊道拐角处,都没让他们靠近那间屋子。

一名竺奉仙嫡传弟子开门后,陈平安负剑背箱,独自走入屋子。

竺奉仙靠在枕头上,脸色惨白,身上覆有一床被褥,微笑道:"山上一别,异地重逢,我竺奉仙竟是这般可怜光景,让陈公子见笑了。"

伤得极重。

屋内除了病榻上的竺奉仙,还有一名神色木讷的老道人,帮忙开门的弟子关上门后,给陈平安搬了条椅子后就站在一旁,没有离开,以免陈平安暴起杀人。

陈平安摘下竹箱放在脚边,坐在椅子上,轻声问道:"老帮主此次入京,没有隐藏行踪?"

竺奉仙咳嗽几声,竭力笑道:"怎么没有隐藏,只不过朝廷那边耳目灵光,没能藏好罢了。这座京城道观,是大泽帮近三十年苦心经营的一处分舵,说不定早就被朝廷盯上了。这没什么,咱们那位青鸾国唐氏皇帝,年少时就一直对江湖十分憧憬,登基以后,还算优待江湖,绝大多数的恩怨仇杀,只要别太过火,官府都不太爱管。

"事实上,当年我驰骋数国武林,所向披靡,那会儿还在龙潜之邸当皇子的唐黎,据说对我十分推崇,扬言有朝一日,一定要亲自召见我这个为青鸾国长脸的武夫。所以这次莫名其妙被那个媚猪点了名,我虽然明知道是有人坑害我,也实在没脸皮就这么悄悄离开京城。"

陈平安见竺奉仙说得吃力,断断续续,就打算不再询问,弯腰打开竹箱。

当他做出这个动作,老道人和屋内男子都蓄势待发,陈平安停下动作,解释道:"我有几瓶山上炼制的丹药,当然没办法让人白骨生肉,迅速修复损坏的筋脉,但是还算比较补气养神,对武夫体魄进行修修补补,还是可以的。"

竺奉仙想要抬起手臂,却无力做到,就只是搁在被子上边,轻轻摇晃,对两个心腹笑道:"你们不用紧张,我竺奉仙看人的本事,比学武更好。当下这座京城,谁都可能来捡漏,唯独陈公子不会。"

陈平安在来的路上,就选了条僻静小巷,从方寸物当中取出三瓶丹药,挪到了竹箱里边。不然凭空取物,太过惹眼。

陈平安拿出三只瓷瓶后,伸手递给那位老道长:"劳烦老真人先辨别药效,是否适合老帮主疗伤。"

竺奉仙忍不住笑道:"陈公子,好心给人送药救命,送到你这么委屈的地步,天底下也算独一份了。"

老道长接过三只瓷瓶,依旧不苟言笑,去了桌边,各自倒出一粒丹丸,从袖中拿出一根银针,将丹药细细掰碎。

陈平安非但没有好心被当成驴肝肺的恼火,反而觉得老道长这么做,才是真正的江湖人行江湖事。

竺奉仙气色虽差,心情却不错,而且毕竟七境武夫的底子不俗,无视了屋内弟子可以送客了的眼神示意,笑问道:"陈公子,觉得那个媚猪是不是真凶?"

陈平安摇头道:"没有见过,不知道真正性情如何,所以不好说。按照一般情况,那个庆山国妃子没这么傻,在别国京城,以独门手法一口气虐杀数人,可若是以此作为障眼法,撇清自己,可能性不大,但终归还是有的。可能到最后……还是两国国力之争,宝瓶洲东南方的形势之争,是不是那个袁掖杀人,反而不重要。所以老帮主这场架,打得不值,设计老帮主的幕后人,则相当高明,接下来如何离开京城,老帮主就需要小心再小心了。"

竺奉仙点头道:"确实如此。"

一直聚精会神查验丹药的老道人,听到这里,忍不住抬起头,看了眼白衣负剑的陈平安。

陈平安又跟竺奉仙闲聊了几句,就起身告辞了。

竺奉仙无法起身下床,只好十分勉强地抱拳相送,只是这个动作,就已牵扯到伤势,让他咳嗽不断。

陈平安一行离开道观后,返回客栈。

道观屋内,那个将陈平安他们送出屋子和道观的男子返回后,欲言又止。

竺奉仙笑道:"怎么,还想着要陈平安送我们离开京城?"

男子老老实实回答:"若是他愿意帮忙,当然是好事。既然他肯来这里,就已经表明对我们大泽帮亲近,我们若是劝一劝,说不得……"

竺奉仙一声嗤笑,打断这名徒弟的痴心妄想,冷笑道:"蠢货,人心不足蛇吞象。陈平安那句要我们出城小心的言外之意,你假装听不出来?那就已经挑明了态度,送药,是因为当初一场江湖相逢的那点情分在,登门拜访,送完了药,就算仁至义尽,这点道理,你都不懂?可别把人家的做人厚道,当作痴傻。"

男人何尝不知这里边的弯弯绕绕,低头道:"当下处境,太过凶险。"

竺奉仙叹了口气:"亏得你忍住了,没有画蛇添足,不然下一次换成是梓阳在金桂观修行,出了问题,那么就算他陈平安又一次遇上,你看他救不救?"

男人默不作声。

道理都懂,可是现在是师父竺奉仙和大泽帮的生死大坎,极有可能迈不过去,从道观到京城大门,再往外去往大泽帮的这条路,说不定路途中某一段就是黄泉路。

竺奉仙洒然笑道:"行啦,行走江湖,生死自负,难道只许别人学艺不精,死在我竺奉仙双拳之下,不许我竺奉仙死在江湖里?难不成这江湖是我竺奉仙一个人的,是我们大泽帮后院的池塘啊?"

男人笑了笑:"早个三四十年,在咱们青鸾国,确实如此。"

竺奉仙闭上眼睛。

那位老道长开口道:"丹药没有问题,品相极高,注定价格不菲,有助于你的伤势恢复,不是锦上添花,而是实实在在的雪中送炭。"

男人欣喜万分:"当真?"

老道长斜眼道:"不信?"

男人咧嘴道:"不敢。"

这位老道长,正是为大泽帮兢兢业业、出谋划策数十年的老军师,而竺梓阳早早就踏足修道之路,也要归功于老道长的慧眼如炬。

竺奉仙突然睁开眼睛,先让那名徒弟离开屋子,在徒弟关上门后,他缓缓地说道:"说吧,帮了我这么多年,然后坑了我这么一次,你到底图什么?不管结果是什么,我都不怨你,只希望你和幕后人,以后多照拂梓阳,尽量别将她牵扯进来,让她好好做她的山上修行人。"

老道长站起身,坐在陈平安先前坐的那张椅子上,答非所问:"老竺,我觉得那个陈平安,年纪轻轻,倒是江湖气老。"

老道长感慨道:"咱们这些老江湖,好像是越来越吃不开了,现在的年轻人,为了上位,喜欢乱拳打死老师傅,什么规矩不规矩的,都不讲,不认这个。"

竺奉仙转过头,笑问道:"你到底多少岁了,当年认识你的时候,就是这么个面容,差不多六十年过去了,你还是没怎么变。"

老道长想了想:"刚好半辈子在家乡闯荡,半辈子在你们青鸾国度过。"

竺奉仙见这位老友不愿回答,就不再刨根问底,因为没有意义。

京城世族子弟和南渡士子在寺庙寻衅,何夔身边的妃子媚雀出手教训,当晚就有数人暴毙,京城百姓人心惶惶,同仇敌忾。南迁青鸾国的衣冠大姓愤怒不已,挑起青鸾国和庆山国的冲突,媚猪点名同为武学大宗师的竺奉仙比试,竺奉仙重伤落败,驿馆那边却没有一人磕头,媚猪袁掖随后公然讥讽青鸾国读书人风骨,京城哗然。一时间,此事风头盖过了佛道之辩,诸多南迁豪阀联络本地世族,向青鸾国皇帝唐黎施压。庆山国皇帝何夔则即将携带四名妃子,大摇大摆离开京城,以至于青鸾国所有江湖人士都愤懑异常。

短短数日,风起云涌,环环相扣。

陈平安一行离开京城之时,夜幕中一辆马车行驶在前往京郊狮子园的小路上。

驾车的马夫，真实身份是四大宗师之首的一个易容老者，身材极为高大，刚刚从云霄国悄悄进入青鸾国，他其实已是远游境的大宗师，一身武学修为，远在七境的庆山国媚猪袁掖和大泽帮竺奉仙之上。

柳清风看完一封绿波亭谍报后，说道："可以收手了。"

坐在对面的一个英俊公子哥微笑道："这就收手？我原本打算假公济私，去会一会某人的，可好像没有咬钩啊。"

柳清风神色平淡："可以了。"

车厢内柳清风对面之人，正是龙泉郡李宝箴。他与柳清风对视一眼后，笑道："好吧，既然柳先生说火候够了，那我就照国师大人所说，向柳先生多学着点。反正此次……也只是我上任后，给你们青鸾国皇帝唐黎的一道开胃小菜，省得他以为靠着云林姜氏这棵大树，就可以高枕无忧，毕竟一些个歪风斜雨，也是能让人伤筋动骨的。"

柳清风不置一词。

临近那座狮子园，李宝箴突然笑道："我就不进园子了，我在车上，等着柳先生向老侍郎交代完事情，一起返回县衙官署便是。"

柳清风走下马车，独自走入夜幕中的狮子园。

李宝箴出了车厢，没有下车，坐在那名车夫身后。这个与陈平安一样来自昔年骊珠洞天的年轻人，无所事事，晃荡着双腿，笑道："一想到我那宝贝妹妹喜欢喊陈平安小师叔，我就火大啊。怎么办呢，我这个当哥哥的，可舍不得对小宝瓶说半句重话，那就只好逗逗那个泥瓶巷的泥腿子了。如果不是看在那趟护送小宝瓶的情分上，袁掖啊竺奉仙什么的，可就不是这么个自相残杀的路数了。不过我最佩服国师的一点，是算计人心。安插棋子在别人家院子这种事情，其实谁都在做，当年在咱们大骊京城，还有那座长春宫，甚至宋长镜身边，好些地方，其实都有，还不少，就连咱们皇帝陛下不也一样，有那诸子百家的高人居心叵测？可到最后收官，咱们再来看一眼棋盘各处，似乎这边小亏些那边大赚一笔，到头来总是咱们国师大人更得利，这就很可怕了。"

李宝箴自言自语了半天，对那车夫笑问道："你的档案，就算是我都暂时无法翻阅，能不能说说看，为何愿意为咱们大骊效力？"

老车夫淡然道："希望你在仕途上别崴了脚，不然到时候我第一个宰了你。"

李宝箴全然不在意："你这个对谁都说心里话的糟糕习惯，得改改，好歹等到抓住了机会的那天，可以杀我的时候，再说这些啊。"

老车夫冷笑道："好的，到时候我再重复一遍。"

沉默片刻，柳清风尚未返回。

李宝箴随口问道："江湖好玩吗？"

老车夫沉声道："不好玩，容易死人。"

李宝箴哦了一声："这样啊，那我悠着点。初来乍到，先熟悉熟悉这边的风土人情。我这人从小就胆子不大，家乡高人又多，走在大街上放个屁，都怕惊扰到隔壁的陆地神仙啊，武道大宗师啊。"

李宝箴双手轻轻拍打膝盖："都说'老乡见老乡，两眼泪汪汪'。不知道下次见面，我跟那个姓陈的泥腿子，是谁哭。唉，朱鹿那笨丫头当时在京城找到我的时候，哭得稀里哗啦，我都快心疼死啦，心疼得我差点没一巴掌拍死她。就那么点小事，怎么就办不好呢，害我被娘娘迁怒，白白葬送了在大骊官场的前程，不然哪里需要来这种破烂地方，一步步往上攀爬。"

老车夫笑道："你这种坏种崽子，等到哪天落难，会特别惨。"

李宝箴叹了口气："瞧瞧，又说真心话了，你这人怎么总不听劝，这样不好。"

夜幕沉沉。

李宝箴望向那座狮子园，笑道："咱们这位柳先生，可比我惨多了。我顶多是一肚子坏水，怕我的人只会越来越多，他可是一肚子苦水，骂他的人络绎不绝。"

青鸾国京郊一处小驿馆，气氛凝重至极。

小小驿馆，今夜藏龙卧虎。

一间屋子里，大眼瞪小眼。

白衣少年指着青衫老者的鼻子，跳脚怒骂道："老王八蛋，说好了咱们规规矩矩赌一把，不许有盘外招！你竟然在这个关口，把李宝箴丢到青鸾国，就这家伙的秉性，他会不公报私仇？你还要不要点老脸了？！"

青衫老人面无表情，淡然道："小兔崽子，偷偷传信给陈平安，让他去堵狮子园的路，你就要脸了？"

眉心有痣的俊美少年，继续破口大骂道："老东西你他娘的先坏规矩，设计陷害陈平安，就是坏我大道根本，还不许老子反手给你一通挠？"

屋内两人，正是崔东山和绣虎崔瀺。其实一人而已。

崔瀺始终神色淡漠，抬手抹去脸上的口水："自己骂自己，有意思？"

崔东山狞笑道："爽得很！"

崔瀺冷笑道："看到你现在的这副可怜模样，才知道为何我们当年最高境界，会止步于十二境巅峰。"

崔东山一屁股坐在椅子上："如果早知道是你这么个窝囊废，老子当年就自己把自己掐死算了。"

崔瀺微笑道："你现在想死也来得及，不过记得把这副遗蜕和方寸物留下。"

崔东山翻了个白眼，双手摊开，趴在桌上，脸庞贴着桌面，闷闷道："皇帝陛下，死了？

过段时间,由宋长镜监国?"

崔瀺点点头。

崔东山头也不抬:"那谁来当新帝?还是原先那两个人选,各占一半?"

崔瀺置若罔闻。

崔东山抬起头,从趴在桌面变成瘫靠着椅背:"贼没劲。"

崔瀺道:"我看你给人家当学生弟子挺带劲的。"

崔东山就那么一直翻着白眼。

苦中作乐?崔瀺也有些纳闷,自己年少的时候,似乎也不是这副德行吧?

崔东山收起白眼,犹豫了一下:"老头子在落魄山竹楼过得咋样?"

崔瀺沉默许久,答道:"被陆沉彻底打断了去往十一境的路,但是如今心态还不错。"

崔东山盘腿坐在椅子上,问道:"如果陈平安打死了那个李宝箴,你会怎么做?"

崔瀺摇头道:"陈平安曾经答应过李希圣,会放过李宝箴一次,在那之后,生死自负。"

崔东山猛然抬头,直愣愣望向崔瀺。

崔瀺淡然道:"对,是我算计好的。如今李宝箴太嫩,想要将来有大用,还得吃点苦头。"

崔东山大笑着跳下椅子,给崔瀺揉捏肩膀,嬉皮笑脸道:"老崔啊,不愧是自己人,这次是我错怪你了,莫生气,消消气啊。"

崔瀺无动于衷:"早知道最后会有这么个你,当年我们确实该掐死自己。"

崔东山轻轻一巴掌拍在崔瀺脑袋上:"说什么晦气话?呸呸呸,咱俩不管如何大道不同,都争取祸害活千年。"

崔瀺说道:"你再往我头上吐口水,可就别想祸害活千年了。"

狮子园通往官道的芦苇荡小路上,一辆马车缓缓停下,老车夫如临大敌,李宝箴掀开车帘子,看到那人后,一脸匪夷所思,这也行?真就老乡见老乡啦?

李宝箴看到那个绝对不该出现在这条道路上的年轻人后,心思急转。

是身后的柳清风陷害自己,希望一人独霸青鸾国幕后江山?不应该。国师大人不会由着柳清风一家独大,让自己与柳清风相互掣肘才是正理。那就是无巧不成书,今夜只是一场突如其来的偶遇?

李宝箴叹了口气,如果说自己运气真这么差,还不如是有人算计自己,毕竟棋力之争,可以靠脑子拼手腕,若说这运道不济,难道要他李宝箴去烧香拜佛?

李宝箴站在老车夫身后,轻声问道:"怎么讲?"

老车夫沉声道:"此人身后扈从之一,佝偻老人,极有可能是远游境武夫,境界不比我低。"

李宝箴一拍额头:"谍报误我。"

按照近期谍报上的说法,陈平安在京城百花苑客栈,四名宗师扈从离开三人,只带了两个扈从,一人名为朱敛,深浅未知,可能是金身境武夫,另外一人行为古怪,在狮子园风波中表现平平,实力应该不如朱敛。至于陈平安本人,以狮子园墙头出拳水准来看,最低五境纯粹武夫修为,能够画符,身穿一件品秩难测的仙家法袍,随身悬挂的葫芦,为养剑葫"姜壶",其中是否温养飞剑,暂时不知。

虽说将零零碎碎的谍报内容,拼凑在一起,依旧没能给出陈平安的真正底细。但是并不重要,李宝箴判定陈平安身在青鸾国京城,就算一夜之间突然变成了陆地神仙,与他李宝箴仍是没有关系。

李宝箴是在借助大骊大势作为自己的棋盘,逗弄那个身在棋局中的陈平安。

大骊绿波亭在宝瓶洲东南版图的谍报,随着一颗颗棋子的悄然而动,就像一张不断扯动的蛛网。

离开大骊之前,国师崔瀺给了李宝箴三个选择:去大隋,负责盯着高氏皇族与黄庭国在内的大隋旧藩属;去眼下大骊铁骑马蹄前边的最大拦路石,剑修众多的朱荧王朝,南边观湖书院的动向,也是重中之重;最后一个就是青鸾国,只是相对于前两者,这边最早时属于偏居一隅的乡下小地方,只是随着宝瓶洲中部衣冠南渡,绿波亭最近两年才开始加大投入。当然,这些都是他李宝箴新官上任后看到的一些表面现象,不然他也不会连这个老车夫的档案都无法查阅。但是李宝箴不笨,世族官场有青鸾国老人唐重,江湖草莽有大泽帮竺奉仙之流,尤其是国师崔瀺亲临此地,甚至破例见了狮子园柳清风一面……这一切都说明李宝箴的眼光不差,挑选此地作为自己在大骊庙堂的发迹之地,暂时远离大骊宋氏中枢那场动辄让人粉身碎骨的旋涡,绝对是赌对了。

李宝箴有些恼火,若是再等个几天,等到一个负责保护他安危的大人物进入青鸾国,那就是万事不惧的大好形势。什么大都督韦谅、唐氏首席供奉周灵芝,都不值一提。

这个泥瓶巷泥腿子怎么就这么会挑时间地点?

李宝箴转身弯腰,掀开帘子微笑问道:"柳先生,你有没有后手?"

柳清风摇头笑道:"与你一样,需要等几天才能有一个大骊武秘书郎担任我的贴身扈从。"

李宝箴苦着脸道:"柳先生难道忍心看着我这位盟友,出师未捷身先死?"

柳清风想了想,答道:"要相信崔国师的算无遗策。"

李宝箴哀叹一声,放下帘子,今夜看来是福是祸都躲不过了。

李宝箴倒不是不相信那头绣虎的棋力,而是国师大人未必真正把他这棵墙头草当回事啊。李宝箴甚至坚信,若是需要崔瀺在自己和柳清风之间做个取舍,至少在当下崔瀺会毫不犹豫地将柳清风留在棋盘上,而将他李宝箴随手拈起,丢回棋罐了事。家乡那座碎瓷山怎么堆积而成的,不都是些分量不重、在大道之争中化作齑粉的可怜弃子吗?"

李宝箴很早就喜欢独自一人爬到瓷山顶上去,总觉得是在踩着累累白骨登顶,感觉挺好。

陈平安让石柔护着裴钱站在远处,只带着朱敛继续前行。

崔东山突然寄了一份密信给自己,说是李宝箴出现在了狮子园,言简意赅,以"可杀"二字结尾。

陈平安没有任何怀疑和犹豫,火速离开京城,直奔狮子园。

在某些不涉及大道根本的事情上,陈平安选择信任崔东山,比如选择枯骨女鬼石柔作为占据杜懋遗蜕的人选,再就是这次。

在距离那辆马车不足五十步后,陈平安缓缓而行,已经能够清晰看到那个站在车夫身后的年轻公子哥。

正是此人,利用朱鹿的仰慕之心和少女情思,再抛出一个帮父女二人脱离贱籍、为她争取诰命夫人的诱饵,使得朱鹿当年在那条廊道中,语笑嫣然地向陈平安走来,双手负后,皆是杀机。

那是陈平安生平第一次离开骊珠洞天后,比之前在小镇与正阳山搬山老猿命悬一线的对峙,更能感受到人心的细微与险恶。

"陈平安,这是我们第一次见面吧?"李宝箴站在老车夫身后,微笑着打招呼,"忘了介绍自己,我叫李宝箴,是李希圣的弟弟,李宝瓶的哥哥。"

陈平安站定,问道:"如果你今晚死在这里,会后悔吗?"

李宝箴点头道:"肯定要悔青肠子。"

陈平安笑道:"是后悔做事情不够小心吧?"

李宝箴仿佛破罐子破摔,坦诚道:"对啊,一离开龙泉郡福禄街和咱们大骊王朝,就觉得可以天高任鸟飞了,太不明智。陈平安你一前一后,教了我两次做人做事的宝贵道理,事不过三,以后你走你的阳关道,我过我的独木桥,如何?"

朱敛抬起手臂,双掌手心摩挲,跃跃欲试,微笑道:"那个驾车老头儿,虽是远游境武夫,但老奴完全可以应付。少爷,好歹是一个境界的,到时候若是老奴一个不小心,没能收住手,可别见怪。"

老车夫眼神炙热,死死盯住朱敛,青鸾、庆山和云霄三国,以及周边那些小国,江湖水浅,加之又有职责所在,自己不好擅自远游,白白糟蹋了纯粹武夫第八境的称呼,今夜好不容易遇上一个,岂能错过,只是身后还有个坏种李宝箴,以及车厢内的柳先生,让他难免束手束脚,于是他问道:"对付这名扈从就够呛。李大人,你有没有锦囊妙计可以授我?既能护住你不死,又能由着我痛快打一架?"

李宝箴苦笑道:"哪里想到会有这么一出。我那些锦囊妙计,只害人,不自救。"

车夫站起身,冷笑道:"那就是空空如也?算计来算计去,瞧着让人眼花缭乱,结果就这么点出息。"

李宝箴笑道:"那就劳烦你今夜多出点力,给我赢得一个亡羊补牢的机会。"

老车夫身为宝瓶洲武道第一人,实力高,肩上担子自然就重,所以不至于因为厌恶李宝箴这个人就落井下石,一走了之。

马车微颤,李宝箴只觉得一阵微风拂面,老车夫已经长掠而去,直扑陈平安。小路两边的芦苇荡向陈平安和朱敛那边倒去。

朱敛习惯性佝偻着向前数步,身形快若奔雷,伸出一掌,接住老车夫拳罡激荡、袖口鼓胀的迅猛一拳。

朱敛向后倒滑出去,刚好与陈平安并肩而立,老车夫则借势向后飘落在地。

道路两侧芦苇荡又哗啦一下向左右两侧倒去,簌簌作响,在原本万籁寂静的夜幕中,极为刺耳。

李宝箴看到那些四处流散的拳罡气流,飘荡到纹丝不动的陈平安身前之际,如一阵斜风细雨遇到了一把油纸伞,滴水不沾撑伞人。

李宝箴眼皮子颤抖了一下。不愧是最低武道五境的家伙。这个泥瓶巷小杂种,离开骊珠洞天之后,看来际遇不错啊。

李宝箴有些遗憾,难道自己当初应该走走修行的路子?

不到十八岁的五境巅峰纯粹武夫,搁在武夫辈出的大骊王朝,恐怕都当得起"天才"二字了吧?

难不成骊珠洞天破碎下坠后的那股磅礴武运,都给这家伙独占了去?不对啊,藩王宋长镜、李二,再加上郑大风,三人瓜分,最多留下点残羹冷炙才是。

朱敛抖了抖手腕,笑呵呵道:"这位大兄弟,你拳头有些软啊。咋的,还跟我客气上了?怕一拳打死我没得玩?不用不用,尽管出拳,往死里打,我这人皮糙肉厚最挨揍。大兄弟要是再这么藏着掖着,我可就不跟你客气了!"

话音刚落,朱敛身如山野猿猴,一蹿而去,速度之快,好似仙师使用了缩地千里的方寸物,眨眼之间就来到老车夫身前,还以颜色,同样是一拳直直而去。

李宝箴眼力有限,只看到朱敛那一拳,之后双方对峙,在一处小地方礼尚往来,看得他头晕眼花。

李宝箴很快就觉得耳朵难受,咽了口唾沫,这才稍稍好受些。

老车夫一声轻喝,双手连粘带打,将那朱敛一把摔向芦苇荡,他自己则一步后撤,重重踩地,另外一只脚轻轻提起,稳住身形。

如果不是担心身后那个李宝箴,老车夫自然可以出拳更为酣畅。

朱敛身形在空中舒展,单脚踩在一根纤细的芦苇上,左摇右晃了几下,微笑道:"大兄弟，看来你跻身第八境这么多年，走得不顺遂啊，登高之路，是用爬的吧？"

老车夫讥笑道："这话说早了吧？"

朱敛走在一丛丛芦苇顶端，如蜻蜓点水，随着筋骨越发伸展，发出黄豆崩裂般的一连串声响，嘿嘿笑道："不早不早，我这是担心咱哥俩真要玩命，你到时候来不及留遗言。听说天底下的八境武夫，还是比较稀罕的，你要是这么暴毙而亡，我会兔死狐悲物伤其类，趁着我家少爷没嫌弃你碍眼，赶紧跟你唠唠嗑。"

老车夫默不作声。

车厢内柳清风想要起身，陈平安腰间养剑葫一抹白虹乍现，疾速画弧，毫无阻滞地穿透车壁，悬停在柳清风眉心处。柳清风笑着坐回原位。

李宝箴一只藏在袖中的手，刚刚有所动作，一抹幽绿剑光一闪而逝，刺破他袖口，随后将一张符箓钉入身后车壁上。

那张金色符箓，极其奇怪，竟是正反两面都书写了丹书符文，不但如此，符箓中央，正反各自绘有一尊黑甲、白甲神将。竟是一张在浩然天下早已失传的日夜游神真身符。

李宝箴叹了口气，对老车夫说道："收手吧，不用打了。我李宝箴束手待毙便是了。"

朱敛火急火燎道："别啊，大兄弟，咱们打咱们的，不耽误我家少爷跟你家主子的正事。"

老车夫点点头，向朱敛一掠而去。

陈平安走到马车旁边，李宝箴坐在车上，摆出一副引颈就戮的模样。

陈平安却是望向车帘子那边："本来以为是书上讲的'高明之家，鬼瞰其室'。原来是书上的另外一句话。"

车厢内柳清风说道："福祸无门，惟人自召？"

陈平安不再开口说话。

大道理小道理，读书人其实都懂。尤其是柳清风这样自幼饱读诗书，并且在官场上历练过的世族俊彦。

竺奉仙之流的江湖枭雄，其实反而更容易让旁观者看得透彻。生死荣辱，直来直往。

李宝箴望向陈平安。

他坐着，陈平安站着，两人刚好对视。

李宝箴好奇问道："不管你是怎么找到我的，今夜杀了我后，你以后怎么回大骊，龙泉郡泥瓶巷祖宅不打算要了？"

陈平安看着这个从未见过却一心想着置他于死地的福禄街李氏子弟。

同样是一家人，怎么跟李希圣和小宝瓶是天壤之别的秉性？

见陈平安不说话，李宝箴笑道："我就是一介书生，经不起你一拳，真是风水轮流转，可这才几年工夫，转得未免也太快了。早知道你变化这么大，当初我就应该连朱河一起拉拢，也不至于背井离乡不说，还要死在他乡。"

一拳。

李宝箴双手抱住腹部，身体蜷缩，差点呕出胆汁。

陈平安这一拳只用了二境武夫修为。

陈平安伸手抓住李宝箴的发髻，一把将其从车上拽下，随手一丢，李宝箴在黄泥道路上翻滚而去，最后双手双脚摊开，满脸泪水，却不是什么伤心悔恨，就只是纯粹肌肤之痛的身体本能。李宝箴大笑道："不承想我李宝箴还有这么一天。柳清风，记得帮我收尸，送回大骊龙泉郡！"

陈平安蹲下身。

李宝箴与他对视，看到了一双既熟悉又陌生的眼睛。

陈平安的眼神，不同于国师崔瀺那种深不见底的深渊，李宝箴庆幸自己看不见底，不然估计自己就是一具尸体了，因为察见渊鱼者不祥，他如今远远没有资格，去窥探那头绣虎内心深处所思所想。但是当下陈平安的眼神，和大骊国师唯一的相同之处，令李宝箴记忆深刻。隐隐约约，一个深渊之中，一个古井底下，皆藏有恶蛟游弋欲抬头。

李宝箴突然眼神中充满了快意，轻声说道："陈平安，我等着你变成我这种人，我很期待那一天。"

陈平安从地上抓起一把泥土，一手掌刀轻敲李宝箴喉结，在后者不由自主张嘴瞬间，将泥土塞入其中，然后用手心捂住李宝箴嘴巴，问道："好不好吃？"

李宝箴手脚挣扎，满脸涨红。

陈平安微微转头："说啥？我听不见，不然你大声点说话。"

李宝箴蓦然停止挣扎，一点点强自咽下那一大口泥土，眼睛死死盯住那张神色漠然的年轻脸庞。

陈平安抬起手掌，李宝箴脸庞扭曲，含糊不清道："味道不错！"

陈平安点点头："这会儿想吃屎不容易，吃土有什么难的。"

跟先前如出一辙，李宝箴吃了一大把泥土后，又被陈平安捂住嘴巴，这一次陈平安力道加重，李宝箴后脑勺开始微微陷入泥地。

陈平安松手后，李宝箴胸膛起伏，呼吸困难至极，然后开始剧烈咳嗽，从嘴里喷出许多泥土。

陈平安举起右手，轻轻一挥袖，拍散那些向他溅来的泥土。与此同时，李宝箴哀号了一声。

陈平安左手攥住李宝箴左手，咯吱作响，李宝箴那只悄然握拳之手，手心摊开，是一块被他悄悄从腰间偷拽在手的玉佩。

篆刻有"龙宫"古拙二字的那块祖传羊脂美玉，原本并不起眼，只是此时晶莹剔透，其中更有一条细如丝线的光彩快速流转。

陈平安捏碎李宝箴手腕骨头后，李宝箴那条胳膊瘫软在地，只差一步就被开启术法的玉牌，被陈平安握在手心："谢了啊。"

飞剑初一和十五，分别从柳清风眉心处和外车壁返回，那张世人未必认得出根脚、陈平安却一眼看穿的珍稀符箓，连同龙宫玉佩一起被他收入方寸物当中。

在那本《丹书真迹》上，这张日夜游神真身符，是品秩极高的一种，被详细记载在书本倒数第三页。

李宝箴右手捂住左手手腕，凄惨而笑："算你狠，怕了你了。"

这两件东西，龙宫玉佩，是李氏祖传的保命符之一，那张符箓，更是大哥李希圣的临别赠礼。最关键的是，这两件价值连城的仙家器物，必须由他李宝箴亲自"开门"后，外人才能借机一探究竟，不然上五境修士之下，任你是地仙，谁拿了都是不值一文的死物。

陈平安一脚踹在李宝箴腰肋处，后者横扫芦苇荡，坠入湖中。

伤筋动骨一百天。

柳清风起身走出车厢，跳下马车："不管缘由是什么，还是要谢过陈公子对李宝箴的不杀之恩。"

陈平安问道："狮子园怎么办，柳清山怎么办？"

柳清风说道："已经为他们找好退路了。"

陈平安神色有些疲惫，原本不想和这个老侍郎长子多说什么，只是想到了那个一瘸一拐的年轻书生，问道："我相信你想要的结果，多半是好的，你柳清风应该更知道自己，如今是换了一条路在走，可是你怎么保证自己一直这么走下去，不会距离你想要的结果，愈来愈远？"

柳清风笑容苦涩，举目远眺，感慨道："只能走走看，不然我们青鸾国，从皇帝陛下到士子书生，再到乡野百姓，所有人的脊梁骨很快就会被人打断，到时候我们连路都没法走。饮鸩止渴，谁都知道是坏事，可真要渴死了，谁不喝？就像在狮子园祠堂，那个我很不喜欢的柳树娘娘唆使我父亲，将你牵连进来，我如果只是局中人，就做不到像柳清山那样挺身而出，坚守着柳氏家风，我柳清风权衡利弊之后，就只会违背本心。"

柳清风收回视线，笑道："所幸事情没有到最糟糕的境地，家家有本难念的经，我这个当兄长的，就来念那难念的经，好读的书，就让我弟弟去读。"

陈平安瞥了眼李宝箴落水的方向："你比那家伙，还是要强不少。"

陈平安又望向芦苇荡远方厮杀处，喊道："回了。"

然后陈平安对柳清风说道:"你们可以救人了。"

柳清风问道:"为何不直接杀了李宝箴?"

陈平安摇头道:"以前答应过别人,要放过李宝箴一次。"

朱敛一掠而至,伸手抹了把脸上的血迹,满脸遗憾,自己才刚刚手热,接下去就该那老车夫筋骨酥软、欲仙欲死了。

只是看陈平安不愿说话的样子,朱敛便没有说些玩笑话,只是默默跟随。

柳清风突然对着陈平安的背影说道:"陈公子,此后最好不要留在京城附近等待机会,想着既遵守了承诺,又能够再次遇上李宝箴。"

陈平安转过头,笑问道:"为何?"

柳清风笑着摇摇头,没有泄露更多。

大骊王朝即将会派遣两人,分别担任他柳清风和李宝箴的扈从,据说其中一人,是昔年卢氏王朝的沙场砥柱。但是这还不是最重要的,真正致命之处在于,大骊国师崔瀺如今极有可能仍然身在青鸾国。

陈平安一行渐渐走远。

老车夫将奄奄一息的李宝箴救上来,轻轻出手,快速帮李宝箴吐出一肚子积水。

李宝箴过了半天才缓过来。

鬼门关逛游了一圈,他坐在道路上,神色怔怔。

老车夫站在李宝箴身边,转头望向柳清风。柳清风笑着摇头。于是李宝箴又一次从鬼门关打了个转儿。

李宝箴背对着互换眼色的两人,这个今夜狼狈至极的公子哥,伸手一阵使劲拍打脸颊,然后转头笑道:"看来柳先生还是很在乎国师大人的看法啊。"

柳清风蹲下身,微笑道:"换一个人来青鸾国,未必能比你好。"

李宝箴装模作样打了个嗝:"又吃泥土又喝水,有点撑。果然是江湖水深,容易死人,差点就凉在水底了。"

柳清风将李宝箴搀扶起身:"看来我们还得回一趟狮子园,先给你换上一身衣衫。"

李宝箴歪着脑袋,蹦跳了好几下,将耳朵里的水晃出来后,笑容灿烂道:"不用换不用换,让自己长点记性,省得以后还觉得老天爷第一国师第二我第三!"

柳清风没有说什么。

上车后坐入车厢,李宝箴瑟瑟发抖。

马车缓缓前行,一直离开芦苇荡驶入官道,都没有再遇上陈平安一行。

柳清风淡然道:"第一,我劝你返回狮子园,不然到了县衙官署,我还得照顾卧病不起的你。第二,再劝你,也是告诫自己一句话,以言伤人者,利于刀斧;以术害人者,毒于虎狼。"

李宝箴嘴唇发白，盯着这个家伙，牙齿打战，问道："柳清风，你知不知道我这次与那个陈平安狭路相逢，失去了什么？这些轻飘飘的话语，需要你来讲？"

柳清风问道："有命重吗？"

李宝箴咧嘴笑了："那倒是没有。"

他转头对老车夫喊道："掉头回狮子园！"

柳清风开始闭目养神。

李宝箴直到这一刻，才真正将眼前这人，视为能够与自己平起平坐的盟友。

又或者，李宝箴承认当下的自己，确实不如这个柳清风。名为清风，心如死灰，却有死灰复燃的迹象。

为人处世，用心专者，不闻雷霆之震惊。

不承想小小青鸾国，还能生出这种人物。

石柔是心境最轻松的一个。

莫名其妙连夜出城，还说是要见一个老乡。

裴钱没太当回事，可是石柔却感受到了陈平安身上藏着的那股陌生气息——杀意。

果不其然，朱敛跟人大打出手。

所幸陈平安和朱敛返回后，说"没事了"。

石柔没有多问，只要是陈平安亲口说没有事，可信。换成朱敛，就算把胸脯拍烂，保证没有后顾之忧，石柔都不信。

裴钱虽然不明就里，可是朱敛身上淡淡的血腥气味，还是十分吓人。

裴钱轻声问道："师父，是家乡那边的仇家？"

陈平安想了想，吐出一口在心胸间积郁已久的浊气，摘下养剑葫，喝了口从青鸾国京城酒肆买来的雾凇酒，微笑道："不用管这些，告一段落了。"

裴钱点点头，然后笑问道："师父这次出手，是赚了还是亏了？"

朱敛知道陈平安得了一张符箓和一块玉佩。虽然没有仔细看过，但是朱敛认准一点，陈平安的老乡，只要是在外边瞎逛荡的，估计没哪个是平常人，比如老龙城的郑大风，以及后边匆忙露了个面就走的李二，一个九境，一个十境，所以陈平安从那个家伙手上抢来的两件东西，绝对值钱。

只是陈平安却说道："不亏不赚，得手的两件东西，我刚好可以送给一个更适合拿着它们的人。"

裴钱哦了一声。没事就好。

她转头遥遥望了一眼青鸾国京城，一手拿着行山杖，一手握着手拉小葫芦。

朱敛转过头，石柔也随之视线偏移。

朱敛笑问道："石柔姑娘，在担心我？"

石柔闭口不言。

朱敛啧啧道："石柔姑娘你是不晓得，与我交手之人，是一位远游境武学大宗师，一身修为登峰造极，实力强悍至极，一拳山崩地裂，再一拳搬山倒海……"

石柔讥讽道："这都没打死你，你朱敛岂不是拳法通天，世间无敌了？"

朱敛嘿嘿笑道："这你就不知道了，是那位大兄弟太客气，从头到尾就不愿意跟我换命，不然我没办法这么全须全尾地站在你身边，少不得要石柔姑娘见着我皮开肉绽、双臂白骨的凄惨模样，到时候石柔姑娘触景伤情，伤心落泪，我可要肝肠寸断了，肯定要怒发冲冠为红颜，回去将那大兄弟散落各方的碎块尸身，给重新拼凑起来再鞭尸一顿……"

石柔当作耳旁风。

陈平安突然说道："这趟去了大隋山崖书院后，我们在回龙泉郡的路上，可能要去找一个府邸隐匿于山林的嫁衣女鬼，道行不弱，但是不一定能找到她。"

朱敛惊喜道："少爷，那嫁衣女鬼俏不俏？比之石柔姑娘生前模样如何？"

陈平安笑道："当年第一次见到她，她身穿一袭鲜红的嫁衣，惨白的脸庞，只觉得瘆人，具体长得如何，没太注意。"

裴钱偷偷咽了口口水，拿出一张符箓贴在额头。

陈平安轻声问道："那个八境老者，你大概出几分气力能够打赢？"

朱敛有些难为情："少爷，我与人捉对厮杀，手一热，就会倾力而为。所以如果少爷再晚上片刻喊我停手，那个大兄弟可就真要被大卸八块了，当不当得成水鬼，都两说。"

陈平安无奈道："是个……好习惯。"

朱敛悻悻然。

裴钱幸灾乐祸道："老厨子，这回咋不溜须拍马了，不说是跟我师父学的啦？"

朱敛呵呵一笑，一脚踹在裴钱屁股蛋上，裴钱身体前扑，只是下意识就以行山杖往地面一戳，身形围绕行山杖飞快旋转一圈，没急着大骂朱敛，也不好奇自己为何没摔倒，拔出那根相依为命已经很久的行山杖，跑到了陈平安身边，疑惑道："师父，怎么我这根'山神老爷'到现在都没有断掉啊？你瞧瞧，连一点裂缝都没有哩。难道一开始就给我捡到宝啦？真是某位山神老爷栽种的神仙树木？"

陈平安笑着不说话。

朱敛哈哈大笑道："是少爷早早帮你以仙家的小炼之法，炼化了这根行山杖，不然它早稀巴烂了，寻常树枝，扛得住你那套疯魔剑法的糟践？"

裴钱挠挠头："这样啊。"好像感觉很意外，又理所当然。

然后想法比较天马行空的裴钱抬起头，眼巴巴看着夜幕："咋还不下雨呢？"

陈平安以六步走桩边走边问道:"为什么要下雨?"

裴钱也一边演练白猿背剑术,行山杖暂且当作她的剑,一边回答道:"下了雨,我就可以帮师父撑伞了啊。"

朱敛又一脚踹过去,被裴钱灵活躲开。朱敛笑骂道:"你个光吃饭不长个的饭桶矮冬瓜,怎么给少爷撑伞?"

裴钱纠结万分,颓然丧气道:"也对。"

陈平安安慰道:"心意到了就行了。"

朱敛笑道:"这个赔钱货,也就只剩下心意了。"

裴钱对朱敛怒目相向:"如果不是看在你受伤的分上,非要让你领教一下我自创的疯魔剑法。"

"来来来,咱们练练手。"

朱敛一步跨出,裴钱哈哈大笑,绕着陈平安开始奔跑。石柔一时间有些失神。

一直围绕在陈平安身边的裴钱,虽然上山下水,还是一块小黑炭,可当她奔跑在明月当空、光辉素洁的大道上时,小姑娘身上泛着一层淡淡的皎洁光明。

就是不知道,有朝一日,裴钱自己一人行走江湖的时候,会不会是截然不同的光景?比如一轮大日骄阳,远远看一眼,旁人都觉得灼烧眼眸?

只是随着一起跋山涉水后,石柔就开始后悔自己竟有这种无聊想法了。裴钱这个丫头,实在是太野了!

入夏已经有段时间,即将到达那座位于青鸾国东面边境的仙家渡口。

这天在深山老林中,裴钱跑去稍远的地方拾取枯枝用来烧火做饭,回来的时候,一身泥土,满头草,她逮着了一只灰色野兔,正扯着野兔耳朵。她飞奔回来,站在陈平安身边,使劲摇晃那只可怜的野兔,雀跃道:"师父,看我抓住了啥?!传说中的山跳唉,跑得贼快!"

陈平安笑道:"今天我们只吃素不吃荤,放了吧。"

裴钱错愕,随即有些不舍,辛辛苦苦才抓到的,便问道:"师父,能不能养肥了再杀了吃?我找根长绳子绑住它,一路上我带着它好嘞。"

陈平安摆摆手:"真想吃肉,回头让朱敛给你抓只野猪。"

裴钱想了想,还是一笔稳赚买卖,放了就放了吧,点了点头,深吸一口气,身体旋转一圈,将手中野兔使劲丢掷出去,嗖一下,不知是幸运还是可怜的野兔瞬间没了影儿:"飞吧,小老弟!"

石柔伸手扶额。

裴钱拍拍手掌,蹲在搭建灶台的陈平安身边,好奇问道:"师父,今儿是啥日子吗?

有讲究不？比如说是某位厉害山神的诞辰啥的，所以在山里头不能吃荤？"

陈平安只是微笑道："没讲究。"

边境上那座仙家渡口，是陈平安见过的最没架子的一座。不但没有遮遮掩掩的山水禁制，反而生怕世俗有钱人不愿意去，还离着几十里路，就开始招徕生意。原来这座渡口有许多奇奇怪怪的路线，比如去青鸾国周边某座仙家洞府，可以在山巅的钓鱼台上，抛竿去云海里垂钓某些珍稀的鸟雀和飞鱼。所以，一路上熙熙攘攘，人满为患。

陈平安在这边，听到了许多京城那边的消息。

比如唐氏皇帝顺应民心，将儒家作为立国之本的国教。至于佛、道两家是谁排在第二，据说还需要等待。

一座叫白云观的京城小道观，突然就成了青鸾国皇室烧香拜神的御用道观。

白水寺一个原本籍籍无名的年轻僧人，开始为世人说法，在寺庙内，在通衢大道，在市井坊间，传闻说得极其朴素粗浅，蒙学稚童也能听懂。

顺顺利利登上了那艘不大不小的仙家渡船后，裴钱好像便有些兴致不高，心情不好。她在陈平安屋子抄完书后，就要默默返回自己的房间，跟以往的裴钱，判若两人。

陈平安便去问朱敛，朱敛也没说出个所以然来。陈平安只得去问石柔，石柔便说了自己的见解。

陈平安喊住裴钱，带着她一起离开屋子，去船头欣赏云海风景。

一大一小在渡船栏杆那边，陈平安摘下养剑葫，准备喝酒。

裴钱掏出那只手拈小葫芦，高高举过头顶，左看右看。

陈平安到底还是没有喝酒，将酒葫芦在腰间别好，转头笑问道："有心事？"

裴钱使劲踮起脚，趴在栏杆上，轻声问道："师父，会不会到了山崖书院，你就只喜欢那个喊你小师叔的小宝瓶，不喜欢我了啊？"

陈平安眺望远方，摇摇头："不会啊。"

裴钱一屁股坐在地上，双臂环胸："我不信哎！"

陈平安坐在她身边，抬了抬脚，给裴钱使了个眼色。

裴钱一看到他脚上那双靴子，立即笑眯起眼，双指拈住黄皮小葫芦，晃了晃："师父，我们喝酒！"

陈平安大笑着重新摘下养剑葫，跟那只小葫芦轻轻碰了一下，喝了口酒。

裴钱假装自己小葫芦里也有酒，做了个仰头喝酒的样子，然后站起身，后退几步，貌似晕晕乎乎，跟醉醺醺的小酒鬼似的，晃来晃去："哎哟，师父，喝多啦喝多啦……"

陈平安看着这一幕，忍俊不禁。

陈平安刚要出声提醒，裴钱就轻轻撞到了从那边走过的一名魁梧男子。那人腰佩长刀，嗤笑一声："不长眼睛的小东西，给老子滚远点！"

那男子一巴掌按住裴钱的脑袋,手腕一拧,就要将裴钱摔出去。只是不等他加重力道,手腕就被先前只看到一个负剑背影的年轻人握住了。

裴钱赶紧对那人说道:"对不起,我刚才没看到你们走过,对不起啊。"

男子皱了皱眉头,约莫是觉得出手被阻,丢了脸面,不信邪了,他骤然间加重力道,就要以罡气弹开这个不知死活的绣花枕头,再将那碍事的小黑炭摔出去。

只是一瞬间,手腕处传来剧痛,以至于悬佩长刀的魁梧壮汉竟是扑通一声,直接跪地,大汗淋漓。

陈平安对裴钱微微一笑,示意她站在自己身后。

陈平安一手握葫芦,搁在身后,一手从握住那名纯粹武夫的手腕,变成五指抓住他的天灵盖,弯腰俯身,面无表情地问道:"你找死?"

五指如钩。那名魁梧壮汉脸色惨白,咬着牙不求饶。

实在吃痛难忍,那汉子厉色出声道:"梁子结下了,这事情没完!"

与他结伴游历乘坐渡船的七八个人,一拥而来,就要仗着人多势众,找点乐子,刚好打残这一大一小当作解闷。结果两把飞剑,恰好悬停在冲在最前边的男子眉心处。

如此一来,所有人都如坠冰窟,盛夏时分,遍体生寒。

天底下就数剑修杀人,最理直气壮!

只是那伙人应该不知道,不提什么剑修不剑修,只就结梁子这件事而言,陈平安真没少做,而且那些死对头的来头都不小。所以,陈平安最不怕的就是这件事。

陈平安一手提拽起跪地的魁梧壮汉,然后一脚踹在那人胸口,壮汉倒飞出去,撞倒好几个同伴,鸡飞狗跳,然后难兄难弟一起拼命逃窜。

陈平安回头对裴钱微笑道:"别怕,以后你行走江湖,给人欺负了,就回家,找师父。"

第三章
礼物

船头一场闹剧,雷声大雨点小。

因为剑修祭出了本命飞剑,而且还是反常的两把,到最后竟然不见血?看客们觉得不太过瘾。

渡船载了小两百号人,一时间渡船上议论纷纷。对于青鸾国人氏而言,无论是下山游历的谱牒仙师、为利奔波的山泽野修,还是携带家眷拓宽视野的达官显贵,乘坐仙家渡船,并不稀奇,云海滚滚、仙鹤翱翔之类的如画美景,看多了也就那么回事,反而不如亲眼目睹这种冲突来得让人精神一振,亦可借机各持己见。相较于当事双方一个云淡风轻、一个藏头露尾,他们聊得十分起劲,看法杂乱,到最后大致达成一致,都觉得那名年轻剑修,行事太霸道了,这么点小事,何至于出手伤人,摆明了剑修身份就能解决,非要一脚踹得那名汉子倒地不起,不是仗势凌人是什么?只有一个被父母带着游历山河的小姑娘,懵懵懂懂说了句:"不是那个被打的家伙有错在先吗?"

附近看热闹说热闹的大人们,连同她那在青鸾国世族当中极为门当户对的父母在内,都只当没听到这个孩子的天真言语。他们继续猜测那个年轻剑修的来历,是出了个李抟景的风雷园,还是剑气冲霄的正阳山?要不就是冷嘲热讽,说这传说中的剑修就是了不起,年纪轻轻,脾气真不小,说不定哪天碰上了更不讲道理的地仙,就要吃苦头了。

小姑娘又怯生生说:"如果那个背剑穿白袍的大哥哥,没有本事傍身,不就已经被那一大帮人欺负了吗?"

大人们依旧没理睬一个孩子的幼稚看法,屁大点孩子,能懂什么。

没人搭理她,小姑娘有些气愤,跑到一处人少的船头栏杆附近,踮着脚使劲向外眺望,那些云朵,跟天底下最大的棉花糖似的,看得她眼馋。她伸出手去,做了几个抓取的手势,然后往嘴里塞,拍了拍肚子,心满意足,就不跟那些大人生闷气了。她其实挺想找那个长得仿佛小黑炭的同龄人玩的,只是那会儿她不太好意思,而且爹娘叮嘱过她,上了这艘船就不能像在自家那样随意,后来出了那么大的事情,她就更不敢凑过去了。

小姑娘突然发现不远处的栏杆旁边有个人,那人长得特别好看,比之前护着黑炭丫头的那个大哥哥,还要符合书上说的玉树临风。

那人约莫而立之年,只是整个人依然给人一种模模糊糊的印象,年轻,朝气。

他转头与她对视一眼,小姑娘赶紧转过头,假装赏景。

那人笑了笑,学着小姑娘向渡船附近的形若山峰的一朵悬浮白云,伸手一探,然后那座雪白山峦微微晃动,之后有一条阳光照耀下熠熠生辉的白线,游到了那人手中,被他双手揉捏成一团线球。他笑着伸向小姑娘,像是在询问要不要尝尝看,小姑娘使劲摇头,那人便将线球丢入了自己嘴中。

小姑娘大为赞叹,张大嘴巴,佩服不已。

是个长得好看的神仙唉。

那人趴在栏杆上,无所事事。

此次告假出门,他既是散心,也是想要近观那个极有可能是法出同门的年轻人。

他正是青鸾国大都督韦谅。既是当初设局围剿黄牛、诱杀野修的地仙修士,也是本次青鸾国佛道之辩的京城看门人。

佛道之辩尚未真正落幕,所以韦谅这个岁数比青鸾国祚还要大的大都督、青鸾国开国皇帝的左膀右臂、昔年的头号谋士,这次跟现任皇帝陛下请了辞。唐黎心里很不情愿,如今青鸾国形势复杂至极,没有韦谅坐镇京城,卧榻之侧皆虎狼,可这位唐氏皇帝仍是只能硬着头皮答应。

青鸾国太祖皇帝立国后,为二十四位开国功臣建造阁楼、悬挂画像,韦潜排名其实不高,但是其余二十三位文臣武将孙子的孙子都死了,而韦潜不过是将名字换成了韦谅而已。

这艘名为青衣的仙家渡船,与世俗王朝那些巨湖大江上的战船,模样相仿,速度不快,还会绕路,为的就是让半数渡船乘客去往那些仙家名山找乐子:在高出云海之上的某座钓鱼台,以奇木小炼特制而成鱼竿,去垂钓价值千金的鸟雀、飞鱼;去客栈林立的某座高山之巅欣赏日出日落的壮丽景象;去某座仙家门派以重金购买种子,然后交由农家修士培育种植出一盆盆奇花异草,取回之后,是放在自家门庭欣赏,还是官场雅贿,都行;还有一些山头,故意饲养一些山泽仙禽猛兽,会有修士全程随侍陪同喜好狩猎之事的有钱人，上山下水，"涉险"捕获它们。

韦谅在青鸾国花团锦簇的岁月里，其实一直孑然一身。大都督府，每次明媒正娶的妻子，都只是个幌子，故而他并无子嗣。

恍恍惚惚，这么多年了。

韦谅蹲下身，笑道："小姑娘，你叫什么名字啊？"

小姑娘犹豫了一下："我叫元言序。"

韦谅点头道："言必有物、序，这么看来，你家中有长辈是当年桐城派'义法说'的推崇者，这一脉学问已经沉寂好些年了，那么我猜应该不是你爹给你取的名字，应该是你爷爷取的吧？"

元言序瞪大眼睛，对这个人更加佩服了，这都猜得到？

韦谅笑问道："咱们聊聊？"

元言序小跑几步，蹲在他身边："先生你说，我听好了。"

远处，元言序娘亲面有忧色，就要去将自己女儿带回身边。妇人的夫君，一个儒雅中年文士，也是这般打算。仙家渡船之上，就没有谁是简单人物。

只是他们身边那个随行的家族老客卿，对中年儒士摇摇头，轻声说道："说不定是一桩仙家机缘，我们最好静观其变。"夫妇二人这才稍稍放心，同时又有些期待。

韦谅干脆盘腿而坐，双手撑在膝盖上。这艘仙家渡船已驶入一片云海上方，栏杆外如一条雪白长河，成了名副其实的渡船。

韦谅先问了小姑娘元言序关于先前那场风波的看法，小姑娘便将自己的想法说了。

看到这位神仙先生点头，元言序有些开心，终于有个认可自己看法的人了。

韦谅缓缓道："你们这些涉世未深的小孩子，都是……怎么讲呢，就像是一件最漂亮却又最脆弱的瓷器，未来是登大雅之堂，还是沦为井边破罐，就看教得好不好，教得好，形制就正，教不好，就长歪了。

"言传身教，又以后者更重要。言传为虚，身教为实，因为孩子未必听得懂大人的那些个道理，但是对世界又最好奇，要孩子耳朵里听得进、装得下道理，很难。孩子眼睛里看见得更多，更容易记住这个世道的大致模样，比较浅显，黑白分明，稚嫩却尤为可贵。这么潜移默化下去，自己都浑然不觉，点点滴滴，年年月月，心目中的世界就定型了，再难更改。

"所以好些人看似长大成人后，有有违旁人印象的一些莫名其妙的举措，其实早就有迹可循。在打磨器形的关键时刻，父母的言行，至关重要，一句做错了事却骂不到点子上的训斥，或是做错了，干脆就觉得自家孩子年纪太小，选择视而不见，最后可不就是害人害己害子女嘛。所以要赏罚分明，父母要学会给子女立规矩。仁义，理之本也。

刑罚,理之末也。"

韦谅说得语速平稳,不急不缓。

元言序听得认真,偶尔眨眨眼睛。

韦谅继续道:"所以在小的时候,父母以身教子女仁义,稍大一些,学塾先生教弟子书本上的仁义。两者相辅相成,前者往实处教,后者往高处教,缺一不可,相互拆台更不行。"

元言序始终默不作声,也不知道听不听得懂。但是别人说话时,竖耳聆听,不插话,她还是懂的。

韦谅转头笑问道:"知道什么人相对比较愿意听人讲道理吗?"

元言序摇摇头。

韦谅便自问自答:"一开始,孩子听父母的;随后,学生听先生的;长大后,弱者听强者的,贫者听富者的,臣子听君王的,又比如山下的听山上的,山上的听山顶的。那么问题来了,强者若是说得不对,弱者却将强者的所有言语道理,死心塌地奉为圭臬,怎么办? 道德仁义,已经很难有效了,就需要有法,世上得有一种东西,比山上的所有仙家术法,更让人感到敬畏,让所谓的强者都束手束脚,让这些人像犯错的孩子畏惧父母的训斥,像是教书先生的鸡毛掸子和戒尺,一犯错就会立即敲在手心,知道疼。"

韦谅笑容灿烂:"听不太懂,对吧?"

元言序当然听不懂,小脑袋瓜里一团糨糊呢:"嗯!"

韦谅哈哈笑道:"你其实听进去了,只是暂时不懂而已,可都放在了你心上,比好多大人都要厉害,他们往往吃过亏后,只是学了些为人处世的小聪明。小姑娘,你虽然修行资质一般,可如今家境好,衣食无忧,不太会有心性大变的事情出现,以后再嫁给好男人,这辈子不会差到哪里去。"

元言序有些害羞。

嫁人这种事情,过家家的时候,倒是跟同龄人玩过,每次都会找出一块红缎子,给"新娘"盖在头上,如果"夫君"是隔壁刘府的那个小书呆子,她就会笑得多些,若是马府那个小胖墩,她可就不愿意笑了。

韦谅伸出一根手指:"看在你这么聪明又懂事的分上,告诉你一件事。等你长大以后,如果遇上了你觉得家族无法应对的天大难关,记得去京城南边的那座大都督府,找一个叫韦谅的人。嗯,如果事情紧急,寄一封信去也可以。"

元言序怯生生道:"先生,那是好多年以后的事情呢,还是算了吧?"

韦谅摇头笑道:"可不能这么觉得,光阴如水哗啦啦,一眨眼工夫,你就长大了,再一眨眼……"可能就已经老死了。只是这种不合时宜的言语,韦谅没有说出口。

韦谅微笑道:"人善被人欺,就不做好人了吗? 恶人唯有恶人磨,就去当坏人吗?

君子可以欺之以方,就觉得欺负君子对吗?这样不对啊。

"只是论人之善恶,太复杂了,即便认定了对错是非,怎么处置,还是天大的麻烦。就像今天渡船上那场风波,那个背剑的年轻人,若是与那伙人耐着性子讲道理,人家听吗?嘴上说听,心里认可吗?那么说与不说,意义何在?因为那伙人愿意听的,不是那些真正的道理,是当下的形势,双方分道扬镳,形势一去,江山易改禀性难移,一切照旧。说不定坐下来好好说了道理,反而惹得一身腥膻……算了,不聊这些,咱们还是看看云海比较舒心。"

这些其实更多算是韦谅的自言自语了,更不奢望小姑娘听得明白。

事实上,换成元言序的爹娘来听,一样没用,不是听不懂,而是觉得世道如此,聊这些,还不如已经算得上离地万里的清谈玄理来得实在。

韦谅在两百多年前就已经是一位地仙,但是为了推行自家学问,打算以一国之地风土人情的转变,作为自身证道与观道的契机。于是当时他化名"韦潜",来到了宝瓶洲东南部,帮助青鸾国唐氏太祖开国,此后辅佐一代又一代的唐氏皇帝,并立法。在这次佛道之辩之前,韦谅从未以地仙修士的身份,针对庙堂官员和修行中人。如此一来,劳心劳力不说,还进展缓慢,甚至还在两任皇帝期间,走了一大截的回头路。这让韦谅很失望。

韦谅最后笑着离去,只是提醒元言序在书信与都督府一事上,保守秘密。

元言序爹娘和家族客卿在韦谅身形消失后,才来到她身边,开始询问对话细节。

元言序不敢隐瞒,但是一开始也想着要保密,听那位先生的,不说都督府和书信的事情。只是不小心说漏了嘴,给那位家族客卿老先生抓住了蛛丝马迹,一番神色和煦却暗藏玄机的盘问后,元言序纠结许久,拗不过爹娘的殷切追问,只得和盘托出。

老客卿开怀不已,与中年儒士窃窃私语,说那人必然是那座大都督的供奉修士!说不定还是韦大都督身边的红人!元家有福了!

元家老客卿又叮嘱那位儒士,这些山上神仙,性情难料,不可以常理揣度,所以切不可画蛇添足,登门拜访感谢什么的,万万不可做,元家就当什么都不知道好了。

夫妇二人,激动万分。

只有元言序对那位神仙先生满是愧疚,蹲在栏杆旁,觉得有些失落。

已经走远的韦谅叹息一声。这类小事,谈不上让韦谅失望,他更不会因此就反悔,只是没有惊喜罢了。以后在青鸾国京城只算二流世家的元家,一旦遇上麻烦,哪怕那封书信无法寄到都督府,他韦谅仍然会出手相助一次。不过那个名叫元言序的小姑娘,已经失去了一桩可以踏上修行之路的仙家机缘。只是韦谅同样知道,对于元言序而言,这未必就真是坏事。

能在世间得一个安稳,已经殊为不易。上了山修了道,成了练气士,一旦开始跟老天爷掰手腕,不提人性之善恶,只要是心志不坚者,往往难得善终。

陈平安牵着裴钱的手返回渡船房间。

裴钱破天荒说今天要多抄五百字。

陈平安没有阻拦,只是提醒今天多写的,不能算是明天的。

裴钱挺起胸膛,说:"那当然。"

抄书的时候,黄皮小葫芦被裴钱搁放在手边。

陈平安坐在桌子对面,继续翻看一本经由崔东山提醒后购买的法家书籍,不是什么孤本善本,但却是属于那类支撑起三教百家的根本"正经"之一。关于读书一事,陆抬给陈平安的建议,陈平安都记在了心中。比如读书之法的"先厚再薄",以及"顺藤摸瓜找亲戚",以及挑书的诀窍,别看诸子百家学问驳杂,汗牛充栋,书海无涯,其实便是书籍流传最广的儒释道三教学问,真正当得起"开卷有益"四字的,加在一起,也不超过五十本,世间所有七十古稀年的凡夫俗子,都可以细读精读反复读。所以陈平安所选三本法家典籍,也就只是确保版刻无误而已。

今日之事,裴钱最让陈平安欣慰的地方,仍是先前陈平安与裴钱所说的"发乎本心"。做错事,先与人由衷道歉。再就是如今的裴钱,跟当初在藕花福地初次见到的裴钱相比,有了天翻地覆的变化,比如从风波起到风波落,裴钱唯一的念头,就是抄书,而不是转身就咒骂那伙人不得好死之类的。

陈平安问道:"裴钱,给那家伙按住脑袋,差点把你摔出去,你不生气?"

"气啊。这不在来的路上,我就在肚子里骂死他们了,八个大坏蛋,每个人的死法都不一样哩,比如被师父教训了的家伙,出门不小心崴脚,掉下渡船,啪叽一下,摔了个稀巴烂。那个按照老厨子交给我的面相说法,叫卧蚕厚而鼓者的臭娘们,突然跟人吵架,然后被人左一巴掌右一耳光,最后给人打得满嘴牙都找不到,哈哈……还有那个尖嘴猴腮的,吃坏了肚子,渡船上没有郎中救治,满地打滚,嗷嗷叫……"

裴钱忙着专心抄书,一不小心就说出了心里话,蓦然惊醒,苦着脸道:"师父,敲栗暴,还是扯耳朵,看着办。"

陈平安没有如何生气,笑问道:"那如果……"

裴钱好似晓得陈平安要问什么,挺直腰杆道:"师父你放心,我也就是想一想,让自己乐和乐和,就算我哪天练成了绝世剑术和无敌拳法,碰到这些家伙,也不会真拿他们怎么样的!至多就像师父这样,踹他们一脚。"

陈平安好奇问道:"为什么?"

裴钱一脸天经地义的神色:"我是师父你的徒弟啊,还是开山大弟子!我跟他们一般见识,不是给师父丢脸吗?再说了,多大点事儿,小时候我给人揍啊给人踹啊的次数,多了去啦,我如今是有钱人哩,还是半个江湖人,度量可大了!"

朱敛刚好带着石柔推门而入,伸出大拇指:"裴女侠的马屁功夫,越发炉火纯青了。"

裴钱继续埋头抄书,今天她心情好得很,不跟老厨子一般见识。

陈平安对朱敛说道:"等下那伙人肯定会登门道歉,你帮我拦着,让他们滚蛋。"

裴钱突然问道:"师父,为啥不见,与他们讲讲道理呗。"

朱敛笑道:"你懂个屁。"

裴钱破天荒没有顶嘴,咧嘴偷笑。

上次在离开狮子园的小路上,她就抓了个屁给朱敛和石柔猜,所以老厨子你才是真懂个屁呢。

朱敛站在裴钱身边,看她抄书,她写字的章法,应该是跟陈平安学的,如今写得勉强算是端正了。

朱敛一边看她一丝不苟写字,一边说道:"少爷与这种人好好说话,他们当面肯定心悦诚服,嘴上说些以后肯定不再犯的屁话。转过身去,就蹬鼻子上脸,指不定就会引以为傲,逢人就说与少爷不打不相识,下了船,继续混他们的江湖,就有了个一渡船人都可以证明的剑修朋友,如何不让人忌惮,你以为是小事?"

裴钱抬起头,疑惑道:"咋就是朋友了,我们跟他们不是仇家吗?"

朱敛坐在一旁,淡然道:"我们知道,江湖不知道。"

裴钱停下笔,气得另外一只手一拍桌子:"江湖咋这鸟样呢!"

陈平安笑道:"好好抄书,争取一鼓作气写完,中间最好不要磨磨蹭蹭。"

裴钱哦了一声,继续抄书。

果然,门外廊道响起一阵脚步声,多是三四境的纯粹武夫,只有一个五境。

他们开始敲门。朱敛打开门后,一脚将人踹飞出去:"少来这边打搅我家少爷,再来碍眼,我见一个拍死一个。"

那伙人战战兢兢,低头哈腰,一窝蜂告罪离去。

这条廊道,附近房间差不多有半数是打开的,都很好奇接下来是一言不合的血溅三尺,还是书上所谓的江湖美谈。结果只是这么个光景,所有人都觉得有些无趣。

不过有几个山泽野修,倒是心中好受些。若是真让那帮莽夫因祸得福,攀附上了这么个深不见底的年轻剑修,他们还不得眼红死。

看着安安静静看着裴钱抄书、检查一笔一画是否有纰漏的陈平安,石柔突然有一种感觉,自己数百年的鬼物岁月,都活到了狗身上。

他不是还没有二十岁吗?对于人心细微,不该看得这么透彻吧。

陈平安突然转头,笑问道:"你看我半天了,干吗?"

石柔有些羞赧，摇摇头。

见陈平安脸色古怪，石柔便害怕他想岔了，误以为自己有什么非分之想，越发不自在，猛然起身，拧转腰肢，走了。

陈平安一头雾水。他就是觉得给一个"杜懋"这么盯着，他起鸡皮疙瘩。

朱敛幸灾乐祸道："少爷真是人中龙凤，世间女子遇上了少爷这般人物，可不就是都要误了终身？"

陈平安叹了口气："朱敛，有些时候，你的马屁拍得真不如裴钱的顺耳。"

朱敛呵呵笑道："毕竟拍马屁这种事，裴钱天赋异禀，老奴只是后天努力。"

裴钱抄书，头也不抬，只是神色愤懑道："老厨子，你等着，等我抄完书，还差一百二十五个字，到时候你就惨了。"

朱敛笑道："咋的，是跟我比吃屎啊，还是比骂人？"

陈平安有些听不下去了，干脆就取出那张价值连城的日夜游神真身符，和那块篆刻了龙宫的玉佩。

因为已被李宝箴"开门"，陈平安又不知道关门之法，所以两者一直在流失灵气，只是相较于符箓和玉佩本身的充沛灵气，几乎可以忽略不计。这就如狮子园外那个芦苇荡湖泊，有人以锄头凿出一条小水沟放水。

只是这就更衬托出纯粹武夫画符的致命缺陷。一个烈火烹油，如四季轮转，过时不候；一个细水长流，如仙家洞府，四季常青。

朱敛啧啧称奇道："玉佩看不出名堂，但是李家二公子的这张宝贝符箓，应该算是……仙家法宝中的法宝？"

陈平安点头道："符箓一脉，是道家一支大脉，千变万化皆天机。运用纯熟之后，足以让修士横行四方。便是对上吃钱最多、杀力最大的剑修，一样有井字符、锁剑符可以针对，相对其他畏惧剑修如虎的练气士而言，已经算是很好了。何况还能够劾厌杀鬼神而使命之，所以一般修士都会随身携带几张符箓，以备不时之需，至于数量多寡、品秩高低，当然要看各自的钱袋子。"

狮子园一战，陈平安除了以金漆画符，可是还掏出了一大把的上品珍稀符箓。

发现朱敛看向自己，陈平安笑道："这里边的故事，到了龙泉郡落魄山，再说给你和裴钱听。总之，这差不多就是我没杀李宝箴的原因。"

朱敛不再多问，搓搓手道："少爷，给个喂拳机会？"

陈平安点点头，站起身："这次你下手重一点，不用担心我能不能扛得住，你朱敛是不知道我当年是怎么给人喂拳的，见过了，才知道郑大风当时在老龙城药铺给你们喂的拳，真是……嗯，按照你朱敛的说法，就是男子给女子画眉，手法温柔。"

朱敛笑道："这敢情好。那会儿老奴就觉得不够爽利，只是有隋右边在，老奴不好意思多说什么。"

裴钱已经抄完书。

陈平安说道："回自己屋子，不然你到时候肯定要大呼小叫。"

裴钱朗声保证道："不会的！"

陈平安先拿出一张祛秽符，贴在房内。

结果一炷香后，裴钱只是观看两人切磋，就满头大汗，心惊胆战。到后来干脆跑去墙角那边，翻陈平安那个竹箱，将自己的多宝盒取了出来。

若是她也要这么练拳习武，才能成为心目中的绝世高手，她一定会假装江湖不存在，天底下没有江湖这东西，书上翻翻故事就好了。

陈平安身穿法袍金醴，省去许多麻烦。与朱敛坐回桌旁，取出一壶从青鸾国京城买来的雾凇酒，给朱敛倒了一杯。

朱敛一口痛饮而尽，不用陈平安倒酒，拿过酒壶就给自己倒满。

裴钱提醒道："老厨子你少喝些，酒喝多了伤身体，再说了，一壶雾凇酒，要三两银子呢。"

朱敛开始慢饮慢酌，小声问道："公子打算何时破开瓶颈，跻身六境？"

陈平安心中早有定论，说道："再等等吧，有份机缘，可以争取争取。"

陈平安没有细说机缘为何物，毕竟"最强"二字，比能够显化为气象的一国武运，还要虚无缥缈。随后他笑道："要我去那些破碎后的洞天福地秘境碰运气、抢机缘、夺法宝，希冀着找到各种仙人传承、遗物，我不太敢。"

但是靠着一拳一拳积攒出来武道底子这件事情，陈平安觉得试试看又无妨。不过陈平安也知道，只要曹慈还待在五境，别说是他陈平安，谁都没有希望。

老大剑仙都亲口说过，曹慈的武学修养，拉开同辈武夫太多，每一境，会是世间最强。

当时宁姚还不太服气，说即便曹慈师父是四座天下的武道第一人，武运也可以显化具象，可天大地大的，每天都有不测之风云，曹慈怎么就一定是境境最强？难不成他曹慈祖祖辈辈是开铺子的，一家独大，垄断了天下武运？

陈清都当时说了一句让陈平安记忆深刻的话："人家曹慈就是这么强，从根骨、天赋到性情、武运，皆是如此，没道理可讲。"

陈平安那会儿刚刚连输曹慈三场，他自己倒没觉得有什么，宁姚已经气得不行。看到那样的宁姚，陈平安觉得挺开心，结果宁姚见他如此，更气。

这会儿朱敛下意识便脱口而出道："少爷是洪福齐天的人物，岂有入宝山空手回的可能。如今老奴好歹是远游境，对那洞天福地破碎后的秘境仙府，也有些了解，知道上五境的修士进不去，一进秘境就会不稳，容易崩碎，容易被那些无序的光阴长河裹挟，严重消磨道行。没了上五境修士暗中觊觎，又有老奴帮衬一二，故而如今少爷是可以去碰碰运气的，下次若是遇上了这类地儿，少爷不妨带上老奴，毕竟咱们纯粹武夫，不打紧，不受这类约束。"

陈平安思考片刻，点头道："有理，是我习惯了避开这些，现在看来，是得改改以往的心态。"

裴钱原本一听"洪福齐天"，立即就横眉竖眼，只是听到朱敛后来的言语，才眉头舒展。

朱敛略有所思。

之后这艘仙家渡船上的光阴，悠悠而逝。

许多挂着山上仙家洞府招牌的山水形胜之地，打造不出一座需要源源不断消耗神仙钱的仙家渡口，所以这艘渡船无法"靠岸"，不过会早早准备好一些能够浮空御风的仙家舟子，将渡船上到达目的地的客人送往那些山头小渡口。途经那座位于青鸾国北境的著名钓鱼台，下船之人尤其多。陈平安和裴钱、朱敛来到船头，看到在两座巍峨大山之间，有巨大的云海流淌如溪涧，左右对峙的两大钓鱼台，就建造在大山之巅的云海之畔，时不时能够看到有彩色鸟雀振翅破开云海，画弧后又坠入云海。

裴钱看得入神，只恨自己没办法御风而行，不然嗖一下过去，手持行山杖，一棍子敲在那些鸟雀、飞鱼身上，抓了就跑回渡船，应该能卖不少钱，说不定多跑几趟，她就能买个多宝盒甚至是多宝架了。

朱敛是第八境武夫，但是跟着陈平安这一路，从来都是步行，从无御风远游的经历。

陈平安好奇问道："朱敛，你就没点想法？不会觉得亏待了自己的境界？"

朱敛摇头笑道："少爷，老奴在家乡那边，早就腻歪了旁人一惊一乍的眼光，实在是提不起那股子愣头青心劲。"

石柔在一旁沉默赏景。对于朱敛那些个迥异于常人的想法，她已经见怪不怪，习以为常。

在陈平安一行人赏景的时候，韦谅坐在一间屋内书桌旁，正在写些什么，手边放有一只古色古香的紫檀木匣，里边装满了"君子武备"的裁纸刀。

他从中取出了一把竹黄刻刀，作为当下的镇纸。

韦谅虽然用了个游山玩水散散心的理由离开京城，其实这一路都在做一件事情。与青鸾国关系说大不大，说小不小。

他在帮一个人编撰宝瓶洲谱牒仙师的品第，需要做一份提纲挈领的东西。

韦谅制定了一份九品制的初稿框架。

第一品,唯有宝瓶洲上五境中的仙人境,可以跻身此列。

第二品,上五境中的玉璞境。或是对于大骊宋氏铁骑南下,建立灭国之功。

第三品,元婴境。或是功劳相当于开疆拓土一州之地。

第四品,金丹境。

渐次往下,直到最末尾的第九品。

具体划分,颇为复杂。并不与练气士的境界绝对挂钩,需要参考大骊朝廷,尤其是军方在此次铁骑南下途中,记录的功劳大小。

其中龙泉剑宗的阮邛,既是第二品的第一人,还是如今这份将来会被大骊宋氏作为功劳簿的仙人谱上暂时位居第一高位的人。

此外,是真武山和风雪庙两座兵家祖庭,以及风雷园和正阳山两个剑修大派。

再往下,是大骊长春宫、云霞山、清风城许氏之流。

都需要有一两个名额,板上钉钉要荣登此谱,而且品第肯定不会低。

至于拥有大骊刑部颁发的太平无事牌的修士,必然入列。

此后率先投诚大骊的各路仙师,不论出身,谱牒仙师、山泽野修,都可以跻身其中。

韦谅最近一直在完善细节,这需要那个人提供给他大量谍报,甚至是涉及一国国祚、帝王生死的内幕。

韦谅将手中毛笔搁在笔架山上,站起身,在屋内缓缓踱步。

韦谅之所以愿意做此事,并非迫于大势,不得不投靠那头绣虎,事实上以韦谅的脾气,如果崔瀺无法说服自己,他大可以舍了在青鸾国的两百多年经营,去别洲另起炉灶,比如更加无法无天的北俱芦洲,比如格局相对稳固的桐叶洲,有了青鸾国的基础,无非再折腾一两百年。

但是这次崔瀺亲临青鸾国,第一个找到的人,就是他韦谅。崔瀺与他有过一番坦诚相谈,韦谅得知这位大骊国师以及大骊王朝的既定国策大方向后,决定合作。

合作,而非投诚。韦谅没有委曲求全,没有讨价还价,崔瀺同样对此没有半点质疑。

不可否认,崔瀺所求,比韦谅更为深远,所以韦谅很期待崔瀺所说的那幅画面,有一天出现在自己眼前。

"将大骊国法篆刻碑文,立碑于宝瓶洲群山之巅!"

韦谅来到窗口,眼神炙热,心中有豪气激荡,犹胜脚下那片只在两座大山中流淌的滚滚云海。

大丈夫当如此,方能不枉此生走一遭,不辜负一身所学!

陈平安已经坐过三趟跨洲渡船,知道这艘叫青衣的渡船本来就慢,不承想绕了不少弯路,故意沿着青鸾国东北和北方边境线航行之后,放下了好几拨乘客,好不容易离开了青鸾国版图,本以为可以快一些,又在云霄国北边的一个藩属国境内停停留留,最后干脆在一天正午时分,在这个小国的中岳辖境悬空而停,说是明天黄昏才起航,客人们可以去那座中岳赏赏景,尤其是恰逢一年四次的赌石,有机会一定要小赌怡情,万一撞了大运,更是好事。承天国这座中岳的灯火石,被誉为"小云霞山",一旦押对,用几枚雪花钱的低价,就能开出上等灯火石髓,只要有拳头大小,那就是一夜暴富的天大好事,十年前就有一个山泽野修,用身上仅剩的二十六枚雪花钱,买了一块无人看好、石墩大小的灯火石,结果开出了价值三十枚小暑钱的灯火石髓,石髓通体赤如火焰。当然若是渡船客人不愿下船,也可以留在渡船上休息。

陈平安听到渡船婢女的解释后,一时间无言以对。那个婢女离开后,陈平安走到窗口,看了眼不远处那座所谓的一国中岳,哭笑不得。

说是中岳,别说跟家乡那座披云山媲美,就连独属于他陈平安的那座落魄山,都要比这座山雄伟许多。

陈平安只好带着三人准备下船,等着一艘艘小舟往返,带着他们去往那座承天国中岳"大山"。

陈平安用屁股想想都知道这座中岳的神祇,跟青衣渡船的主人,是互惠互利的生意伙伴。

在陈平安他们等待小舟接人期间,四周渡客们下意识避让开来,虽没有公然指指点点,窃窃私语是免不了的。

先前那拨在"年轻剑修"手上吃亏的江湖人,登门致歉无果后,早已灰溜溜下船,不敢久留。

众人心态各异。谱牒仙师无论年纪大小,多是对温养出两把本命飞剑的陈平安,心怀嫉妒,只是隐藏得极好。山泽野修,则惧怕无比。世俗有钱人,经过渡船各方人士的谈论渲染后,大多觉得剑修果然跟传说中一样骄横跋扈。唯有渡船这边,最近对陈平安一行人相当恭敬,专门挑选了一名俏丽女子,时不时敲门,送来一盘仙家果蔬。

渡船上还有一栋美其名曰"仙气斋"的小阁楼,专门让乘坐过青衣渡船的某些贵客们留下一幅墨宝。

陈平安婉拒了,只是让朱敛去对付着写了一幅字。

陈平安他们乘坐一艘底部篆刻符箓、金光流转的掠空小舟,来到了那座中岳的山脚。

真正的香客不多,当下还是以来此赌石的承天国权贵子弟和江湖豪客居多。只是这些在俗世王朝习惯了鼻孔朝天的人物,碰到了那些从小舟走下的渡客,走路说话的声音都要比平时小许多。

在渡船上，就有三个隶属于中岳不同祠庙的递香人，为了争抢客人，差点没打起来，中岳神庙的香火贩子，脾气最暴躁，其余一座半山腰道观和山脚寺庙的香火贩子，虽然看着避其锋芒，但言语间也是软刀子乱飞，反正三人各展所长，都有收获，此次乘坐小舟登船揽客，都带了些有烧香意愿的渡客一同下船。

渡船管事专程领着那个中岳山神庙的递香人，来到陈平安一行这边，介绍了一下。

那汉子听说陈平安暂时没有请香的想法后，依旧笑脸相向，说了一大通例如陈公子大驾光临，便已是蓬荜生辉的客气话。

等到陈平安双脚落了地，还在渡船上的那个香火贩子，站在栏杆旁，往外边狠狠吐了口唾沫。

朱敛笑眯眯道："少爷怎么说？不如老奴这头一回御风，就打赏给这名壮士了？"

陈平安摆摆手："说不定一辈子就打这一次照面，无恩无怨的，计较这些做什么。"

裴钱好奇问道："咋了？"

朱敛笑道："有人在你头顶拉屎撒尿，快抬头看看。"

裴钱翻了个白眼。

山脚有一条专门提供赌石的长街，街上有大大小小数十个铺子。铺子内外都堆满了灰色的灯火石，最小的不过巴掌大小，最大的等人高，重达万余斤，这样的巨石，多是各个铺子的镇店之宝。这种承天国中岳特有的石头，之所以被命名为灯火石，在于传说中品相最高的灯火石髓，鲜红如血，极为浓稠，毫无杂质，而且会如灯火摇曳，手持一块，能够天然震慑邪祟鬼魅。而出奇之处，在于开石之前，连地仙修士都看不穿内里成色。

陈平安对这些不感兴趣，给了裴钱三人各十枚雪花钱，让他们自己去拣选、开石。他则独自登山，想要去山顶中岳祠庙看看，约好了黄昏时分在山脚一家客栈碰头。

裴钱有些扭捏，问能不能不买石头。

陈平安笑着捏了捏她黝黑的脸蛋："反正十枚雪花钱归你了，爱怎么花就怎么花。"

裴钱哦了一声。

等到陈平安走远，开始往山上行去，裴钱立即雀跃得一个蹦跳起来，张牙舞爪，耍了一通疯魔剑法。

朱敛还没逛完两家铺子，就买了一块顺眼的灯火石，当场剖开一看，血本无归。气得裴钱差点跟他拼命。

朱敛一手按住裴钱脑门，任由裴钱手脚乱动。

石柔手持十枚雪花钱，看得仔细，听得用心，一家家铺子逛过去，经常一块灯火石拿起端详半天又放下，迟迟没有花去一枚雪花钱。

朱敛赞叹不已："真是会过日子。"

裴钱跟在石柔身边，每次盯着大小不一的灯火石，恨不得把眼珠子贴上去。屁股蛋挨了朱敛好几次踹，还被朱敛嘲笑掉钱眼里也就算了，掉石头堆里算哪门子事？

朱敛很快就后悔没有跟随陈平安一起登山。

石柔和裴钱这大小两个娘们，逛起铺子来真是毅力卓绝，不但非要一家一家逛荡过去，还要一块一块灯火石打量过去，再加上只要有顾客买了灯火石让店铺帮忙开石，两人必然要驻足不前，从头看到尾，神色肃穆，好像比一掷千金花钱买石的豪客们还要在乎结果。

朱敛走路是不吃力，可是心累啊。

结果等到朱敛抬头看了眼天色，估摸着陈公子都快下山走到山脚了，石柔总算买了一块巴掌大小的灯火石，按照店铺标价，花了两枚雪花钱。

开出来的石头，竟然有拇指大小的鲜红石髓，连店铺掌柜都由衷地感到震惊。不是这么点灯火石髓有多么价值连城，而是这么点大的灯火石，能够开出这么多石髓，确实很罕见。

石柔微笑，没打算卖掉那块鲜红浓稠的灯火石髓。

走出铺子后，裴钱突然扯了扯石柔袖子，小声开口道："石柔姐姐，你借我八枚雪花钱好不好？"

石柔好奇道："你又不买石头，借钱做什么？"

裴钱一本正经道："我买石头啊！"

石柔更疑惑了："这都逛完了，这么多铺子，你还记得住是哪块？"

裴钱使劲点头。

石柔便笑着将剩余八枚雪花钱交给裴钱。

裴钱深吸一口气，开始撒腿飞奔。石柔和朱敛相视一眼，快步跟上。不知道这个裴钱葫芦里到底在卖什么药。

最后两人发现裴钱在一家各色灯火石堆积成山的大铺子里边，站在一个角落，很吃力地"拔出"一块灯火石，那灯火石估计得有大几百斤，她双手都未必能够抱住。

灯火石虽然看不出里边光景，但是数百年的开采历史，中岳那几条山根石脉也有讲究，加上不断开出石髓的丰富经验，各个铺子的掌眼人，大致会有个估计，虽然难免有些偏差，但一般都不大，小漏偶尔会有，却几乎不会让人捡个大漏。所以，不少灯火石虽然大，价格却极低，有些石头不大，价格反而高。

蹲着的裴钱脚边的这块灯火石，个头挺大，却只标价二十枚雪花钱，已经在铺子里边搁置了一百多年，始终无人问津。

裴钱开始跟掌柜正儿八经砍价，说她只有十五枚雪花钱，已是辛苦积攒多年的所有积蓄了。

老掌柜觉得这小丫头片子有趣,瞧着半点不像是富贵人家的孩子,长得黑不溜秋的,却能拥有十五枚雪花钱,那可是一万五千两白银,在承天国的郡县城池,都算富家翁了。

老掌柜其实觉得砍掉五枚雪花钱,十五枚雪花钱,这个价格不亏,不然这么块眼师傅私底下估算为十枚雪花钱的大灯火石,可能再放个一百年,铺子都已经传到自己孙子手上了,还卖不出去。

不过老人仍是跟裴钱一个漫天要价、一个就地还钱,钩心斗角了约莫半炷香工夫,老掌柜就想看看这小闺女为了省下五枚雪花钱,能想出哪些借口和由头来。

最后老掌柜哈哈大笑,答应下来。结果只见那黑炭丫头掏出一大把雪花钱后,捡出三枚放回自己袖子,剩余十五枚都交给了他。看得老人嘴角直抽搐。小姑娘你这就有些不厚道了啊。

裴钱装傻扮痴,咧嘴笑着。

石柔假装不认识裴钱。

朱敛则朝她竖起大拇指:"不愧是开山大弟子。"

老掌柜倒是不生气,反而觉得古灵精怪的小姑娘,是个会做生意的好坯子,便笑问道:"要不要我们铺子帮你现场开石?"

裴钱点头道:"要开的,不然这么重我可抱不动,按照你们这边的规矩,二十枚雪花钱以下的灯火石,无偿开石的。还有,如果开出了好石头,给不给铺子彩头,是买家自愿,我到时候不给老先生你彩头,你可不许生气。"

老掌柜乐不可支,点头答应下来。

裴钱突然要老掌柜等会儿,转头望向朱敛。

朱敛心有灵犀,点头道:"开吧,少爷不在,有我在。"

裴钱歪了歪脑袋,灿烂而笑,蓦然转头,对老掌柜大手一挥:"开石!"

然后她将剩余三枚雪花钱,还给石柔,轻声道:"还欠你五枚,以后还你啊。"

一炷香后,山脚整条长街都震撼不已。

本来就斜挎包裹的裴钱,又多了一个沉重行囊。

身后那家店铺的老掌柜,捶胸顿足,悔恨不已。

百年难遇的灯火石髓!价值三枚谷雨钱!

朱敛双手笼袖,笑眯眯慢悠悠,跟在大摇大摆的裴钱身后。

石柔只觉得太过匪夷所思。

陈平安刚好下山,来到街道尽头那边。

看到那个被万众瞩目的裴钱,陈平安一头雾水。

裴钱一看到那个熟悉身影，立即飞奔过去，跑得气喘吁吁。

陈平安笑问道："怎么了，是朱敛还是石柔捡漏了？"

裴钱只是笑。

朱敛和石柔来到师徒二人身边。朱敛轻声笑道："少爷，这个赔钱货，用十五枚雪花钱，开出一块至少价值三枚谷雨钱的灯火石髓。"

陈平安笑了，摸了摸裴钱的脑袋："这么厉害啊。"

高兴是高兴，但是谈不上如何震惊或是惊喜。

裴钱一双眼眸，眯成月牙儿，歪斜脑袋，有些吃力地摘下那只包裹，递给陈平安："师父，送你了哦。"

陈平安笑着摆手道："自己留着吧，以后等你攒钱买了多宝架，放在上边最显眼的地方，不挺好，谁看到了都羡慕，晓得你是个小财主。"

裴钱使劲摇头，解释道："我想起来了，我逮着山跳又给放了的那天，原来刚好是师父你的生日呢，刚好这个当作我送师父的生日礼物。"

陈平安愕然，沉默许久，手心放在裴钱小脑袋上，竟是难得地笑眯起眼："这样啊，那师父就收下了？"

朱敛是第一次看到这么开心的陈平安。

当初与张山峰、徐远霞重逢，陈平安自然也很开心，但不是当下的这种开心。

裴钱点头，歉意道："可是师父，明年的五月初五，我可不一定能送这么好的礼物了哦。"

陈平安接过那只包裹，放入背后竹箱，然后牵着裴钱的手，一起走在街上。

裴钱兴高采烈地说着开石后所有人瞪大眼睛的光景，陈平安微笑着听着裴钱的絮絮叨叨。

夕阳西下。

余晖拉长了一大一小的身影。

朱敛依旧双手笼袖，石柔眼神温柔。

一行人原本打算住在山脚客栈，不料客栈人满为患，多是这家剩一间那家余一间，陈平安不放心，担心石柔一个人护不住裴钱，只好乘坐飞舟，返回那艘悬停空中的渡船青衣。

朱敛询问山顶那座中岳祠庙香火如何，陈平安说他没进去烧香，只是在山顶转了一圈，不过一路往上，经过几座道观寺庙，看得出来，为了争夺香客，不遗余力。道观请承天国三品高官在观外门口立碑，寺庙就去聘请书法名家撰写匾额，除此之外，将各自通往寺庙道观的山路修筑得异常平坦，绿树成荫。

一岳山上，是如此，一国五岳之间，争夺香火，更加激烈，可谓无所不用其极。一岳神祇经常会请那些中五境练气士结茅修行，哪怕人不到，茅屋在就行，这叫山不在高，有仙则灵。还会盛情邀请文人骚客，来自家山头游历风景，留下诗篇墨宝，再让人去世俗王朝推波助澜，等等。可谓花样百出。据说有一位被后世誉为芭蕉学士的著名文臣，在承天国南岳避雨期间，写了篇脍炙人口的绝妙诗词，观湖书院副山长对此极为推崇，将其编入诗集，并且作为压轴之作，以至于百年之后的今天，南岳祠庙还受这股"文气"的惠泽。

陈平安对于这些跟仙气不沾边的经营，谈不上喜欢，却也不会抵触。

说不得以后在龙泉郡家乡，万一真有一天要创立个小门派，还需要照搬这些路数。

乘坐飞舟升空之前，朱敛轻声道："公子，要不要老奴露一手？裴钱得了那么块灯火石髓，难免有人觊觎。"

陈平安摇头笑道："如今我们一没有惹是生非，二不是挡不住寻常鬼蜮之辈，哪有好人夜夜防贼、敲锣打鼓的道理，真要有人撞上门来，你朱敛就当为民除害好了。"

石柔难得主动开口："可我们身怀重宝，才让人眼馋。"

陈平安耐心解释道："你错了。第一，见财起意，心起夺宝杀人之心，本就不对。第二，看似我们怀璧其罪在前，使得外人眼红在后，实则不然，是恶人心中存恶在先，今日见灯火石髓，明天见什么法宝灵器，后天见他人福缘，都会是他们铤而走险、枉顾律法的理由。"

前后顺序，说得仔细，陈平安已经等于将道理掰碎了来讲，石柔点点头，表示认可。

陈平安最后微笑道："江湖已经足够乌烟瘴气，咱们就不要再去苛责好人了。春秋责备贤者，那是至圣先师的良苦用心，可不是我们后世谁都可以生搬硬套的。"

朱敛笑眯眯问裴钱："听得懂吗？"

裴钱瞪眼道："要你管？！"

朱敛啧啧道："赔钱货终于踩到了狗屎，难得挣了回大钱，腰杆子比行山杖还要硬喽。"

飞舟缓缓升空。裴钱坐在陈平安身边，辛苦忍着笑。

朱敛问道："怎么不多买几块灯火石……赌赌运气？比如你手头还剩下三枚雪花钱，实在不行，可以让石柔卖了那块小灯火石髓嘛，以小博大，越赚越多，金山银山，岂不是在这块风水宝地，让你发了大财？别说今年送你师父的生日礼物，说不定明年后年都一块儿准备了……"

裴钱伸出两根手指，满脸得意。

朱敛微笑道："给说道说道，我洗耳恭听。"

裴钱学那陈平安缓缓道："第一，离开狮子园的路上，师父教了我，君子不夺人所好，所以我可不会要石柔卖了灯火石髓。第二，行走江湖，要见好就收！这也是师父讲的。"

朱敛双手抱拳："受教了受教了，不知道裴女侠裴夫子何时开办学塾，传道授业，到时候我一定捧场。"

裴钱递出一拳故意吓唬朱敛，见老厨子纹丝不动，便悻悻然收回拳头："老厨子，你咋这么幼稚呢？"

朱敛一拳递出，裴钱身体瞬间后仰，躲过那一拳后，哈哈大笑。

朱敛跟陈平安相视一笑。

石柔到底不是纯粹武夫，不知这里边的玄妙。

一行人上了渡船后，大概是"一位年轻剑修，两把本命飞剑"的传闻，太具有震慑力，远远大于三枚谷雨钱的诱惑力，所以直到渡船驶出承天国，始终没有不轨之徒胆敢试一试剑修的斤两。

不过这艘渡船速度之慢、航线之绕，以及变着法子挣钱的种种手段，真是让陈平安佩服得五体投地。

这天渡船再次悬停、飞舟撒网出去一座仙家府邸走"独木桥"的时候，连陈平安都忍不住笑骂了一句："咱们真是上了艘贼船。"

那座仙家门派，在宝瓶洲只是三流，但是在两座山峰之间，打造了一条长达十数里的独木桥，常年高出云海，风景是不错，只是收钱也不含糊，走一趟要花费足足三枚雪花钱。据说当年那位蜂尾渡上五境野修，曾在此走过独木桥，刚好看到旭日东升的那一幕，灵犀所致，悟道破境，在这里跻身了金丹境地仙，也正是跨出了这一步，才有了之后以一介野修低贱身份傲立于宝瓶洲之巅的大成就。

陈平安仍是乖乖掏了十二枚雪花钱。

裴钱一开始想着来来回回跑他个七八趟，只是一个有幸上山在仙家修行的妙龄婢女，笑着提醒众人，这座独木桥，有个讲究，不能走回头路。

这让裴钱懊恼得直跺脚，又亏钱了不是？！

说是独木桥，其实并不狭窄难行。

当年蜂尾渡野修所走之桥，确实破破烂烂。后来山门砸锅卖铁，修出了现如今的规模，宽阔稳固不说，还重修得无比精致秀美。

此后渡船绕过了战火如荼的宝瓶洲中部，绕出一个名副其实的大圈。以至于渡船脚下版图的地面正是那条陈平安曾经坐船南下的走龙道。

那一次，陈平安与张山峰、徐远霞分别，独自南下。

这一次，身边跟着裴钱、朱敛和石柔。

这段在渡船上的时日，陈平安除了练习拳桩，不得不分出半数光阴，入定坐忘内视，汲取灵气，温养那座"水府"。

涉足修行一途越久，对于脚踏练气、习武两条船的后遗症，感触越深。陈平安大致得出一个结论，这条路，会在他跻身武道第七境、练气士洞府境后，有一个短暂的红利路程，但是再往后，尤其是本命物炼制完毕、最终某天结成金丹后，两者冲突就会越来越无法调和，使得武道攀登处处坎坷，进阶元婴境更是难上加难。

不过这些都是将来事。当下拳还是要打，天地灵气还是要竭尽全力去汲取和淬炼。

那最基本的六步走桩，陈平安在剑气长城打完一百万拳后，从离开倒悬山到桐叶洲，再到藕花福地，再到大泉王朝、青虎宫和宝瓶洲最南端的老龙城，到如今从东南方青鸾国去往北部大隋，他又打了将近四十万拳。

青衣渡船远去后，小暑时节，已经步入了上蒸下煮的酷暑时分，有三个老者登山来到这座独木桥。

游人稀疏，除了在独木桥两端收钱的山门女子，桥上几乎看不到客人。

一位身材矮小、身穿麻衣的老人，长得很有匪气，个子最矮，但是气势最足，他一巴掌拍在一位同行老者的肩头："姓荀的，愣着做甚，掏钱啊！"

那荀姓老者，正忙着跟那名妙龄女子打听此处风景有何独到之处，给按住肩头后，立即很狗腿地掏出九枚雪花钱，当那冤大头。而这位掏腰包的老人，正是朱敛嘴里的荀老前辈，在老龙城灰尘药铺，就是他赠送了朱敛好几本神仙打架的才子佳人小说。

朱敛是很佩服这位前辈的学识的，学问做得很是精深。

之后，隋右边便去了这个老人所在的桐叶洲玉圭宗。桐叶宗在杜懋飞升失败后，元气大伤，玉圭宗如今已经是当之无愧的一洲执牛耳者。

剩余一个相貌平平的老人，欲言又止，想要劝说一下这个大大咧咧的至交老友，人家荀老前辈好心好意跨洲拜访你，你从头到尾一点好脸色都不给，算怎么回事？真当这位前辈是你那无敌神拳帮的晚辈子弟了？何况这次如果不是荀老前辈出手相助，杜懋遗落人间的那块最大的琉璃金身碎块，自己又岂能顺利拿到手。

退一万步讲，荀渊终究是桐叶洲的仙人境大修士，更是玉圭宗的老宗主！你一个跌回元婴境的家伙，哪来的底气每天对这位前辈吃五喝六？

这位老人，正是蜂尾渡那位上五境野修姜韫的师父。所以这座独木桥，正是当年老人结成金丹的福地。

那名才三境修为的婢女，可认不出三人深浅，别说是她，就算是那位观海境山主站在这里，一样看不出底细。

一位仙人境，一位玉璞境，一位元婴境。随便哪个一跺脚，估计这座山头都要塌掉。

在荀渊交过了钱后，三个老人缓缓走在独木桥上。

论岁数和修为,都是荀渊为尊。可这位桐叶洲一尺枪,在宝瓶洲玉面小郎君跟前,实在是硬气不起来。

一次观看同一场镜花水月,小郎君破天荒主动询问一尺枪能不能打,如果能打,就来帮个小忙。荀渊拍胸脯保证就算不能打,也绝不至于拖后腿。然后身为练气士却给门派取了个无敌神拳帮的老帮主,就给了荀渊一个地址,约好在那边碰头。

荀渊御风而去,可谓风驰电掣。结果神诰宗那位刚刚跻身十二境没多久的道家天君,跟蜂尾渡口的玉璞境野修,起了冲突,双方都对那块琉璃金身碎块势在必得,僵持不下。如果不出意外,不论最终结果是什么,至少无敌神拳帮都会与神诰宗结怨。

结果荀渊出现后,立即打破了僵局,勉勉强强算是皆大欢喜。玉璞境野修花钱买下那块千年难遇的大块琉璃金身,几乎掏空了家底,可显而易见,宝瓶洲名义上的修士第一人、道家天君祁真,是退让了一大步的。除了收钱之外,荀渊还帮着神诰宗跟坐镇宝瓶洲版图上空的一位儒家七十二贤之一,讨要了那块琉璃金身逃窜、钻进的一座远古不知名破碎洞天遗址,交由天君祁真带回宗门修缮缝补,若是经营得好,就会成为神诰宗一处让弟子修行事半功倍的小福地。

一般而言,上五境修士,都不会轻易进入洞天福地的碎片,只是事无绝对。

何况浩然天下的儒家圣人们,其中就有专门"开疆拓土"的一拨圣贤,去寻觅那些飘荡在光阴长河底部的遗址,打捞起来后,或者稳固为新的洞天福地之一,或者直接将其逐渐融入浩然天下版图。

历史上因此而彻底陨落于光阴长河的儒家圣人,不在少数,为此折损大道根本的,更是不计其数。只是这些凶险和付出,人间不知。

李槐到大隋山崖书院求学后,虽然一开始被欺负得不行,但是很快便雨过天晴,之后不但书院里没人找他的麻烦,他还新认识了两个朋友,是两个同龄人,一个天资卓绝的寒族子弟,叫刘观;一个生于世代簪缨的大隋豪阀,叫马濂。

贫苦出身的刘观胆大包天,总是会有一些天马行空的想法;出身最好的马濂反而畏畏缩缩,做什么都放不开手脚,成了刘观和李槐的小跟班,整天只管跟着他们两个厮混。由于马濂所在家族是大隋头等豪阀,与弋阳高氏又有联姻,马濂更是嫡长孙,如今却跟李槐、刘观厮混在一起,所以很受大隋书院其他同龄人排挤,被嘲讽为马屁虫和钱袋子。

入夏后,三个同年同窗同学舍的孩子在学院夜禁后,仍是偷偷摸出学舍,要去湖边纳凉,这要给夫子逮着,可是训斥抄书、罚站吃板子的事情。

今夜刘观带头,走得大摇大摆,跟书院先生巡夜似的;李槐左右张望,比较谨慎;马濂苦着脸,耷拉着脑袋,小心翼翼地跟在李槐身后。三人顺顺利利来到湖边,刘观脱了靴子,双脚放入微凉的湖水中,只是觉得有些美中不足,便转头对如释重负的马濂说道:"马濂,大夏天的,闷热得很,你们马家不是被称为京城藏扇第一家嘛,回头拿三把出来,给我和李槐都分一把,做课业的时候,可以扇风去暑。"

马濂苦着脸道:"我爷爷最金贵那些扇子了,每一把都是他的心肝宝贝,不会给我的啊。"

刘观白眼道:"那就偷几把你爷爷不经常拿出来把玩的扇子,真给发现了,难道还能打死你这个孙子?"

马濂欲哭无泪。

李槐打圆场道:"算了,马濂胆儿小,脸上最藏不住事,他真要回家偷扇子,估计一到家就给他爹娘看出了马脚。"

马濂使劲点头。

刘观叹了口气:"真是白瞎了这么好的出身,这也做不得,那也不敢做。马濂你以后长大了,我看出息不大,最多就是吃老本。你看啊,你爷爷是咱们大隋的户部尚书,领文英殿大学士衔,到了你爹,就只是个外放地方的郡守,你叔叔虽是京官,却是个芝麻绿豆大小的符宝郎,以后轮到你当官,估摸着就只能当个县令喽。"

马濂唉声叹气,没有还嘴,不仅因为没跟刘观吵架的胆识气魄,更是因为觉得刘观说得挺对。

三人当中,虽然教书先生责骂刘观最多,可是瞎子都看得出来,夫子们其实对刘观期望最高,他马濂不上不下,比万年垫底的李槐的课业略好一些。

李槐拍了拍马濂肩膀,安慰道:"当个县令已经很厉害了。我家乡那边,早些时候,最大的官,是个官帽子不知道多大的窑务督造官,这会儿才有了个县令老爷。再说了,当官大小,不都是我和刘观的朋友嘛。当小了,我和刘观肯定还把你当朋友,但是你可别当官当得大了,就不把我们当朋友啊!"

马濂赶紧保证道:"不会的,我这辈子都会把你们当成最好的朋友。"

刘观笑嘻嘻道:"那我和李槐,谁是你最要好的朋友?"

马濂愣愣无语,总觉得怎么回答,自己都讨不到好。他虽然更佩服刘观的聪明才智,以及小大人似的做什么事情都果断,可其实内心深处,他还是相对更喜欢跟李槐相处,李槐好说话,不会拿话刺他,也不会让他觉得自惭形秽。

李槐笑着将双脚放入水中后,倒抽了一口冷气,打了个激灵,哈哈笑道:"我第二好了,不跟刘观争第一,反正刘观什么都是第一。"

刘观一把搂过李槐脖子,笑道:"说得像是故意让我,你小子争得过我吗?"

李槐赶紧求饶道:"争不过争不过,刘观你跟一个课业垫底的人,较劲做甚,好意思吗?"

马濂偷偷笑。

三个孩子，到底还是处于无忧无虑的年岁。

结果远处传来一声某夫子的怒喝，刘观推了李槐和马濂两人肩头一把："你们先跑，我来拖住那个酒糟鼻子韩夫子！"

马濂二话不说撒腿就狂奔，还光着脚。

李槐帮着马濂拿上靴子，问道："那你咋办？"

刘观瞪眼道："赶紧走，咱仨被一窝端了，明天更惨，责罚更重！"

李槐火急火燎穿上靴子，跑得比马濂要稳重一些，毕竟是从大骊龙泉郡一路走来大隋书院的。

最后是刘观一人扛下了值夜巡查的韩老夫子的怒火。如果不是一番课业问对，刘观回答得滴水不漏，老夫子都能让刘观在湖边罚站一宿。

刘观回到学舍，李槐开门后，问道："咋样？"

刘观伸出右手打了个响指，得意扬扬道："天底下没有我刘观解决不了的问题。"

李槐观察敏锐，问道："你不是左撇子吗？"

刘观立即骂了一句娘，坐在桌旁，摊开手掌，原来左手手心已经红肿，愤懑道："韩老酒鬼肯定是心里窝着火，不是京城酒水涨价了，就是他那两个不肖子孙又惹祸了，故意拿我撒气，今儿戒尺打得格外重。"

刘观心大，是个倒头就能睡的家伙，在李槐和马濂惴惴不安担心明天要吃苦头的时候，他已经酣然入睡。

刘观睡在床铺草席的最外边，李槐的被褥最靠墙，马濂居中。

李槐没有睡意，借着月光，靠墙而坐，手里拿着一只彩绘木偶，念念有词。

马濂轻声问道："李槐，你最近怎么不找李宝瓶玩了啊？"

李槐随口道："我从小就怕她，再说了，总找一个姑娘玩算怎么回事，要是给人误会我喜欢李宝瓶，到时候风言风语的，我一定会被李宝瓶打个半死。"

马濂哦了一声，有些失落。他觉得李宝瓶真好看，如果哪天能够在书院远远看她一眼，他就能开心一整天。

马濂沉默很久，李槐还在那里晃着那只彩绘木偶，正假装自己是统军将帅，玩得乐此不疲。

马濂知道在李槐的小绿竹箱里边，装着李槐最喜欢的一大堆东西。

马濂突然问道："李槐，你到书院都快三年了，你经常说的那个陈平安，他怎么从来不来看看你呢？"

李槐停下手上动作，怔怔出神，最后笑道："他忙呗。"

马濂发现李槐竟然很快就躺在了草席上，将彩绘木偶放在脑袋旁边，以往李槐能折腾小半个时辰,今天是个例外。

李槐其实正瞪大眼睛,望着窗外的月色。

绿竹书箱,一双草鞋,一支篆刻有槐荫的玉簪子,墨玉材质。这三样东西,是李槐最稀罕的。

簪子,李宝瓶和林守一也各有一支,陈平安当时一起送给他们的,只不过李槐觉得他们的,都不如自己的。

还有一本购自红烛镇的《断水大崖》,是陈平安掏的银子。

再就是李槐经常拿出来戏耍、显摆的这只彩绘木偶,它与娇黄木匣,是在棋墩山土地公魏檗那边,一起分赃得来的,木偶是李槐麾下头号大将。

一张纸上,写着齐先生当年要他们几个临摹的那个字,只是他们要么丢了,要么就放在了各自家里,到最后只剩下李槐凑巧带在了身边。当时在远游途中,李槐想要送给照顾了他一路的陈平安,陈平安没要,只是让李槐好好收起来。然后李槐就夹在了那本《断水大崖》里边。

还有一套栩栩如生的泥人,是风雪庙魏晋赠送的,它们不如彩绘傀儡那么"高大雄壮",五个泥人塑像,才半指高,有游侠剑客,有拂尘道人,有披甲武将,有骑鹤女子,还有锣鼓更夫,都被李槐取了绰号,安上某某将军的头衔。

当初那个飞来飞去的魏剑仙还说了些话,李槐早给忘了,什么阴阳家、墨家傀儡术和道家符箓派的,什么七八境练气士的,他当时只顾着乐和,哪里听得进去那些乱七八糟的东西。后来跟两个朋友介绍泥人的时候,想要好好吹嘘它们五个小家伙如何值钱,可绞尽脑汁也吹不好牛,才终于想起这一茬,李槐也没去问记性好的李宝瓶或是林守一,就想着反正陈平安说好了要来书院看他们的,他来了,再问他好了,反正陈平安什么都记得住。可是,陈平安好像把他们给忘了。

一开始陈平安还会给李宝瓶写信、寄画卷,后来好像连书信都没有了。

相较于李槐和两个同龄人的小打小闹,林守一已经是山崖书院公认的天之骄子,做学问与修行两不误,深受书院诸多夫子们的器重。

林守一早早就跟随一位精深雷法的老神仙游历大隋山河,在书院和在外边的时间,几乎对半分。上一个有此待遇的,还是那个大隋最年轻的观湖书院贤人。林守一还被观湖书院副山长誉为君子器格。

随着年龄渐长,林守一已从翩翩少年郎成长为潇洒贵公子,书院内外钦慕林守一的女子越来越多。大隋京城头等世族的许多妙龄女子,都会专门来到这座建造在小东山之上的书院,就为了远远看林守一一眼。林守一身上,已逐渐孕育出一种仿佛距离人间越来越远的出尘气质。

随着林守一的名声越来越大，加之白玉无瑕，大隋京城诸多豪门的话事人，在衙门公署与同僚们的闲聊中，在自家庭院与家族晚辈的交流中，听到林守一这个名字的次数越来越多，于是都开始或多或少将视线投注在这个年轻读书人身上。

对于这些幕后视线的关注，以及日常点滴的诸多纠缠，龙泉郡官署胥吏私生子出身的林守一，既没有志骄意满，也没有不厌其烦。

修心也是修行。昨日今日砥砺心境越肯下苦功夫，明日将来破境瑕疵才会越少。

因为游历的关系，见闻颇多，林守一对于大隋朝野的风起云涌，对于原本一洲北方文风最为鼎盛的王朝弥漫的悲怆氛围一点都不感兴趣，甚至就连家乡大骊铁骑南下的势如破竹，亦是不上心。

林守一除了学习那个书院老夫子传授的雷法，一直勤勉研习那部得自棋墩山的《云上琅琅书》。

此次跟随老夫子去了趟大隋边境的北岳，和一座名为神霄山的仙家洞府，耗时三月之久。林守一生平首次乘坐了一艘仙家飞舟，为的就是近距离观看一座雷云，景象壮阔，惊心动魄。老夫子御风而行，离开那艘摇摇晃晃的飞舟，施展了一手手抓雷电的神通，收集在一只名为雷鸣鼓腹瓶的专门用来承载雷电的仙家瓷瓶中。老夫子将其当作礼物赠送给了林守一，便于林守一返回书院后汲取灵气。

今夜，林守一独自行走于夜幕中，去往藏书楼观看典籍，值夜夫子自然不会阻拦，儒家书院规矩虽多，却并不死板。

林守一登上书楼，挑灯夜读，直到天明。

成为练气士后，只要神气温养得当，林守一熬夜读书亦不会疲倦。

林守一放回书籍，来到窗口，正是天地间浊气下沉、清气上浮之际。

练气士眼中的世界，与凡夫俗子所见截然不同。肉眼凡胎，看不见灵气的流转，煞气的升腾，阳气的集聚，阴气的飘散。只是凡夫俗子的一座座洞府大门紧闭，虽然无法接受灵气浸染淬炼，延年益寿，却同时可以不受世间种种罡风吹拂激荡，生老病死，皆由天定。

对此，崔东山曾经吟诗，让林守一无比向往：

> 风高浪快，万里骑乘蟾背，身游天阙，俯瞰积气蒙蒙。醉里仙人摇桂树，人间唤作清风。

进入书院后，翻阅那些泛黄典籍，得知传闻中的上古仙人确实可以去那日殿月宫，与那神灵共饮仙酿，可醉千百年。林守一对此充满了憧憬。

林守一突然叹了口气。如果真有那么一天，他希望那名杨柳依依的女子能够陪在自己的身边。

林守一想起她后,便情不自禁地泛起了笑意。若是大隋京城女子看到这一幕,恐怕就要心摇神荡了。

林守一这几年也会偶尔想起那趟少年时懵懵懂懂的游历,走得有惊无险,处处新奇。第一次见到山泽精怪,第一次见到土地神祇,第一次拿到修行机缘,第一次入住仙气萦绕的仙家客栈,第一次见到与人等高的彩绘门神,第一次得到馈赠小书箱和玉簪子,第一次在人生地不熟的大隋书院,跟一起游历至此的那些人同仇敌忾,共渡难关。

林守一突然有些遗憾。好像那个人离开后,所有人就散了,哪怕还在一座书院,经常会碰个面,可人心已散。

一条清浅的源头之水,开始分汊,各奔东西,虽然像是在逐渐壮大,变成了李槐这样的欢快溪涧、自己这般开始浩荡起伏的江河,或是李宝瓶那般选择停步等待的湖泊,又或是于禄、谢谢那样的深井、地下河流,可回头再看,当年最早的时候,吵吵闹闹,磕磕碰碰,大家都是满腿泥泞,草鞋竹箱,风餐露宿,有人值夜……

林守一叹了口气。回不去了。

于禄学舍起先并无同窗居住,后来搬进来一个皇子高煊,两人形影不离,关系莫逆。

只是前不久于禄又成了一位"孤家寡人",因为高煊悄然离开了山崖书院,去了龙泉郡披云山上的那座林鹿书院,说是求学,真相如何,明眼人都看得出来,无非是质子罢了。大骊宋氏和大隋高氏签订那桩山盟后,除了高煊,其实还有那个十一境的大隋京城高氏守门人,与黄庭国那条本来辞官退隐山林的老蛟,一起成了大骊新建的林鹿书院的副山长。

于禄当时将高煊送到书院山脚就不再相送。

今天清晨,于禄破天荒敲响了一座独栋小院的院门。开门之人,是谢谢。

于禄看到了手持扫帚的谢谢。

看来哪怕崔东山已经离开书院一段时间,她每天还是勤勤恳恳做着丫鬟婢女的事务。

谢谢板着脸问道:"你来做什么?"

于禄微笑道:"突然想起来很久没见面了,就来看看。"

谢谢问道:"现在已经看过了,然后?"

于禄无奈道:"进去喝杯茶,不算过分吧?"

谢谢犹豫了一下,还是让于禄这个她本该敬称为太子殿下的年轻男人步入院子。

院子不大,打扫得很干净,若是到了容易落叶的秋天,或是早些时候容易飘絮的春天,应该会辛苦些。

谢谢指了指正屋那边,屋门紧闭,檐下廊道以青竹穿成铺就,就像一张大凉席,于禄甚至可以想象夜凉如水时分,那个眉心有痣的白衣少年,就在此慵懒侧卧观看星象。

谢谢提醒道:"上台阶之前,记得脱鞋,不然你走后我还要多擦拭一次。"

于禄脱了靴子,坐在青竹地板上,这应该是大隋境内某座仙家府邸农家练气士种植的绿竹,寻常大隋权贵,用来制作笔筒已经算是奢侈手笔,文人雅士相互惠赠,十分得体,若是有张避暑睡席或是纳凉竹椅,更是了不起的香火情与财力,只是在这座院落,就只是这样了。

谢谢继续忙碌,没有给于禄倒什么茶水,大清早的,喝什么茶,真当自己还是卢氏太子?你于禄如今比高煊还不如,人家弋阳高氏好歹保住了大隋国祚,而那拨被押往龙泉郡西边大山里担任役夫苦力的卢氏遗民,一年到头烈日曝晒,风吹雨淋,动辄挨鞭子,要不就是沦为货物,被一座座建造府邸的山头买去担任杂役婢女,两者差距,天壤之别。

于禄后仰倒去,问道:"谢谢,你有没有想过以后想要过什么样的日子?"

谢谢坐在石桌旁:"没想过。"

身穿书院儒衫的于禄双手叠放在腹部:"你家公子离开书院前,将我揍了一顿。"

谢谢讥笑道:"怎么,打不过他崔东山,就要来拿我当出气筒?不愧是身负半国武运的七境武夫,不过你确定一定能赢过我?"

谢谢被大骊抓住后,那个宫中娘娘让一个大骊供奉剑修在她几处关键窍穴钉入了多颗困龙钉,阴毒至极。后来崔东山帮她拔除了一半,谢谢修为得以恢复到练气士洞府境,之前崔东山离开书院前,又拔掉了几颗,现在谢谢体内只留下最后一颗钉死本命物所在窍穴大门的困龙钉,不过当下她总算重返观海境。再加上崔东山在小院布置了许多秘术,并将阵法中枢开启、驱使和关闭之法都传授给了谢谢,因此谢谢只要身在小院,就有了茅小冬坐镇山崖书院的雏形。

于禄坐起身,微笑道:"真要交手,你还是会输的。"

谢谢哦了一声,神色淡漠:"那你真了不起,是我看走眼了,需不需要跟你赔罪道歉?"

于禄又躺了回去,双手当作枕头,感慨道:"你啊。"

同是卢氏王朝余孽,照理该同病相怜、相互搀扶才对,可谢谢内心深处,对这个随遇而安的于禄极其厌恶,而且厌恶得毫不掩饰。

于禄闭上眼睛:"这里躺着舒服,让我眯会儿。"

谢谢犹豫了一下,没有赶人。她其实有些好奇,为何于禄没有跟随高煊一起去往林鹿书院。

于禄去了大骊,至少还能够看顾一下处于水深火热之中的卢氏遗民,何况如今其实有不少卢氏文臣武将依附大骊,但还算被器重信任,许多武将更是追随大骊铁骑一起南下,据说建功立业,极为瞩目,并且开始融入大骊军方。

哪怕这些都不论,于禄如今已是大骊户籍,如此年轻的金身境武夫,说出去都能吓死人。

大骊宋氏皇帝别的不说,有一点谢谢必须承认,不缺气度。藩王宋长镜也是如此。怎么看,于禄都应该去林鹿书院,可于禄偏偏留在了山崖书院。

他们这拨当年一起进入书院的外乡人,在大隋朝廷和书院最顶层的视野之外,一直是修道坯子的林守一最出彩,未来成就最高;红棉袄小姑娘李宝瓶最有趣,谁都讨厌不起来;谢谢最有靠山;李槐做学问的资质最平庸,但是最招惹不起;而于禄,始终是最不惹人注意的那个,容易被人遗忘,哪怕与皇子高煊成为朋友,仍是不会让人觉得值得关注,反而更让人看轻,一个喜好投机取巧、攀附天潢贵胄的年轻人而已。

于禄突然睁开眼睛:"你家公子说,陈平安已经是即将破境的五境武夫了,真实战力,还要更高。"

谢谢幸灾乐祸道:"怎么,你怕被赶上?"

于禄摇头道:"肯定会被赶上的。"

谢谢皱眉道:"很快?"

于禄点头道:"快到超乎你的想象。"

谢谢又问:"武运恩泽?"

于禄摇头:"正因为跟这个没有关系,所以我才觉得有些……惆怅。"

谢谢无言以对。不知道下一次见面,陈平安会是怎么个样子。谢谢想象不出来。大概还是背着竹箱、穿着草鞋,就只是个子高了些?

李宝瓶也是独自一人住着学舍。这是茅小冬和崔东山两个死对头,唯一一件没有起争执的事情。

学舍是四人铺,照理说李宝瓶一人独住,学舍应该空空荡荡。可事实上,除了她自己住的那张床铺,其余三处,满满当当,纸张堆积,一摞摞摆放得整整齐齐。为此教书先生不得不跟几位书院山长抱怨,小姑娘已经抄完了可以被责罚百余次的书,还怎么罚?值夜巡视的夫子们更是啼笑皆非,几乎人人每夜都能看到小姑娘挑灯抄书,落笔如飞,勤勉得有些过分。

一开始还有些老先生为小姑娘打抱不平,误以为是负责传授李宝瓶课业的几位同僚太过针对小姑娘,太过严苛,私底下很是埋怨了一通,结果答案让人哭笑不得。那几位夫子说这就是小姑娘的喜好,根本用不着她抄那么多圣贤文章。李宝瓶偶尔缺课去小东山之巅发呆,或是溜出书院逛荡,事后按照书院规矩罚她抄书不假,可哪里需要这么多？问题是小姑娘喜好抄书，他们怎么拦？别的书院学子，尤其是那些性情跳脱的同龄人，夫子们是用板子和戒尺逼着他们抄书，这个小姑娘倒好，都抄出一座书山来了。

好在这个书院人人皆知的小姑娘，除了时不时翘课让夫子恼火之外，还是很招人稀罕的，当然她那些稀奇古怪的问题，一样经常会让夫子们头大。她那小脑袋瓜里，怎么就装了那么多匪夷所思的想法？为何天底下那些河流都喜欢扭来扭去，夫子你知道答案吗？下大雨的时候，学舍外边的蚊子会不会被雨点砸死，夫子你晓不晓得，反正我天晴后去地上找了很久，都没有找到一具蚊子的尸体啊。湖里那些鱼儿，为什么喝了那么多水也不会撑死？夫子你还是不知道对吧，那书上有讲吗，我自己去翻书就行……以至于为小姑娘授课的几位夫子，头疼之余，闲聊打趣，是不是什么时候可以编撰一部李宝瓶问题集。

今天李槐鬼使神差地没有跟着刘观和马濂，说是要去趟茅厕，其实独自一人去了东山之巅。很巧，果然看到了那个坐在树枝上身着红襦裙的李宝瓶。

李槐没敢打招呼，就趴在山顶的石桌上，远远看着那个经常来这里爬树的家伙。

李宝瓶发完呆后，无比娴熟地抱着树干滑落在地，撒腿飞奔。她也看到了那边高高举起手臂却说不出话的李槐。但她只是瞥了眼李槐，就转过头，脚下生风，跑下山去了。

李槐一时间有些哀怨和委屈，便从地上找了根树枝，蹲在地上圈圈画画。

李槐眼睛一亮，记得上次自己写了爹娘，他们果然就来书院看自己了。那么自己写一写陈平安的名字，会不会也行？李槐咧嘴笑着，开始写"陈平安"三个字。不等他写完，就有一只手伸出，把只差一笔就写完的字都给抹去了。

李槐一头雾水，扭头一看，原来是不知道什么时候折返回来的李宝瓶。李槐又赌气地写了个"陈"字，李宝瓶又伸手擦掉。

若是以往，李槐可能就退缩了，可今天像是吃了熊心豹子胆，愣是硬着头皮又要开始写。李宝瓶也不说话，李槐用树枝写，她就伸手擦掉。结果李槐直到写断了那根树枝，还是没能在地上写出一个完完整整的"陈"字，更别提后边的"平安"两个字了。

李槐丢了半截树枝，开始号啕大哭。

李宝瓶不理睬李槐，捡起那根树枝，继续蹲着，她已经有些尖尖的下巴，搁在一条胳膊上。她开始写"小师叔"三个字，写完之后，比较满意，点了点头。

李槐胡乱擦了把脸，抽泣道："李宝瓶，你再这么欺负我，陈平安来了后，我就跟他告状！他一生气，说不定就不乐意当你的小师叔了！"

李宝瓶换了一种字体，继续写"小师叔"三个字。她聚精会神地盯着地面，对于李槐的威胁，置若罔闻。

李槐突然挤出一个笑脸,小心翼翼地问道:"李宝瓶,你就让我写三个字呗?可灵验了,说不定明儿陈平安就到咱们书院了。真不骗你,上次我想爹娘,这么一写,他们仨不就都来了,你是知道的啊。"

　　李宝瓶头也不抬,只是将树枝递过来。

　　李槐雀跃不已,只是手上树枝刚刚落笔,李宝瓶冷不丁皱眉道:"好好写!"

　　李槐吓得手一抖,立即歪歪扭扭得不像话了,他带着哭腔道:"你干吗?!"

　　李宝瓶帮着擦掉痕迹。李槐破涕为笑,开始认真写那个"陈"字。

　　李槐写完之后。李宝瓶环顾四周:"人呢?"

　　李槐哭丧着脸道:"哪有这么快啊。"

　　李宝瓶起身麻溜儿跑向那棵大树,站在树枝上举目远眺。

　　李槐眼珠子急转,心知不妙,丢了树枝就开始跑路。只是他哪里跑得过李宝瓶,很快就被下了树的李宝瓶追上了,李槐吓得赶紧蹲身抱头。只是李宝瓶这次破天荒没有揍他,而是沿着山路一直跑向了书院山门,去逛荡大隋京城的大街小巷。

　　在李宝瓶风风火火游览京城街巷、李槐劫后余生返回学舍的时候,大隋山崖书院的山门那边,来了风尘仆仆的一行四人。一个白衣负剑背竹箱的年轻人,笑着向山门一位年迈儒士递出了通关文牒。老儒士看了很久,上边的两洲各国各地印章,钤印得密密麻麻,老人心中满是惊讶,抬头笑道:"这位陈公子游历了这么多地方啊?"

　　拜访书院的年轻人微笑点头。

第四章
在书院

老儒士将通关文牒交还给那个名叫陈平安的年轻人。

这位书院夫子对他印象极好。

老夫子又看了眼陈平安,背着长剑和书箱,很顺眼。

负笈仗剑,游学万里,本就是读书人会做、也做得最好的一件事情。

陈平安问道:"先生认识一个叫李宝瓶的小姑娘吗,她喜欢穿红棉袄红襦裙。"

老夫子哈哈笑道:"咱们书院谁不知道这丫头,莫说是书院上上下下,估摸着连大隋京城都给小姑娘逛遍了,每天都朝气勃勃,看得让我们这些快要走不动路的老家伙羡慕不已。这不今天就又翘课偷溜出书院了,你如果早来半个时辰,说不定刚好能碰到小宝瓶。"

陈平安问道:"就她一个人离开了书院?"

老夫子点头道:"次次如此。"

看到陈平安担忧的神色,老夫子笑道:"放心,小姑娘出去这么多回,都不曾出过纰漏,毕竟是书院弟子,何况我们大隋京城一向安稳,民风朴素,加上礼部尚书又是书院山长,经常要来这座小东山与几位副山长喝茶,不会有事的。"

陈平安这才微微放心。

老夫子问道:"怎么,这次拜访山崖书院,是来找小宝瓶? 看你通关文牒上的户籍,也是大骊龙泉郡人氏,不但是小姑娘的同乡,还是亲戚?"

陈平安笑道:"只是同乡,不是亲戚。几年前我跟小宝瓶他们一起来的大隋京城,只是那次我没有登山进入书院。"

老夫子心中有些奇怪,当年这拨龙泉郡孩子进入新山崖书院求学,先是精锐骑军去往边境接送,之后更是皇帝陛下亲临书院,很是隆重,还龙颜大悦,御赐了东西给所有游学的孩子,照理说这个名为陈平安的大骊年轻人,即便没有进入书院,自己也该看到过一两眼才对。

老夫子问道:"你要在这边等着李宝瓶返回书院?"

陈平安点点头。他当然希望在山崖书院,第一眼看到的人是小宝瓶。

李槐、林守一、于禄、谢谢,陈平安当然也要去看,尤其是年纪最小的李槐。只是他们都比不上秋冬春红棉袄,唯有夏天红裙裳的小姑娘。陈平安从不否认自己的私心,他就是与小宝瓶最亲近,游学大隋的路上如此,后来独自去往倒悬山,同样是只寄信给李宝瓶,然后让收信人小姑娘帮着他这个小师叔,捎带其余信件给另外几人。桂花岛之巅那幅范氏画师所绘画卷,一样只送了李宝瓶一幅,李槐他们都没有。

这种亲疏有别,林守一、于禄、谢谢肯定很清楚,只是他们未必在意就是了。林守一是修道美玉,于禄和谢谢更是卢氏王朝的重要人物。至于窝里横是一把好手的李槐,大概到如今还是觉得陈平安也好,阿良也罢,都跟他最亲。

老夫子摆手笑道:"我劝你们还是先进书院客舍放好东西,李宝瓶每次偷溜出去,哪怕是一大早就动身,仍是最早都要黄昏时分才能回来,没有哪次例外,你要是在这门口等她,至少还要等三个时辰,没有必要。"

陈平安想了想,转头看了看裴钱三人,如果只有自己,他不介意在这边等着。他又转头看了眼大街尽头。

朱敛一直在打量着山门后的书院建筑,依山而建,虽是大隋工部新建,却极为用心,营造出一股素雅古拙之气。

这座从大骊搬迁到大隋京城的山崖书院,是昔年浩然天下的儒家七十二书院之一。这是朱敛离开藕花福地后见到的第一座儒家书院。

圣人讲学处,书声琅琅地,名声著天下。

山崖书院在大骊建造之初,首任山长就提出了一篇开宗明义的为学之序,主张将"学问思辨"四者,落在"行"之一字上。

朱敛举目打量书院之时,石柔始终大气都不敢喘。她寄居于一副仙人遗蜕,其实能够抵御那股无形的浩然正气,但是鬼魅阴物的本能,仍是让她心中惊惧不已。

裴钱始终一言不发,好像比石柔还要紧张。老龙城下船之时,还在心中扬言要会一会李宝瓶的裴钱,到了大隋京城大门那边就开始发虚,到了山崖书院山门口更是犯怵。

陈平安笑问道:"敢问先生,进了书院入住客舍后,如果我们想要拜访茅山长,是否需要事先让人通报,等待答复?"

老先生笑道:"其实通报意义不大,主要是我们茅山长不爱待客,这几年几乎谢绝了所有的拜访和应酬,便是尚书大人到了书院,都未必能够见到茅山长,不过陈公子远道而来,又是龙泉郡人氏,估计打个招呼就行。咱们茅山长虽然治学严谨,其实是个好说话的,只是大隋名士历来重玄谈,才与茅山长聊不到一块去。"

陈平安仍是没有立即走入书院,问道:"如果我没有记错,负责大隋京城治安秩序的,是步军统领衙门?"

老先生心中了然,看来还是担心李宝瓶,笑道:"正是如此,而且那座衙门主官的幼子,如今就在书院求学。"

陈平安又松了口气。

陈平安又问过了一些李宝瓶的琐碎事情,才与那位老先生告辞,走入书院。

裴钱走得步伐沉重,尤其是过门之后,一段坡度平缓的山路,走得像是在下河蹚水、雪地跋涉。

书院有专门招待学子亲戚长辈的客舍,当年李二夫妇和女儿李柳就住在客舍之中。

书院只是象征性收取了些铜钱,每间客舍一天才十文钱,得知如今客舍入住不多后,陈平安一口气要了四间毗邻客舍。

各自放了行李,裴钱来到陈平安屋子这边抄书。

陈平安摘下了竹箱,甚至连腰间养剑葫和那把半仙兵剑仙一并摘下。

朱敛来问要不要一起游览书院,陈平安说暂时不去,裴钱在抄书,更不会理睬朱敛。朱敛就去敲石柔的屋门,浑身不自在的石柔心情不佳,朱敛又在外边说着文绉绉中带着荤味的怪话,石柔就打赏了朱敛一个"滚"字。朱敛只得独自一人去书院闲逛。

李宝瓶可能已经比在大隋京城土生土长的老百姓,还要更加了解这座京城。

她去过南边那座被老百姓昵称为粮门的天长门,通过运河而来的粮食,都在那里经由户部官员勘验后储入粮仓,是四方粮米汇聚之处。她曾经在那边渡口蹲了小半天,看着忙忙碌碌的官员和胥吏,还有汗流浃背的挑夫。她还知道那里有座香火鼎盛的狐仙祠,既不是朝廷礼部认可的正统祠庙,却也不是淫祠,来历古怪,供奉着一截色泽光润如新的狐尾,有疯疯癫癫、神神道道贩卖符水的老妇人,还有听说是来自大隋关西的摸骨师,老头儿和老妪经常吵架。她去过长福寺庙会,人山人海。她很眼馋一种用牛角制成的筒蛇,来这边的有钱人很多,就连那些瞧着比权贵子弟还要趾高气扬的长随仆役,都喜欢穿着染黑的川鼠皮衣,混充貂皮裘衣。李宝瓶还去过皇城边上,在那边也蹲了好多个下午,才知道原来会有许多舆夫、绣娘,这些不是宫里人的人,一样可以进出皇城,只是需要随身携带腰牌,其中就有一座编撰历朝国史、纂修史书的文华馆,外聘了不少书手纸匠。

再绕着去北边的皇城后门,那边叫地久门,李宝瓶去的次数更多,因为那边更热闹。曾经在一座杂银铺子,还看到一场闹哄哄的风波,是当兵的抓毛贼,气势汹汹。后来她跟附近铺子掌柜一打听,才知道原来那个做不干净生意、却能日进斗金的铺子,是个销赃的窝点,售卖之物,多是从大隋皇宫里边偷窃而出的御用物件,偷偷藏下来的一些个荷包香囊,甚至连一座宫殿修缮沟渠的锡片都被偷了出来,宫廷岁修剩余下来的边角料,同样有宫外的商贩觊觎,许多造办处的报失报损,更是利润丰厚,尤其是金玉作、匣裱作这几处,很容易夹带出宫,变成真金白银。李宝瓶当时不太明白,就在皇帝陛下的眼皮子底下,怎么都有人敢偷皇帝家的东西。与她混熟了的老掌柜便笑着说,这叫杀头的生意有人做,赔钱的生意没人做。

李宝瓶还去过距离地久门不远的绣衣桥,那边有个大湖,只是被一座座王府、高官府邸的院墙合伙拦住了。步军统领衙门就坐落在那边一条叫貂帽胡同的地方,李宝瓶吃着糕点来回走了几趟,因为有个她不太喜欢的同窗,总喜欢吹嘘他爹是那衙门里头官帽子最大的,就算他骑在那边的石狮子身上撒尿都没人敢管。

李宝瓶还去过城南边的中官巷,那是好多年迈宦官、白头宫女离开皇宫后颐养天年的地方,那边寺庙道观很多,只是都不大,那些宦官、宫女多是不遗余力的供养人,而且无比虔诚。所以李宝瓶经常能够看到驼背老人由仆役扶着,或是独自拄拐而行,去烧香。逛荡次数多了,李宝瓶就知道原来资历最深的宫女,被誉为内廷姥姥,是服侍皇帝皇后的年长女官,其中每天清晨为皇帝梳头的老宫人,地位最为尊荣,有些还会被恩赐"夫人"头衔。

在京城东边,有着大隋最大的坊市,商铺众多,车马往来,人流即钱流。其中又有李宝瓶最爱闲逛的书坊,一些胆子大的书铺掌柜,还会偷偷贩卖一些依照朝廷律法,不能放行出关出境的书籍。各个藩属国使节,往往会派遣仆役私下购买,但是一旦运气不好,遇上坊丁巡查,就要被揪去衙门吃挂落。

这三年里,不管棉袄还是衣裳,总是一抹大红颜色的小姑娘,搀扶过许多去烧香的蹒跚老人,帮站在树底下大哭的孩子上树拿下过纸鸢,与衣衫褴褛的老翁一起推过装着木炭陷入泥泞大雪中的牛车,看过街巷拐角处的老人下棋,在一个个古董铺子踮起脚询问过掌柜那些文案清供的价钱,在天桥底下坐在台阶上听过说书先生们讲故事……无数次在大街小巷与挑担子吆喝的小贩们擦肩而过,还给在地上扭打成一团的孩子劝过架,并将他们拉开……

她听过京城上空悠扬的鸽哨声,看过摇摇晃晃的漂亮纸鸢,吃过她觉得天底下最好吃的馄饨;她在屋檐下躲过雨,在树底下躲过大太阳,在风雪里呵气取暖而行……

今天李宝瓶又去逛了书坊,去的路上,在一间价廉物美的小饭馆儿吃了午饭,回的路上,换了一家祖传手艺的小巷面馆。老掌柜和老板娘都跟她很熟了,经常说要便宜些算钱,要不就干脆不收钱了,可是李宝瓶都没答应,说可能下次就要便宜了哦,只是一次次的下次,两家馆子也没这么个机会,久而久之,就只当是她在说客气话,不愿意让他们的小本买卖少赚那几文钱,只是他们其实都想笑,遇上这么个可爱又懂事的客人,他们就算再挣钱不易,也不会计较那点钱的。

暮色里,李宝瓶飞奔的身影出现在山崖书院门外的那条大街上。她觉得书上说岁月如梭、白驹过隙,好像不太对呢,怎么到了她这儿,就走得慢悠悠、急死个人呢?

一双眼睛里好像只有远方的红襦裙李宝瓶,与看门的老夫子飞快打了声招呼,一冲而过。

正在打盹的老先生想起一事,向那个背影喊道:"小宝瓶,你回来!"

李宝瓶没有停下身形,双手挥动,原地踏步,扭头看了眼正在朝自己招手的老夫子,便倒退而跑,竟然跑得还不慢……

李宝瓶倒退着跑回了门口,站定,问道:"梁先生,有事吗?"

姓梁的老先生好奇地问道:"你在路上没遇到熟人?"

李宝瓶瞪大眼睛,摇头道:"没啊。"

梁老先生笑问道:"那你今儿是不是没从白茅街那边拐进来?"

李宝瓶点头道:"对啊,怎么了?"

梁老先生笑眯眯问道:"宝瓶啊,回答你的问题之前,你先回答我的问题,你觉得我学问大不大?"

李宝瓶想了想:"比茅山长小一些。"

梁老先生顿时被这个实诚的小姑娘噎得说不出话来。

不过换个角度去想,小姑娘拿自己跟一位儒家书院圣人做比较,怎么都是句好话吧?

于是梁老先生心情还不错,就告诉李宝瓶有个年轻人来书院找她,先是在门口站了挺久,后来去客舍放下行李后,又来这边两次,最后一趟是半个时辰前,来了就不走了。

梁老先生笑道:"我就劝他不用着急,我们小宝瓶对京城熟悉得跟逛荡自家差不多,肯定丢不掉,可那人还是在这条街上来来回回走着,后来我都替他着急,就跟他讲你一般都是从白茅街那边拐过来的,估计他在白茅街那边等着你,没见着你,就又往前走了些路,想着早些瞧见你的身影吧,所以你们俩才错过了。不过不打紧,你在这儿等着吧,他保准能很快回来。"

李宝瓶猛然转身,就要飞奔离去。

梁老先生着急道："小宝瓶，你是要去白茅街找他去？小心他为了找你，离着白茅街已经远了，再万一他没有原路返回，你们岂不是又要错过？怎么，你们打算玩捉迷藏啊？"

李宝瓶着急得像是热锅上的蚂蚁，原地团团转。这可是书院夫子们从未见过的光景。

李宝瓶泫然欲泣，突然大声喊道："小师叔！"

老夫子心神一震，眯起眼，气势浑然一变，望向大街尽头。有人一袭白衣，身形如同一道白虹从白茅街那边拐入视野，然后以更快的速度一掠而来，转瞬即至。

当那个年轻人飘然站定后，两只雪白大袖依旧飘荡扶摇，宛如风流谪仙人。

陈平安站在红衣小姑娘李宝瓶身前，笑容灿烂，轻声道："小师叔来了。"

李宝瓶积攒了很多话，可当她真见到了陈平安，一句句到了嘴边的话，又都掉回了肚子。

陈平安伸手在李宝瓶额头比画了一下："长高了不少嘛。"

李宝瓶蹦跳了一下，愁眉苦脸道："小师叔，你怎么个子长得比我还快啊，追不上了。"

陈平安帮她擦去脸上的泪水，结果李宝瓶一下子撞入他怀中，陈平安有些措手不及，只得轻轻抱住小姑娘，会心而笑，看来长大得不多。

姓梁的老夫子看着这一幕，怎么说呢，就像在欣赏一幅世间最清新温馨的画卷，春风对杨柳，青山对绿水。有句诗词写得好，金风玉露一相逢，胜却人间无数。所以梁老夫子也挺开心，乐呵呵的。

一大一小，跟梁老夫子打过招呼后，步入书院。

李宝瓶像只小黄莺，叽叽喳喳说个不停，给陈平安介绍书院里边的情况。

两人来到客舍那边，陈平安看到一位高大老者与裴钱站在门口，裴钱悄悄张大嘴巴，没出声，只摆出了个"茅"字的口形。

走多了江湖，陈平安下意识就要抱拳，随即赶紧收起来，学那儒生向这位山崖书院副山长作揖行礼。

茅小冬点头致意，向前跨出："陈平安，我们聊聊。"

留下十二岁的李宝瓶和十一岁的裴钱在客舍门口。一个红襦裙，一个小黑炭。

李宝瓶看着裴钱，裴钱手脚都不知道该怎么摆放了，低下头，不敢跟她对视。

李宝瓶绕着裴钱走了一圈，最后站回原地，问道："你就是裴钱？小师叔说你是他的开山大弟子，一起走了很远的路？"

裴钱耷拉着脑袋，点点头。

李宝瓶问道："小师叔说你习武天赋很好，人可聪明了，跟我当年一样能吃苦，还说你最大的憧憬，就是以后骑头小毛驴闯荡江湖？"

裴钱抬起头，看了眼李宝瓶，又低下头，点点头。

李宝瓶想了想，说道："好吧，那我送你两件东西，作为见面礼，跟我走。"

裴钱咽了口唾沫，不敢挪步，虽然裴钱知道这个喜欢穿红衣服的小姐姐，肯定不是那种坏人，可她就是害怕走到哪个阴暗巷弄，李宝瓶一转身就给她套了麻袋，到时候往书院外头的大隋京城某个角落一丢。

李宝瓶本来已经转身跑出几步，转头看到裴钱像个木头人似的站在那儿，善解人意道："小师叔说了好些你的事情，说你胆儿小。行吧，把黄纸符箓贴额头上再跟我走。"

裴钱赶紧掏出一张宝塔镇妖符，啪一下贴在脑门上，这才有了些胆气，慢慢悠悠向前走。

李宝瓶脚步飞快，只是为了照顾裴钱的走路速度，所以只好步子极小，双臂就像在荡秋千，后退着跑到裴钱身边："裴钱，你是小师叔的开山大弟子唉，就算再人生地不熟，害怕在书院遇上陌生人，也要假装胆子很大啊。再说了，有我在，没人敢欺负你的，放心吧。"

裴钱挤出一个笑脸，掏出一张挑灯符，递给李宝瓶，不愧是见风使舵的墙头草，就想着先讨好了李宝瓶再说，至于当初的豪言壮志，什么跟李宝瓶掰手腕较劲，早被她抛到脑后十万八千里了。

只是一拿出手，裴钱就有些后悔了，觉得这会被李宝瓶瞧不起，不承想李宝瓶直接接过，蘸了蘸口水，使劲拍在额头上，哈哈大笑。裴钱也跟着笑了起来。

裴钱连当初太平山老祖宗的方丈神通都看得破，所以其实她还是看得到一些人心起伏的。有些人乌黑一团，好似墨汁，心肝漆黑；有些人一团糨糊，迷迷糊糊没个主见；又比如女鬼石柔就是迎风煞雨，只有不太容易给人瞧见的一粒金色的种子，刚刚抽芽儿，有了那么一点点绿意；又再如朱敛，就特别吓人，血雨腥风，雷电交加，只是隐约有一座锦绣阁楼，富贵气派。但是有些人……净如琉璃，就像这个红衣小姐姐，所以裴钱会格外自惭形秽。

李宝瓶见她还是走得不快，便放弃了飞奔回自己客舍的打算，陪着裴钱一起乌龟散步，随口问道："听小师叔说，你们遇上了崔东山，他有欺负你吗？"

裴钱没敢说实话，只说还好。

李宝瓶一手抓物状，放在嘴边呵了口气："这家伙就是欠收拾。等他回到书院，我给你出口恶气。"

裴钱转头偷看了一眼李宝瓶，一下子佩服得五体投地。

除了师父，从老魏、小白他们四个，再到石柔姐姐，甚至就连那头地牛之属的黄牛妖物，谁不怕崔东山？裴钱更怕。

崔东山的心中像是有一座巨大的幽暗深潭，却不是那种死气沉沉的死水，影影绰绰,有一条袭钱从书上、卦象上看到的所谓蛟龙的阴影轮廓,在缓缓游动,每次蛟龙身躯临近水面,都带起让人心寒的涟漪,不过好在水潭旁边,堆满了一本本的金色、银色书籍,才显得不那么阴森恐怖,不然袭钱哪里敢跟崔东山相处。

高大老者,腰间悬挂一把戒尺,正是山崖书院真正意义上的主心骨茅小冬。

茅小冬领着陈平安一路去往他自己的书斋,路上与陈平安几乎没有任何客套寒暄。

两人落座后,一直板着脸的茅小冬蓦然而笑,站起身,竟是对陈平安作揖行礼。陈平安赶紧挪步让开,自认绝对当不起这份突如其来的儒家大礼。

茅小冬起身后,笑道:"我们山崖书院,如果不是你当年护道,文脉香火就要断了大半。"

陈平安不知如何作答。

茅小冬解释道:"方才在外边,耳目众多,不方便说自家话。小师弟,我可是等你很久了。"

陈平安苦笑着正要说什么。

茅小冬大手一挥:"自家人,心里有数就行。"

陈平安无奈坐下。

茅小冬微笑着打量陈平安,伸出手:"小师弟,给我看看你的通关文牒,让我长长见识。"

陈平安起身,双手递过那份通关文牒。

茅小冬接过后,笑道:"还得感谢小师弟收服了崔东山这个小王八蛋,这家伙如果不是担心你哪天造访书院,估计他都能把小东山和大隋京城掀个底朝天。"

陈平安说道:"其实崔东山还是忌惮文圣先生,跟我关系不大。"

茅小冬伸手点了点陈平安:"小师弟这副德行,真是像极了我们先生当年,做的壮举越大,面对我们这些弟子,说辞越是这般谦虚:哪里哪里。小事小事。功劳不大不大。就是动动嘴皮子而已。你们啊马屁少拍,好像先生做了一件多泽被苍生的大事似的。先生我吵赢的人又不是那道祖佛祖,你们这么激动做甚?怎么,难道你们一开始就觉得先生赢不了,赢了才会有这意外之喜?你茅小冬,笑得最不像话,出去,跟左右一起去院子里罚读书。嗯,记得提醒左右偷爬出墙的时候,也给小齐带一份宵夜,小齐如今正是长身体的时候。记得别太油腻,大晚上闻着让人睡不着觉……"

茅小冬一边说些自家先生的陈年旧事,一边笑得大快人心。

陈平安一阵头大。怎么感觉比崔东山还难聊天?

陈平安问道:"先前听门口梁老先生说,林守一很有出息了,不用担心,只是李槐好像课业一直不太好,那么李槐会不会学得很累?"

茅小冬微笑道:"就李槐那崽儿的乐天脾气,天塌下来他都能趴地上玩他的那些彩绘木偶、泥人,说不定还要高兴今天总算可以不用去听夫子先生们唠叨授课了。你不用担心李槐,次次课业垫底,也没见他少吃少喝。上次他爹娘和姐姐不是来了趟书院嘛,给他留了些银钱,倒是也没乱花钱。只是有次给值夜夫子逮了个正着,当时他正带着学舍两个同窗,以碗装水代酒,三人啃大鸡腿呢,出去罚站挨板子后,李槐还打着饱嗝,夫子问他是板子好吃,还是鸡腿好吃,你猜李槐怎么讲?"

陈平安忍着笑道:"如果挨了板子就能吃鸡腿儿,那么板子也是好吃的。不过我估计这句话说完后,李槐得一顿板子吃到饱。"

茅小冬伸出大拇指:"不愧是护送了他们一路的小师弟,果然还是你最懂这个李槐。"

然后茅小冬笑道:"李槐虽然读书开窍慢,但其实不笨的,很多同龄人,只会背书,李槐只要读进去了,就是真读成了自己的东西,所以授课夫子们其实对李槐印象很好,每次垫底,都不会怎么说他。"

陈平安试探性道:"要李槐更勤勉读书,不能偷懒,这些道理还是要说一说的。"

茅小冬眼神激赏:"是该如此。那会儿,李二刚刚大闹了一场皇宫,一个个吓破了胆。夫子们一来比较喜欢李槐,二来确实担心李二太过护犊子,有段时间连一句重话都不敢说,所以我便将那几位夫子训了一通,从那之后,就步入正轨了。该打板子就打,该训斥就训斥,这才是先生弟子该有的状态。"

陈平安问道:"那次风波过后,李槐这些孩子,有没有什么他们自己注意不到的后遗症?"

茅小冬笑道:"有我在,最不济还有崔东山那个一肚子坏水的东西盯着,没闹出什么幺蛾子。这种事情,在所难免,也算是求学知礼、读书学理的一部分,不用太过在意。"

陈平安嗯了一声:"收放自如,不走极端。只是茅山长就要比较劳心了。"

茅小冬一脸抱怨道:"喊声茅师兄,就这么难?怎么,是不是觉得我茅小冬比起齐静春、左右差得太远,甚至连崔瀺和崔东山都比不上,所以你不愿意喊一声茅师兄?"

陈平安摇头道:"不是这样的,恳请茅山长谅解。"

涉及文脉一事,容不得陈平安客客气气、随便敷衍。

茅小冬看似有些不满,实则暗自点头。

若是个自己这个山崖书院的所谓圣人一般勤、再一黑脸就改变主意的年轻人,喊自己茅师兄,肯定还是有资格的,要做先生的关门弟子、齐静春和左右的小师弟,可就未必合适了。

见微知著。茅小冬这点眼力还是有的。

当初文圣门下,四个嫡传弟子中,首徒崔瀺最博学通才,齐静春学问最深最正,推崇"大道自行"的左右，大器晚成，修为最高，还有个家伙看似性情鲁钝，成材最慢，但却是齐静春之外，先生当年最喜爱的。事实上，当初三四之争落败，昔年如日中天的文圣一脉，逐渐沉寂，除了名动天下"左右相伴先生左右"之外，还有此人一直追随先生，自始至终，陪伴着最后自囚于功德林的先生。只是不知为何，那个时候，二师兄左右好像就已与四师兄分道扬镳了。而在一众记名弟子当中，他茅小冬之流，也算不得出彩。以此可见，当年文圣一脉，是如何的万众瞩目，文运璀璨。

茅小冬有些惋惜，风流总被雨打风吹去。

齐静春离开中土神洲，来到宝瓶洲创建山崖书院。外人说是齐静春要掣肘、震慑欺师灭祖的昔年大师兄崔瀺，可茅小冬知道根本不是那么回事。

左右更决绝，直接远离人间，独自一人出海访仙。

那个传闻中唯一一个曾经能撺着阿良满大街乱窜的一根筋傻大个，更是寂寂无声百余年了。

茅小冬收起繁乱思绪，最终视线停留在这个年轻人身上。如今先生收取了这个继承文脉学问的关门弟子。

在陈平安过书院而不入后的将近三年内，茅小冬既好奇，又担心，好奇先生收了一个怎样的读书种子，也担心这个出身骊珠洞天、被齐静春寄予厚望的年轻人，会让人失望。

只是当茅小冬以坐镇书院的儒家圣人神通，远远观看陈平安的一言一行，既无惊艳，也无半点失望。就是觉得，这个名为陈平安的寒门子弟，才是先生会收的弟子，才是齐静春愿意代师收徒的小师弟，如此才对。

之后陈平安又详细询问了林守一的修道和求学，会不会有所冲突。

问了高煊与于禄成为朋友，友谊会不会不够纯粹。

谢谢成为崔东山的婢女后，心境会不会出现问题。

茅小冬一一作答，偶尔翻翻那份通关文牒。

一切都大致知道了，陈平安这才真正如释重负。

茅小冬最后笑问道："自己的，别人的，你想得这么多，不累吗？"

陈平安摇头坦诚道："半点不累。"

茅小冬点点头，轻声道："做学问和习武练剑其实是一样的道理，都需要蓄势。君子得时则大行，不得时则龙蛇。故而一起奇想，一有妙想，好像绚烂文采从天外来，世人不曾见不可得。"

陈平安觉得这番话，说得有点大了，他有些忐忑。

茅小冬突然低声问道："先生可曾提及我？"

陈平安欲言又止，仍是老老实实回答道："好像……不曾说起。"

茅小冬一拍膝盖,气呼呼道:"天底下竟有如此偏心的先生?!"

茅小冬犹不死心,问道:"你再好好想想,会不会是漏了?"

陈平安果断摇头。

茅小冬抚须而笑,胸有成竹道:"想必是先生心中有弟子,自然不用时常挂在嘴边。"

陈平安心中大定。

眼前这位茅山长,绝对是文圣老先生一手教出的弟子。

大概是觉得李宝瓶比较好说话,裴钱走路越来越快,脚步也越来越轻盈。

只是当裴钱来到李宝瓶学舍后,看到了床铺上那一摞摞抄书,差点没给李宝瓶跪下磕头。难怪刚才裴钱壮着胆子小小显摆了一次,说自己每天都抄书,李宝瓶哦了一声,就没有了下文。裴钱一开始觉得自己总算小小扳回了些劣势,还有点小得意来着,腰杆挺得略微直了些。

李宝瓶给裴钱倒了一杯茶水,让裴钱随便坐。她爬上床铺,将靠墙床头的那只小竹箱搬到桌上,拿出那把狭刀祥符,和阿良赠送给她的银白色小葫芦。

李宝瓶说道:"送你了。"

裴钱看了看狭刀和小葫芦,她如今比较识货了,抬头望向李宝瓶,问了一句废话:"很贵很贵吧?"

李宝瓶倒是没有故意藏藏掖掖,一五一十说道:"听阿良私底下说,这把祥符刀,品相一般,是那什么半仙兵。这只从风雪庙剑仙魏晋那边拐骗来的小葫芦才算好,是道祖早年结茅修行期间,亲手种植的那根葫芦藤上,结出的七只养剑葫之一。世间剑修用这个温养飞剑,会比较厉害,裴钱你不是已经开始学剑了吗,那你就拿去用好了。"

裴钱已经舌头打结,含含糊糊道:"可我才刚开始练剑,练得很马虎哩,更不是剑修,本命飞剑什么的,我比较笨,可能这辈子都养不出来的……"

李宝瓶直截了当问道:"祥符和小葫芦,你喜不喜欢?"

裴钱怯生生点了点头。

李宝瓶挠挠头,心中哀叹一声。小师叔怎么找了这么个憨憨笨笨的弟子呢。

裴钱越发惴惴不安,眼角余光就没离开过床铺上那些书山,再瞅瞅桌上的狭刀和银白色养剑葫。她灵光乍现,轻声道:"宝瓶姐姐,这么贵重的礼物,我不敢收哩,师父会骂我的。"

李宝瓶眨眨眼睛:"那你就跟你师父说,我借你的啊,一年十年是借,一百年一千年也是借,反正我又不跟你讨要,你又能心安理得拿着它们去闯荡江湖,不就行了吗?"

裴钱耷拉着脑袋:"对哦。"

李宝瓶换了个位置,坐在裴钱身边那张长凳上,安慰道:"不用觉得自己笨,你年纪小嘛。听小师叔说,你比我小一岁呢。"

裴钱一听,好像很有道理,立即抬起头笑了起来,双手放在桌上,小心翼翼问道:"宝瓶姐姐,我可以摸摸它们吗?"

李宝瓶猛然站起身,吓了裴钱一大跳,李宝瓶用眼神示意裴钱不要慌张,然后让裴钱好好看着。结果裴钱就看到李宝瓶一下子抽刀出鞘,双手持刀,深吸一口气,对着那个葫芦就一刀劈砍下去。看得裴钱跟一只小呆头鹅似的。

李宝瓶这一刀砍得比较霸气,结果小葫芦光滑,刚好一下子蹦向了裴钱,被裴钱下意识一巴掌拍飞了。

银白色养剑葫啪一下,砸在了李宝瓶脸上。

砰一声,葫芦坠地。

愣了一下的李宝瓶开始流鼻血。

裴钱觉得自己死定了。

这会儿李宝瓶手里还拿着祥符呢,极有可能下一刀就要砍掉自己的脑袋了吧?

不料李宝瓶抬起手,手掌随便一抹,将祥符刀熟门熟路地放回刀鞘,脚尖轻轻挑起养剑葫握在手心,一起放回桌上。

坐下后,李宝瓶对裴钱开心笑道:"裴钱,你刚才那一挡一拍,很漂亮诶,很有江湖风范!不错不错,不愧是我小师叔的徒弟。"

裴钱哭丧着脸,指了指李宝瓶的鼻子,呆呆道:"宝瓶姐姐,你还在流血。"

李宝瓶又抹了一把,看了看手心,好像确实是在流血,她神色自若地站起身,跑去床铺那边,从一刀宣纸中抽出一张,撕开揉成两个纸团,仰起头,往鼻子里一塞,大大咧咧坐在裴钱身边。裴钱脸色雪白,看得李宝瓶一头雾水,干吗,怎么感觉小葫芦是砸在了这个家伙脸上?可就算砸了个结结实实,也不疼啊。李宝瓶于是揉着下巴,仔细打量着黝黑的小裴钱,觉得小师叔的这个弟子的想法,比较奇怪,就连她李宝瓶都跟不上脚步了,不愧是小师叔的开山大弟子,还是有一点门道的!

裴钱忍着心痛,犹犹豫豫从袖子里掏出那只心爱的黄皮手拓小葫芦,放在了桌上,往李宝瓶那边轻轻推了推:"宝瓶姐姐,送你了,就当我给你赔罪啊。"

李宝瓶有些生气,这个裴钱咋这么见外呢,便瞪眼道:"收起来!"

裴钱以迅雷不及掩耳之势,乖乖将小葫芦收入袖中。

从茅小冬书斋那边离开,余晖将尽,暮色临近,陈平安便去找应该正在听夫子授课的李槐。

在学塾窗户外,陈平安一眼就看到了那个高高竖起手中书本,正在书本后边小鸡啄米打瞌睡的李槐。

李槐身边一左一右坐着两个同龄人，一个满脸灵气，是个坐不住的主，正在左右张望，早早瞧见了陈平安，就跟陈平安大眼瞪小眼。另外一个孩子正襟危坐，听课听得专心致志。

　　刘观见那个白衣年轻人一直笑望向自己这边，知道这人年纪轻轻的，肯定不是书院的夫子先生，便偷偷做了个以拳击掌的挑衅手势。结果教书夫子一声怒喝："刘观！"刘观乖乖起身。

　　正在做千秋美梦的李槐被吓得魂飞魄散，惊醒后，放下书本，茫然四顾。

　　夫子立即喊道："还有你，李槐！你们两个，今晚抄五遍《劝学篇》！还有，不许让马濂帮忙！"

　　课业已经结束，老夫子板着脸走出学塾，对早已留心的陈平安点头致意。陈平安作揖还礼。

　　走出闹哄哄的课堂，李槐突然瞪大眼睛，一脸不敢相信的表情："陈平安？！"

　　陈平安微笑着招手。

　　李槐咧嘴大笑，突然轻喝一声："陈平安，领教一下李大宗师的无敌拳法！"

　　李槐随后以稀里糊涂的六步走桩向陈平安飞奔过去，被陈平安一掌按住脑袋。

　　李槐扑腾了半天，终于消停下来，红着眼睛问道："陈平安，你咋这么晚才来呢？我姐姐都走了好久了，不然你要是跟她见了面，我再一撮合你们，你们眉来眼去，再卿卿我我，在咱们书院月下柳梢头啥的，这会儿我就可以喊你姐夫了。"

　　陈平安哭笑不得。

　　李槐一把抱住陈平安的胳膊，转身对刘观和马濂笑道："他就是陈平安，送我书箱、给我编草鞋的那个陈平安！我就说吧，他一定会来书院看我的，怎么样，现在相信了吧？"

　　刘观翻了个白眼。原来这个家伙就是李槐念叨得他们耳朵起茧的陈平安。

　　马濂赶紧向陈平安作揖。

　　李槐笑得肆无忌惮，突然止住笑声："见过李宝瓶没有？"

　　陈平安点头道："到了书院，先见的小宝瓶。"

　　李槐使劲点头道："等会儿我们一起去找李宝瓶，她得谢我，是我把你请来的书院，当时她在山顶那会儿，还想揍我来着。呵呵，小姑娘家家的，跑得能有我快？真是笑话，我李槐如今神功大成，健步如飞，飞檐走壁……"

　　陈平安咳嗽一声。

　　李槐突然发现刘观在幸灾乐祸，马濂在扭扭捏捏，李槐缓缓转头，看到了身后的李宝瓶，以及身边一个黑炭似的小丫头。只看了一眼，李槐就觉得有缘分，因为挺像最早认识时的陈平安。

　　李宝瓶双手环胸，冷笑道："李槐，我让你先跑一百步，是躲树上还是屋顶、茅厕，都随你。"

李槐悻悻然道："李宝瓶，看在陈平安果真来了书院的分上，咱们就当打个平手？"

李宝瓶笑道："平手？"

李槐想了想："好吧，那算我败了一场？"

李宝瓶看在小师叔的分上，这次没跟李槐计较。

李槐见李宝瓶不像是要收拾自己，立即趾高气扬起来，拽着陈平安的手臂，雀跃道："你现在住哪儿，要不要先去我那儿坐坐？"

裴钱眼睛一亮，这个李槐，是个同道中人哩！

一行人去了陈平安暂住的客舍。

马濂其实很想跟着李槐，但是被刘观拉着吃饭去了。

朱敛依旧游历未归。

石柔始终待在自己客舍不见人。身处一座儒家书院，任你是名副其实的地仙阴物，谁敢在这种地方招摇过市？石柔觉得自己每一次呼吸，都是在亵渎书院，满是愧疚和敬畏。

这就是浩然天下。

陈平安、李宝瓶、裴钱、李槐，刚好围成一桌，吃着书院开小灶的客舍伙食。

坐在陈平安对面的李槐嗓门最大，反正只要有陈平安坐镇，他连李宝瓶都不怕。

李槐问道："陈平安，要不要吃完饭我带你去找林守一？那家伙如今可难见着面了，快活得很，经常离开书院去外边玩儿，羡慕死我了。"

陈平安笑道："现在正值戌时，是练气士比较看重的一段光阴，最好不要打搅，等过了戌时再去。不用你带路，我自己去找林守一。"

大道修行，锱铢必较。

有一些修行规矩，放之四海而皆准。比如一天讲究四时，不可懈怠，子时天地清明，最适宜内视生气，可以长生桥沟通人身小天地和外边大天地；寅时养气流转，裨益气府经脉；午时以阳火炼气成液；戌时炼液化神，点点滴滴储藏于本命窍穴那些重要"府邸"内，积攒壮大大道根本。一天四时之外，又有一月一年的各自讲究。

大道根本，无非都是以后天修补砥砺先天，后天之法似水磨镜，以至渐行渐明，最终达到传说中的琉璃无垢。最关键的是那些细微变化，只要跨过了修行门槛，开始登山，一日懈怠，就知道自己一日所失，所以容不得修行人偷懒。

若是了解此中玄妙，许多因此而衍生的规矩，虽看似云遮雾绕，实则却会豁然开朗。例如为何俗世王朝的帝王君主，不可修行到中五境。又比如为何修道之人，会逐渐远离俗世人间，不愿被红尘滚滚裹挟，而要在一座座灵气充沛的洞天福地修行，将下山游历重返世间，只视为砥砺心境、而与实实在在修为精进无关的无可奈何之举。又为何修士跻身飞升境后，反而不许擅自离开山头，擅自鲸吞别处的灵气与气数。

崔东山曾经笑言，有了追求不朽长生的练气士，修为越高，不愿讲规矩的人越多，不讲究的事情就越来越密集，山下的人间就开始摇摇晃晃，就像那一张卯榫关节开始松动的凳子。

作为浩然天下一家之主的儒家圣人们，修补得有些辛苦。

只说"家教"一事上，青冥天下的臭牛鼻子道士们，最省心省力，只要有大修士胆肥了，一不合心意，那座白玉京五城十二楼，就会有仙人得了三教某位"掌楼"教主的敕令，飞掠而出，一巴掌拍死拉倒。倒是也有些逃过一劫的大修士，在那座天下的某座登天台上，敲天鼓鸣冤，历史上只有道祖座下大弟子芙蓉道冠大掌教，会经常听人诉苦，帮忙开脱一二，至少也会稍稍减轻责罚，甚至还有过直接免去责罚、反过来责备和重罚白玉京仙人的记录。

道祖小弟子陆沉当家做主的话，就得看这位掌教的心情了，心情好，万事好说，指不定是机缘一桩，心情不好，有可能还会罪上加罪。

若是轮到道老二坐镇白玉京，就绝对不会有人击天鼓鸣大冤了。因为道老二肯定会直接出手打杀，残余魂魄，多半要被拽入他掌心中那座天地间最精粹的"雷池炼狱"。

天大地大，凡俗夫子，终其一生，哪怕喜好游历，都未必可以走完一国之地，而即便成为修行人，都不敢说可以走完一洲之地，而侥幸跻身上五境的山顶神仙，同样不敢说自己能够走完所有天下。

李宝瓶吃饭的时候不太爱说话，裴钱是不敢说，所以都是李槐在那里咋咋呼呼。李宝瓶瞪了李槐几眼，好多书院的事情都被李槐说了，她还怎么说给小师叔听？

李槐摇头晃脑，还在那里不知死活地挑衅李宝瓶，这叫破罐子破摔，反正将来肯定会被李宝瓶秋后算账的。

陈平安言语不多，吃饭一如既往地细嚼慢咽，更多的是给三个孩子夹菜。

李槐突然问道："陈平安，你咋换了身行头，草鞋也不穿了，小心由奢入俭难……"

李槐没等说完，就开始弯腰哀号。李宝瓶和裴钱在桌子底下，一人赏了李槐一脚。

陈平安笑道："其实想过的，来书院的时候换上以前的衣服草鞋，只是怕给你们丢脸。如今这一身，是因为行走江湖，要很小心，加上穿着能够帮助修行，身上这件法袍金醴穿久了就习惯了，不过以前那身，也不会觉得就不舒服了。"

李槐龇牙咧嘴道："我当时在学塾外边，差点都认不出你了。陈平安你个子高了好多，也没以前那么乌漆麻黑的了，我都不习惯了。"

陈平安打趣道："李槐你倒是没变，一看书就犯困？"

李槐哀叹一声："陈平安，你是不知道，我如今读书有多辛苦，比我们那会儿赶路还要累人，尤其是在夫子们讲课的时候，憋着尿，能憋个半死。"

李宝瓶用手指敲了敲桌面，示意李槐注意言辞。

李槐懊恼道："烦，比夫子们规矩还多。"

差不多都吃完了，桌上也没剩下什么饭菜。

陈平安说道："等会儿我还要去趟茅山长那边，有些事情要聊，之后去找林守一和于禄、谢谢，你们就自己逛吧，记得不要违反书院夜禁。"

李槐问道："陈平安，你要在书院待几年啊？"

李宝瓶破天荒笑了笑。

裴钱苦着脸，战战兢兢。

陈平安气笑道："不会待太久，但也不是待几天就走。"

李槐哦了一声，在李宝瓶和裴钱收拾碗筷的时候，问道："陈平安，你干吗不留在书院读书呢，以后我们一起返回龙泉郡多好。怎么，在外边逛久了，是不是心野了，你就算不把李宝瓶当回事，可书院有我李槐啊，咱们可是患难之交的好兄弟好哥们，说不定以后我还要喊你姐夫，你就忍心把我这个小舅子晾在书院？你是知道的，当年阿良哭着喊着要当我的姐夫，我都没答应！"

陈平安无奈道："这种话，你可别在林守一和董水井面前讲。"

李槐重重叹了口气："这两个家伙，一个是不晓得有话直说的闷葫芦，一个是榆木疙瘩不开窍，我看悬，我姐不太可能喜欢他们。我娘呢，是喜欢林守一多些，我爹喜欢董水井多些，但是我家是啥子情况，我李槐说话最管用啊，就连我姐都听我的。陈平安，咱们打个商量呗，你只要在书院陪我一年，好吧，半年就成，你就是我姐夫了！都不用屁的聘礼！"

陈平安笑骂道："滚蛋！"

李槐一拍桌子："陈平安，好好跟小舅子说话！勿谓言之不预也！"

李宝瓶一巴掌拍得李槐缩头缩脑，骤然间气焰顿消。

李槐趁着李宝瓶和裴钱将那些碗筷端去客舍外的灶房那边，来到陈平安身边，趴在桌上，悄悄道："陈平安，我姐如今长得可水灵啦，真不骗你。"

陈平安揉了揉小家伙的脑袋："真不用你牵线搭桥当媒人，我已经有喜欢的姑娘了。"

李槐神色黯然。

陈平安轻声道："不当你的姐夫，又不是不当朋友了。"

李槐有气无力道："可我怕啊，上次一走就是三年，下次呢，一走会不会又是三年五年？哪有你这么当朋友的，我在书院给人欺负的时候，你都不在。"

陈平安无言以对。如果按照心中的那个打算，还真不一定三五年就能重逢。

他准备去过了龙泉郡和书简湖，以及彩衣国、梳水国后，就去北方，比位于宝瓶洲最北端的大骊王朝更北。

李槐抽了抽鼻子,抬起头笑道:"算了,咱们都是大人了,这么婆婆妈妈不像话,明儿的事明儿再说!"

陈平安拍了拍李槐的脑袋:"裴钱好像有些怕宝瓶,这段时间你可以多陪陪裴钱。"

李槐立即嬉笑道:"那块小黑炭啊,没问题,怕李宝瓶有什么丢人的,我也怕啊,谁怕谁才是英雄好汉!"

能够把这么件丢人事,说得如此理直气壮和豪气干云,估计也就只有李槐能做到了。

之后陈平安又去了茅小冬那座书斋,开始商议炼化第二件本命物之事。

茅小冬已经收到崔东山的那封密信,竟是想得比当事人陈平安还要滴水不漏。

关于炼制那颗金色文胆所需的天材地宝,他已经购买得七七八八,有些尚未送到书院,但在入秋之前,肯定可以一样不差收集完毕。

陈平安说可能需要以后还钱,茅小冬没有矫情,说就按照市价算钱,争取二十年内结清。

因为是炼制极为特殊的金色文胆作为五行本命物之一,茅小冬一再端详陈平安从方寸物中取出的那颗文胆。在这之前,他其实已经详细了解过彩衣国国史与那座城隍阁所在的地方县志,最终判定文臣成神的沈温,以精粹香火和浩然气,极有可能还要再加上那枚大天师亲自炼制而成的印章浸染影响和雷法加持,最终孕育而出的这颗金色文胆,极其不俗。所以茅小冬打算先带着陈平安私底下去逛一逛大隋京城文庙等地。不过最终炼化场所,肯定还是要放在他可以坐镇气运的山崖书院。

两人不断打磨细节,茅小冬越发欣慰。

即便涉及最终成就高低的修行根本,陈平安仍是不急不躁,心境古井不波,让茅小冬很满意。

许多看似随意闲聊,陈平安的答案,以及主动询问的一些书上疑难,都让茅小冬没有惊艳之感,却有心定之义,隐约透露出坚韧不拔之志。这就足够了!

尤其是当陈平安看了眼天色,说要先去看一下林守一和于禄、谢谢,而不是就此一鼓作气聊完比天大的"正事"时,茅小冬笑着答应下来。

陈平安带着歉意离去后,一向给所有人古板印象的高大老人,独坐书斋,情难自禁,老泪纵横,却笑意快慰。

在茅小冬看来,十个天资卓绝的崔瀺,都比不上一个陈平安!

没了李宝瓶在身边,裴钱一下子无拘无束起来,意气风发。

到了李槐学舍那边,坐了没多久,不单是李槐,就连刘观和马濂都给震慑得瞪大了眼睛,面面相觑。

裴钱腰间已经悬佩上了刀剑错的竹刀竹剑,端坐在长凳上,对着三个并排而坐的家伙。她在给他们讲述自己的江湖历程。

开场白就很有威慑力:"你们应该看出来了,我裴钱,作为我师父的弟子,是一个很冷酷铁血的江湖人!被我打死、降服的山泽精怪,不计其数。"

被她以疯魔剑法打杀的牛虻,山路上被她一脚踹飞的癞蛤蟆,再比如被她按住脑袋的土狗,被她抓住的山跳,都被她想象为未来成精成怪的存在了。

将信将疑的刘观端茶送水;马濂趁着裴女侠喝水的间隙,赶紧掏出瓜子糕点;李槐怀抱着那只彩绘木偶,脸上装傻笑着,心底其实觉得这个黑丫头,人不可貌相啊,比自己和阿良还能吹牛!自己算是碰到对手了!

陈平安走出茅小冬住处后,发现李宝瓶就站在门口等着自己,还背着那只小竹箱。

他一点也不奇怪。

陈平安第一次离开家乡,走向骊珠洞天外边的世界,自然就是那次护送李宝瓶来大隋求学。可那又何尝不是小姑娘陪着小师叔一起行走江湖?

最早只有两人相互为伴的那段路程,那些走过的青山绿水,格外可爱可亲。

陈平安没有着急赶路,蹲下身,笑问道:"宝瓶,这几年在书院有人欺负你吗?"

李宝瓶用心想了想,摇头道:"小师叔,没有唉。"

陈平安挠挠头,竟是觉得有些失落。

心湖之中,突然响起茅小冬的一些言语。陈平安神色不变,听完之后,站起身,牵着李宝瓶的手,他开始眺望书院小东山之外的京城夜景。

一大一小开始下山。

"小师叔,我刚才已经把抄的书分成五份,分别背在小书箱里,交给五位教书先生啦。不过那些只是一个月翘课罚抄书的份,我学舍里还多着呢。小师叔你不用担心。"

"那夫子们有没有生气?"

"夫子们不生气,习惯喽,就是要我搬书的时候跑慢些。"

"那夫子们都挺好的。"

"嗯,是挺好的,可就是学问都不如齐先生。"

"为什么?"

"齐先生学问最大,小师叔人最好,没有为什么啊。"

"哈,有道理唉。"

陈平安先去了趟崔东山独占的那座别院,在门口那边,李宝瓶询问晚上能不能让裴钱睡她那儿，陈平安说只要裴钱答应就行。

李宝瓶还问能不能把狭刀祥符和银白色小葫芦，送给或是借给裴钱，好让裴钱闯荡江湖更气派些。

陈平安就笑着说，暂时不用送裴钱这么贵重的礼物，裴钱以后行走江湖的包裹行囊，一切所需，他这个当师父的，都会准备好。何况第一次走江湖，不要太扎眼，坐骑是头小毛驴就挺好，刀跟祥符是差不多的模样，叫停雪，剑是一把痴心，都不算差了。李宝瓶还是有些惋惜。

与小师叔挥手告别，李宝瓶背着小绿竹箱飞奔而去。

不等陈平安敲门，谢谢就轻轻打开了院门。

陈平安笑问道："不会不方便吧？"

谢谢摇头，让出道路。

谢谢对陈平安的印象比对禄终究要好很多，再者还是"自家公子"的先生。谢谢不敢怠慢，不然最后吃苦头的，还是她。

正大光明地打量了陈平安几眼，谢谢说道："只听说女大十八变，怎么你变了这么多？"

陈平安进了院子，谢谢犹豫了一下，还是关上了门，同时还有些自嘲，就如今自己这副不堪入目的尊容，陈平安就算失心疯，他吃得下嘴，算他本事。何况陈平安是什么样的人，谢谢一清二楚，她从不觉得他与自己是一路人，更谈不上一见如故、心生倾慕，不过不讨厌，仅此而已。就跟世人看待书法，是钟情于酣畅淋漓的草书，还是喜欢规规矩矩的楷书，个人趣味而已，并无高下之分。

比起不待见于禄，谢谢对陈平安要客气宽容许多，主动指了指正屋外的绿竹廊道："不用脱鞋子，是大隋青霄渡特产的仙家绿竹，冬暖夏凉，适宜修士打坐。公子离开之前，让我捎话给林守一，可以来这边修行雷法，只是我觉得林守一应该不会答应，就没去自讨没趣。"

陈平安还是脱了那双裴钱在狐儿镇偷偷购买后送给自己的靴子。

盘腿坐在果真舒适的绿竹地板上，陈平安手腕翻转，从咫尺物当中取出一壶买自蜂尾渡渡口的水井仙人酿，问道："要不要喝？市井佳酿而已。"

不远处，斜坐在台阶上的谢谢点点头。

陈平安将酒壶轻轻抛去。

谢谢接过酒壶，打开后闻了闻："竟然还不错，不愧是从方寸物里边取出的东西。"

谢谢没急着喝酒，笑问道："你身上那件袍子，是法袍吧？因为是在这座院子的缘故，我才能察觉到它的那点灵气流转。"

陈平安点了点头："袍子叫金醴，是我在去倒悬山的路上，在一个名为蛟龙沟的地方，偶然所得。"

谢谢转过头,望向院门那边,眼神复杂,喃喃道:"那你运气真不错。"

陈平安嗯了一声,摘下养剑葫,喝了口酒。

谢谢笑道:"还真会喝酒了啊,这趟江湖远门没白走。"

陈平安假装没听见,伸手摸了摸竹地板,灵气如细水流淌,虽说还比不上一等一的仙家府邸、洞天,但比起世俗王朝那些仙家客栈的最上等屋舍,所蕴含的灵气却是更加充沛。

天地寂寥。

谢谢自言自语道:"星星点点灯四方,一道银河水中央。消暑否?仙家茅舍好清凉。"

陈平安微笑道:"是你们卢氏王朝哪位文豪诗仙写的?"

谢谢缓缓摇头:"很久以前,差不多也是这样的一个晚上,我师父随口念叨的一段,没头没尾的,她说词是'诗余',小道而已,与书法弈棋一样,不值一提。"

陈平安说道:"在倒悬山灵芝斋,我本来给你和林守一都准备了份礼物,你那份,当时我误以为只是一副无法修复的破败甘露甲,用很低的价格就买下来了,后来才知道是神人承露甲的八副祖宗甲丸之一,还给一个朋友修好了。跟崔东山在青鸾国那边遇上后,谈起此事,崔东山说不要送你这么贵的东西,交情没好到那份儿上,说不定还要被你误会有所企图。我觉得挺有道理,就想着大不了先存着,等哪天我们成了真正的朋友,再送你不迟。所以,今天先送你这个,接着。"

谢谢转过头,伸手接住一件雕琢精美的羊脂美玉小把件,是白牛衔灵芝。

陈平安笑道:"是当时倒悬山灵芝斋赠送的小彩头,别嫌弃。"

谢谢笑道:"你是在暗示我,只要跟你陈平安成了朋友,就能拿到一件价值连城的兵家重器?"

陈平安笑着不说话。

谢谢攥着质感温润细腻的玉把件,自顾自道:"你不是这样的人。"

陈平安举起养剑葫,忍住笑:"谢谢了啊。"

谢谢瞥了眼陈平安:"哟,走了没几年工夫,还学会油嘴滑舌了?真是士别三日,当刮目相看啊。"

陈平安将养剑葫在腰间别好,双手笼袖,感慨道:"那次李槐被外人欺负,你、林守一和于禄,都很仗义,我听说后,真的很高兴。所以我说了那件甘露甲西岳的事情,不是跟你显摆什么,而是真的很希望有一天,我能跟谢谢成为朋友。我其实也有私心,就算我们做不成朋友,我也希望你能够跟小宝瓶,还有李槐,成为要好的朋友,以后在书院可以多照顾他们。"

还有一点原因,陈平安说不出口。不管其中有多少弯弯绕绕,陈平安如今终究是崔东山名义上的先生,很有管教无方的嫌疑。

崔东山将谢谢收为贴身婢女，怎么看都是在祸害谢谢这个曾经的卢氏王朝的修道天才。只是世事复杂，许多看似好心的一厢情愿，反而会办坏事。别人的一些伤疤不去碰，相安无事，一揭开，反而鲜血淋漓。

陈平安坐在台阶底部，穿着靴子。

谢谢轻声道："我就不送了。"

陈平安摆摆手："不用。"

陈平安走后，谢谢没来由地掩嘴而笑。

不知为何，总觉得那人像是偷腥的猫儿，大半夜溜回家，免得家中母老虎发威。当然，这只是谢谢一个很莫名其妙的想法。

女人心海底针。只能说明谢谢当下心情不错。

谢谢抬起手，将那件白牛衔灵芝玉把件高高举起，还挺好看。

陈平安离开这处书院数一数二的风水宝地后去了于禄那里。于禄一人独住学舍，虽然此刻屋内已经熄灯，但陈平安敲门敲得毫不犹豫。

于禄很快随便踩着靴子来开门，笑道："稀客稀客。"

于禄率先转身去点灯，陈平安帮着关上门，两人相对而坐。

于禄屋内，除了一些学舍早就为书院学子准备的物件外，可谓空无一物。

这就是于禄。好似心头没有任何挂碍。

身为一个大王朝的太子殿下，亡国之后，依旧与世无争，哪怕是面对罪魁祸首之一的崔东山，一样没有像谢谢那样心怀刻骨之恨。这一点，于禄跟豪阀出身的武疯子朱敛，有些相似。

当年在赶往大隋书院的路途中，多是陈平安和于禄两人轮流守夜，一个前半夜一个后半夜，若是守前半夜的人没有睡意，就在篝火旁坐着，其实两人也没有什么话好聊，经常是陈平安练习立桩剑炉或是六步走桩。若是陈平安立桩，于禄就自顾自发呆；若是陈平安走桩，于禄就看一会儿。

于禄不喝酒。陈平安也没有喝酒。

陈平安将那本同样买自倒悬山的神仙书《山海志》送给了于禄。

于禄自然道谢，说他穷得叮当响，没有礼物可送，就只能将陈平安送到学舍门口了。

陈平安离开后，于禄轻轻关上门，继续在伸手不见五指的漆黑屋内闭眼"散步"，双拳一松一握，如此反复。

于禄练拳之时，谢谢同样坐在绿竹廊道，勤勉修行。

林守一看到陈平安的时候，并没有惊讶。

事实上他先前就知道了陈平安的到来，只是犹豫之后，没有主动去客舍那边找陈平安。

陈平安送出了灵芝斋那部残本的雷法道书，当时有文字注解："世间孤本，若非残缺数十页，否则无价。"

林守一没有拒绝。

陈平安笑道："谢谢让我捎句话给你，如果不介意的话，请你去她那边日常修行。"

林守一想了想，点头道："好，我白天只要有空，就会去的。"

陈平安没有久留，待了不到半炷香，屁股还没坐热长凳就要告辞离去。林守一在开门前，明显是在一个蒲团上修习一门吐纳术。

林守一突然笑问道："陈平安，知道为什么我愿意收下这么贵重的礼物吗？"

陈平安停下脚步，转身问道："怎么说？"

从不会留人在学舍的林守一，破天荒走到桌旁，倒了两杯茶水，陈平安便反身坐下。

已经成为风度翩翩公子哥的林守一，沉默片刻，说道："我知道以后自己肯定回礼更重。"

陈平安笑着点头。果然没变，这家伙还是那副冷淡性子。

林守一转头看了眼竹箱，嘴角翘起："再就是，有一件事，我很感激你。你猜猜看。"

你都做出这么个动作了，还猜什么，陈平安无奈道："不就是送了你一只竹箱嘛。虽然是当年我在棋墩山那边用青神山移植生发而成的竹子制成，可说实话，肯定比不上现在那本雷法道书。"

林守一微笑摇头："再猜。"

陈平安回忆那次游历，试探性问道："住客栈那次？"

林守一还是摇头，爽朗大笑，起身开始赶人，玩笑道："别仗着送了我礼物，就耽误我修行啊。"

陈平安一头雾水地离开了学舍。

见过三人，陈平安并没有原路返回。

比预期早了半个时辰送完礼物，所以陈平安稍稍绕了些远路，走在山崖书院寂静处。

刚好路过客舍，结果陈平安看到李槐独自一人，鬼鬼祟祟跑过来。

见到了陈平安，李槐加快步子，急匆匆道："陈平安，我来就是为了问你个问题，不然我睡不着觉。"

陈平安笑道："关于裴钱？你问吧。"

第四章 在书院

李槐小声问道:"一开始我觉得是裴钱在吹牛,可我越听越觉着裴钱了不得啊。陈平安,你跟我说句掏心窝子的实话,裴钱真是一位流落民间的公主殿下啊?"

陈平安完全能够想象裴钱在扯这谎的时候,板着脸、心里偷乐的模样,说不定还要笑话李槐三人这也信,傻不傻。

别说是李槐,当初在大泉边陲的狐儿镇,就连镇上经验老到的三名捕快,都能给胡说八道的裴钱唬住,李槐、刘观、马濂三个屁大点孩子,不中招才怪。只是这些孩子之间的天真戏弄,陈平安不打算拆台,不会在李槐面前揭穿裴钱的吹牛。

陈平安拍了拍李槐的肩膀:"自己猜去。"

李槐使劲点头,恍然道:"那我懂了!"

陈平安笑着问道:"你懂什么了?"

李槐双臂环胸,一手揉着下巴:"难怪这个小黑炭,瞧见了我的彩绘木偶,一脸嫌弃的表情。不行,我明儿得跟她比一比家底儿,高手支招,胜在气势!到时候看谁的宝贝更多!公主殿下怎么了,不也是个黑炭小屁孩儿,有啥了不起的。啧啧,小小年纪,就挎着竹刀竹剑,吓唬谁呢……对了,陈平安,公主殿下喜欢吃啥?"

陈平安伸手按住李槐脑袋,往学舍那边轻轻一拧:"赶紧回去睡觉。"

李槐问过了问题,心满意足,就转身跑回了自己学舍。

不久之后,远处传来一声怒喝。不用想,肯定是李槐被巡夜夫子逮了个正着。

陈平安刚要去给李槐解围,很快就看到李槐大摇大摆走来,身边还跟着朱敛。原来朱敛已经找了借口,说自己是李槐的远房亲戚,大晚上不认识路,要李槐帮着返回客舍。

李槐伸出大拇指,对陈平安说道:"这位朱大哥真是仗义!陈平安,你有这样的管家,真是福气。"

然后李槐转头笑望向朱敛:"朱大哥,以后要是陈平安待你不好,就来找我李槐,我帮你讨回公道。"

朱敛左看看右看看,这个名叫李槐的小子,虎头虎脑的,长得确实不像是个读书好的。

郑大风、李二、李宝箴、李宝瓶,难得碰到个从骊珠洞天走出来的不像怪胎的存在。朱敛觉得自己需要珍惜,所以一下子觉得李槐这小家伙顺眼许多,越发慈眉善目。

等会儿,这李槐瞅着怎么跟老龙城登门拜访的那个十境武夫有点像啊,李二、李槐,都姓李,该不会是一家人吧?只有自己身为纯粹武夫,才最知道一位止境大宗师的恐怖。

朱敛对自己的武学天赋再自负,也只敢说若是自己在浩然天下土生土长,天资不变的前提下,有生之年捞到个九境山巅境不难,十境,悬乎。

朱敛转过头，眼神充满询问，望向陈平安。陈平安笑着点头。

朱敛气了个半死，一脚轻轻踹在李槐屁股上："大半夜还跟孤魂野鬼似的瞎逛荡，赶紧滚蛋。"

李槐吓了一大跳，跑出去后，远远指着朱敛说道："帮我一回，踹我一脚，你我恩怨两清，明天若是再在书院狭路相逢，谁先跑谁就是大爷！"

朱敛做了个抬脚的动作，李槐很快消失无踪。

李宝瓶学舍那边，李宝瓶和裴钱同桌抄书，相对而坐。

一个下笔如飞，一个乌龟爬爬。

李宝瓶每抄完一张纸，就要喊"走你"二字，然后搁下毛笔，拧转手腕，来到裴钱这边瞅瞅。

裴钱默默无言，满头大汗。

第五章
斗 法

大隋毗邻京城的蔬州州城内,刚刚搬来没多久的蔡家府邸,来了一位"辈分极高"的贵客。正是在山崖书院,凭借咫尺物里边诸多法宝,为自己赢得一个"蔡家老祖宗"敞亮绰号的崔东山。

深更半夜的,白衣少年崔东山使劲捶打蔡家府门,震天响,大声嚷嚷道:"小蔡儿小蔡儿,快来开门!"

眉心一粒红痣的崔东山,身后还跟着个矮小精悍的汉子,汉子身边还有头黄牛。

蔡家那位曾经在山崖书院附近驻扎的大隋供奉老神仙,脸色铁青地走出密室,在院子里一掠起身,落在自家大门外的街道上:"姓崔的,你来干什么?!"

当年在那座被大隋京城百姓习惯性称为小东山的东华山上空,崔东山和蔡京神有过一场荡气回肠的神仙交手。

崔东山一战成名,像是给京城百姓无偿办了一场烟花爆竹盛宴。那一夜不知道有多少京城人抬头望向书院东华山那边,看得不亦乐乎。

因为有一位元婴境地仙的老祖宗担任定海神针,原本在京城威风八面的蔡家,很快就搬出了京城,只留下一个在京城为官的家族子弟,守着那么大一栋规格不输王侯的宅子。

崔东山哈哈笑道:"京神啊,这么客气,还亲自出门迎接?走走走,赶紧去咱们家里坐坐,进城比较晚了,又有夜禁,饿坏了我,你赶紧让人做顿宵夜,咱们爷孙好好聊聊。"

蔡京神黑着脸道:"这里不欢迎你。"

崔东山突然伸手指向蔡京神,跳脚骂道:"不认祖宗的龟孙,给脸不要脸对吧?来来来,咱们再打一场,这次你要是撑得过我五十件法宝,换我喊你祖宗,要是撑不过,你明儿大白天就开始骑马游街,喊自己是我崔东山的乖孙子一千遍!"

蔡京神咬牙切齿道:"士可杀不可辱,要么你今夜打死我,否则休想踏足我蔡家半步!"

崔东山一闪而逝,使了缩地成寸的术法神通,看似稀松平常,实则迥异于寻常道家脉络,崔东山又一闪而返,回到原地:"咋说?你要不要自己抹脖子自刎?你这个当孙子的不孝顺,我这个当祖宗的却不能不认你,所以我可以借你几件锋利的法宝,省得你说没有称手的兵器自尽……"

崔东山絮絮叨叨个没完。

身材魁梧的老人气得丹田气机翻江倒海,气势暴涨。

崔东山突然收敛笑意,眯起眼,阴恻恻道:"小王八蛋,你大概是觉得东华山一战,是老祖宗占据了书院的天时地利,所以输得比较冤枉,对吧?"

蔡京神心湖激荡不已,就在生死大战一触即发之际,他惊骇地发现崔东山那双眼眸中,瞳孔竟是竖立的,而且散发出一种刺眼的金色光彩。

蔡京神如同被一条兴风作浪的远古蛟龙盯上了,如芒在背。

蔡京神迅速收敛气势,伸出一只手掌,沉声道:"请!"

躲在那边门缝里看人的门房老人,从最早的睡眼惺忪,到手脚冰凉,再到这会儿的如丧考妣,颤颤巍巍开了门。

崔东山大摇大摆率先跨过门槛,蔡京神紧随其后。魏羡和那头黄牛也先后走入蔡家府邸。

门房关上门后,心中哀叹不已。好不容易躲过了这个瘟神,老祖宗在州城这边狠狠露了一手,帮着刺史大人摆平了一只狡猾的作祟河妖,才在地方上重新树立起蔡家威严,可这才过几天清净安稳日子,这个瘟神又来了,真是来者不善善者不来,只希望接下来和气生财,莫要再折腾了。

崔东山念叨着要一份宵夜,必须拿出诚意来,蔡京神忍了;崔东山又给那姓魏的纯粹武夫要了一坛州城最贵的美酒,忍;连那头小小龙门境的黄牛妖物,都要在蔡家来一栋独门独院的宅子,蔡京神不能忍……也忍了。

蔡京神伸手驱散两个满眼好奇的府上婢女,再无旁人在场,开口问道:"你到底要做什么?干脆些!"

崔东山一只脚踩在椅子上,一手持酒壶,一手下筷如飞,佳肴与美酒两不耽误,狼吞虎咽,含糊道:"你在大隋京城好歹当了百余年的地头蛇,与我说说看,如今谋划那桩刺杀案的蠢货,其幕后主使是哪些货色,骠骑将军唐庄山、兵部右侍郎陶鹭、龙牛将军苗韧这几个，不用你说，我是知道的，但是你我心知肚明，这些家伙，还不是你们大隋庙堂和山上真正谋划此事的幕后大佬。你知道几个就说几个，说说看。"

蔡京神眼皮子微颤。

崔东山丢掉一块极其美味的秘制酱鸭腿，舔了舔手指头，斜眼瞥着蔡京神，微笑道："我允许你每说一个牵连此事的幕后人，再说一个与此事全然没有关系的人的名字，可以是结怨已久的山上死对头，也可以是随随便便被你看不顺眼而已的高氏宗亲。"

崔东山打了个饱嗝："在我吃完这顿宵夜之前，都有效，吃完后，你们蔡家就没这个机会了。可能你还不太清楚，你留在京城的那个高氏子孙，嗯，就是在国子监当差的蔡家读书种子，也是马前卒之一。读书人嘛，不愿眼睁睁看着大隋沉沦，向蛮子大骊低头俯首，可以理解，高氏养士数百年，不惜一死以报国，我更是欣赏，只是理解和欣赏当不了饭吃，所以呢，蔡京神，你看着办。"

崔东山继续大吃大喝。

蔡京神沉声问道："我要先知道一件事，蔡丰是否真的深陷其中？！"

崔东山讥笑道："蔡丰的文人风骨和远大志向，需要我来废话？真把老子当你蔡家老祖宗了？"

蔡京神满脸痛苦之色。

别看他是一位足可傲视王侯的元婴境地仙，是大隋屈指可数的仙家大供奉。可是荫庇家族，是人之常情的祖辈本分事，逝者先祖只能依靠玄之又玄的阴德，蔡京神这些修行有道之人，当然会拿捏好尺寸火候，既不妨碍自身修行，又要鼎力扶持那些有机会反哺家族的好苗子，至于那些子孙后裔，或是走文武仕途，或是走上修行路，光大门楣，光宗耀祖，更是职责所在。

这百余年间，蔡家就只出了一个高不成低不就的练气士，即便不缺蔡京神的指点迷津，以及大把的神仙钱，如今仍是止步于洞府境，而且前途有限。所以蔡京神更多还是寄希望于那个榜眼郎蔡丰，甚至连蔡丰之后五六十年内的官场升迁，死后获赠皇帝赐下的文贞之流的美谥，继而阴神显灵在某地，随之大隋朝廷顺势敕封为某座郡县城隍神祇，再大致有百余年光阴的经营，一步步擢升为本州城隍，这些事情，蔡京神都已经准备妥当，只要蔡丰按部就班，就能走到一州城隍爷的神祇高位，这也是一位元婴境地仙的人力之竭尽了，再往后，就只能靠蔡丰自己去争取更多的大道机缘。

风水轮流转，三十年河东三十年河西，凡夫俗子很难把握，可能一次错过就是一辈子再无机会，可是练气士不同，只要活得足够长久，风水总有流入自家的一天，到时候就可以用仙家秘法尽量截留在自家门内，不断积累家底，与世俗人积攒金银钱财如出一辙，就会有一个又一个的香火小人诞生。

蔡京神怎么都没有想到这个蔡丰，大好的前程不要，竟然脑子进水了，要背着自己和整个家族,掺和这么一桩谋划。

崔东山随手放下了那双筷子,低下头,将两根筷子摆放得整整齐齐,抬起头,笑道:"看来你笃定我不会在这里大开杀戒?"

崔东山拍掌而笑,缓缓起身:"你赌对了。我确实不会由着性子一通滥杀,毕竟我还要返回山崖书院。罢了,儿孙自有儿孙福,我这个当老祖宗的,就只能帮你们到这里了。"

蔡京神却伸手示意崔东山坐回位子,问道:"你怎么证明自己说话管用,在大隋朝野管用,在大骊庙堂一样管用?"

崔东山慵懒地靠着椅子,伸手抓着自己的发髻玩,轻轻扭转:"不好证明。"

蔡京神只得退一步,犹豫片刻,沉声道:"那你如何将蔡丰摘出来,而且必须是不留后患,不会影响到他以后仕途的那种?我必须要提醒一点,不可以让蔡丰临阵倒戈、卖友求荣,这会阻碍蔡丰死后封为神祇的道路,蔡丰未来百年千年,都要跟大隋国祚、文运和风水息息相关,做了这等恶心事,生前尊荣不难,死后却会被大隋香火排斥。"

崔东山微笑道:"山人自有妙计。放心,我保证蔡丰生前官至六部尚书,礼部除外,这个位置太重要,老子不是大骊皇帝;至于死后,百年内做到一个大州的城隍阁老爷,高氏弋阳的龙兴之地除外,如何?"

蔡京神试探性问道:"那我蔡家的抉择和声誉?"

崔东山笑道:"到时候我让你和蔡家配合两出苦肉计,谁都要朝你蔡京神竖起大拇指,以后史书,肯定都是美言。"

蔡京神欲言又止。

崔东山嗤笑道:"你我之间,签订地仙之流的山水盟约?蔡京神,我劝你别多此一举。"

蔡京神想起那双竖立的金色瞳孔,心中悚然,虽然自己与蔡家任人宰割,心里憋屈,可比起那个无法承受的后果,因为蔡丰一人而将整个家族拽入万丈深渊,甚至会连累他这位老祖宗的修行,当下这点愁闷,并非难以忍受。

既然成了暂时的盟友,蔡京神就想要表达一点诚意:"当年崔先生在书院,被人以金线刺杀,以替死符逃过一劫,崔先生难道就不想知道幕后主使?还是说你觉得其实是一拨人?"

崔东山斜了一眼蔡京神。

蔡京神被瞧得浑身不自在,不明白自己哪里说错了。

崔东山站起身,从桌上拎了壶尚未开封的窖藏老酒:"我当年在书院闷得快要去山顶上吊了,好不容易才等来这么有趣的事情,你看我事后是如何做的?等了许久,不见他们继续偷袭刺杀,我只好自己主动跑去青霄渡伸长脖子,结果呢,愣是没人敢出手,我

第五章 斗法

只好搬了几大车子青霄渡绿竹回书院铺地板,该是什么价格,我就给多少小暑钱,凭啥?感激他们给我解闷啊,我为了应对第二场暗杀,谋划了那么多后手,虽然没有施展的机会,可那个动脑子的过程,还是很能打发无聊光阴的。"

崔东山绕过桌子,拍了拍蔡京神肩膀:"小蔡啊,你还是太年轻,不知道我的脾气,以后相处久了,你就会发现认了个好祖宗。有空去你家祖坟瞅瞅,肯定青烟滚滚,近期如果有蔡家先祖托梦给你,一把鼻涕一把泪地对我感恩戴德,你就告诉他们,不用谢我,乐善好施,一直是我这个人的学问之本。"

蔡京神板着脸,置若罔闻。

那头地牛之属的黄牛妖物,早已去了"牛栏"休憩。魏羨却一直坐在崔东山和蔡京神所在的酒桌旁,一言不发,只是喝酒。

魏羨跟随崔东山一起去往住处。两人落座后,崔东山以那把金色飞剑画出一座雷池,隔绝蔡京神的窥探。

崔东山踢了靴子,盘腿坐在椅子上,笑问道:"你来帮着用一两句话盖棺论定。"

魏羨缓缓道:"高飞之鸟,死于美食。深泉之鱼,死于芳饵。"

在魏羨看来,蔡京神之流,首鼠两端,不值一提。

大势之下,滚滚洪流,即便是一位元婴境地仙,仍是螳臂当车。

进入州城之前,崔东山给魏羨看过了众多关于大隋内幕的谍报,京城蔡丰密谋一事,相较于高氏老供奉蔡京神自身隐藏的秘密,小事而已。

大隋高氏当年能够与卢氏王朝联手,压制拥有国师崔瀺和山崖书院的大骊的崛起,拖延了数十年之久,可不只是大隋高氏皇帝高瞻远瞩那么简单。

大骊当初有墨家一支和阴阳家陆氏高人,帮忙打造那座仿制的白玉京,大隋和卢氏,当年也有诸子百家的大修士身影,躲在幕后,指手画脚。蔡京神就是一枚埋得比较深、同时比较重要的棋子。别看今晚蔡京神表现得畏畏缩缩,局势看着全盘掌控在崔东山手中,事实上蔡京神,就连当初"负气请辞",举家搬迁离开京城,看似是受不得那份羞辱,其实应该也是高人授意。

如今大隋与大骊结下最高品秩的山盟,一方以山崖书院所在、龙脉王气所聚的东华山,一方以最新的王朝北岳披云山作为山盟祭天告地的场所。看似是皆大欢喜,大隋不用与大骊铁骑硬碰硬,赢得了百余年休养生息的大好时机,只不过是割让出了黄庭国这些屏藩附属,而大骊则能够保存实力,全力南下,势如破竹杀到朱荧王朝边境。但是相安无事的背后,大骊宋氏和大隋高氏,自然各有心思。尤其是大骊皇帝宋正醇死后,尽管大骊中枢秘而不发,但是相信大隋这边,说不定已经有所察觉,所以才会蠢蠢欲动。

如今大骊铁骑虽然势如破竹,囊括了宝瓶洲半壁江山,但是并不稳固,一旦大骊和大隋同时后院起火,再加上观湖书院和朱荧王朝那边骤然发力,大骊这盘看似形势大好的棋局,就会瞬间被屠大龙。到时候被大骊铁骑踩踏碾压的整个北方版图,在后发制人而得胜的幕后大佬眼中,处处皆是可以名正言顺放入嘴中的一块块大肥肉。

崔东山与魏羡坦言其行并无目的,因时而异,是招徕是镇杀,还是作为诱饵,只看蔡京神如何应对。

魏羡不敢说崔东山一定能赢过那些幕后的山顶人物,但是一个蔡京神,肯定不在话下,他只会被崔东山玩弄于股掌。所以,魏羡才有鸟鱼贪吃饵食之说。

崔东山摇摇头,伸出并拢的双指,在空中同样写了十六个字:虎卑其势,将有击也。狸缩其身,将有取也。

魏羡皱眉道:"大隋真要撕毁盟约,孤注一掷,难道是想对大骊取而代之?"

崔东山哈哈大笑,指了指自己。

魏羡愣了愣,拱手抱拳:"国师深谋远虑,非常人能及。"

崔东山有些埋怨:"以后称呼崔先生就行了,一口一个国师,总觉得你这位南苑国开国皇帝,在占我便宜。"

魏羡感叹道:"小小南苑,不过大骊数州之地,当初也曾有谪仙人,留下只言片语,所以我才命南苑国方士入山寻隐、出海访仙,可是不真到浩然天下走一趟,仍是无法想象真正的天地之大。"

崔东山笑道:"中土神洲有个很厉害的读书人,曾有沧海一粟与陆地芥子之叹,以后有机会,我带你去见见他,到时候你再做井底之蛙的感慨,就很合时宜了。"

崔东山双手扶住椅把手,一摇一晃,椅子随之开始"走动",崔东山在那边就像是骑马颠簸,显得极其滑稽可笑。

只是魏羡这段时日与崔东山朝夕相处,早已习以为常,对于这件事,魏羡和于禄就远远比谢谢更早适应。这大概就是帝王、皇储的心胸。

崔东山缓缓道:"与你说过了答案,反正大隋幕后人与大骊都在比拼后手,蔡丰这类卒子的生死,以及蔡京神之流投诚与否,都掀不起风浪,我之所以滞留州城,不去京城书院,其实没你想的那么复杂。我家先生最心疼小宝瓶,茅小冬是个藏不住话的,一定会告诉他大隋这场不光彩的密谋,我这会儿一头撞上去,肯定要被迁怒,骂我不务正业。

"我若是与先生说那社稷大业,更不讨喜,说不定连先生的学生都做不成了。可事情还是要做,我总不能说'先生你放心,宝瓶、李槐这帮孩子,肯定没事的'。先生如今学问越发趋于完整,从初衷之顺序,到最终目的之好坏,以及其间的道路选择,都有了大致的雏形,我那套比较冷血市侩的事功措辞,应付起来,很吃力。

"所以我还不如躲在这边,将功补过,拿出实实在在的成果,帮忙掐断些联系,再去书院认罚,大不了就是挨一顿揍,总好过让先生落下心结,那我就完蛋了。一旦被他认定心怀不轨,神仙难救,就是老秀才出面求情,都未必管用。"

魏羡思量片刻,正要说话,已经连人带椅子挪到了窗口那边的崔东山,背对着他摆摆手:"你魏羡暂时没资格评论我与先生之间的纠缠,所以多看少说。"

崔东山喃喃道:"龙泉郡郡守吴鸢,黄庭国魏礼,青鸾国柳清风,大都督韦谅,还有你魏羡,都是我……们相中的好苗子,其中又以你和韦谅起点最高,但是未来成就如何,还是要靠你们自己的本事。韦谅不去说他,孤云野鹤,算不得真正意义上的棋子,属于大道互补,但是吴鸢和柳清风,是他精心栽培的,而你和魏礼,是我选中的,以后你们四人是要为我们来打擂台的。"

说得有些云遮雾绕,魏羡默默记在心中。

崔东山突然一巴掌拍在椅子把手上:"石柔那个蠢东西,估计到现在都不知道,锦囊里边折纸上的那句话,可是我的肺腑之言,情真意切,字字血泪,是一个过来人最珍贵的经验之谈。下次在书院见到,如果她没有半点长进,看我怎么收拾她!哼,杜懋那副仙人遗蜕,不用吃喝拉撒睡,所以她才能忍着恶心,我到时候就要她吃喝拉撒洗澡,一股脑儿做个几遍!还要她知道什么叫真男人!"

魏羡告辞离去。崔东山一挥袖,撤去那座一圈金光的雷池禁制。

魏羡由衷佩服、敬畏此人。佩服,在于大骊从一个卢氏王朝的藩属小国,不到百年,就能够有此气象,是靠"无中生有"四个字。但是这些,还不足以让魏羡对那国师崔瀺感到敬畏。此人在打天下之时,就在为如何守江山而殚精竭虑,魏羡觉得这才是真正的弈棋。

崔东山在魏羡离去后,一抖手腕,将桌上那壶酒驾驭到手中,开始小口酌饮。

跌宕起伏的游历途中,他见识过太多的人和事,读过的书更多,看过的山河景色数不胜数。

在当年那场惊心动魄的三四之争当中,曾有一个生死都不起眼的文官,有一句话估计谁都没有放在心上,却一直让崔瀺动容,铭记至今:"天地赋命,生必有死。草木春秋,荣必有枯,此为天理!你们这些罔顾律法、草菅人命的练气士,视百姓如蝼蚁的山上神仙,与那妖族何异?!"

崔东山双指拈住酒壶,瘫靠在椅子上,喃喃自语,嗓音细微若蚊蚋,断断续续:"我曾是那谪仙人,饮的是天庭神酿酒泉水,下的是白帝城间彩云谱……我看那铁面横波,终不快意……身无分文,餐霞饮露,凉风大饱。张灯行酒,可敌风雨雷电之气……先生醉醺头摇晃,高举空杯,问天理人心谁在先,童子莫对,垂头而睡,但闻四壁虫声唧唧,与先生把唧声相和……先生脱衣为童子披衣,一个踉跄,跌倒破庐内,席地而眠,鼾声如雷,人间千秋梦……"

崔东山突然伸手挠挠脸颊:"没啥意思,换一个,换什么呢?嗯,有了!"

开始哼唱一支不知名乡谣小曲儿:"一只蛤蟆一张嘴,两只蛤蟆四条腿,噼里啪啦跳下水,蛤蟆不吃水,太平年,蛤蟆不吃水,太平年……"

京城蔡家府邸。

车马悄无声息间,高朋齐聚,群贤毕至。

如今在国子监任职的榜眼郎蔡丰,已算俊彦人物。不承想今夜,七八人当中,蔡丰不过是官职最低的一个。礼部左侍郎郭欣,兵部右侍郎陶鹭,开国功勋之后龙牛将军苗韧,职掌京城治安的步军衙门副统领宋善……多是大隋京城的青壮官员,岁数不大。年长者如陶鹭,也不过四十五岁。

蔡丰是一个身材高大的英俊青年,气宇轩昂,哪怕面对这些高官,依旧不输气势。这既是自恃才学,又跟这栋府邸的姓氏有关系。蔡家老祖宗蔡京神,哪怕沦为笑柄,那也是一位庇护大隋京城多年的元婴境老神仙。

众人或饮茶或喝酒,已经谋划妥当,极有可能大隋未来走势,甚至是整个宝瓶洲的未来走势,都会在今夜这座蔡府决定。

半旬后皇帝陛下要举办千叟宴,在这前后,都可行事!

蔡丰起身朗声道:"苦读圣贤书,全山河,百姓不受凌辱,保国姓,不被异邦外姓凌驾于上,我辈书生,舍生取义,正在此时!"

边上那一位尚在翰林院的新任状元郎,猛然起身,将手中酒杯丢掷在地,摔得粉碎,沉声道:"子无二父,臣无二君。宁为玉碎,不为瓦全!我大隋开国三十六将,大半皆是儒士出身!"

群情激愤,激昂慷慨。

有人振臂高呼:"誓杀文妖茅小冬!"

有人怆然落泪,手掌一次次重拍椅子把手:"我大隋岂可向那蛮夷宋氏卑躬屈膝,割地求和,不战而败,奇耻大辱!"

众人渐次散去。蔡丰并没有为谁送行,不然太过扎眼。

虽说宋善已经安排妥当,蔡家附近夜禁都已经清理干净,全是这个步军衙门副统领的心腹校尉士卒,但还是小心为妙。

蔡丰独自留在寂寥的宴客厅,这里犹有酒香弥漫。

蔡丰眼神炙热,挽狂澜于既倒,舍我蔡丰其谁?!

苗韧和那个名为章埭的新科状元郎同乘一辆马车离去。

两人在车厢内相对而坐。苗韧看着这个神色自若的年轻人,心中有些自嘲,自己竟然还不如一个弱冠之龄的晚辈来得镇定,不愧是被誉为宰相器格的年轻人。他与那山崖书院的未来君子李长英、楠溪楚侗,再加上一个蔡丰,号称京城四灵,是大隋年轻一辈中的翘楚人物。此外还有已故大将军潘茂贞之子潘元淳在内的四魁，不过那些都是将种子弟，最年轻的潘元淳离开书院去往边境投军后，四魁就都身在行伍了。

四灵四魁，总计八人，其中豪阀功勋之后，如楚侗、潘元淳，有四人；奋发于寒门庶族的，也有四人，比如章埭和李长英。

苗韧知道，被卷入此次谋划的，仅是这些前程似锦、注定仕途顺遂的年轻人，就多达三人。因此苗韧觉得大隋所有英灵都会庇护他们大功告成。

苗韧掀开车帘子，往外看了一眼，夜色深沉，距离天亮还有很久。

回去的路上，陈平安还在思量着林守一说的那件事情，可是思来想去，都没觉得自己做了什么值得林守一感激在心的壮举。

若说是李宝瓶和李槐心心念念，陈平安丝毫不觉得奇怪，小嘛，可是林守一不同。大概是出身比较敏感的缘故，林守一从来就心思细腻，极有主见，而且志向高远，所以早在求学途中就已涉足修行之路，陈平安对此并不意外。

朱敛直觉敏锐，没有径直返回自己客舍，而是跟随陈平安进了屋子，轻声问道："有状况？"

名义上的主仆二人，经过接连不断的大战死战，早已养出默契。

陈平安没有对朱敛隐瞒，倒了两碗酒后，点头道："茅山长告诉我，近期大隋京城有人希望借着大隋皇帝举办千叟宴的关键时期，针对书院学子。彼时大骊有使节参与盛会，一旦书院这边出了问题，就可以挑起两国民愤，继而打破微妙平衡，说不定就要掀起边境战火。这两年大隋朝野上下，对于高氏皇帝主动向他们眼中的蛮夷大骊俯首帖耳，本来就窝着一肚子邪火，从倍感屈辱的文臣武将，到义愤填膺的士林文坛，再到困惑不解的庶民百姓，只要出现一个契机，就会……"

朱敛接话道："星火燎原，一发不可收拾，大隋将没有回头路可走，即便是高氏皇帝，都要被迫撕毁山盟。"

陈平安淡然道："这些朝堂大事，求仁得仁复无怨怼，我懂，所以我本来不会管，不在其位不谋其政，跟我们行走江湖各担生死是一样的道理，只是牵扯到了宝瓶他们……"

陈平安将碗中酒一饮而尽，不再说话。

朱敛微微讶异。好重的杀气。心湖之中，激荡起一股凶横之气。

朱敛欲言又止。

陈平安脸色淡然："我知道。"

陈平安倒了一碗酒："越是练剑，就越是被剑仙魏晋当年劈开夜幕一剑，以及左右在蛟龙沟的大杀四方影响。我这个人，胆子小，最不敢随心所欲，但是后来被杜懋的吞剑舟穿腹重伤，再到后来，遇到仇人李宝箴，我越来越清楚，自己的心境出了问题。甚至有可能,与我最早的时候,本命瓷破碎有很大关系,总之很麻烦。"

朱敛担忧道:"那少爷如何处置?这似乎涉及心结……或者说是修道之人的心魔?"

陈平安抬起酒碗,与朱敛碰了一下,微笑道:"多读书。"

见朱敛一脸匪夷所思,陈平安苦笑道:"不是跟你开玩笑。"

朱敛喝了口酒,摇摇头。

这要不是玩笑,天底下还有玩笑?

陈平安轻声道:"我在到达东华山书院之前,其实就已开始有意无意去深读精读圣贤书。在青鸾国我为何会去看法家书籍?就在于我发现只读儒家书籍,似乎与我某些说不清道不明的本心,不是完全契合,效果不大,这才在崔东山的建议下,想要将儒家道德文章跟法家根本学问,相互验证,回头来看,确实有些用处。等到了书院,看到了茅山长腰间的戒尺,且看到了上边的刻字,我才豁然开朗,觉得路是走对了。只是先前迷迷糊糊,凭借直觉而行,到底要去何方,其实心里没底,你可能不清楚,我陈平安最怕那种……"

陈平安开始酝酿措辞。

朱敛试探性道:"拔剑四顾心茫然。"

陈平安笑道:"有这么点意思。只要给我看到了……有人站在某个远处,或是高处,再远再高,我都不怕。"

陈平安用手指在桌面轻轻写字,缓缓道:"圣人有云:从心所欲,不逾矩。这就是对症之药。"

朱敛举着酒碗,总觉得喝也不是,不喝也不是。

陈平安大笑道:"喝酒还需要理由?走一个!"

两人饮尽碗中酒。

陈平安觉得既然武夫历练,生死大战,最能裨益修为,那么作为练气士,以此砥砺心性,苦中作乐,当作修行的斩龙台,有可不可?

就像当初在承天国中岳渡船飞舟之上,朱敛向裴钱递出一拳,被裴钱躲过。

石柔不是纯粹武夫,不知道裴钱凭借"本能"破境躲过四境一拳,妙在何处。

同样,朱敛也因为不是修道之人,不了解地仙之流视心魔如死敌之恐怖,所以不理解陈平安所求境界到底有多高。

喝过了酒,朱敛开始习惯性盘算,道:"听石柔说,上次在狮子园墙头上,少爷差点跟师刀房那个娘们柳伯奇打起来,几乎要拔出背后长剑,但是石柔在你身后,发现少爷哪怕只是握住了剑柄,事后手心就被灼烧受伤?事后不得不缩手入袖,以免被柳伯奇发现真相?"

陈平安点头道:"没办法,半仙兵就是这么难伺候。"

朱敛面露疑惑。

关于藕花福地与丁婴一战，陈平安曾经说得仔细，算是主仆二人之间的棋局复盘。

陈平安解释道："之前跟你讲过的那把长气剑，虽然品秩更高，却被那位老大剑仙破开了绝大多数禁制，不然我到死都拔不出，而老龙城苻家作为赔罪的剑仙，一方面他们是心存看戏，知道送了我，意味着很长一段时间内所谓的半仙兵，只是鸡肋，再者也是合乎规矩的，他们帮忙打开所有禁制，意味着这把剑仙，就像一栋宅院，直接没了大门钥匙，落在我陈平安手里，可以用，若是不小心落在别人手里，一样可以自由进出府邸，反而是居心叵测的举动。"

陈平安伸手一抓，将床铺上的那把剑仙驾驭入手："我一直在用小炼之法，将那些秘术禁制抽丝剥茧，但进展缓慢，我大概需要跻身武道七境，才能一一破解所有禁制，运用自如，如臂使指。如今拔出来，就是杀敌一千自损八百，不到万不得已，最好不要用它。"

朱敛恍然，喝了口酒，然后缓缓道："李宝瓶、李槐、林守一、于禄、谢谢，五人都来自大骊。刺杀于禄意义不大，谢谢已经挑明身份，是卢氏遗民，虽曾是卢氏第一大仙家府邸的修道天才，但是这个身份，就决定了谢谢分量不够。而前三者，都来自骊珠洞天，更是齐先生昔年悉心教诲的嫡传弟子，其中又以小宝瓶和李槐身份最佳，一个的家族老祖已是大骊供奉元婴，一个的父亲更是止境大宗师，任何一人出了问题，大骊都不会善罢甘休，一个是不愿意，一个是不敢。"

陈平安并没有跟朱敛提起李希圣的事情，所以朱敛将"不敢"给了父亲是李二的李槐。

李希圣当年在泥瓶巷，以六境练气士修为与一名先天剑胚的九境剑修对峙，防御得滴水不漏，完全不落下风。之后在落魄山竹楼上画符，字字万钧，更是使得整座落魄山下沉。

其实这些都不重要。对陈平安而言，李宝瓶本身的安危，最重要。

陈平安又给朱敛倒了一碗酒："怎么感觉你跟着我，就没有过一天安稳日子？"

朱敛大口喝酒，抹了抹嘴角，笑道："少爷你若是早些进入藕花福地，遇到最风光时候的老奴，就不会这么说了，生生死死的，从来只是弹指一挥间。"

陈平安笑道："当时我能赢过丁婴，也跟他一味托大有些关系，如果遇到的是你这么个不讲究宗师风范的，估计死的就会是我。"

朱敛赶紧喝完碗中酒，觍着脸伸出酒碗："就冲少爷这句话，老奴就该多喝一碗罚酒。"

陈平安还真就给朱敛又倒了一碗酒，有些感触："希望你我二人，不管是十年还是百年，经常能有这般对饮的机会。"

朱敛咧嘴道："这有何难？"

陈平安今夜酒没少喝,已经远超平时。

两人分开后,陈平安去往茅小冬书斋,关于炼化本命物一事,聊得再细都不过分。

夜幕中,陈平安一人独行。

学舍熄灯前。

裴钱皱颜道:"宝瓶姐姐,我睡相不太好哎。"

李宝瓶想了想,去将占据一张床铺的所抄小书山,搬去叠放在另外一座小书山上边。

两人躺在各自被褥里,李宝瓶直挺挺躺好,说了"睡觉"二字后,转瞬间就已熟睡过去。

裴钱小心翼翼地辗转反侧,很晚才迷糊睡去。

第二天醒来的时候,裴钱发现自己好似一个粽子,被裹在了被角掖好的温暖被褥中。转头一看,李宝瓶的被褥收拾得整齐得不像话,就像刀切出来的豆腐块,裴钱想到自己每次收拾被褥时随便一锅端,有些愧疚,便又舒舒服服睡了个回笼觉。养好精神,今天才能继续糊弄那个呆头呆脑的李槐,以及两个比李槐更笨的家伙。

至于跟李宝瓶掰手腕,裴钱觉得等自己什么时候跟李宝瓶一般大了,再说吧,反正自己岁数小,输给李宝瓶不丢人。

明年自己十二岁,李宝瓶十三岁,自然仍是大她一岁,裴钱可不管。明年复明年,明年何其多,挺不错的。

李宝瓶起床后一大早就去找陈平安,客舍没人,就飞奔去茅山长的院子,等在门口。

茅小冬作为坐镇书院的儒家圣人,只要愿意,就可以对书院上下洞若观火,所以只得与陈平安说了李宝瓶等在外边。

陈平安离开书斋,将李宝瓶接回书斋,路上就说游览大隋京城一事,今天不行。

李宝瓶得知陈平安至少要在书院待个把月后,便不着急了,就想着今儿再去逛些没去过的地方,不然就先带上裴钱,只是陈平安又建议,今天先带着裴钱将书院逛完,夫子厅、藏书楼和飞鸟亭这些东华山名胜,都带裴钱去走走看看。李宝瓶觉得也行,不等走到书斋,就风风火火地跑了,说是要陪裴钱吃早餐去。

茅小冬笑道:"既要担心出门遇到刺杀,又不忍心让李宝瓶失望,是不是觉得很麻烦?"

陈平安点头道:"是很犹豫。"

茅小冬问道:"就不问问看,我知不知道是哪些大隋豪阀权贵,在谋划此事?"

陈平安摇头:"即便是这书院,到底还是在大隋国土。"

"当前要务，还是你的炼化一事。"茅小冬摆摆手，"崔东山虽说满嘴喷粪，但是有句话说得还像人话，我们书院立身所在，身家性命和学问功夫，只在一个'行'字上。"

茅小冬站起身，缓缓而行："佛家说放下所执，此生种种苦，便不见得苦，是一种大自由。道家追求清净，苦难如那凌空而渡的飞舟，早早避开人间，是一种真逍遥。唯独我们儒家，迎难而上，世间人今生苦，不逃不避，道路之上，一本本圣贤书籍，如灯笼盏盏为人指路。"

陈平安忍不住轻声说道："虽千万人吾往矣。"

茅小冬停下脚步，深以为然，喟叹道："正是此理！"

不过两个时辰，李宝瓶就带着裴钱跑完了一趟书院，如果不是要为裴钱耐心讲解，李宝瓶一个时辰就能解决。最后李宝瓶还带着裴钱去了东山之巅的那棵参天大树。两人一前一后爬上树枝，李宝瓶带着裴钱高高眺望远方，然后伸出手指，为裴钱讲述大隋京城哪儿有哪些好玩的好吃的，如数家珍，那份气魄，就像……整座京城，都是她家的庭院。

裴钱偷看了一眼李宝瓶。可以想象，一身红襦裙或是红棉袄的宝瓶姐姐，这些年就站在这里，等待小师叔的场景。

两人坐在树枝上，李宝瓶掏出一块红巾帕，打开后是两块软糯糕点，一人一块啃着。

裴钱说下午她自己逛就可以了。李宝瓶点头答应，说下午有位书院之外的老夫子，名声很大，据说口气更大，要来书院讲课，是某本儒家经典的训诂大家，既然小师叔今天有事要忙，不用去京城逛荡，那她就想去听一听那个来自遥远南方的老夫子，到底是不是真的那么有学问。

连训诂都不知为何物的裴钱怯生生问道："宝瓶姐姐，你听得懂吗？"

李宝瓶点头又摇头道："我抄的书上，其实都有讲，只是我有好多问题想不明白，书院先生们要么劝我别好高骛远，说书院里的那个李长英来问还差不多，现在便是与我说了，我也听不懂的，可我不太理解，说都没说，怎么知道我听不懂。算了，他们是夫子，我不好这么讲，这些话，就只能憋在肚子里打滚儿。要么就是还有些夫子，顾左右而言他，反正都不会像齐先生那样，次次总能给我一个答案。也不会像小师叔那样，知道的就说，不知道的，就直白跟我讲他也不懂。所以，我就喜欢经常去书院外边跑。你大概不知道，咱们这座书院啊，最早的山长，就是教我、李槐还有林守一蒙学的齐先生。他说所有学问还是要落在一个'行'字上。'行'字怎么解呢，有两层意思，一是行万里路，增长见识；二是融会贯通，以所学去修身齐家治国平天下。我如今还小，就只能多跑跑。"

说起这些的时候，裴钱发现李宝瓶难得有些皱眉头。

裴钱由衷感叹道："宝瓶姐姐,你想得真多哩。"

李宝瓶见裴钱竟然还没吃完那块糕点,跟小老鼠啃玉米似的,便笑了起来,拍了拍裴钱肩膀："小师叔想得才多。"

李宝瓶摇晃着脚丫,一本正经道："崔东山曾经说过,总有一天,我的小师叔,会遇到他最喜欢的姑娘,我就只能在小师叔心里排第二了;说不定将来哪天我也会遇到更喜欢的人,小师叔也要在我心里排第二。我觉得崔东山在胡说八道,小师叔有喜欢的姑娘,我是不介意的,可我怎么会喜欢别人多于小师叔?对吧,裴钱?"

裴钱赶紧点头。

李宝瓶很满意裴钱的态度,拍了拍她的肩膀,语重心长道："以后跟着小师叔游历江湖,你要再接再厉,更懂事些,淘气是可以的,但不要总淘气,让小师叔劳心劳力。我的小师叔,你的师父,不是天上掉下来的。小师叔也会有烦心事,也有需要借酒浇愁的伤心事,所以你要懂事些,能不能做到?你看当年小师叔就不喝酒,如今都喝上酒了,这说明你这个开山大弟子,有做得不够的地方,对不对?"

裴钱还是点头,心悦诚服。

关于借给自己那银白色小葫芦和狭刀祥符,李宝瓶说了当初师父陈平安与钟魁所说的言语,大致意思,如出一辙。在那一刻,裴钱才承认,李宝瓶称呼陈平安为小师叔,是有理由的。

两人又先后溜下了大树。

李宝瓶要去听那位外乡夫子讲学,飞奔而去,在一群老夫子先生和年轻书院学子当中,李宝瓶无疑年纪最小,又一抹大红色,极其扎眼。

裴钱踩着李槐三人下课的点,去了他们学舍。

三人依旧同行。

刘观问道："马濂,你给说说,如果家里有人当官,得了圣旨,真像那裴钱说的那样,光是摆放,就有那么多讲究?"

马濂使劲点头："有些小小的出入,可大体上真是她讲的那样。"

"还有裴钱说的她小时候睡的拔步床,真有那么大,能摆放那么多乱七八糟的玩意儿?"

马濂还是点头："对啊,我姐就有一张!"

刘观无奈道："得嘞,还真是位身份尊贵的公主殿下!那下次见面,咱们怎么行礼?给她作个大揖够不够?总不能下跪磕头吧?"

马濂一脸为难道："皇帝陛下和皇子公主倒是去过我家,可那会儿我太小,根本没有印象了啊。"

李槐开心道："公主殿下咋了,还不是陈平安的徒弟,没事,见着了她,就跟我一样,大伙儿就当是一场江湖相逢,平起平坐,拱手为礼。"

刘观点头道:"这个好,反正她自己都说她是江湖人,咱们也不用跌份儿。"

在门口见到了裴钱,三人一起拱手抱拳。裴钱一挑眉头,抱拳还礼。

进了学舍,裴钱很快开始给三人绘声绘色描述一次江湖冲突:"一伙不知死活的剪径蟊贼,从草丛两侧蹿出,数十号彪形大汉,刀枪棍棒,十八般武器皆有。为首一人,手持宣花大斧,抬臂以斧刃直指我师父,大喝一声,嗓门大如晴天霹雳:'此路是我开,要想从此过,留下买命财!'设身处地,就问你们怕不怕?!"

马濂点头。

刘观嘿嘿笑道:"反正有你师父护着,山寇蟊贼而已,怕什么。"

裴钱双手环胸,白了一眼刘观:"我师父就反问:'如果不掏钱,又如何?'你们是不知道,我师父那会儿,是何等大侠风采,山风吹拂,我师父哪怕没有挪步,就已经有了'万军丛中取上将首级如探囊取物'的宗师风范,看着那么多的匪人,简直就是……此等小辈,土鸡瓦狗,插标卖首尔!"

裴钱心中不由得佩服自己,那几本讲述沙场和江湖的演义小说,果真没白读,这会儿就派上用场了。

刘观急不可耐道:"你师父的厉害,我们已经听了好多,拳法无双,剑术无敌,既是剑仙,还是武学大宗师,我都晓得,我就想知道接下来事态如何发展了?是不是一场血腥大战?"

裴钱瞪眼道:"你以为江湖就只有鲁莽粗鄙的打打杀杀吗?江湖人,无论绿林好汉还是梁上君子,无论修为高低,都是活生生的人!而且谁都不笨!"

刘观挨了训,破天荒没有还嘴。

裴钱跳下凳子,走到一边:"那为首大山贼就勃然大怒,提了提重达七八十斤的巨斧,问我师父:'小子,你是不是活腻歪了?!是不是不想活了?'"

裴钱小跑几步,转身道:"只听我师父云淡风轻说了一个字:'想。'一时间风云变幻,群贼鼓噪不已,气势汹汹。"

刘观和马濂听得聚精会神,李槐嗑着瓜子。他可是跟陈平安见过大世面的,连嫁衣女鬼都对付过了,一伙小小山贼,他李槐还不放在眼里。

裴钱再跑向前,故作脸色狰狞状,转身道:"只听那厮厉色道:'好小子,你知不知道"死"字怎么写?!'"

裴钱再原路跑回:"我师父又说了两字:'知道。'"

然后裴钱立即以手指做笔,凌空写了个"死"字,转头对三人道:"我当时就做了这么个动作,怎么样?"

马濂眼神呆滞,刘观拍手叫好。

裴钱走到桌边,先前马濂准备好了茶水,她喝了一口,润了润嗓子,继续道:"那伙孟贼气得哇哇直叫,捶胸顿足,像那沙场擂鼓一般,为首那人,朝天怒吼,两眼瞪得比铜铃还要大,向手下喽啰们发号施令:'兄弟们,抄家伙,砍死这个喜欢装蒜的家伙!尤其是那个腰间别有刀剑的小姑娘,莫看她年纪小,瞧着却是老江湖,修为高深莫测,不容小觑……'"

裴钱突然停下"说书",原来脑袋被一只温暖大手按住了。

裴钱转过头,悻悻然而笑:"师父,你来了啊,我在跟李槐他们……"

裴钱本想老实交代自己在瞎扯,不承想陈平安已经笑道:"行了,李槐他们还是书院学生,你不要多讲这些江湖事。以后你们成了朋友,你可以在李槐、刘观和马濂负笈游学的时候,跟他们结伴游学,到时候再与他们三人细细道来。"

裴钱重重嗯了一声,兴高采烈。

陈平安让李槐先和朋友吃饭,回头去客舍找他,他则带着裴钱去找李宝瓶了。

路上,陈平安小声提醒道:"如果将来真有机会跟李槐三人一起游学,记住一件事,那个时候,你自己到底有多少武学修为,蹚过多少深浅的江湖,一定要与他们说清楚,不可以一味吹嘘自己,大包大揽,让他们误认为所谓的江湖,不过如此,那样很容易出事情,记住了吗?"

裴钱点头道:"记住嘞!"

陈平安正色道:"要放在心上。"

裴钱咧嘴笑道:"回头我就一字不漏刻竹简上!"

陈平安走在一条僻静的书院小路上,心有所感,轻声道:"为什么要行走江湖呢,不只是去追逐那些美好的风景,不只是练拳习武让自己变得更加强大,还要多见见比自己更好的江湖人。

"像师父我啊,在打醮山渡船上看到饿肚子的张山峰,看到一身侠义豪气冲入鬼宅的徐远霞,以及在破败古寺内出现的梳水国老剑圣,那对看似可怕却相亲相爱的鬼魅精怪夫妇,老龙城的范二,倒悬山猿蹂府的刘幽州……师父也会有这样那样的惭愧、敬仰和羡慕,甚至偶尔还会有些嫉妒。"

裴钱惊讶道:"师父还会这样?"

陈平安揉了揉那颗小脑袋:"你以为?师父也有七情六欲,也有很多的臭毛病,不喜欢不看好师父的人,从来不少。只是看到了更好的人,也不能白看了,一定要高山仰止,虽不能至,然心向往之……"

裴钱脚步越来越慢。

陈平安走出十数步后,转过头,看着站在原地不挪步的黑炭小丫头,笑问道:"怎么了?"

裴钱笑了起来："宝瓶姐姐说，她的小师叔，不是从天上掉下来的，可是我觉得，师父当年就是从天上掉下来的唉。"

陈平安微笑道："有本事这话跟你的宝瓶姐姐说去？"

裴钱快步跑向陈平安："我又不傻！"

先前看着师父的背影，裴钱突然有些感伤。

徒步行走山河，漫长的游历途中，他们曾经在大雨滂沱的泥泞山路官道上，见到了一大堆滚落的石头。裴钱觉得绕过去就行了，可是师父却会在大雨中停步，将一块块石头从道路上搬开。黑漆漆的雨幕中，一袭白衣的师父，忙忙碌碌。

他们还曾在茶马道一座年久失修的木桥旁停下，师父傻乎乎地在那边看了半天木桥，然后一个人跑去深山，砍了大木扛回来，劈成一块块木板，又丢了柴刀换成榔头，叮叮咚咚，修缮桥梁。

那位拜访东华山的老夫子，应山崖书院一位副山长的邀请，今日下午在劝学堂传道授业。

陈平安带着裴钱绕梁过廊，在绿荫浓浓的劝学堂门外，刚好碰到讲学散会，只见李宝瓶在人海中如一尾小锦鲤灵活穿梭，一下子就率先飞奔出院门，出了院子，李宝瓶一握拳，以此自我嘉奖。很快，李宝瓶看到了陈平安和裴钱，便加快了脚步。裴钱看着在书院风驰电掣的李宝瓶，越发佩服，宝瓶姐姐真是天不怕地不怕。

三人碰头后，一起去往客舍，李宝瓶与陈平安说了许多趣事，例如那个老夫子讲学的时候，身边竟然卧着一只雪白麋鹿，据说这位老夫子当年开创私人书院的时候，天人感应，雪白麋鹿守候夫子左右，那座建造在深山老林中的书院，才能够不受野兽侵袭和山精破坏。

李宝瓶最后说赵老夫子身边那只雪白麋鹿，瞧着好像不如神诰宗那位贺姐姐当年带入咱们骊珠洞天的那只来得灵气漂亮。

陈平安一想起贺小凉就头大，再想到之后的打算，更是头疼，只希望这辈子都不要再见到这位昔年福缘冠绝一洲的女冠。

当年在龙须河畔石崖那边，陈平安与代表道统一脉的神诰宗贺小凉初次见面，见过那只莹光神采的雪白麋鹿，事后向崔东山随口问起，才知道那只麋鹿可不简单，通体雪白的表象，只是道君祁真施展的障眼法，它实则是一只上五境修士都垂涎的五彩鹿，自古唯有身负气运福缘之人，才可以豢养在身边。

当年掌教陆沉以无上道法在他与贺小凉之间架起一座气运长桥，使得骊珠洞天破碎下沉之后，陈平安能够与贺小凉平摊福缘，这里边当然有陆沉针对齐先生文脉的深远谋划。这种心性上的拔河，凶险无比，三番两次，换成别人，恐怕已经身在那座青冥天下的白玉京五城十二楼某地,看似风光,实则沦为傀儡。所以陈平安对于"福祸相依"四字,感触极深。

只是陈平安的心性,虽然没有被拔到白玉京陆沉那边去,却也无形中落下许多"病根"。例如陈平安对于破碎洞天福地的秘境寻访一事,就一直心怀排斥,直到跟陆抬一趟游历走下来,再到朱敛的那番无心之语,才使得陈平安开始求变,对于将来那趟势在必行的北俱芦洲游历,决心越发坚定。

那个号称剑修如林、浩然天下最崇武的地方,连儒家书院圣人都要恼火得出手狠揍地仙,才算把道理说通。

陈平安想要去那边练剑。就一个人,最纯粹的练剑。

陈平安笑问道:"夫子讲学,说得如何?"

李宝瓶想了想,说道:"有本书上有这位赵老先生的推崇者,说夫子讲学,如有孤鹤,横江东来,戛然一鸣,江涌月白。我听了很久,觉得道理是有一些的,就是没书上说得那么夸张啦,不过这位老夫子最厉害的,还是登楼眺望观海的感悟,推崇以诗歌辞赋与先贤古人'见面',百代千年,还能有共鸣,继而进一步阐述、推出他的天理学问。只是这次讲学,老夫子说得细,只拣选了一本儒家典籍作为训诂对象,没有拿出他们那一支文脉的看家本领,这让我有些失望。如果不是着急来找小师叔,我都想去问一问老夫子,什么时候才会讲那天理人心。"

陈平安想了想,问道:"这位老夫子,算是出自南婆娑洲鹅湖书院的陆圣人一脉?"

李宝瓶灿烂笑道:"小师叔你懂得真多!可不是,这位赵老夫子的祖师爷,正是那位被誉为'胸怀天下、心观沧海'的陆圣人。"

陈平安想起赠送给于禄的那本《山海志》上的记载,陆圣人与醇儒陈氏关系不错。不知道刘羡阳有没有机会,见上一面。

裴钱一直想要插嘴说话,可从头到尾听得如坠云雾,怕一开口就露馅,反而被师父和宝瓶姐姐当成傻瓜,便有些失落。

好在陈平安扯了扯裴钱的耳朵,教训道:"看到没,你的宝瓶姐姐都知道这么多学问流派和宗旨精义了,虽说你不是书院学生,读书不是你的本业……"

裴钱一跺脚,委屈道:"师父,她是宝瓶姐姐唉,我哪里比得上,换个人比,比如李槐?他可是在书院求学这么多年,跟他比,我还吃亏哩。"

陈平安不再絮叨,哈哈大笑,松开手,拍了拍裴钱脑袋:"就你机灵。"

回到客舍,于禄竟然早早等候在那边,与朱敛并肩站在屋檐下,似乎跟朱敛聊得很投缘。

有于禄在,陈平安就又放心不少。

当初那场书院风波,正是于禄不声不响地一锤定音,硬是当着一个剑修的面,打得那个贤人李长英被人抬下了东华山。

陈平安吃过饭，就继续去茅小冬书斋聊炼化本命物一事，他让于禄帮忙多看着点裴钱，于禄笑着答应下来。

陈平安离开后，李宝瓶说要回学舍去做今天听夫子讲学的笔记，裴钱找了个借口没跟着去，然后去陈平安客舍那边搬出竹箱，拿出多宝盒，她与李槐私底下有一场宗师之战，约战于东华山之巅。

于禄陪着裴钱登山，朱敛已经默默离开，按照陈平安的吩咐，暗中护着李宝瓶。

到了东华山山顶，李槐已经在那边正襟危坐，身前放着那只来历不俗的娇黄木匣。

裴钱咧咧嘴，将多宝盒放在石桌上。

于禄蹲在石凳上，看着对峙的两个孩子，觉得十分有趣。

李槐看到那多宝盒后，如临大敌："裴钱，你先出招！"

裴钱嗤笑一声，打开当年姚近之赠送的多宝盒，九宫格制式，里边有精致小巧的木雕灵芝；有姚近之购买的几枚稀世钱币孤品，堪称名泉；有一块岁月悠久、包浆厚重的道家令牌，雕刻有赤面髯须、金甲红袍、眉心处开天眼的道家灵官神像。经过师父陈平安鉴定，除了灵官牌和木灵芝，多是世俗珍玩，算不得仙家灵器。

裴钱轻轻拿出那块令牌，放在桌上："请接招！"

李槐打开娇黄木匣，从里边拿出一个游侠仗剑的泥人偶，双臂环胸："我有剑仙御敌，还能杀敌，你怎么办？"

裴钱立即拿出那块质地细腻、造型古朴的木雕灵芝："就算挨了你麾下大将剑仙一剑，灵芝是大补之药，能够续命！你再出招！"

李槐哼哼唧唧，掏出第二个泥塑小人儿，是一个锣鼓更夫："敲锣打鼓，吵死你！"

裴钱冷笑着掏出那几枚名泉，放在桌上："有钱能使鬼推磨，小心你的小喽啰叛变，反过来在你窗外锣鼓喧天！轮到你了！"

李槐摆出第三个泥人儿，是一尊披甲武将塑像："这沙场武将，对我最是忠心耿耿，你用钱，只会肉包子打狗有去无回！"

然后李槐拿出一尊拂尘道人泥人："这可是一个住在山上道观里的神仙老爷，一拂尘甩过来，可以翻江倒海，你认不认输？"

裴钱这次没有从多宝盒里取出宝贝，而是从袖口小心翼翼掏出那只桂夫人赠送的香囊钱袋，先转过身将里边的私房钱与桂枝桂叶倒出来，藏好，再将散发着清新芬芳气息的香囊放在桌上："我这只乾坤袋，什么仙术、法宝都能收入囊中，一个臭牛鼻子老道士的拂尘算什么！"

然后裴钱将那截晶莹剔透、见之可爱的桂枝放在桌上，又开始吹牛："这可是月宫桂树的一截树枝，一丢在地上，明天就能长出一棵比楼房还要高的桂树！"

李槐赶紧拿出最后一个泥人，仙子骑鹤模样："我这名侍女的坐骑是仙鹤，可以将你的桂枝偷偷叼走！"

裴钱摘下腰间竹刀竹剑，重重拍在桌上："一剑削去仙鹤的爪子，一刀砍掉侍女的脑袋！"

李槐终于将麾下头号大将彩绘木偶拿出来，半臂高，远远超过那套风雪庙魏晋赠送的泥人："一手抓住你的剑，一手攥住你的刀！"

之后两人开始无所不用其极。裴钱拿出了小炼过的行山杖，多宝盒里其余那些只是值钱而无助于修行的世俗物件。李槐则拿出了那本《断水大崖》，就连里边住着当年阿良一巴掌拍进书里边的精魅，也拿出来说道。不过大体上，还是裴钱占据上风。

石桌上，琳琅满目，摆满了裴钱和李槐的家当。

两个小家伙的钩心斗角，于禄看得津津有味。

最后，李槐长叹一声，抱拳道："好吧，我输了。技不如人，棋差一招，我李槐是顶天立地大丈夫，输得起！"

裴钱双臂环胸，点点头，用赞赏的眼神望向李槐："没关系，你这叫虽败犹荣。在江湖上，能够跟我比拼这么多回合的英雄好汉，屈指可数！"

李槐转过头，对于禄说道："于禄啊，你有幸过这场巅峰之战，算是你的福气。"

裴钱老气横秋道："我不是那种喜欢虚名的江湖人，所以于禄你自己记住就行，不用到处去宣扬。"

李槐和裴钱对视一眼，不约而同地咧嘴一笑。惺惺相惜。

裴钱想着以后李槐负笈游学，一定要让他知道什么叫真正的江湖高手，何谓人间绝顶剑术、霸道刀法。

李槐想着以后离开书院远游，一定要拉着裴钱一起闯荡江湖，又能聊到一块去，他也比较心安。

于禄默默蹲在一旁，叹为观止。既为两个小家伙能够拥有这么多珍贵物件，也为两人脸皮之厚、臭味相投而叹服。

因为李槐是翘课而来，所以山巅这会儿并无书院学子或是访客游览，这让于禄省去许多麻烦，由着两人开始慢悠悠收拾家当。

作为卢氏王朝的太子殿下，加之当初卢氏又以"藏宝丰富"著称于宝瓶洲北方，一行人当中，除去陈平安不说，于禄的眼光可能比山上修行的谢谢还要好。所以于禄知道两个小家伙的家当，几乎能够媲美龙门境修士，甚至是一些野修中的金丹境地仙，抛开本命物不说，他们都未必有这份丰厚家底。

于禄对裴钱开玩笑道："裴钱，就不怕我见财起意啊？"

于禄对李槐的性情，十分了解，是个心比天大的，所以不会有此问。

裴钱白了于禄一眼,有些嫌弃,觉得这个叫于禄的家伙,好像脑子不太灵光:"你可是我师父的朋友,我能不信你的人品?"

于禄哑口无言。

书斋那边,一起推演完炼物所有细节后,茅小冬一拍腰间戒尺,一件件用以炼制金色文胆的天材地宝,飘出戒尺,纷纷落在桌上,总计十八种,大小不一,价格有高有低,当下还欠缺六样,其中四样很快就可以寄到山崖书院,另有两件比较棘手,不是不可以以其他材料替代,只是或多或少会影响金色文胆炼制后的最终品秩,毕竟茅小冬对此期望极高,希望陈平安能够在自己坐镇的东华山,炼制出一件圆满无瑕的本命物,坐镇第二座气府。

茅小冬有些话憋在肚子里,没有跟陈平安说,一是想要给陈平安一个意外惊喜,二是担心陈平安因此顾虑重重,患得患失,反而不美。

金色文胆一旦炼制成功,就如权贵王侯开辟府邸,又像那沙场之上主将竖起一杆大纛,能够在特地时辰与地点,额外加快汲取灵气的速度。例如五行属金的干支,庚、辛、申、酉,适宜汲取灵气的地点是灵山秀水之处的正西与西南两处。再者金为义,主杀伐,修行之人若是任侠仗义,性格刚强,拥有浓厚的肃杀之气,就可以事半功倍,故而被誉为"秋风大振、鸣如钟鼓,何愁朝中无大名"。只是这些玄机,多是世间所有五行之金本命物都具备的潜质,陈平安的那颗金色文胆,有更加隐秘的一层机缘。

茅小冬也是在一部极为偏门晦涩的孤本杂书上见到记载,才得以知晓内幕,就算是崔东山都不清楚。炼制一颗品秩极高的金色文胆作为本命物,难在几乎不可遇不可求,而且想要炼制得毫无瑕疵,重中之重,需要炼制此物之人不只是那种机缘好、擅长杀伐的修道之人,其心性还必须与文胆蕴含的文气相契合,再以上乘炼物之法炼制,环环相扣,没有任何纰漏,最终炼制出来的金色文胆,才能够达到一种玄之又玄的境界。"道德当身,故不以外物惑!"进入污秽阴煞之地,不敢说一定能够万邪不侵,让世间所有阴物鬼魅避让三尺,至少可以先天压制、压胜那些不被浩然天下视为正统的存在。这种效果,类似于生活在远古时代江渎湖海中的蛟龙,天生就能够驱使、震慑万千水族。

茅小冬收起思绪,在陈平安仔细打量那些天材地宝的时候,缓缓道:"这几天我们尽量避开人多眼杂的白天,在夜间拜访大隋京城的文庙与其余几处文运浓郁之地,我需要向那些神祇取回和预支一些文运,有些是我们山崖书院相当于……'寄存'在他们那边的,说句市侩的话,其实就相当于是做买卖的分红了。大隋高氏皇族和礼部衙门也会对此睁只眼闭只眼,毕竟是被我取回东华山而已,就像你说的,东华山终究还是在大隋版图。"

茅小冬提醒道:"在此期间,你只管站在我身边,不用你说什么。之所以要带上你,是想试试看有无独属于你的文运机缘。怎么,觉得别扭?陈平安,这就是你想岔了,你对儒家文脉之争,如今其实只知皮毛,只看其表不知其义,总之你暂时不用考虑这些,按照我说的去做就行了,又不是要你对哪支文脉认祖归宗,别紧张。"

陈平安点点头:"好的。"

茅小冬又直言不讳道:"如今大隋京城酝酿着妖风妖雨,很不安生,这次我带你离开书院,还有个想法,算是帮你脱离了两难困局,只是会有危险,而且不小,你有没有什么想法?"

茅小冬明摆着是要以自己充当诱饵。

陈平安担忧道:"我当然愿意,只是茅山长你离开书院,就等于离开了一座圣人天地,一旦对方有备而来,最早针对的就是身在书院的茅山长,如此一来,你岂不是十分危险?"

"想要对付我,哪怕离开了东华山,对方也得有一位玉璞境修士才有把握。"

茅小冬哈哈笑道:"可你以为宝瓶洲的上五境修士,是裴钱和李槐收藏的那些小玩意儿,随随便便就能拿出来显摆?大隋唯一一位玉璞境,是弋阳高氏的一位老祖宗,且还是个不擅长厮杀的说书先生,早已经去了你家乡的披云山。加上如今那位桐叶洲飞升境大修士身死道消,琉璃金身碎块在宝瓶洲上空散落人间,有资格争上一争的那些千年老王八,例如神诰宗天君祁真,传闻早已偷偷跻身仙人境的姜氏老祖,蜂尾渡野修出身的那位玉璞境修士,这些家伙,肯定都忙着斗智斗勇,而剩下的,像风雪庙魏晋,就聚在了宝瓶洲中部那边,准备跟北俱芦洲的天君谢实大打出手。"

茅小冬感慨道:"宝瓶洲大大小小的王朝和藩属,多达两百余国,可本土的上五境修士才几人?一双手就数得出来,崔瀺和齐静春来到宝瓶洲之前,运道差的时候,可能更加寒酸,一只手就行。所以怪不得别洲修士瞧不起宝瓶洲,实在是跟人家没法比,方方面面都是如此。嗯,应该说除了武道外,毕竟宋长镜和李二的接连出现,而且如此年轻,很是惊世骇俗啊。"

陈平安便说了倒悬山师刀房关于悬赏宋长镜头颅的见闻。

茅小冬笑道:"浩然天下习惯了小觑宝瓶洲,等到你以后去别洲游历,若说来自最小的宝瓶洲,肯定会经常被人瞧不起的。就说山崖书院建造之初,你知道齐静春那二三十年间唯一做成的一件事,是什么吗?"

陈平安摇摇头:"不知道。"

茅小冬微笑道:"那就是辛辛苦苦为大骊王朝培养出了一拨拨读书种子,却一个个削尖了脑袋想要去名声更大的观湖书院求学,为此齐静春也不拦着,最可笑的是,齐静春还需要给那些年轻书生写一封封引荐信,替他们说些好话,以便他们顺利留在观湖书院。"

陈平安愕然。

茅小冬神色淡然:"那时候的大骊王朝,几乎所有读书人,都觉得你们宝瓶洲的圣贤道理,就算是观湖书院的一个贤人君子,都要讲得比山崖书院的山长更好。"

书斋内沉默许久。

茅小冬转头望向窗外,自嘲道:"所以从我们先生,再到齐静春,最后到我茅小冬,竟然是谁都没个准话,关于哪些才算是正儿八经的嫡传弟子,到底有几人是名副其实的入室弟子,谁又是真正的关门弟子,都说不清楚。陈平安,你说好不好玩?反观其余几支大的文脉,那叫一个传承有序,法度森严,好一个群星荟萃,蔚为大观。"

陈平安不知该说什么,唯有摘下养剑葫喝口酒。

茅小冬走到窗口,不知不觉,已是月明星稀的景象。

高大老人转过头去,看到那个始终不愿承认是自己小师弟的年轻人,正在犹豫要不要继续喝酒呢。

第六章
来者不善

陈平安陪着茅小冬下山去京城文庙"碰运气"之前,先安排好了书院里边的人手,以免给人莫名其妙就钻了空子,诱使别人咬钩不成,反而白白送给敌人一出调虎离山之计。

先让裴钱搬出了客舍,去住在有谢谢打理的那栋宅院,与之做伴的,还有石柔,陈平安将那条金色缚妖索交给了石柔。

林守一早前白天都会在崔东山名下的院子修行,加上"杜懋"入住,林守一与陈平安聊过后,便干脆大大方方住在了院里。

陈平安再让朱敛和于禄暗中照看李宝瓶和李槐。

朱敛、于禄,一个见着了女子就会笑眯眯的佝偻老人,一个脸上总是带着恬淡笑意的高大青年,谁能想象,这两位竟是境界不低的纯粹武夫。

李宝瓶和裴钱晚上一起住崔东山的正屋,相信崔东山不会有意见,也不敢有。谢谢和林守一各自住在一间偏屋,石柔是阴物,可以担任守夜一职,李槐则与林守一挤一间屋子。朱敛不用住在院子里,晚上睡在原先的客舍即可。但是于禄必须与石柔搭档,守半夜。陈平安不太相信石柔能够应对一些突发状况。反观于禄,一直让人放心。

书院那边,巡夜的夫子先生当中,历来就有文武之分,像对林守一青眼相加的那位大儒董静,就是一位精通雷法的金丹境修士。还有一位不显山不露水的,更是不为人知的元婴境地仙,还与茅小冬一样,来自大骊,正是那位看守书院大门的梁姓老人,关键时刻,此人可以代替茅小冬坐镇书院。

最后陈平安单独将李宝瓶喊到一边，交给她那两件从李宝箴那边拿到手的物件，一枚篆刻有"龙宫"的玉佩，一张品秩极高的日夜游神真身符。

李宝瓶有些疑惑不解。陈平安没有隐瞒，将自己与李宝箴在青鸾国遇上的事情经过，大致跟她说了一遍，最后揉了揉李宝瓶的脑袋，轻声道："以后我不会主动找你二哥，还会尽量避开他，但是如果李宝箴不死心，或是觉得在狮子园那边受到了奇耻大辱，将来再起冲突，我不会手下留情。当然，这些都与你无关。"

李宝瓶情绪有些低落，只是眼神依旧明亮："小师叔，你跟我二哥只管按照江湖规矩，恩怨分明……"

李宝瓶说到这里，又问道："小师叔，那我可以给我大哥写封信吗，让他劝二哥收手？"

陈平安想了想，点头道："可行。"

李宝瓶想要说话，准备将玉佩和符箓赠送给陈平安。陈平安此次下山之前，已经跟他们说了当下的处境，李宝瓶就想着让小师叔多两件东西傍身。

陈平安已经笑道："我在狮子园跟一个很厉害的法刀女冠，联手擒拿了一只极其罕见、相当于一只活的聚宝盆的妖物，收获颇丰，那个女冠独占了妖物，作为补偿和报酬，她给了我六十二枚谷雨钱。所以我想跟你借那张日夜游神真身符，不是买，是借，有点类似当铺，只是我们反一下，你将符箓当给我，我给你这些谷雨钱。因为这张符箓品秩极高，不是一次性消耗的那种，能够反复使用，只要神仙钱支撑得起，那两尊日夜游神就可以一直存在于世，甚至被打散灵气金身后，只要画符之人有本事为那符胆画龙点睛，依旧能够敕令两尊神祇现身。说实话，六十二枚谷雨钱，是一笔很大的钱，但是购买这张价值连城的符箓，仍是不太够。所以我不是买符……"

憋了很久，李宝瓶实在忍不住，一本正经道："小师叔，你这么跟我见外，我很伤心。"

陈平安耐着性子解释道："我跟你，还有你大哥，都不见外，但是跟整个福禄街李氏，还是需要见外一下的。你在小师叔这间临时当铺当掉符箓后，那笔谷雨钱，可以让茅山长帮忙寄往龙泉郡，你爷爷如今是我们家乡土生土长的元婴境神仙，各类法宝之类的，多半不缺，毕竟咱们骊珠洞天要说捡漏功夫，肯定是四大姓十大族最擅长，可是神仙钱，你爷爷如今一定是多多益善，虽说家中压箱底的法宝，也可以卖了换钱，而且肯定不愁卖，只是对于练气士而言，除非是与自身大道不符的灵器法宝，一般都不太愿意出手。"

李宝瓶眉开眼笑："原来小师叔还是为我着想啊，是我错怪小师叔了，失礼失礼，罪过罪过。"

李宝瓶开始有模有样地向陈平安作揖赔礼。

陈平安在李宝瓶站直后，伸出双手，捏住她的脸颊，笑着打趣道："趁着小宝瓶还没长大，这会儿赶紧捏捏。"

李宝瓶站着不动，一双灵动眼眸笑得眯成月牙儿。

陈平安最后看着李宝瓶飞奔而去。

待他去往书院山门那边，茅小冬等候已久。

两人离开书院，走过大街，拐入那条白茅街，陈平安这才悄悄将那张符箓交给茅小冬。

茅小冬瞥了眼，收入袖中。

茅小冬以心湖涟漪问陈平安："这张符箓不曾见过，材质也古怪，有说法？"

陈平安则以纯粹武夫的聚音成线，回答道："是一本《丹书真迹》上的古老符箓，名为日夜游神真身符，精髓在'真身'二字上。书上说可以勾连神祇本尊，不是一般道家符箓派敕神之法靠着一点符胆灵光请出的神灵法相，形似多于神似，这张符箓是神似居多，据说蕴含着一份神性。"之后陈平安详细解释了这张符箓的驾驭之术和注意事项。

茅小冬越听越惊讶："这么宝贵的符箓，哪里来的？"

陈平安略过与李宝箴的私人恩怨不提，只说是有人托他送给李宝瓶的护身符。

茅小冬笑问道："你就这么交给我？"

陈平安道："在茅山长手上，才算物尽其用。我是武夫用符，又不得其法，况且没有学会那本《丹书真迹》最正宗的法门，所以很容易伤及符胆本元，任何符箓被我开山点灵光后，都属于涸泽而渔。"

茅小冬说了一句奇怪言语："好嘛，我算是亲身领教了。"

陈平安有些莫名其妙，茅小冬也没有说破。

不愧是被崔东山说成散财童子的小师弟，真是见人就送礼、散财啊。

两人走在白茅街上，陈平安问道："小宝瓶为了我这个小师叔，逃课那么多，茅山长不担心她的学业吗？"

茅小冬说道："李宝瓶才是我们书院学得最对的一个。学问嘛，山崖书院藏书楼里有那么多诸子百家的圣贤书籍，只是读书一事，极有意思，你不心诚，不开窍，书上的文字一个个娇气、傲气得很，那些文字是不会自己长脚，从书本挪窝离开，跑到读书人肚子里去的。李宝瓶就很好，书上文字阐述的一些道理，都不大，不但长了脚，住在了她肚子里，还去了心里，最后呢，这些文字，又返回了天地人间，又从心扉间蹿出，长了翅膀，去到了她给老翁推的卖炭牛车上，落在了她观棋不语的棋盘上，飞到了为两个顽劣孩子劝架拉开的地方，跑去了她搀扶的老妪的身上……看似皆是琐碎事，其实很了不起。我们儒家先贤们，不就一直在追求这个吗？读书'三不朽'，后世人往往对'言、功、德'三字，垂涎三尺，殊不知'立'之一字，才是根本所在。如何才算立得起，站得住，大有学问。"

茅小冬双手负后，抬头望向京城的天空："陈平安，你错过了很多美好的景色啊。小宝瓶每次出门游玩，我都悄悄跟着。这座大隋京城，在这么一个风风火火的红衣裳小姑娘出现后,感觉就像……活了过来。"

茅小冬说得比较感性,陈平安单纯就是有些开心,为小宝瓶在书院的求学有得感到高兴。

茅小冬突然说道:"你如今儒法两家书籍都在看,那我就要提醒你几句了,儒家若是学得杂而不精,就容易搞糨糊,仿佛所有事情都能从书上找出自己想要的道理,所以反而让人困惑,尤其是遇到那些涉及大是大非的问题,会让人生出茫然之感。但是你也应当注意,为何遍观历史,从未有一个国家的君主,愿意公然宣扬、独尊法家?"

不等陈平安说话,茅小冬已经摆手道:"你也太小觑儒家圣贤的肚量,也太小看法家圣人的实力了。"

茅小冬轻声感慨道:"你知道圣人们如何看待某一脉学问的高低深浅吗?"

陈平安笑道:"这我肯定不知道啊。"他下意识摘下了酒葫芦,茅山长这些肺腑之言,拿来下酒,滋味极好,可以让他回味无穷。

茅小冬伸手指向熙熙攘攘大街上的人流,随便指指点点几下,微笑道:"打个比方,儒家使人相亲,法家使人去远。"

陈平安若有所思。

茅小冬说道:"这只是我的一点感想罢了,未必对。你觉得有用就拿去,当佐酒菜多嚼嚼,觉得没用就丢到一边,没有关系。书上那么多金玉良言,也没见世人如何珍惜和吃透,我茅小冬这半桶水学问,真不算什么。"

陈平安喝着酒,没有说话。

茅小冬沉默片刻,看着川流不息的京城大街,没来由地想起某个小王八蛋的某句随口之言:"推动历史踉跄前行的,往往是一些美妙的错误、某种极端的思想和几个必然的偶然。"

茅小冬思绪飘远,等到回过神后,还是没有等到陈平安说话,他转头讶异道:"这会儿你不该说几句'茅山长学问极好,不可妄自菲薄'之类的客套话?"

陈平安哑口无言。

齐先生,剑仙左右,崔瀺,再到身边这个高大老人,陈平安总觉得文圣老先生教出来的弟子,是不是差别也太大了。

只是回头一想,自己"门下"的崔东山和裴钱,好像也是差不多的光景。如果可以的话,以后再加上藕花福地的曹晴朗,更是人人不同。

记得一本蒙学书籍上曾言,百花齐放才是春。有道理。

暮色里,陈平安和茅小冬尚未返回书院。

崔东山院子那边,头一回人满为患。李宝瓶、李槐、林守一、于禄、谢谢,再加上裴钱和石柔。

林守一和谢谢坐在青霄渡绿竹廊道两端,各自吐纳修行。

束手束脚的石柔,只觉得身在书院,就没有她的立锥之地,在这栋院子里,更是局促不安。

关于李槐等人的身世来历或是修为实力,陈平安断断续续大致提到过一些。李宝瓶的二哥李宝箴,石柔是见识过的,是个极有城府的狠人。李槐的父亲据说是一个十境武夫,曾经差点打死大骊藩王宋长镜,还一人双拳,独自登山去拆了桐叶宗的祖师堂。于禄的身份,陈平安没有说过,但石柔已经知道这个年纪不大的高大书生,是一个第八境的纯粹武夫。谢谢当下的身份,据说是崔东山的婢女,石柔只知道谢谢曾经是一个大王朝的修道天才。

石柔站在院门口那边,有意无意与所有人拉开距离。她知道这些人第一次来大隋求学,一路上都是陈平安"当家做主"。按照陈平安和裴钱、朱敛闲聊时的言语,那会儿陈平安才是个二三境武夫?为何这些放在任何一个大王朝都是天之骄子的人物,好像对于陈平安这个初到书院的外乡人,对于他的安排觉得是一件很自然而然,甚至是天经地义的事情?

李宝瓶在崔东山的小书房那边抄书。裴钱和李槐搬出了崔东山颇为喜爱的棋盘棋罐,趴在正屋门口那边的绿竹地板上,开始下五子连珠棋。规矩是当初崔东山坑惨了裴钱的那种下法。

于禄盘腿坐在两人之间,裴钱与李槐约好了,每个人都有三次机会找于禄帮忙出招。脚踏两条船、担任狗头军师的于禄,比经常斗嘴的裴钱和李槐还要聚精会神。

石柔觉得自己就是一个外人,可她明明是一副仙人遗蜕的主人。大道可期,未来成就可能比院内所有人都要高。换成宝瓶洲任何一座"宗"字头山门,还不得将她供奉起来?而在这里,谁都对她客气,但也仅此而已,客气中透着毫不掩饰的疏远冷淡。石柔想不明白。

蔡府总算送瘟神一般将那个便宜老祖宗礼送出门。从蔡京神到府上灶房的厨子,都如释重负。大概唯一略有失落的,便是那些有机会伺候那个俊美神仙的俏丽婢女了。

崔东山离开了州城,没有直奔京城,而是寓居于京畿之地的一座大道观内。

道观一位主持斋仪、度人入道,故而在道门谱牒上缀以"法师"尊称的年迈道人,以谈玄论道的名义,登门拜访。

魏羡心知肚明,老道人必然是一个安插在大隋境内的大骊谍子。

这半点不奇怪,崔东山闲来无事的时候,还给魏羡看过一份名单,是大隋如今仍然蛰伏在大骊各地的死士、谍子、三教九流,尚未挖掘出来的谍子自然更多。上边许多以朱笔画圈的名字,崔东山说是专门贩卖情报的货色,属于两面谍子,最好玩,六亲不认,只认钱,跟他们打交道,比较提神。

只是有些出乎魏羡意料,老道人虽是大骊谍子无疑,可简明扼要说完了一份谍报后,真与崔东山各自坐在一个蒲团上,开始坐而论道,谈天说地。听得魏羡直打瞌睡。

老道人离开后,崔东山指了指对面的蒲团,说道:"趁着热乎,赶紧坐。"

魏羡虽然坐下,却没有坐在蒲团上,只是席地而坐。

崔东山从咫尺物中取出一张古色古香的小案几,上边摆满了文房四宝,铺开一张多半是宫廷御制的精美笺纸,开始埋头写字。

魏羡问道:"崔先生为何临时改变主意,离开蔡家,急匆匆往京城这边跑,但是又止步于此?"这是魏羡一个百思不得其解的问题。

崔东山没有抬头,没有给出答案,而是离题万里,反问了一句:"你觉得人心复不复杂?"

魏羡点头道:"自然。"

崔东山曾是中土神洲公认的书法大家,笔下行云流水,魏羡哪怕是远观,仍是觉得赏心悦目。

崔东山继续书写那份所有谍报汇总后的脉络梳理,缓缓道:"人心,看似难料,其实远远没有你们想象的那么复杂,世人皆贪生怕死,这是人之禀性,甚至是有灵万物的本性,之所以有异于禽兽,在于还有舐犊情深,儿女情长,香火传承,家国兴亡。对吧?越是出类拔萃之人,某一种情感就会越明显。"

魏羡想了想:"是此理,但更多的还是那些模糊杂糅的均衡之人。"

崔东山停下笔,放在瓷器笔架上,抖了抖手腕,讥笑道:"什么均衡,就是糊涂蛋,心性摇摆不定,随波逐流,见美人起色心,见钱财见名利,都想要。想要,可以,就怕不自量力。柳清风、李宝箴、魏礼、吴鸢,这四人就属于聪明人,可也有这样那样的缺点和毛病。

"担任龙泉郡太守的吴鸢,内心认同我的事功学说,更是我名义上的门下弟子,只是早年受恩于那个在长春宫吃斋修道的娘娘,自认今日所有一切,都是娘娘赏赐而来,所以在私恩与国事之间,摇晃不已,活得很纠结。

"李宝箴所求,并不稀奇,也没有吴鸢那么符合儒家正统,就是为了立功,有朝一日,位极人臣,但是大智若愚,李宝箴暂时还不懂,这会儿还是只知道装傻。可天底下所谓的聪明人,算个屁啊,不值钱。

"黄庭国魏礼,相对而言,于四人中最像醇儒,心中最重,就是山河社稷,苍生百姓。但是格局还是小,看到了一国之地和百年风俗,尚未习惯于去看看一洲之地和千年大计。

"小小青鸾国县令柳清风,是四人当中,我最看好的。只可惜没有修行资质,最多百年寿命,实在是……天妒英才?"

魏羡听到这里,有些惊讶。

崔先生竟然愿意形容别人为"英才"?

魏羡内心深处其实一直在咀嚼崔东山所谓的人心之论。

崔东山从几案上抓起一摞被划分为末流的谍报,丢给魏羡:"这是大骊和大隋两国科举士子最新的落第诗,我无聊的时候用来解闷的法子之一。"

魏羡接住后,崔东山说道:"你大概是想问我判定人心深浅、方向的法子,看似可行,实则世事难测,人心起伏不定,说不定一场变故,就会产生诸多临时改变,仍是麻烦至极,而且极难精准,故而算不得真正的学问,对不对?"

魏羡点头,没有否认。

崔东山笑了,指了指自己的脑袋:"上山修行,除了长寿之外,这里也会跟着灵光起来。"

崔东山随后一抖手腕,撒了一大把神仙钱在几案上:"我先前所说的几大人心划分,可以辅以诸子百家中术家的计数术算,从一到十,分别判定,你就会发现,所谓的人心起伏,并不会影响最终结果。"

不等魏羡开口,崔东山笑道:"一到十,仍是不够准确,那如果能做到一到一百,又如何?"

魏羡感慨道:"这术家之法,在浩然天下一直被视为小道,不是历来只被名声好不到哪里去的商家推崇吗?先生还能如此用?难道除了儒法之外,先生还是术家的推崇者之一?"

崔东山冷笑道:"术家也值得我推崇?"

崔东山站起身:"我连神人之分、三魂六魄,世间最细微处,都要探究,小小术家,纸上功夫,算个屁。"

魏羡拿着那一摞写满两国士子落第诗的纸张,怔怔无言。

崔东山绕了十万八千里,总算绕回魏羡最开始询问的那个问题:"书院那边里里外外,我都一清二楚,现在唯一的变数,就是那个手无缚鸡之力的赵夫子。"

魏羡疑惑道:"一个年迈书生,一个坐镇一座书院小天地的儒家圣人,双方对峙,前者还能掀起波澜?何况按照崔先生的说法,茅小冬并不是刻板酸儒,岂能出现纰漏?再者,依照先生的讲解,大隋皇帝除非自取灭亡,否则绝不敢对李宝瓶和李槐动手。"

崔东山直愣愣看着魏羡,一脸嫌弃:"好好想想,我之前提醒过你的,站高些看问题。"

魏羡心中一震。

崔东山伸手搓着脸颊,冷笑道:"大隋皇帝在乎国祚,可幕后人,会在乎大骊和大隋的打生打死、玉石俱焚吗?如果说刺杀一两个人,就可以决定一洲格局走势,你魏羡会不会心动?商家门生会乐见其成,打仗嘛,发死人财,赚得才多,至于……喜欢鬼鬼祟祟、躲在重重幕后的纵横家高人,更会!"

魏羡心情激荡,双手竟是有些颤抖。

这才是这位南苑国开国皇帝真正向往的世道!大乱大争!

什么山上山下,帝王将相与仙师神祇,全部都要被裹挟在大势洪流当中,皆是身不由己的棋子。

只是崔东山似乎想起了什么伤心事,抹了把脸,戚戚然道:"你看看,我有这么大的本事和学问,这会儿却在做什么狗屁倒灶的事儿?算计来算计去,不过是蚊子腿上剐精肉,小本买卖。老王八蛋在乐呵呵谋取整个宝瓶洲,我只能给他看家护院,盯着大隋这么个地方,螺蛳壳里做道场,家业太小,只能瞎折腾。还要担心一个办事不力,就要被先生逐出师门……"

崔东山伸手握拳,重重捶在心口:"老魏啊,我心痛啊。"

然后魏羡看了看在屋内满地打滚的白衣少年,再低头看看手上的那些被说成可见真性情的落第诗。他倒是不心痛,就是心累。

大隋高氏优厚善待文人,这是自开国以来就有的传统,更别提章埭这样的新科状元郎,虽然暂时仍在翰林院,可已经在京城有了栋十间屋子的三进院落,是朝廷户部掏的钱。

这天黄昏,章埭在空荡荡的宅院散步,喂过了大缸里边的几尾红鲤鱼,就去书斋独自打谱。

章埭是地方寒族出身,县试乡试中的制艺文章写得可圈可点,却算不得惊才绝艳,只是在殿试上一鸣惊人,得以鱼跃龙门。

章埭成为状元郎后,搬来了这栋宅子,唯一的变化,就是聘请雇用了一个车夫和一辆马车,除此之外,章埭并无太多的酒宴应酬,很难想象这个才二十岁出头的年轻人,是大隋新文魁,更无法想象他会出现在蔡家府邸,慷慨出声,最后又能与开国功勋之后的龙牛将军苗韧,同乘一辆马车离开。

这一切,蔡丰也好,苗韧也罢,都认为是情理之中的事情。章埭拥有一个很值钱的状元身份,是名声传遍朝野的大隋四灵之一,身份卑微却清白,一腔热血,所以易于掌控,觉得此人愿意为了家国大义身先士卒。

章埭听到敲门声,停下围棋打谱,抬头说道:"进来。"

是那个借住在宅院里边的老车夫。

老人站在略显阴暗的书房门口,缓缓道:"茅小冬已经带着一个叫陈平安的年轻人离开了书院。"

"他们不是嚷着誓杀文妖茅小冬吗,只管去杀好了。"章埭面无表情道,"你让书院里边的内应找个由头,让赵轼和白麋鹿一起离开书院,找个僻静地方,打晕了藏匿起来,控制住那只白麋鹿,你切记不要让看门的元婴境修士梁任思起疑心,只要顺利进入书院,动手果断一点,一定要死一个,死两个更好。"

老人点点头。

章埭犹豫了一下:"我今晚就会离开大隋京城。"

老人微笑道:"做成了这桩事情,公子回到中土神洲,定能鹏程万里。"

章埭不置可否。

老人离开后,章埭放下手中棋谱,俯瞰棋局,纵横捭阖。

宝瓶洲东南,青鸾国京畿之地的边缘,一处名声不显的私人宅邸。

作为大骊绿波亭谍子头目之一的年轻人,脸色阴沉。

堂上众人身份各异,都是青鸾国官场、文坛的刀笔高手,当然更是被大骊王朝拉拢的心腹。

李宝箴看着地面,手指旋转着一口茶水都没有喝的茶杯。众人战战兢兢。

他们之所以汇聚在此,是为了做一件事。他们要凭借一支支笔,将青鸾国的斯文宗主、文坛领袖,那位已经归隐狮子园的老侍郎柳敬亭,打落到泥泞中去,要让此人万劫不复,再难对那些仓皇迁徙的南渡衣冠们形成凝聚力。青鸾国依旧需要一座文风茂茂的士林,但是不需要一枝独秀的柳敬亭。

只要柳敬亭的名声毁于一旦,那些衣冠大族就会分崩离析。大骊愿意见到这一幕,甚至就连青鸾国皇帝都会觉得各有利弊。不用再被那群分不清形势的外来户掣肘,不用再忍受这群不懂入乡随俗的家伙,每天吃饱了撑的在那儿针砭时事,对青鸾国朝政指手画脚,到时候唐氏皇帝就可以与大骊坐地分赃,分别拉拢那些世族豪门。

今夜在座的十数人,动用了所有势力,对柳敬亭大肆攻讦,几乎将柳老侍郎的每一篇文章都翻了出来,诗词,公文,逐字逐句寻找漏洞。不承想效果不显著不说,还引起了青鸾国士林绝大多数文人的公愤,一些个原本与柳敬亭政见不合的在朝官员,还有许多地方大儒,都有些看不下去了,开始发声替柳敬亭说话。尤其是那些南奔至此的衣冠大族,更是群情激愤,为柳敬亭四处奔走,以至于连柳敬亭即将重返庙堂中枢、升任礼部尚书的小道消息,都开始在京城蔓延开来。

李宝箴抬起头,笑道:"大家不用紧张。这桩事情做得不好,开门没红反而一抹黑,摔了个大跟头,第一个挨刀的,是我李宝箴,之后才轮到你们。如果国师大人体谅,说不定会觉得我们情有可原,换个棋盘,再给我们一次机会。"

不说这些"安慰话"还好,李宝箴这么一讲,所有人都觉得背脊发凉,毛骨悚然。

大堂内烛火摇晃。

李宝箴当然恼火万分，一群酒囊饭袋！

就在此时，大堂那边出现两道身影，一人走入，一人留在门外。

看着那位走入大堂的儒衫文士，李宝箴有些无奈，本以为绕开此人，自己也能将此事做得漂漂亮亮，哪里能想到是这般田地。

那人嗓音不大，缓缓道："在座各位，已经做成了一半，接下来还有三小步要走。

"第一步，暂停向柳敬亭泼脏水的攻势，掉转过头，对老侍郎大肆吹捧。这一步中，又有三个环节：第一，诸位以及你们的朋友，先丢出一些中正平和的持重文章，对此事进行盖棺论定，尽量不要让自己的文章全无说服力。第二，开始请另外一批人，神化柳敬亭，措辞越肉麻越好，天花乱坠，将柳敬亭的道德文章，吹嘘到他死后可以搬去文庙陪祀的地步。第三，再做另外一拨文章，将所有为柳敬亭辩解过的官员和名士，都抨击一通。不分青红皂白，措辞越恶劣越好，但是要注意，大致上的文章立意，必须是将所有人形容为柳敬亭的帮闲之辈，比喻成帮腔走狗。"

起先堂上众人听到此人的第一句话后，皆心中冷笑，腹诽不已。

只是越听到后边，越觉得……章法新颖！

那人继续道："第二步，静等一段时日之后，重新掉转矛头，直指柳敬亭一人，需要一些小技巧，所有文章，宗旨与根脚，一律在'虽然''即便'这些措辞上，例如'虽然'柳敬亭此人道德有些瑕疵，可是瑕不掩瑜，门下弟子出了许多人才，然后你们可以一一列举出来，杀机在于那一个个令人眼红的显赫官身。再比如'即便'柳敬亭的政绩平平，可到底还算清廉，就是一座名动半洲的狮子园而已。"

那人解释道："为何要如此？因为对于旁观者而言，这些文章表面上还算心平气和，也是在为柳敬亭辩解，许多原本不掺和这场文坛笔战的中立之人，无形之中，都开始默认了那些假定事实，之后暗藏杀机的所谓辩解，便是雪上加霜。"

堂内众人面面相觑。

那人微笑道："第三步，在私德上做文章。例如请人捉刀，不用在乎文笔优劣，只需要噱头就行了，比如柳敬亭风雨夜宿尼姑庵的艳事，又比如老汉扒灰，再比如狮子园主人与俏丽婢女的一枝梨花压海棠，顺便再做一些朗朗上口的打油诗，编成说书故事，请说书先生和江湖人氏大肆渲染开去。"

那人看到众人既震惊又不解，依然耐着性子解释道："别觉得没有用处，没有功名的落魄读书人爱看这个，不在乎真相的老百姓爱听这些。士林中，三人成虎；市井处，聚蚊成雷。"

那人最后笑了，掏出一张纸，走到李宝箴身前，递过去，环顾四周："在座各位，未必知晓版刻一部艳情书籍的门路、价格，以及请那些说书先生应该支付多少银钱，种种不值一提的琐碎事情，我都写在了纸上，免得诸位不小心当了冤大头，而且许多做生意的市井小民，虽然位低，其实颇为狡黠聪慧，各有各的一套处世之道，一旦给他们在钱财上占了大便宜，说不定还要轻视诸位。"

这人告辞离去。临近门口，他突然转身笑道："诸位珠玉在前，才有我在这显摆雕虫小技的机会，希望多少能够帮上点忙。"

所有人怔怔看着那个人离去。

李宝箴口干舌燥，死死攥紧手中纸张。其余诸位，更是头皮发麻。

要知道那人，名叫柳清风。

正是柳敬亭嫡长子。

虽说要去大隋京城文庙索要一份文运，且这涉及陈平安的修行大道根本，茅小冬却没有火急火燎地带着陈平安直奔文庙，而是缓缓而行，闲聊而已。

茅小冬一路上问起了陈平安游历途中的诸多见闻趣事。陈平安虽有两次远游，但是更多的是在深山大林和江河之畔跋山涉水，遇到的文武庙，并不算太多，陈平安顺嘴就聊起了那个看似粗犷、实则才情不俗的好朋友——大髯豪侠徐远霞。

这个当年离开行伍的汉子，除了记载各地山水，还会以工笔描画各国的古木建筑，茅小冬便说这个徐侠士，倒是可以来书院做个挂名夫子，为书院学生们开课讲学，好好说一说那些山河壮美、人文荟萃，书院甚至可以为他开辟出一间屋舍，专门悬挂他那一幅幅工笔画手稿。陈平安便答应茅小冬，给已经返回故国家乡的徐远霞寄一封信，邀请他到大隋山崖书院远游一趟。

大隋规模最大、礼制最高的那座文庙，位于京城西北方位，所以两人从东华山出发，得穿过小半座京城，其间茅小冬请陈平安吃了顿午饭。虽是躲在陋巷深处的一个小饭馆，生意却不冷清，酒香不怕巷子深，饭馆自酿的米酒，很有门道。

茅小冬说每次酿酒，主人家除了必然会精选糯米之外，还会带上儿子出城，赶往京城六十里外的松风泉挑水，父子二人轮流肩挑，晨出晚归，才酿造出了这份京城善饮者不愿停杯的米酒。

陈平安离开酒馆的时候，买了一大坛米酒，到了无人巷弄，小心翼翼倒入已经见底的养剑葫内，再将空坛子收入咫尺物当中。

咫尺物里边，"无奇不有"。衣衫书籍，文案清供，锅碗瓢盆，柴刀针线，草药火石，零零碎碎。

见陈平安收起了不值几文钱的空酒坛，茅小冬提醒道："积少成多，聚沙成塔是好事，只是不要钻牛角尖，事事处处吹毛求疵，不然要么心性很难澄澈皎然，要么劳心劳力，虽然筋骨雄壮，却早已心神憔悴。"

陈平安笑道："记下了。"

茅小冬抚须而笑。

实则吹毛求疵的，是他这个茅师兄罢了，但是不如此，不跟陈平安摆点小架子，怎么体现当师兄的尊严？自己先生不惦念、唠叨自己半句，他茅小冬总得在先生的关门弟子身上，找补一点回来不是？

随后又走了将近半个时辰，就到了那座所有大隋地方学子心目中的圣地，京城文庙。

文庙散落浩然天地各处，星罗棋布，像是大地之上的一盏盏文运灯火，照耀人间。

除非是一些太过偏僻的地方，否则再小的郡县，按例都需要建造文武庙，所有郡守、县令新官上任后，都需要去往文庙敬香礼圣，再去武庙祭奠英灵。所以哪怕是骊珠洞天内陈平安生长的那座闭塞阻绝的小镇，在骊珠洞天破碎下坠、在大骊版图落地生根后，大骊朝廷第一件大事，就是让首任县令吴鸢，立即着手准备文武两庙的选址。

茅小冬站在文庙外边，陈平安与他并肩而立。

茅小冬问道："先前喝米酒，如今看文庙，可有心得？"

陈平安答道："以上好糯米酿酒，买酒之人络绎不绝，可见京城百姓衣食无忧不说，还颇多闲钱。至于这座文庙，我还没有看出什么。"

陈平安答对了一半，茅小冬点点头，只是这次倒真不是茅小冬故弄玄虚，他给陈平安指点道："那边没有任何动静，这说明大隋文庙那些住在泥块里边的家伙们，并不看好你陈平安的文运。"

说到这里，茅小冬有些讥讽："大概是给香火熏了几百年，眼神不好使。"

茅小冬继续道："游学士子，心思虔诚，拜访文庙，若是身负文运盛者，文庙神祇就会有所感应，悄悄分出些许增长文采的文运，作为馈赠。世人所谓的妙笔生花，文章天成，落笔时腕下犹如鬼神相助，就是此理。不过文庙先贤神祇能做的，只是锦上添花，归根结底，还是读书人自家功夫深不深。

"愿意做这些小动作的，多是本国文臣成神的香火神祇，各国京城文庙，供奉的至圣先师与陪祀七十二贤，就只是泥塑神像罢了。当然，事无绝对，也有极少数的例外，浩然天下九大王朝的京城文庙，往往会有一位大圣人坐镇其中。"

听到此处，陈平安轻声问道："现在宝瓶洲南边，都在传大骊已经是第十大王朝。"

茅小冬笑道："等到大骊新五岳全部出现后，再来谈这个，这会儿才一个北岳披云山，还算名正言顺，为时尚早。"

茅小冬向前而行："走吧，咱们去会一会大隋一国风骨所在的文庙圣人们。"

陈平安尾随其后。

文庙占地极大，来此的文人墨客、善男信女很多，却并不显得拥挤。但是当陈平安跟着茅小冬来到文庙主殿时，发现四下已经无人。看来是文庙庙祝得了授意，暂时不许游客、香客接近这座前殿祭祀天下、后殿供奉一国圣人的大殿。

大院寂静，古木参天。

一位大袖高冠的年迈儒士，腰间悬佩长剑，以金身现世，从后殿一尊泥塑神像中走出，跨过门槛，走到院中。

茅小冬与这位大隋史书上的著名骨鲠文臣，相互作揖行礼。

步入这座院子之前，茅小冬已经与陈平安讲述过几位如今还"活着"的京城文庙神祇的生平与文脉，他们在各自朝代的丰功伟绩，皆有提及。

眼前这位文庙神祇，名为袁高风，是大隋开国功勋之一，更是一位战功显赫的儒将，弃笔投戎，跟随弋阳高氏开国皇帝一起在马背上打下了江山，下马之后，官至吏部尚书，授衔武英殿大学士，殚精竭虑，政绩斐然，死后美谥"文正"。袁氏至今仍是大隋头等豪阀，英才辈出，当代袁氏家主，曾经官至刑部尚书，虽因病辞官，子孙中却多俊彦，在官场、沙场以及治学书斋三处，皆有建树。袁高风本人，也是大隋开国以来，第一位得以被皇帝亲自谥号"文正"的官员。

袁高风问道："不知茅山长来此何事？"

茅小冬反问道："明知故问？"

袁高风神色不变："请茅山长明言。"

茅小冬缓缓道："我要从你们文庙取走一份文运，再借一份。一众文庙礼器祭器当中，我大致要暂时拿走柷和一套编磬，此外簠、簋各一，烛台两支，这是我们山崖书院本该就有的份额，以及那只你们后来从地方文庙搬来、由御史严清光出资请人打造的青花大罐，这是跟你们文庙借的。除了蕴含其中的文运，器物本身当然会如数归还你们。"

袁高风问道："你茅小冬怎么不去抢？"果然是儒将出身，单刀直入，毫不含糊。

茅小冬笑道："我要是抢得到，倒是不跟你们客气了。"

袁高风讥讽道："你也知道啊，听你开门见山的言语，口气这么大，我都以为你茅小冬如今已经是玉璞境的书院圣人了。"

袁高风随即又道："可是玉璞境似乎还不够，你茅小冬除非能够将整座东华山搬迁到文庙来，才能够得逞吧？境界不足是一难，以仙人移山神通搬动东华山文运又是一难，难上加难，真是难为你茅大山长了。"

茅小冬环顾四周，呵呵笑道："怎么搬，山比庙大，难道一下子砸下来，覆盖文庙？大隋这座头把交椅的文庙，岂不是要毁于一旦？"

袁高风厉色道："茅小冬，你少给我在这里玩弄商家伎俩，要我袁高风陪着你在这边讨价还价，你可以不要脸皮，我还害怕有辱斯文！文庙底线，你一清二楚！"

茅小冬浑然不觉。

陈平安却感受到一股气势磅礴的浩然正气，隐隐约约，出现一条条七彩流光，聚散游荡不定，几乎有凝如实质的迹象。

陈平安体内真气流转凝滞，温养有那枚水字印本命物的水府，不由自主地大门紧闭，里边那些由水运精华孕育而生的绿衣小童们战战兢兢。

茅小冬没有出手阻拦袁高风的故意示威，由着身后陈平安独自承受这份浓郁文运的镇压。

茅小冬伸出手掌，指了指大殿那边："我们去后殿详谈。"

袁高风犹豫了一下，答应下来。

茅小冬让陈平安去前殿逛逛，至于后殿，不用去。

茅小冬和袁高风步入后殿，又有数位金身神祇走出泥塑神像。

陈平安则在肃穆庄严的前殿缓缓而行，这是陈平安第一次走入一国京城的文庙主殿。当时在桐叶洲，他没有跟随姚氏一起去大泉王朝蜃景城，不然应该会去看看；之后在青鸾国京城，由于当时盛行佛道之辩，陈平安也没有机会游览。至于藕花福地的南苑国京城，可没有祭祀七十二贤的文庙。走得再远，看得再细，终究会有这样那样的错过，不可能真正将风景看遍。

光阴流逝，临近黄昏，陈平安独自一人，几乎没有发出半点脚步声，已经反复看过两遍前殿神像。先前在神仙书《山海志》、各国文人笔札、散文游记中或多或少都接触过这些陪祀文庙"贤人"的生平事迹，这是浩然天下儒家比较让老百姓难以理解的地方，连七十二书院的山长，都习惯称呼为圣人，为何这些有大学问、大功德在身的大圣人，偏偏只被儒家正统以"贤"字命名？要知道各大书院，比起更加凤毛麟角的君子，贤人不在少数。

茅小冬从后殿那边返回，陈平安发现他脸色不太好看。

身在文庙，陈平安就没有多问。

两人走出文庙后，茅小冬主动开口道："个个铁公鸡，一毛不拔，真是难聊。"

陈平安点了点头。

茅小冬抬头看了眼天色："正大光明逛完了文庙，稍后吃过晚饭，接下来刚好趁着天黑，我们去其余几处文运集聚之地碰碰运气，到时候就不磨磨蹭蹭赶路了，速战速决，争取在明早鸡鸣之前返回书院，至于文庙这边，肯定不能由着他们如此吝啬，以后我们每天来此一趟。"

两人横穿两条大街后，就近找了栋酒楼，茅小冬在等饭菜上桌之前，以心声告知陈平安："文庙的氛围不对劲，袁高风如此不近人情，我还能理解，可其余两个今天跟着冒头，为袁高风摇旗呐喊的大隋文圣人，向来以性情温和著称于青史，不该如此强硬才对。"

陈平安从养剑葫里倒了两碗米酒，问道："会不会袁高风其实是在用这种方式，提醒我们？京城文庙诸位神祇，面对当下大隋的暗流涌动，必然早就看在眼中，只是手心手背都是肉，又涉及大隋高氏国祚和文运，他们很难作出决定，就只好袖手旁观，但是又不愿意眼睁睁看着我们被蒙在鼓里,坏了东华山书院的文脉,所以故意以黑脸示人,以违反常理的言行,提醒我们小心文庙之外的形势?"

茅小冬有些欣慰,微笑道:"答对喽。"

茅小冬望向酒楼窗外,啧啧道:"本以为咱们这对抛竿入水的诱饵,对方总该再多观察观察,要么就是趁着晚上人少,先派遣一些小鱼小虾来啄几口,没有想到,这还没天黑,离着文庙也不远,街上行人熙熙攘攘,他们就直接祭出了杀手锏,丧心病狂。什么时候大隋文人,如此杀伐果决了?"

陈平安慢悠悠喝着那碗香醇米酒。

茅小冬笑问道:"半点不紧张?"

陈平安放下酒碗,道:"不瞒茅山长,我没少打打杀杀,也算见过一些世面了。"

茅小冬又问:"多大的世面?"

陈平安想了想,坦诚道:"打过蛟龙沟一条坐镇小天地的元婴境老蛟,背过剑气长城那位老大剑仙的佩剑,挨过一位飞升境修士本命法宝吞剑舟的一击。"

茅小冬爽朗大笑。

陈平安忍着笑,补充了一句马屁话:"还跟茅山长同桌喝过酒。"

茅小冬赶紧端起大白碗:"前边的不去说什么,这后边的,可得好好喝上一大碗酒。"

陈平安喝完了碗中酒,突然问道:"大致人数和修为,可以探查到吗?"

茅小冬点头道:"我这几年陪着小宝瓶看似瞎逛荡,其实有些谋划,一直在争取做成一件事情,事情到底是什么,先不提,反正在我周围千丈之内,上五境之下的练气士和九境之下的纯粹武夫,我一清二楚。这五名刺客,九境金丹境剑修一人,兵家龙门境修士一人,龙门境阵师一人,远游境武夫一人,金身境武夫一人。"

陈平安无奈道:"我可能帮不上大忙。"

茅小冬笑着起身,将那张日夜游神真身符从袖中取出,交还给跟着起身的陈平安,以心声笑道:"哪有当师兄的挥霍师弟家当的道理,收起来。"

陈平安犹豫不决。

茅小冬笑问道:"怎么,觉得敌人来势汹汹,是我茅小冬太自负了?忘了之前那句话吗,只要没有玉璞境修士帮着他们压阵,我就都应付得过来。"

陈平安皱眉道:"万一有呢?"

茅小冬笑了笑:"那我就更放心了。出现在这里,打不死我的,同时又证明了书院那边,并无他们埋下的后手和杀招。"

趁着茅小冬暂时没有出手的迹象,陈平安默默又倒了一碗酒。

茅小冬好奇问道:"干吗?"

陈平安正低头大口喝着酒:"学那朱敛,喝罚酒。"

茅小冬笑骂道:"好小子,眼巴巴等着这儿出现一个玉璞境修士,对吧?!"

陈平安微微一笑。

茅小冬瞥了眼那支玉簪子,没有说话。

很奇怪,茅小冬明明已经离开,文庙主殿那边不但依旧没有对外开放,反而有一种戒严的意味。

后殿,除了袁高风在内一众以金身现世的文庙神祇,还有两拨贵客和稀客。

微服出宫的大隋皇帝,他身边站着一个身穿大红蟒服的白发宦官。还有两名男子,老者白发苍苍,在人间君主与文庙圣人之间,依旧气势凌人,还有一个相对年轻的儒雅男子,兴许是自认没有足够的资格参与秘事,便去前殿瞻仰七十二贤神像了。

老人并非宝瓶洲人氏,自称林霜降,只是有一口纯正的宝瓶洲雅言与大隋官话。林霜降多半是个化名,这不重要,重要的是老人出现在大隋京城后,术法通天,大隋皇帝身后的蟒服宦官,与一个皇宫供奉联手,倾力而为,都没有办法伤及老人丝毫。

林霜降瞥了眼袁高风和其余两位联袂现身与茅小冬磨嘴皮子的文人神祇,脸色不悦。视线偏移,一些开国功勋儒将身份的神祇,以及在大隋历史上虽为文臣身份却建立有开疆拓土之功的神祇自然而然聚在一起,如同一个庙堂山头,与袁高风那边人数寥寥的阵营,存在着一条若有若无的界线。林霜降最后将视线落在大隋皇帝身上:"陛下,大隋军心、民心皆可用,庙堂有文胆,沙场有武胆,大势如此,难道还要一味忍辱负重?若说签订山盟之时,大隋确实无法阻挡大骊铁骑,难逃灭国命运,可如今形势大变,陛下还需要苟且偷生吗?"

林霜降冷笑道:"要不要我一个外乡人,给陛下说说看这几年里,大隋挂印辞官的京城官员、去山林逃禅的文人,到底有几百人?还有大隋从京城到地方,各地武庙气运的衰减有多严重,需要讲一讲吗?说是百年盟约,陛下以一人之青史骂名换大隋一国百姓的百年太平,但是陛下当真确定,就算大骊宋氏蛮夷果真信守承诺,不对大隋动用一兵一卒,你们大隋就真能安安稳稳支撑百年?然后眼巴巴望天,等着天上掉馅饼,大骊宋氏自取灭亡,然后由着你们弋阳高氏摘果子?"

林霜降脸色冷漠:"上梁不正下梁歪。大骊宋氏是什么德行,陛下想必清楚,如今藩王宋长镜监国,武夫掌权,当初大骊皇帝连与高氏国祚休戚相关的五岳正神,都能够算计,全部撤销封号,大隋东华山与大骊北岳披云山的山盟,当真管用?我敢断言,无需五十年,最多三十年,哪怕大骊铁骑被阻滞在朱荧王朝,但只要给那大骊皇位继任者与那头绣虎成功消化掉整个宝瓶洲北部,三十年后,大隋从百姓到边军,再到胥吏小官,最后到朝堂重臣,都会以大骊王朝作为梦寐以求的安乐窝。"

之后林霜降厉色道:"等到大隋百姓从内心深处,将他国异乡视为比故国家乡更好,你这个一手促成此等亡国祸事的大隋皇帝,有何脸面去见弋阳高氏的列祖列宗?"

袁高风怒喝道:"林霜降,你放肆!我大隋国事,容不得你在这里大放厥词!"

一位凭借制定国策、一举将黄庭国纳为藩属国的大隋文臣,轻声道:"陛下三思啊。"

林霜降不再说话。

捭阖之术,捭即开,即言;阖即闭,即默。

说了之后的留白,那些不说直言,更见功力,更能够蛊惑人心。

在后殿沉默的时候,前殿那边,面容给人俊朗年轻之感的长衫男子,跟陈平安一样,将陪祀七十二贤神像一尊尊看过去。

大隋皇帝终于开口说话:"宋正醇一死,才有两位先生今日之拜访,对吧?"

林霜降点头承认。

大隋皇帝伸手指了指自己,笑道:"那如果哪天我给一个十境武夫打死,或是被那个叫许弱的墨家游侠一飞剑戳死,又怎么算?"

他指了指头顶,又指了指背后的那座前殿:"若是许弱出手滥杀君王,作为修道之人,他多半会被那边的某位圣人责罚。许弱是墨家重要人物,之前墨家旁支帮忙打造的仿制白玉京遭受破坏,中土墨家主脉反而改变主意,押注、选中了大骊宋氏,许弱极有可能就是关键人物,所以许弱不一定愿意出手,跟我'兑子',墨家太亏本。可李二杀我,一个纯粹武夫,好像按照你们山上的规矩,儒家圣人们是不会管的。"

林霜降淡然道:"那个李二,只要没有达到十境武夫中的'神到'境界,我可以让他连大隋京城都进不来,前提是你们文庙到时候愿意配合我,启动护城大阵。"

即便如此,大隋皇帝仍是没有被说动,继续问道:"不怕贼偷就怕贼惦记,到时候千日防贼,防得住吗?难道林老先生要一直待在大隋不成?"

林霜降皱了皱眉头。

这会儿所有人心湖之中,都有一个温醇嗓音响起:"如果李二敢来大隋京城杀人,我负责出城杀他。我只能保证这一件事,其余的,我都不会插手。"

袁高风讥笑道:"好嘛,中土神洲的练气士就是厉害,击杀一个十境武夫,就跟稚童捏死鸡崽儿似的。"

林霜降没有多说,沉声道:"范先生说得出,就做得到。"

大隋皇帝笑道:"当真?"

前殿那人微笑回答道:"商家传世,诚信为立身之本。"

李槐按照裴钱说的那个法子下五子连珠棋,输得一塌糊涂。

认输之后,气不过,双手胡乱抹掉密密麻麻摆满棋子的棋盘:"不玩了不玩了,没意思,这棋下得我头晕眼花肚子饿。"

听着棋子与棋子间磕磕碰碰响起的清脆响声,在绿竹地板廊道一端修行的谢谢,睫毛微颤，有些心神不宁，只得睁开眼，转头瞥了眼那边，裴钱和李槐正各自拣选黑白棋子，噼里啪啦随手丢回身边的棋罐。

棋罐虽是大隋官窑烧制的器物，还算值几十两银子，可是那棋子，谢谢深知它们价值连城。之前崔东山还在这栋小院时，谢谢偶尔会被崔东山拽着陪同弈棋，落子的力道一旦稍重，她就要被崔东山一巴掌打得旋转飞出，撞在墙壁上，说如果磕碎了其中一枚棋子，就等于害他这藏品"不全"，沦为残缺，坏了品相，她谢谢拿命都赔不起。

世间棋子，寻常人家，漂亮些的石子磨制而已，富裕人家，一般多是陶制、瓷制，山上仙家，则以特殊美玉雕琢而成。但是崔东山这两罐棋子，来历惊人，是天下弈棋者都要眼红的"彩云子"。千年之前，白帝城城主的那位师弟，琉璃阁的主人，以独门秘术"滴制"而成。随着琉璃阁崩坏，主人销声匿迹千年之久，特殊的"大炼滴制"之法，已经就此断绝。曾有嗜棋如命的中土仙人，得到了一罐半的彩云子，为了补全，开出了一枚棋子一枚小暑钱的天价。然而这会儿，琉璃棋子在裴钱和李槐手上，比地上的石子好不到哪里去。

谢谢心中叹息，所幸彩云子到底是物有所值，青壮男子使出全身气力，一样重扣不碎，反而越发着盘声铿。

李槐不愿意玩连珠棋，裴钱就提议玩抓石子的乡野游戏，李槐立即信心满满，这个他擅长，当年在学塾经常跟同窗们玩耍，那个扎羊角辫儿的石春嘉，就经常输给他，在家里跟姐姐李柳玩抓石子，他更是从无败绩！

两人分别从各自棋罐重新捡取了五枚棋子，玩了一场后，发现难度太小，就想要增加到十枚。

谢谢听到那些比落子在枰更加清脆的声响，心肝微颤，只希望崔东山不会知道这桩惨事。

时不时还会有一两枚彩云子飞出手背，摔落在院子的青石地板上，然后给全然不当一回事的两个小家伙捡回。

谢谢已经完全无法静心吐纳，干脆站起身，去自己偏屋那边翻看书籍。

李宝瓶走出正屋书房，蹲在裴钱和李槐旁边观战，李槐还是被杀得丢盔弃甲。

李宝瓶默默从另外一只棋罐抓出了五枚黑棋子，将五枚白棋子放回棋罐，地板上，黑白棋子各五枚，李宝瓶对面面相觑的两人解释道："这么玩比较有趣，你们各自选取黑白一色，每次抓棋子，比如裴钱你选黑棋子，一把抓起七颗棋子后，里边有两颗白棋子，就只能算抓起三颗黑棋子。"

裴钱怯生生道："宝瓶姐姐，我想选白棋子。"

李宝瓶点点头："可以。"

李槐恼火道："我也想选白棋子！"

李宝瓶瞥了他一眼。

李槐立即改口道："算了，黑棋子瞧着更顺眼些。"

石柔心思微动。这个穿红襦裙的小姑娘，似乎想法总是这般奇特。在所有人当中，因为陈平安明显对李宝瓶偏心的缘故，石柔观察她最多，发现这个小姑娘的言行举止，不能说她是故意老气横秋，其实还挺天真无邪的，可偏偏很多想法，其实既在规矩内，又超乎于规矩之上。

就在石柔暗中观察李宝瓶没多久，那边大战已落幕，按照李宝瓶的规矩玩法，李槐输得更惨。

裴钱摇头晃脑，手心掂着几枚棋子，一次次轻轻抛起接住："寂寞啊，但求一败，就这么难吗？"

李槐鬼头鬼脑，眼珠子急转，想要换个事情找回场子。

裴钱丢了棋子，拿起脚边的行山杖，蹦跳到院子里："宝瓶姐姐，手下败将李槐，我给你们耍一耍，啥叫手拄长杆，飞房越脊，我现在神功尚未大成，暂时只能飞檐走壁！看好了！一定要看好啊！"

只见裴钱退到院落一边墙壁尽头，面朝对面墙头，深吸一口气，飞奔而去，猛然间将行山杖精准戳入院落石板缝隙，双脚离地，长杆弯曲成一个大弧度，随行山杖砰然绷直，裴钱高高跃起，娇小身躯在空中舒展，稳稳站在墙头，转过身，对着李宝瓶和李槐咧嘴大笑："看吧！"

李槐看得目瞪口呆，嚷嚷道："我也要试试看！"

裴钱身形轻盈地跳下墙头，像只小野猫，落地无声无息，大大方方将行山杖丢给李槐。

李槐也学着裴钱，退到墙根，先以急促小步向前奔跑，然后瞥了眼地面，骤然间将行山杖戳入石板缝隙，轻喝一声，行山杖绷出弧度后，李槐身形随之抬升，只是最后的身体姿势和发力角度不对，以至于双脚朝天，脑袋朝地，身体歪斜，唉唉唉了几声，竟是就那么摔回地面。

于禄瞬间一阵清风而去，将李槐接住并扶正站姿。

李槐大言不惭道："功亏一篑，只差毫厘了，可惜可惜。"

裴钱冷笑道："那再给你十次机会？"

李槐一本正经道："我李槐虽然天赋异禀，不是一千年也该是八百年难遇的练武奇才，可是我志不在此，就不跟你在这种事情上一争高低了。"

李宝瓶从李槐手里拿过行山杖，也来了一次。结果这个红襦裙小姑娘在众目睽睽之下，不但成功了，而且太过成功，直接飞出了墙头。墙外传来轻微声响。

对这类事情熟门熟路的李宝瓶倒是没有摔伤，只是落地不稳，双膝逐渐弯曲，蹲在

第六章 来者不善

地上后，身体向后倒去，一屁股坐在了地上。

李宝瓶站起身，浑然无事。

一个佝偻老人笑呵呵站在不远处："没事吧？"

李宝瓶笑道："这能有啥事！"

朱敛笑着点头。

李宝瓶飞奔返回院子。

朱敛身为远游境武学宗师，眼光卓然，当然清楚李宝瓶不会有事，才没有出手相助。

朱敛继续在这栋院子周围散步。

陈平安当时离开书院前，跟李宝瓶那场对话，朱敛就在不远处听着，陈平安对他也没有刻意隐瞒什么。朱敛甚至替隋右边感到可惜，没能听到那番对话。

之前他们画卷四人尚未分道，在老龙城灰尘药铺那边，那个早早相中隋右边"剑仙之资"的荀姓老人，很喜欢往药铺凑。一次观棋，隋右边和卢白象在院中对弈，老人寥寥几句，以弈棋之理，阐述剑道。横竖纵横，落子在点。精妙在于"切割"二字。这是剑术。棋形好坏，在于"界定"二字。占山为王，藩镇割据，山河屏障，这些皆是剑意。

棋局结束，加上复盘，隋右边始终无动于衷，这让荀姓老人很是尴尬，还被裴钱笑话了半天，大吹法螺，尽挑空话大话吓唬人，难怪隋姐姐不领情。只是当晚隋右边就闭关悟剑，一天两夜，不曾离开屋子。

如今隋右边去了桐叶洲，要去那座莫名其妙就成了一洲仙家领袖的玉圭宗，转为一名剑修。

魏羡跟着崔东山跑了。卢白象要独自一人游历山河。就只剩下他朱敛选择跟在了陈平安身边。

陈平安在狮子园那边两次出手，一次针对作祟妖物，一次对付李宝箴，朱敛其实并未觉得太过出彩。反而是陈平安与李宝瓶的一番谈话，让朱敛反复咀嚼，由衷佩服。

李宝箴、李宝瓶、李希圣、福禄街李氏，四者之间，以血缘关系牵连，而陈平安虽然被李宝瓶称呼为小师叔，可到底是一个外人。

陈平安要如何处置李宝箴，极其复杂，要想奢望无论结果如何，都不伤李宝瓶的心，更难，几乎是一个做什么都"无错"，却也"不对"的死局。

若是陈平安隐瞒此事，或是简单说明狮子园与李宝箴相逢的情况，李宝瓶当下肯定不会有问题，与陈平安相处依旧如初。可一旦哪天陈平安打杀了自寻死路的李宝箴，即便陈平安完完全全占着理，李宝瓶也懂道理，可这与小姑娘内心深处伤不伤心，关系不大。这就是症结。于是就有了那番对话。

朱敛缓缓而行，自言自语道："这才是人心上的剑术，切割极准。"

何谓切割？陈平安先放过李宝箴一次，是守约，完成了对李希圣的承诺，本质上类似守法。又以李宝箴身上家族祖传之物，与李宝瓶和整个福禄街李氏做了一场"典当"，是情理，是人之常情。这就将李宝箴从整个福禄街李氏家族单独切割出来，如同崔东山一手飞剑，画地为牢的雷池秘术，将李宝箴单独拘束在其中。

李宝箴是李宝箴，李宝瓶和李希圣背后的李氏家族，是将李宝箴摘出后的李氏家族。

陈平安做了一场圈画和界定，以及在悄无声息之间，给李宝瓶指出了一条心路轨迹，提供了一种"谁都无错，到时候生死谁都可以自负"的豁达可能性。以后回头再看，就算陈平安和李宝箴分出生死，李宝瓶就算依旧伤心，也绝不会从一个极端转入另外一个极端。这就是那位荀姓老人所谓的剑术。

陈平安的出剑，恰好无比契合此道，是一场人心上的微妙拔河。所以那一天，陈平安同样在药铺后院观棋，同样听到了荀姓老人字字千金的金玉良言，但是朱敛敢断言，隋右边哪怕闭关悟剑一天两夜，学剑的天资再好，都未必比得上陈平安的得其真意。人人脚下大道有远近之分，却也有高低之别啊。

还记得李宝瓶教给裴钱的两句话：

> 背竹箱，穿草鞋，百万拳，翩翩少年最从容。背仙剑，穿白袍，千万里，人间最好小师叔。

朱敛喃喃自语："小宝瓶你的小师叔，虽然如今还不是剑修，可那剑仙心性，应该已经有了雏形吧？"

朱敛突然停下脚步，看向通往小院的小路尽头，眯眼望去。那边出现了一位雪白麋鹿相伴的年迈儒士。

酒楼内外依旧喧闹。

大隋王朝素来富饶，老百姓愿意花钱，也敢于花钱，毕竟坐龙椅的弋阳高氏，在这数百年间，打造了一个无比安稳的太平盛世。

二楼窗口那边，茅小冬望向窗外，对身后的陈平安提醒道："记得护住自己，不用担心我。"

九境金丹境剑修，龙门境兵家修士，龙门境阵师，远游境武夫，金身境武夫。五名刺客，不管身份，无论立场，总之都齐聚在了一起，就隐匿在这栋酒楼方圆千丈之内。

这种阵仗，别说是追剿围杀一名剑修之外的元婴境地仙，恐怕玉璞境修士，都可杀。

陈平安想起彩衣国城隍阁那场降妖除魔，那个手腕脚踝系有铃铛的少女，当时两人萍水相逢,身为郡守之女的她,虽然修为不高,但是每次出手帮忙,都恰到好处,让陈平安对她观感很好。

之后游历两洲外加一座倒悬山,从来都是他陈平安独自与强者捉对厮杀,即便有画卷四人相伴后,一锤定音之人,仍是他陈平安。这次在大隋京城,变成了他陈平安只需要站在茅小冬身后,这种局面,让陈平安有些陌生。不过心底,还是有些遗憾,毕竟不是在"头顶有位老天爷以天道压人"的藕花福地,重返浩然天下,他陈平安如今修为仍是太低。

茅小冬笑道:"等你到了我这把岁数,要还是个没出息的元婴境修士,看我不替先生骂死你。"

陈平安无奈,拍了拍腰间的养剑葫,以心声告诉飞剑初一和十五,随时准备应对刺客的出现。

法袍金醴的那两只大袖内,右手指尖拈有一张以防偷袭的缩地方寸符,左手则是那张用以抵御强敌的日夜游神真身符。

茅小冬放心不少。小师弟那么远的江湖路,没白走。

茅小冬突然在陈平安心湖上响起嗓音,问道:"之前有没有过走在光阴长河之畔的经历?比起先前在文庙感受浩然正气的镇压,更加难受。"

陈平安则以聚音成线的武夫路数回答道:"走过两次,第一次尚未习武,在骊珠洞天小镇走过。第二次在藕花福地,被观道观的老观主拉着,大概看过至少两百余年的光阴流水,而且经常顺序颠倒,来回交错,所以我那会儿虽然已经是五境武夫,仍是觉得异常难熬,跟当初在落魄山给人喂拳比,滋味半点不差。"

茅小冬笑问道:"之前在书斋你我闲聊游历经过,怎么不早说,这么值得炫耀的壮举,不拿出来与人说道说道,等于苦头白吃了。就算是我这么个元婴境修士,在成为山崖书院的坐镇之人前,都不曾领略过光阴长河的风光,那可是玉璞境修士才能接触到的画卷。"

陈平安灵光乍现,一语道破天机:"茅山长真有搬山神通,暂时将此处作为一座书院小天地?!"

茅小冬点头道:"对喽,这几年借着庇护小宝瓶,在大隋京城四处行走,瞒天过海,就是做成了这件秘事。肩上挑着一座书院的文脉香火,防人之心不可无啊。"

陈平安点头道:"可以理解。"

茅小冬气笑道:"你连一声茅师兄都没喊过,我要你理解?"

陈平安自认理亏,不再说话。

茅小冬一手负后,一手抬臂,以手指做笔,转瞬间就写了"山崖书院"四字,每一笔落成,便有金光从指间流淌而出,并不散去。

写完之后,茅小冬一抖袖子,微笑道:"天地四方!"

四个金色文字便向四方一闪而逝。

茅小冬转头道:"坐着喝酒便是。"

话音刚落,茅小冬已经消失不见。

陈平安深吸一口气,铭刻在心的熟悉感觉,如江水汹涌而至,陈平安仿佛一个不擅游泳的人,瞬间置身于水底。

天地寂静。酒楼上下再无半点动静声响。

那名龙门境阵师正在偷偷摸摸"排兵布阵",当一身灵气骤然凝滞、运转不畅之际,他猛然抬头,只见路上行人静止不动,眼角余光中的天空飞鸟,只只悬停。这名阵师顾不得会被山崖书院茅小冬发现踪迹,立即不再遮掩,气机磅礴倾泻而出,手指间拈住一张金色符箓,正要有所动作,一只手就按住了他的肩膀,那人笑道:"你这阵法,是脱胎于中土神洲道君宁全真所传龙门阵一脉,对吧?"

阵师愕然,竟是死活挣脱不开身后那人搁在肩头的那只大手。阵师满脸涨红,希冀着其余四人有谁能够及时救援,帮助自己脱困。

一名阵师,需要假借所布阵法牵引的天地之力,所以自身体魄的打磨淬炼,比起剑修、兵家修士和纯粹武夫,差距极大。

好在阵师没有彻底绝望。一抹起始于东北方向的璀璨剑光,像是一根白线,迅猛飞掠而至,剑尖所指,正是阵师身后的茅小冬眉心处。

这抹剑光身在小天地当中,轨迹并不完全是笔直一线,剑尖出现微妙的颤抖,那把本命飞剑剑身,起伏不定。

飞剑所到之处,滋滋作响,摩擦溅射起一连串的电光石火,极为瞩目。这把凌厉飞剑,与这座小天地起了冲突。

茅小冬没有躲避,根本没有任何调用一位元婴境充沛灵气的迹象。

那柄距离茅小冬与阵师不足一丈距离的飞剑,蓦然激起一圈涟漪,如石投湖,一头撞入水中,就此消失不见。与此同时,阵师七窍流血,不由自主地浑身颤抖,这一动,就又与小天地无所不在的光阴流水起了冲撞,越发血流不止,更恐怖之处在于,体内气机紊乱不已不说,所有温养有本命物的关键气府、心扉以及一座座府门之上,像是被万针钉入,阵师竭力移动拈有那张保命符的双指,虽手指可动,但是体内浓稠如水银的灵气,结冰一般,丝毫动弹不得。

茅小冬握住此人脖颈,随手丢向身后某处。

那柄金丹境剑修的本命飞剑,在茅小冬身后激起一处流水漩涡,如恶客破门而入,迅猛刺出,可已经姗姗来迟。本就重伤濒死的阵师刚好拦阻了那把飞剑的路线。

远处那名九境剑修没有任何停下飞剑的意图,直接刺透阵师身躯,以心意驾驭飞剑，继续刺杀茅小冬！

阵师就此当场毙命，死不瞑目。

不是说茅小冬离开了东华山，就只是一名元婴境修士吗？

修行路上，三教诸子百家，条条大路，炼丹采药，服食养生，请神敕鬼，望气导引，烧炼内丹，却老方，一旦跨过大门槛，跻身中五境，成了凡夫俗子眼中的神仙，确实风光无限。可修道之人，在山上断绝红尘，不理俗世是非，不是没有理由的。因为山下同样有不信邪的练气士，更有儒家书院。

茅小冬一步跨出，身形出现在数十丈外，转过身后，不晚不早，刚好以双指夹住那把尾随至此的飞剑。

虽然这一手以双指轻松定住飞剑的壮举，可谓惊世骇俗，传出去足够让一洲地仙吓掉大牙，可是茅小冬在消磨剑意的同时，他坐镇的这座小天地，其实也在不易察觉地微微摇动。

那名远游境武夫置身于别人天地中，已是无法做到御风远游，可仍是飞奔如雷，最后直接撞开两堵墙壁，穿过整座店铺，朝茅小冬一拳轰砸而来。店铺内有数人被他直接撞碎身躯，崩开的碎块，最后缓缓悬停在铺子里边的空中。此人一拳，汇聚了那一口纯粹真气的所有罡气，再无半点蓄力，竟是不惜以命换命的打法。茅小冬调动天地灵气而成的一座碑文金字轻轻晃荡的石碑，以及一座同样是凭空出现的牌坊，都被远游境武夫这一拳打得化作齑粉。那名八境武夫的老者，大踏步而冲，势不可当。

另外那名跃上屋脊，一路蜻蜓点水而来的金身境武夫，没有远游境老者的速度，一身金身罡气，与小天地的光阴流水撞在一起，身上像是燃起了一大团火焰。他最终一跃而下，直扑站在街上的茅小冬。

双指被割裂出细微伤口的茅小冬，将那把禁锢在指尖的飞剑，丢掷向那名金身境武夫。

茅小冬伸出手掌，挡住了那名远游境武学宗师的一拳。大袖剧烈鼓荡，须髯飘拂。

金身境武夫与那金丹境剑修多半是挚友，他不管那剑尖直指心口的飞剑，依旧杀向茅小冬。果不其然，剑修心湖，灵犀微动，竭尽全力，稍稍偏移剑尖，只是刺透那武夫肩头。

茅小冬被本该是最弱之人的七境武夫，一拳砸在后背心，小天地随之震荡开来。

拳头被阻、拳势与意气犹然壮烈的远游境武夫，借此机会，顺利出拳如擂鼓。

流光掠影一般，茅小冬整个人一步步后退，远游境老者双臂肌肉虬结，渗出血丝，浸染衣衫，但是一拳比一拳更加悍勇无匹。

一旁金身境武夫没有趁火打劫，跟着远游境宗师一起近身与茅小冬厮杀，而是尽量跟上两人脚步。并非不想一鼓作气重创茅小冬，而是他知晓轻重利害。

陈平安没有站在原地,而是掠出窗口,上了视野开阔的酒楼屋顶。他同样没有插手这场战局。

远游境老者最后一拳,将茅小冬打得倒飞出去十数丈。

老者立即停步,并且向后而掠,他要换上一口新气。金身境武夫则立即横移数步,挡在远游境老者身前,站在后者与茅小冬之间的那条线上。如此仍是不够稳妥。九境剑修见缝插针,飞剑一掠而去,直刺茅小冬。速度之快,竟是已经超出这把本命飞剑的第一次现身。

既是茅小冬气机不稳,导致天地规矩不够森严的关系,更是这名老金丹境剑修在这短短时间内,仅仅凭借数次飞剑运转,已寻找出一些缝隙和捷径。三教圣人坐镇小天地内,被誉为天网恢恢疏而不漏,但是一张渔网的网眼再细密,加之这张渔网一直在运转不定,终究还是有漏洞可钻的。

能够成为天底下最吃神仙钱的剑修,并且跻身金丹境地仙,没有一个是易与之辈。

茅小冬伸手握住腰间那把戒尺,顿时稳住身形。雪白胡须上,已经沾染了星星点点的血迹。

面对那把如同附骨之疽的纤细飞剑,茅小冬这次没有以双指将其定身,而是大袖一卷,直接将飞剑笼入袖中。随后只见大袖之中,绽放出丝丝缕缕的剑气,袖口翻摇,同时传出一阵阵丝帛撕裂的声响。

远游境武夫已经换气完毕,一蹬地面,大街上裂出好似蛛网的痕迹,这名武道宗师裹挟风雷之势,再次要利用盟友创造出来的机会,与茅小冬近身厮杀,不给这位出乎意料"跻身"为玉璞境的书院山长,拉开距离后以水磨功夫耗死他们的机会。

被一名远游境宗师死死盯住,寻常地仙修士的气海都会为之牵引,容不得分心旁顾。

一名身披银白甲胄的魁梧男子,接连使用了两张极其珍稀的高品秩方寸符与遮掩身形气机的青蓑衣符,竟是被他抓住一个光阴流水最为薄弱的地带,使得他从天而降,双手十指交错,合为一拳,对着茅小冬的头颅一砸而下。

千钧一发之际,茅小冬袖中笼罩住的那把飞剑,即将破开跃出,远游境宗师马上就要一拳杀到,但是真正最凶险的杀招,还是那名以甲丸覆身为甲的龙门境兵家修士。

除去那名几乎就没有派上用场的阵师不说,其余四名刺客,配合得堪称天衣无缝。很难想象,四人当中,只有九境剑修与金身境武夫是相识已久的熟人。

茅小冬腰间悬挂的戒尺,自行脱落,如同一耳光拍在那兵家修士的脸颊上,兵家修士整个人横飞出去,砸在远处的屋脊上,瓦片粉碎一大片。

茅小冬脚尖摩挲地面,抬起大袖,伸手向距离自己最远的剑修一指:"还你便是。"

刹那之间,天地倒转且扭曲,就像一张被顽劣蒙童胡乱拧转却又不曾揉成纸团的宣纸，说不出的怪诞荒谬。

那名远游境武夫眼睁睁看着自己与茅小冬擦肩而过，而且茅小冬变成了"倒立"之姿。

明明近在咫尺，却偏偏远在天边。

而呈现出来的那一层纸面上，密密麻麻的金色文字，一个个大小如拳，是一篇篇儒家圣贤教化苍生的经典文章。

远游境武夫转头怒吼道："小心！"

茅小冬看似缓缓自行，却是东边一个茅小冬的身形消失后，就出现在西边，随即变成北边，可不管方位如何，茅小冬始终在拉近自己与金身境武夫的距离。那金身境武夫甚至不知道自己应该往哪里躲避，就这样被莫名其妙出现在自己身前的茅小冬一巴掌拍掉了整颗脑袋。

而那名龙门境兵家修士，一直在被那把戒尺如雨点般砸在甲胄上。

小天地重归正常秩序。

茅小冬一手扶住那具失去头颅的身躯的肩膀，不让尸体倒地，望向远处那个眼眶通红的九境老剑修，问道："不给你的朋友报仇？"

茅小冬猛然间一抖手腕，尸体横飞出去，撞在一间店铺的墙壁上，变成一大摊烂肉。

九境剑修和远游境武夫都看到天地间，无数更加细小的金色文字，从四面八方不断涌入那高大老人的气府。两人神色悲壮，心中都有凄凉之意。这还怎么打？两人对视一眼，都从对方眼中看到了决绝之意。

茅小冬环顾四周，从头到尾，没有任何蛛丝马迹，那么应该没有玉璞境修士藏身其中，也就是说这五名心存死志的刺客，没有后手。

茅小冬抬起那只残破袖子，打量了一眼，抬头后说道："你们这些剑修啊地仙啊，什么武道宗师啊，不都一直嚷嚷着书院修士，全是只会动嘴皮子的绣花枕头吗？"

茅小冬笑道："对，你们确实说得没错。"

九境剑修和远游境老人心中一紧。

茅小冬闲庭信步，如读书人在书斋沉吟。

这座小天地的边境地带，随之飞旋起一把把宛如剑修本命物的飞剑。飞剑品秩虽然不高，大致相当于观海境、龙门境剑修的本命飞剑，可是数量如此之多，谁敢掉以轻心？不但如此，各处屋脊上，还出现了一个个年龄悬殊、或捧书或佩剑的青衫儒士。一样修为不高，一样以数量取胜。大街小巷，涌出一拨拨身披铁甲的魁梧士卒。那些形制、大小各异的飞剑，纷纷掠向金丹境剑修。屋脊上的儒士和地上的披甲武卒，则冲向了远游境武夫。

茅小冬则来到了那个面对戒尺疲于应付的兵家修士身边，但是没有靠近，说道：

"你才是真正的死士吧,以兵家甲丸作为遮掩,怀揣着一颗地仙修士的金丹,只要近我的身,就要跟我同归于尽,即便杀不死我,给你拼得少掉半条命,留给其余几名刺客,也够将我茅小冬留在这里了。"

那名兵家龙门境修士眼神坚毅,对于茅小冬的言语,置若罔闻,只是一拳拳拦阻那戒尺,防止甲丸被它敲打到崩碎的地步。

茅小冬伸出手,对着那名修士指指点点。修士四周地面,升起一串串金色文字,如屋舍栋梁平地起,最终形成一座牢笼。那名兵家修士惨然一笑,脸色狰狞,无数条金色光线从身躯、气府绽放,整个人轰然粉碎。竟是杀不掉茅小冬,也要将那定然是关键本命物的戒尺毁去。

只是一名龙门境兵家修士的自尽,加上一颗金丹的炸裂,虽然将那座圣贤文字的金色牢笼破坏殆尽,那戒尺却安然无恙,唯独上边篆刻的文字,灵性黯淡了几分。戒尺轻轻飘回茅小冬手中,茅小冬将其挂在腰间。

九境剑修虽然险象环生,可性命无忧。

远游境老者更是大杀四方,近身三丈内的儒士与甲士,悉数破碎,并且以雄浑罡气混淆其中,将那些傀儡蕴含的灵气,硬生生打成茅小冬暂时无法驾驭的浑浊之气。

茅小冬面无表情,任由最后两名刺客慢慢消耗自身的灵气与真气。

小天地内灵气终究会有极限。这直接关系到这座"山崖书院"的稳固程度和持续时间。所以当下这座天地,已经不知不觉缩小到方圆四百丈。若是在东华山,真正的山崖书院所在,茅小冬一样出手,恐怕现在还能维持八百丈天地范围。

这一手并非儒家书院正统的搬山秘术,让茅小冬一步跨入玉璞境,缺陷就在于山崖书院的形神不全,根本仍是留在了东华山那边,但是问题不大。那两名仅剩的刺客,只要没有外人插手,还是要将命交待在这里。退一万步说,就算茅小冬此刻撤去小天地神通,将东华山暂时交还给看守书院大门的梁姓元婴,杀敌有些难,自保则不难。不过真出现那种状况,到底不是什么快意事。

茅小冬皱了皱眉头。

一把如金黄麦穗的飞剑,突兀地闯入这座小天地。骤然悬停在高空后,剑尖翘起又落下,如此反复,指了指一个方向。

茅小冬二话不说就撤去了神通,"跌境"回元婴境修为。

而一直站在屋顶上观战的陈平安,甚至无需茅小冬以心声通知。一拍养剑葫,初一、十五掠出。

陈平安袖中一张方寸符砰然燃烧,没有选择针对那个远游境老者,而是缩地成寸,直奔瞬间杀力更为恐怖的九境剑修。

若是有人旁观,一定会觉得陈平安选错了对手。

与此同时，两尊身高一丈的日游神和夜游神"神性真身"，比先前兵家修士更加气势磅礴地从天而降，在陈平安出手前，率先砸向那个武学大宗师。

日游神披挂金甲，全身光芒四射，双手持斧。夜游神则身穿一副漆黑甲胄，手持一杆大戟。

茅小冬会心一笑，同样一拍戒尺，然后向九境剑修掠去。

那名已下决心死在此地的远游境武夫，在茅小冬打造出来的小天地中并不惧战。

茅小冬不知为何将神通匆忙撤去后，照理说只要他与金丹境剑修精诚合作，说不定还会有些胜算。可就在形势好转、再不是必死境地的时候，远游境武夫一个犹豫之后，拔地而起，远遁逃离。那名剑修先是微微讶异，随即二话不说，亦是倒掠而走。

茅小冬开口道："既然不是稳占上风，就穷寇莫追。"

然后发现陈平安早已停步，根本就没有追赶的念头，但也没有立即收起那两尊日夜游神，而是任由神仙钱哗啦啦从钱袋子里溜走。

茅小冬来到陈平安身边："等我稍作休息，就带你返回书院。"

陈平安点了点头，依旧眼观四面耳听八方，就连那只绕过肩头握住身后剑柄的手，都没有松开五指，任由手心灼烧，血肉模糊。

小小年纪老江湖。

那九境剑修，死了一个挚友在此，杀心更重，所以陈平安第一时间就选择此人作为厮杀对象。

远游境武夫老者，在有退路可走的时候，虽没有人可以预知他一定会撤走，可至少比起金丹境剑修，此人撒下盟友离开险地，自行退走的可能性会更大。

茅小冬撤去小天地，是一瞬间的事情。陈平安做出这个决定，同样是一瞬间而已。

正因为如此，这个举动才会让一名远游境武夫生出忌惮和猜测。比如为何对方拣选更为危险的剑修下手，是打算真正收网，还是又有陷阱在等待他们？

陈平安松开握剑之手，同时将两尊散发出罕见天威的神祇收回那张真身符。

天地恢复后，四周的惊恐尖叫声此起彼伏。

陈平安瞥了眼不远处，有一颗金身境武夫滚落在地的头颅。

死了三个，跑了两个。生生死死，总归各有各的理由。

"准备走了。"茅小冬伸手按住陈平安的肩头，只说了一句话，"有些别人的故事，不用知道，知道做甚？"

第七章 三 思

朱敛没有见过受邀拜访书院的老夫子赵轼,但是那只扎眼万分的雪白麋鹿,李宝瓶提起过。高冠博带的赵轼,行走时的脚步声响与呼吸快慢,与寻常老人无异。即便没有看出异样,可是朱敛却第一时间就绷紧了心弦。这会儿,出现在院子附近的所有人物,都极有可能是大隋死士。

仙家术法,千变万化,防不胜防。仙家斗法,更是斗智斗勇。朱敛和崔东山切磋过两次,清楚修行之人一身法宝的诸多妙用,让他这个藕花福地曾经的天下第一人大开眼界。

如果不是跟随了陈平安,谱牒户籍又落在了大骊王朝,按照朱敛的本性,身在藕花福地的话,此刻早已经动手,这叫宁可错杀不可错放。不过拗着性子不去暴起杀人,并不意味着朱敛没有手腕试探对方的深浅。

朱敛瞥了眼道路旁边的一棵梧桐树,一片翠绿梧桐叶的叶柄悄然断裂,如箭矢激射向那个有雪白麋鹿相伴的老夫子赵轼。赵轼浑然不觉,只是继续前行。桐叶在即将割掉老夫子头颅之际,骤然间失去驾驭,变成一片寻常落叶,飘飘荡荡,坠落在地。

朱敛走过两洲之地,知道一座儒家书院山长的分量,即便不是七十二书院,而是各国大儒自建筹办的私立书院,也是一张最好的护身符。这种身份,与人间君主、宗室藩王差不多,会得到儒家庇护。

修道之人,如果胆敢擅自刺杀,就会招来儒家书院的追捕,整座浩然天下都是儒家坐镇,又能跑到哪里去?要么通过秘密渠道躲入一些名声不显的破碎的洞天福地,要么干脆就远离世间。可若是奸臣宦官、藩将外戚之流残害君主，篡位也好，扶植傀儡也罢，七十二书院则不会插手。

朱敛如果真就这么削掉了一位私人书院山长的脑袋，万一赵轼不是什么死士，而是个货真价实的年迈硕儒，今天不过是心血来潮，来此拜访崔东山，那么朱敛肯定要吃不了兜着走。

可朱敛犹不罢休，以脚尖踢中路边一颗鹅卵石，击向赵轼小腿，并将力度巧妙掌控在七境金身境修为。

可怜老夫子哎哟一声，低头望去，只见小腿一侧被撕裂出一条血槽，满头冷汗。

赵轼抬起头，咬牙切齿道："你是谁？！为何要行凶伤人？知不知道这里是山崖书院！"

朱敛一脸意外，略带一丝惶恐，先嘀嘀咕咕，后骂骂咧咧："不都说书院山长是那口衔天宪的高明练气士吗，既然有白麋鹿这等通灵神物相伴，怎么如此不经打，竟是个废物，惨也，惨也……"

然后赵轼就看到那人一路小跑而来，赔笑道："对不住，对不住，我方才神游万里，踢石子玩来着，不小心就挡了赵山长的大驾，真是罪该万死……"

赵轼吃痛不已，不得不弯腰，脸色惨白，大汗淋漓，大概是不敢去看鲜血淋漓的伤口，狠狠瞪着这个战战兢兢的佝偻老人。

朱敛来到赵轼身边，伸手搀扶："赵山长，我扶你去院子那边疗伤。"

赵轼任由朱敛搭住手臂，哀叹道："怎会有你这么毛毛躁躁的武人，既然学了一点技击之术，就更应该约束自己，稚子蒙童撒泼打滚，与青壮男子打架斗殴，能一样吗？侠以武乱禁，说的就是你们这些人！"朱敛连连点头称是。

电光石火之间，本就习惯了佝偻弯腰的朱敛，身形顿时收缩，如一头老猿，一个侧身，一步重重踩地，凶狠撞入赵轼怀中。一把本该刺入朱敛眉心处的本命飞剑，在朱敛变作猿猴之身后，只是刺透了他的肩头。

赵轼因朱敛势大力沉的一撞，倒飞出去，直接将身后那只雪白麋鹿撞飞。赵轼身形飘转，落地站稳，心情大恶。为何书院还有一个远游境武夫藏身在此！

朱敛对于鲜血浸透的肩头伤势，竟是半点不理会，眼神炙热，咧嘴笑道："总算领教了一名地仙剑修的能耐，爽哉！"

院子里边，于禄跃上高墙，沉声道："来了。"

谢谢提醒道："宝瓶、李槐、裴钱，你们三人退入正屋书房，记得关好门，除非我去开门，你们一步都不可以走出！"

三个孩子没有多问半句，飞奔进屋子。

林守一轻声道："我如今未必帮得上忙。"

于禄盯着道路上对峙的朱敛和老夫子赵轼，对林守一说："自己找机会。"

谢谢来到院子,在心中默念法诀,双手掐诀,脚踩罡步,按照崔东山所授秘术,开始驾驭小院灵气,将此地临时打造成一座玲珑袖珍的小天地,而她就有机会尝一尝"一方圣人"掌控光阴长河的滋味了。如果说茅小冬驾驭的光阴,是一条江河,那么谢谢就只能调动一条溪涧。所幸院子占地不大,不容易出现太大的漏洞。

那个莫名其妙就成了刺客的老夫子,并没有驾驭本命飞剑与朱敛分生死。那把飞剑在空中划出一条条长虹,一次次掠向院子。每次飞剑试图闯入院子,都会被小天地的天幕阻拦,炸出一团绚烂光彩,如同一颗颗琉璃崩碎。

于禄已经退回院内,轻声问道:"能支撑多久?"

谢谢额头渗出汗水,嗓音微颤,惨笑道:"就算朱敛能够拖住这名剑修,不让他全力驾驭飞剑,我最多仍是只能撑住半炷香……飞剑攻势太迅猛,小院储藏的灵气,消耗太快了!"

剑修,本就是世间最擅长破开种种屏障的存在。一剑可破万法,可不是天下剑修的自我吹嘘。

谢谢无奈道:"可惜茅山长离开了东华山。"

于禄摇头道:"茅山长不离开东华山,对手就会有针对不离开的其他对策,说不定茅山长和陈平安这会儿已经成功诱使了敌人主力,比这里还要凶险。"

院外小道之上,朱敛身形快到了只见一阵青烟影像,而那名剑修则尽量避开,将更多心神放在御剑破开小天地一事上。小院上空,一次次绽放出五彩琉璃色彩。

面对一个占据地利、能够近身搏杀的远游境宗师,那名剑修老夫子应付得颇为吃力。

若是原本实力相当的纯粹武夫与练气士,一旦给前者拉近距离,后者就要叫苦不迭了。可剑修之所以谁都不愿意招惹,就在于远攻近战,瞬间爆发出来的巨大杀力,都让人忌惮不已。

朱敛一鞭腿扫得那名剑修脑袋撞在一棵梧桐树上,大树断折。但朱敛也不好受,给对手本命飞剑一剑穿过腹部。

朱敛不愧是武疯子,抹了一把肚子上流淌的鲜血,伸手一看,放声大笑,抹在脸上,一路而去,继续追杀剑修。

大战正酣,生死一线,朱敛犹有闲情逸致提醒小院那边:"小心这老家伙在隐藏修为,我觉得不是一般的元婴境界,万一再来点狗屁秘术……"

那老夫子赵轼呕出一口鲜血,闻言后笑了笑,拈出一枚兵家甲丸,覆甲在身,竟是打算当起缩头乌龟了,然后转头望向那小院,怒喝道:"给我开!"一剑而去。

一直以快示人的本命飞剑,剑身流溢飘荡起一股至精至粹的离火,撞在小天地屏障后,轰然作响,整座小院的光阴流水,都开始剧烈晃荡起来。于禄作为金身境武夫,尚且能够站稳身形,坐在绿竹廊道那边的林守一如今尚未跻身中五境,便极为难熬了。

谢谢嘴角渗出血丝,纹丝不动。作为这座小天地阵眼所在,谢谢到底修为太浅,不敢挪动脚步,否则整座小院的天地就会不稳,破绽更多。

谢谢双手掐剑诀,眼眶已开始渗出一滴血珠。

老夫子赵轼穿上了兵家甲丸,与朱敛厮杀过程中,笑道:"打定主意要跟我缠斗,任由我那飞剑破开屏障,不去救上一救?"

他这把离火飞剑,如果被他修炼到极致,再等到他跻身玉璞境后,焚江煮湖都不难,一座名不副实的小天地,又是个连龙门境都没有的小丫头片子在坐镇,算什么?

谢谢已是满脸血污,仍在坚持,只是人力有穷尽之时,她喷出一口鲜血后,向后晕厥过去,瘫软在地。

飞剑不但一寸寸刺入那座小天地,看样子,被剑身蕴含的那股离火燃烧,还能牵扯出一个簸箕大小的窟窿。所以谢谢主持的这座小天地,不管她是清醒还是晕死过去,都已经意义不大。

于禄高高跃起,一拳击中飞剑。拳罡炸碎,那把元婴境地仙的飞剑直接穿透手心,再从手背"破土而出",直接向正屋书房那边掠去。

身处光阴流水就已经遭罪不已,小天地蓦然撤去,这种让人措手不及的天地转换,让林守一意识模糊,摇摇欲坠,他伸手扶住廊柱,仍是沙哑道:"挡住!"

石柔身形出现在书房窗口那边,她闭上眼睛,任由那把离火飞剑刺入这副仙人遗蜕的腹部。

一个响指声轻轻响起,却清晰响彻于小院众人耳畔。

东华山山脚,院门口那边,姓梁的老夫子交出一枚玉牌后,死死盯住那个身边飞旋有一柄金色飞剑的白衣少年,厉色道:"崔东山,我信你一回,暂时将书院交到你手上,如果出了任何问题……"

那个站在门口的家伙攥紧玉牌,深吸一口气,笑眯眯道:"知道啦,知道啦,就你姓梁的话最多。"

那把形若金色麦穗、名为金秋的飞剑,正是先前去茅小冬那边提醒东华山有变故的飞剑。

崔东山一步跨过书院大门,闭眼抬头,满脸陶醉:"多少年没有以上五境神仙的身份,呼吸这浩然正气了?"

随后他睁开眼睛,打了个响指,东华山刹那之间自成天地。"先关门打狗。"

接着他一步跨出,下一步就来到了自己小院中,搓手笑呵呵:"然后是打狗,大师姐说话就是有学问,要打就打最野的狗。"

谢谢已经昏死过去,突然又被丢入小天地中的林守一也是。于禄即便是金身境,竟也是无法挪步。

石柔当下的情形最滑稽可笑，因为有着一副仙人遗蜕，相对而言，神魂不太容易受小天地中光阴长河的冲刷。只是肚子里吃下那柄离火飞剑后，飞剑如入雷池牢笼，无头苍蝇一般疯狂乱窜，害得挡在窗口外的石柔在空中前扑后仰，颠来倒去。

看到石柔这副德行，崔东山翻了个白眼，觉得太给自己丢人现眼，伸出一只手掌，轻轻虚空一拍。石柔整副仙人遗蜕被拍入绿竹廊道中，地板碎裂无数。看似轻描淡写的一巴掌，直接将躲在遗蜕中的石柔的神魂意识，都给拍晕了过去。

崔东山一脚踩在石柔腹部，被石柔误打误撞，让其"自投罗网"的离火飞剑，顿时消停安静下来。

崔东山蹲下身，正要以秘术将那把品秩不错的飞剑从石柔腹部"捡取"出来，小院外道路那边，那名元婴境剑修划出一道长虹，往东华山西边逃遁远去，竟是见机不妙，确认杀掉任何一人都已成奢望，便连本命飞剑都舍得丢弃。

崔东山打了个哈欠，站起身："亏得茅小冬不在书院里边，不然看到了接下来的画面，他这个书院圣人不得羞愧得刨地挖坑，把自个儿埋进去？"

东华山西边的书院小天地边缘地带，出现了一位身高数十丈的金身神像，是一位儒家陪祀圣人法相。剑修吓得立即往北方飞掠而去。又有一位陪祀圣人的金身法相，屹立在天地间。大概是崔东山今天耐心不好，不愿陪着剑修玩什么猫抓耗子，在东方和南方两处，同时立起两尊神像。

剑修一咬牙，蓦然向书院小天地的天幕穹顶一冲而去。

东华山之巅，出现的最为高大的一尊神像，竟是大骊国师崔瀺的老儒形象。法相伸出金色大手，直接抓住那名元婴境剑修，攥紧后，手心里边轰隆作响，如神人掌心有雷滚走。

一个白衣少年站在年老绣虎法相肩头，丰神如玉，他揉着自己眉心那颗红痣，慢慢等待那个元婴境剑修被东华山的充沛灵气一点点消磨道行。当然，如果那老家伙愿意破釜沉舟，一举爆裂金丹和元婴，崔东山不拦着，反正折损的，也只是东华山的文运和灵气。只不过崔东山还是希望能够从这个元婴境修士手上挤出一点小彩头的，比如……那把暂时被隔绝在一副仙人遗蜕腹中的本命飞剑。

崔东山转头看了眼小院那边。

那只雪白麂鹿，的确是那个酸儒赵轼身边的灵物，只是被高人施展了秘术。至于被金身法相抓在手心的那个老夫子，自然不会是赵轼。

赵轼虽是一座世俗书院的山长，自身体魄却没有修行资质，学问又不至于达到天人感应的境界，在某天"读书读至与圣人一起会心处"，突然就可以自成一座小洞天，所以怎么可能一下子就变成一个极其稀少的元婴境剑修。在宝瓶洲，元婴境剑修屈指这个刺杀不成的可怜地仙,崔东山就算用屁股想、用膝盖猜,都知道不会是宝瓶洲的本土修士,多半是那个大隋新科状元章埭身边的随从死士。

纵横家嫡传子弟,以各种身份秘密行走天下,身边往往有一到两名大修士担任死士。

崔东山盘腿坐下,啧啧道:"算你小子跑得快,一箭双雕,倒是好算计,大骊宋氏和大隋高氏,一起给你算计了,有我当年的风采嘛。咱们真该好好聊聊的,你想啊,差点坏了我的大事,不把你的神魂塞进一个娘们的皮囊中去,我不跟你姓?嗯,还必须是个黄花大闺女!要你晓得一个大老爷们流血不流泪,其实根本不算什么英雄好汉。"

崔东山看似在絮絮叨叨,实则一半注意力放在法相手心,另一半则在石柔腹中。

对于这类现身的死士,根本不用做什么严刑拷打,身上也绝对不会携带任何泄露蛛丝马迹的物件。崔东山可不就得小心翼翼盯着那把离火飞剑?

他虽然法宝无数,可天底下谁还嫌弃钱多?

那元婴境剑修即便没有本命飞剑可以驾驭,也仍是战力不俗,以阳神身外身,打碎了金身法相的拳头,再阴神出窍,三者各自挑选一个方向逃窜。其中受伤惨重、跑得看似最慢的真身体魄,突然一个闪电画弧,急急下坠,落在小院,对于刺杀一事,仍是不死心!

依旧坐在那尊法相肩头的崔东山叹了口气:"跟我比拼阴谋诡计,你这乖孙儿算是见着了老祖宗,得磕响头的。"

远游阴神被一尊对应方向的儒家圣人法相,双手合十一拍,拍成了齑粉,那些激荡流散的灵气,算是对东华山的一笔补偿。那具阳神身外身则被另外一尊圣人金身法相打入书院湖水中,法相一脚踩踏而下,溅起巨浪,将那身外身踩得支离破碎。已是魂魄不全、又无飞剑可控的那名元婴境老剑修,就要将一颗金丹炸碎,拉上整个院子一起陪葬。只是他突然僵住,那把崔东山当年与人下棋赌赢来的仙人飞剑金秋,钉入了其金丹,一搅而烂。随后老人身上"爬满"了一个个黑金色泽的古怪文字,与茅小冬坐镇小天地之时,充满浩然正气的金字,略有不同。

崔东山站在这个"赵轼"身前,在老人脸上一抹,摘下一张鲜血淋漓的墨家秘制上乘"面皮",再以指尖剥离掉原本属于老人本来面目的那层皮肉,抖了几下,抖落鲜血和碎肉屑,收入袖中,抬头看看那张可见白骨的恐怖"脸庞",笑道:"谢了啊,帮我小赚一笔。"

老人已经无法开口言语,不但浑身肌肤碎裂如开片紧密的瓷器,就连眼珠子都是布满了裂纹,破碎不堪,他唯有神魂深处剧烈激荡,充满了仇恨和不甘。

崔东山瞪大眼睛,向前走出一步,和那人大眼瞪小眼:"干吗,想用眼神杀死我啊?来来来,给你机会!"

片刻后,崔东山在对方额头屈指一弹,生机已经彻底断绝的老人倒飞出去,在空中就已化作一团血雨。

崔东山站在院中,走向正屋,其间路过倒地晕厥不起的谢谢时,恼火道:"没用的玩意儿。"一脚踹得谢谢撞在墙壁上。

于禄站在原地,有些苦笑。崔东山跟他擦肩而过,没好气道:"我都不稀罕说你。"

临近台阶,崔东山一拍脑袋,想起自家先生马上就要和茅小冬一起赶来,赶紧随手一抓,将谢谢身形搁放在绿竹廊道那边,还跑过去,蹲在她身前,伸手在她脸上抹来抹去,最后就变成了一个坐着微笑的谢谢。

崔东山看了看,比较满意自己的手艺,只是越看越气,一巴掌拍在谢谢脸上,将其打醒,不等谢谢迷迷糊糊说话,又一掌将其打晕:"还是刚才的笑脸顺眼一些。"

又一阵捣鼓,谢谢继续保持那个微笑坐姿。

崔东山确定昏迷中的石柔腹中那把离火飞剑在悲伤颤鸣,暂时没有挣脱牢笼的可能性,这才高举双手,重重拍掌,撤去了东华山的书院小天地。

朱敛返回院中,坐在石凳旁,低头看了眼腹部,有些遗憾,那元婴境剑修束手束脚,自己受伤又不够重,估计双方都打得不够尽兴。

崔东山屁颠屁颠跑入正屋,去敲书房门,谄媚道:"小宝瓶啊,猜猜我是谁?"

一场别说蔡丰、苗韧等人,就连大隋皇帝都被蒙在鼓里的阴险刺杀,就这样落幕了。

书院上上下下,在茅小冬以心声告诉几个副山长和老夫子后,开始有条不紊地收拾残局。

书院门口那边,茅小冬和陈平安并肩走在山坡上。

茅小冬微笑道:"总有一天,你也可以护着身边在意之人,将他们都护在那个院子里边,外边的风雨飘摇,山河变幻,都伤害不到他们半点。当然了,长大之后,走出了那个院子,除非是有人太不讲理,不然晚辈们,该吃的亏,就让他们自己吃去,该哭就哭,该流血就流血,不然岁数再大,其实一辈子也都没真正长大。"

茅小冬感慨道:"为人父母者,为人师长者,尚无法照顾谁一辈子,学问高如至圣先师,照顾得了浩然天下所有有灵众生吗?顾不过来的。"

陈平安点头道:"是这个理。"

茅小冬一想到即将见到那个姓崔的,就气不打一处来。

茅小冬沉默许久,走在小院外那条破碎不堪的道路上,突然说了一些让陈平安很意外的言语。

"我觉得天底下最不能出问题的地方,不是在龙椅上,甚至不是在山上,而是在世间大大小小的学塾课堂上。如果这里出了问题,难救。

"那些穷酸秀才,功名无望、每天可能听得见鸡鸣犬吠的教书先生,决定了一国未来。

"崔东山,或者说崔瀺,在大骊王朝台前幕后,做了无数厉害或是龌龊的事情,在我看来,只有一件事,就连至圣先师都挑不出毛病。国师崔瀺在大骊王朝奉行'国之将兴,必尊师重傅'之宗旨,为此推出了许多厚待教书匠的政策,并且亲自盯着地方官吏,将此事纳入决定地方官员升迁的考评中去。国师国师,这才有点国师的样子。

"大隋输在绝大多数读书人相对务虚,所谓的蛮夷大骊,不但兵强马壮,更胜在连书生都尽力务实。"

最后茅小冬停下脚步,说道:"虽然有小人嫌疑,可我还是要说上一说,崔东山如今与你的大道绑在一起,可是世间谁会自己坑害自己?归根结底,他都是要跟崔瀺更为亲近,虽然将来注定不会合二为一,但是你还是要注意,这对老王八蛋和小兔崽子,一肚子坏水,是一天不算计别人就浑身不舒服的那种。"

小院门口那边,额头上还留有印章红印的崔东山,跳脚大骂道:"茅小冬,老子是刨你家祖坟了,还是拐你媳妇了?你就这么离间我们师生的感情?!"

茅小冬一挥袖子,将崔东山藏藏掖掖的那块玉牌,驾驭回自己手中:"物尽其用,你跟我还有陈平安,一起去书斋复盘棋局,事情未必就这么结束了。"

崔东山正要对茅小冬破口大骂,下一刻,三人就出现在了那座书斋。

三人落座,崔东山竟是出奇地没有纠缠不休,这让茅小冬有些惊讶。

茅小冬将文庙之行与那场刺杀大致说了一遍,陈平安偶尔会查漏补缺。听完之后,崔东山直愣愣看着茅小冬。

茅小冬瞪眼道:"管好你的狗眼。"

崔东山哀叹一声:"人家袁高风不都告诉你所有答案了吗?只是你茅小冬眼界太窄,比那魏羨好不到哪里去。袁高风用心良苦,胆子也大,只差没有直截了当告诉你真相了,你这都听不出来?那袁高风是怎么骂你来着,讨价还价,商家伎俩,有辱斯文!"

茅小冬皱眉道:"真有商家参与其中?唯恐天下不乱?"

崔东山冷笑道:"还不止,有个以章彀身份现身大隋多年的家伙,多半是某个纵横家大佬的嫡传子弟,在参与一场秘密大考。"

茅小冬疑惑道:"是两拨刺客?不是早就约定好的同一伙人?能够一步步走得如此隐蔽,并且将时间机会,拿捏得如此之准?不说其他,只说我和陈平安出去当诱饵……"

崔东山讥笑道:"还不许坏人里边有聪明人了?"

茅小冬心情沉重,挥挥手:"轮到你了。"

崔东山咳嗽几声,润了润嗓子,转头问道:"小冬啊,就没有一杯茶水喝喝?"

茅小冬理也不理，闭目沉思起来。

崔东山叹息一声，笑望向陈平安："劳烦先生，听学生唠叨一些粗鄙之见。"

茅小冬实在是听不下去，怒喝道："小王八蛋！你要点脸行不行，少在这里恶心人！"

陈平安微笑道："习惯就好。"

崔东山扬扬得意，斜了一眼茅小冬："看不出来啊，小冬从大骊到了大隋后，很有长进嘛。看来是与我相处久了，耳濡目染，沾了不少灵光，都知道早早着手准备搬山一事了，占尽了天时地利和先机不说，还知道第一个打杀最关键的阵师，不然那场偷袭，给那兵家修士藏着的金丹一炸，你肯定就要死翘翘了吧。你茅小冬死了拉倒，我家先生要是伤了一根汗毛，我可是要往你尸体上吐唾沫的……"

结果崔东山挨了陈平安一脚，陈平安道："说正事。"

崔东山立即坐着作半揖，毕恭毕敬道："听先生的。"

茅小冬重新闭上眼睛，眼不见为净。

崔东山稍稍酝酿后，站起身，绕过椅子，习惯性踱步，缓缓说道："这场布局，大致分四层人物和境界。"

崔东山伸出一根手指："第一。

"大隋供奉蔡京神的孙子，蔡丰之流，官职不高，人多了之后，却能够把持朝野上下的舆论风评，鼓噪不已，寄希望于青史留名，内心仰慕那开国儒将风采。蔡丰在其中算是好的，有个元婴境老祖宗，怀揣着极大野心，奔着有朝一日死后美谥'文正'而去。其余诸多书生意气，多是不谙庶务的蠢蛋。如果真能成就大事，那是走了狗屎运。不成，倒也未必怕死，死则死矣，无事袖手谈心性，临危一死报君王嘛。活得潇洒，死得悲壮，一副好像生死二事都很了不起的样子。

"至于会不会留下一个残局，以及烂摊子到底有多糜烂，他们可不会管，因为想不到这些。书上记载将人以两脚羊贩卖烹食的惨剧，看过就算，到底距离他们太远。"

"我见过，还不少。"崔东山笑道，"当然，先生在藕花福地应该也见过了。"

崔东山伸出第二根手指："第二。

"礼部左侍郎郭欣、龙牛将军苗韧之流，为豪阀功勋之后，大隋承平已久，他们久在京城，看似风光，实则空有头衔，将京城和朝堂视为牢笼，渴望将先祖勇烈遗风，在沙场上发扬光大。加上外有相当数量的边军实权武将的世交将种，与苗韧之流遥相呼应。

"兵部右侍郎陶鹭、职掌京城治安的步军衙门副统领宋善，相对务实，对于行伍之事，比较熟悉。正值壮年的大骊皇帝宋正醇的'暴毙'，是千载难逢的机会，稍纵即逝，不可错过。在此时撕毁盟约，趁着大隋举国上下憋着一口恶气，打算顺应民心，借助战力不俗的大隋边军，豪赌一场。他们不愿坐以待毙，被将来蒸蒸日上的大骊以温水煮青蛙的方式，换了国姓，彻底沦为宋氏藩属。这一类人，属于权衡利弊之后，得出的结论。

比郭欣、苗韧之流要高明一些,但大致仍是在一个层次上。而大隋的底蕴,就在于这样的人,在庙堂,在边关,都有不少,这大概勉强能算一国国力之所在了。"

崔东山伸出第三根手指:"第三,接下来才是那位可怜兮兮的大隋皇帝。

"此人处境最为尴尬。本来做好了承担骂名的打算,力排众议,签订耻辱盟约,还把寄予厚望的皇子高煊,送往披云山林鹿书院担任质子。结果仍是小觑了庙堂的汹涌形势。蔡丰那帮崽子,瞒着他刺杀山崖书院茅小冬,一旦成功,将茅小冬污蔑为大骊谍子,妖言惑众,告诉大隋朝野,茅小冬处心积虑,试图凭借山崖书院,挖大隋文运的根子,这等包藏祸心的文妖,大隋子民,人人得而诛之。"

茅小冬没有反驳什么。文妖?他茅小冬都觉得是在夸他了。

浩然天下曾经被骂为最大文妖的人物,是谁?他与崔瀺的先生。

崔东山笑道:"当然,蔡丰等人的动作,大骊皇帝可能清楚,也可能不清楚,后者可能性更大些,毕竟如今他不太得人心嘛。不过都不重要,因为蔡丰他们不知道,文妖茅小冬死不死,大骊宋氏根本不在乎,那个大隋皇帝倒是更在乎些,反正不管如何,都不会破坏那桩山盟百年誓约。这是蔡丰他们想不通的地方,不过蔡丰之流,肯定是想要先杀了茅小冬,再来收拾小宝瓶、李槐和林守一这些大骊学子。不过那个时候,大隋皇帝不打算撕毁盟约,肯定会阻拦。但是……"

崔东山笑意森森:"宋正醇一死,看来确实让大隋皇帝动了心。身为帝王,真以为他乐意被朝野上下埋怨?愿意寄人篱下,以至于国境四周都是大骊铁骑,或是宋氏的藩属兵马,然后他们弋阳高氏就躲起来,苟延残喘?陶鸷、宋善都看得到机会,大隋皇帝又不傻,肯定会看得更远些。

"此人坐在那张椅子上,看蔡丰这些人捣鼓。怎么说呢,喜忧参半吧,不全是失望和恼火。喜的是,弋阳高氏养士数百年,的的确确有无数人,愿意以国士之死,慷慨回报。忧的是,大隋皇帝根本没有把握赌赢,一旦公然撕毁盟约,两国之间,就没了任何回旋余地。一旦落败,大隋版图必然要承受大骊朝野的怒火。"

崔东山那只手始终保持三根手指,笑了笑:"当初我说服宋长镜不打大隋,是花费了不少气力的。为此,宋长镜大怒,与皇帝陛下大吵了一架,说这是养虎为患,将外出征战的大骊将士的性命视为儿戏。好玩得很,一个武夫,大声训斥皇帝,说了一通文人措辞。

"那会儿,咱们那位皇帝陛下瞒着所有人,他阳寿将尽,不是十年,而是三年。应该是担心墨家和阴阳家两位修士,当时恐怕连老崔瀺都给蒙蔽了。事实证明,皇帝陛下是对的。那个阴阳家陆氏修士,确实意图不轨,想要一步步将他制成心智蒙蔽的傀儡。如果不是阿良打断了咱们皇帝陛下的长生桥,大骊宋氏恐怕就真要闹出宝瓶洲最大的笑话了。"

崔东山眼神眯起,伸出第四根手指:"然后就轮到了幕后人物,又分两拨。

"那拨真正的高人,我猜测出自商家与纵横家这两方。他们并无多余动作,不针对茅小冬,更不针对先生你,不针对任何人,只是在顺势而为,对大隋皇帝诱之以利罢了。将大骊取而代之,不说大骊铁骑已经碾过的半洲之地,半洲的一半,也足够让大隋高氏先祖们在地底下,笑得棺材都要盖不上盖了吧。

"最有意思的,反而不是这拨山顶高人,而是那个打晕陆圣人一脉门生赵轼的家伙,以新科状元章埭的身份,隐藏在蔡丰这一拨人物当中。之后连夜出城,大隋、大骊双方恨不得挖地三尺,可竟是谁都找不到。就像我先前所说,纵横家嫡传,以这桩谋划,作为学以致用的试练。

"这个章埭巧妙在何处呢?

"反过来说,只要大隋皇帝被第一拨幕后人说服,孤注一掷,山崖书院死不死人,死的是茅小冬还是小宝瓶他们,都已经不会改变大局。若是还有犹豫,那么给章埭捅了这么大一个补都补不上的娄子后,大隋皇帝就真的只能一条道走到黑。然后章埭拍拍屁股走人了,整个宝瓶洲的大势却因为他而改变。

"修行之人,自己出手滥杀人间君主,导致山河改换,那可是大忌讳,要给书院圣人们收拾的。但是操纵人心,培植傀儡,或圈禁架空皇帝,或是扶龙有术,凭此翻云覆雨等闲事,儒家书院一般只会默默记录在档,至于后果严不严重,呵呵,就看那个练气士爬得多高了,爬得越高摔得越重,爬不高,反倒是不幸中的万幸。"

崔东山收起那四根手指,轻轻握拳,笑道:"之所以铺垫了这么多,除了帮小冬解惑之外,其实还有更重要的事情。"

崔东山坐回椅子,正色道:"元婴破境跻身上五境,精髓只在'合道'二字。

"我与先生细说这些,就是希望先生看待这个世界,能更加全面且透彻,晓得如今天地运转的规矩,到底有哪些条条框框。哪些必须不去触碰,哪些可以破而后立,立起来,就是'合道'!被浩然天下的正统认可,哪怕儒家的学宫和书院圣人不认,都得乖乖捏着鼻子!因为至圣先师和礼圣,认!"

陈平安陷入沉思。

崔东山走到窗口那边,眺望山景,突然转头笑道:"先生,我也有个问题要问,希望先生为学生解惑。"

陈平安抬起头,笑道:"说说看。"

茅小冬看似打盹,实则如临大敌。

崔东山问道:"若是以错误的方法去追求一个正确的结果。对还是不对?"

陈平安笑了笑。他与柳清风聊过此事。

崔东山又问:"那么以错误的方法,达成了一个极其难得的正确结果,错,还是没错?"

书斋内落针可闻。

陈平安在思考这两个问题，下意识想要拿起那只装有小巷米酒的养剑葫，只是很快就松开了手。

崔东山没有催促。茅小冬手指摩挲着那把戒尺。

陈平安说道："现在还没有答案，我要想一想。"

崔东山点点头，灿烂笑道："这个，不急。学生随便问，先生随便答。"

陈平安起身告辞，崔东山说要陪茅小冬聊会儿接下来的大隋京城形势，就留在了书斋。

陈平安走到门口的时候，转身，伸手指了指崔东山额头："还不擦掉？"

崔东山一脸恍然模样，赶紧伸手擦拭那枚印章朱印，赧颜道："离开书院有段时间了，与小宝瓶关系略微生疏了些。其实以前不这样的，小宝瓶每次见到我都特别和气。"

陈平安关上门，廊道上脚步声渐渐远去。

崔东山蹑手蹑脚来到房门口，耳朵贴在房门上，蓦然大笑起来。只见崔东山直起身，横着伸出双臂，开始使劲摇晃，两只大袖如波浪翻摇，欢天喜地道："不用挨骂挨揍喽。"

茅小冬看着这个嬉皮笑脸的家伙，疑惑道："在先生门下的时候，你可不是这副样子，在大骊的时候，听齐静春说过最早遇到你的光景，听上去你那会儿好像每天挺正儿八经的，喜欢端着架子？"

崔东山一个蹦跳，高高悬在空中，然后身体前倾，摆出一个凫水之姿，以狗刨姿势开始划水，在茅小冬这座肃穆书斋内游来荡去，嘴上念念叨叨："我给老秀才坑骗进门的时候，已经二十岁出头了，如果没有记错，我光是从宝瓶洲家乡偷跑出去，游历到中土神洲老秀才所在的陋巷，就花了三年时间。一路上磕磕绊绊，吃了不少苦头，没想到三年之后，没能苦尽甘来，修成正果，反而掉进一个最大的坑，每天忧心忡忡，饱一顿饿一顿，担心哪天两人就给饿死了，心态能跟我现在比吗？你能想象我和老秀才两个人，那会儿拎着两条小板凳，饥肠辘辘，坐在门口晒太阳，掰着手指头算着崔家哪天寄来银子的惨淡光景吗？能想象一次渡船出了问题，我们俩挖着蚯蚓去河边钓鱼，老秀才才有了那句让世间地牛之属感恩戴德的名句吗？

"所以说啊，老秀才的学问都是饿出来的，这叫文章憎命达，你看后来老秀才有了名声后，做出多少篇好文章来？好的当然有，可其实无论数量还是立意，大体上都不如成名之前，没办法，后边忙嘛。参加三教辩论，学宫大祭酒盛情邀请，书院山长哭着喊着要他去传道讲学，以本命字将一座大岳神祇的金身都给压碎了，然后跑去天幕那边，跟道老二撒泼，求着别人砍死他，去光阴长河的水底捞取那些破碎的洞天福地，这些还是大事，小事更是多如牛毛，去旧友的酒铺喝酒唠嗑，跟人书信往来，在纸上吵架，哪有工夫写文章呢？"

茅小冬冷哼一声："少在我这里显摆老皇历,欺师灭祖的玩意儿,也有脸缅怀追思以往的求学岁月?"

崔东山悬在空中,绕着正襟危坐的茅小冬那把椅子,优哉游哉游荡了一圈:"小冬你啊,心是好的,害怕我和老王八蛋合伙算计我家先生,所以忙着在心湖一事上,为先生求个'堵不如疏',只是呢,学问底子终究是薄了些。不过我还是得谢你,我崔东山如今可不是那种口蜜腹剑手笔刀的读书人,念你的好,就实实在在帮你宰了那个元婴境剑修,书院建筑都没怎么毁坏,换成是你坐镇书院,能行?能让东华山文运不伤筋动骨?"

茅小冬呵呵笑道："那我还得感谢你爹娘当年生下了你这么个大善人喽?"

崔东山翻转身体,变成仰面凫水的姿势,气呼呼道："吵架就吵架,骂人就骂人,扯上爹娘祖宗算什么本事?"

茅小冬啧啧道："你崔东山叛出师门后,独自游历中土神洲,做了哪些勾当,说了哪些脏话,自己心里没数?我跟你学了点皮毛而已。"

崔东山飘落在地,笑道："小冬你又不是我弟子,学我做甚?你要是愿意花钱学,我倒是不介意教你。不然我告诉你,读书人偷学问那也是偷!"

茅小冬突然站起身,走到窗口,眉头紧皱,一闪而逝,崔东山随之一起消失。

两人站在东华山之巅的那棵大树上,茅小冬问道："我只能依稀通过大隋文运,模模糊糊感受到一点飘忽不定的迹象,但是很难真正将他们揪出来,你到底清不清楚谁是幕后人?能否指名道姓?"

崔东山坐在高枝上,掏出那张墨家机关师辅以阴阳术炼制而成的面皮,爱不释手,真是山泽野修杀人越货的头等法宝,绝对能卖出一个天价。对于茅小冬的问题,崔东山嘲笑道："我劝你别多此一举,人家没有刻意针对谁,已经很给面子了,你茅小冬又不是什么大隋皇帝。如今山崖书院可没有'七十二之一'的头衔了,万一碰到个诸子百家里边属于'上家'的合道大佬,人家以自身一脉的大道宗旨行事,你一头撞上去,自己找死,中土学宫那边是不会帮你喊冤的。历史上,又不是没有过这样的惨事。"

茅小冬冷笑道："纵横家自然是一等一的'上家之列',可那商家,连中百家都不是,当年如果不是礼圣出面说情,差点就要被亚圣一脉直接从百家中除名了吧?"

崔东山感慨道："只见其表,不见其里。那你有没有想过,几乎从不露面的礼圣为何要破例现身?你觉得是礼圣贪图商家的供奉钱财?"

茅小冬勃然大怒："崔东山,不许侮辱功德圣人!"

难得被茅小冬直呼其名的崔东山神色自若："你啊,既然内心如此推崇礼圣,为何当年老秀才倒了,不干脆改换门庭?礼圣一脉是有找过你的吧?为何还要跟随齐静春一起去大骊,在我的眼皮子底下开创书院,这不是咱们双方相互恶心吗,何苦来哉?换了文脉,你茅小冬早就是实打实的玉璞境了。江湖传闻,为了说服你去礼记学宫担任职务,连'赶紧去学宫那边占个位置,以后先生混得差了,好歹能去你那边讨口饭吃'这样的话,老秀才都说得出口,你都不去?结果如何,如今在儒家内,你茅小冬还只是个贤人头衔,在修行路上,更是寸步不前,虚度百年光阴。"

茅小冬喃喃道:"修道之人,境界高低,很重要吗?"

接着自问自答:"当然很重要。但是对我茅小冬来说,不是最重要的,所以取舍起来,半点不难。"

崔东山唏嘘道:"痴儿。"

茅小冬脸色不善:"你再说一遍?!"

崔东山掂量了一下,觉得真打起来,自己肯定要被拿回玉牌的茅小冬按在地上打,一座小天地内,比较克制练气士的法宝和阵法。所以崔东山笑嘻嘻转移话题:"你真以为这次参加大隋千叟宴的大骊使节里边,没有玄机?"

茅小冬问道:"怎么说?"

崔东山掏出一把正反两面皆有文字的折扇,轻轻摇动清风:"彻底打碎弋阳高氏的侥幸心,教大骊遵守盟约,安分守己龟缩百年。"

茅小冬疑惑道:"这次谋划的幕后人,若真如你所说来头奇大,会愿意坐下来好好谈?即便是北俱芦洲的道家天君谢实,也未必有这样的分量吧?"

茅小冬很快点头道:"豪侠许弱。能够说服墨家主脉与他所在的旁支捐弃前嫌,并且全力押注大骊,这个许弱果然很不简单。"

崔东山哗啦啦摇晃折扇:"小冬,真不是我夸你,你现在越来越聪明了,果然是与我待久了,如那久在芝兰之室,其身自芳。"

茅小冬瞥了眼崔东山,朝他这一面的折扇上边,写了"以德服人"四个大字。

崔东山也瞥了眼茅小冬:"不服?"

茅小冬笑眯眯道:"不服的话,怎么讲?你给说道说道?"

崔东山手指拧转,将折扇换了一面,上边又是四字,大概就是答案了,茅小冬一看,笑了。四字是"不服打死"。

茅小冬一袖子将崔东山从山巅树枝这边打得直接撞向山腰处的湖面。只见那故意不躲的崔东山,一袭白衣并未砸入湖水中去,而是滴溜溜旋转不停,画出一个个圆圈,越来越大,最后整个湖面都变成了白雪皑皑的场景,就像是下了一场鹅毛大雪,积雪压湖。

崔东山飘出湖面,站在湖边,欣赏着眼前适值夏日却如寒冬雪后的人间美景,沾沾自喜,点头道:"干得漂亮!我是服气的!"

陈平安来到崔东山院子这边,朱敛已经包扎好了伤口,除了散发出一股淡淡的血腥气，谈笑自若，坐在台阶上，正在跟李槐和裴钱两个小鬼头，说那场大战是如何的惊心动魄、荡气回肠。

林守一正在平稳心神和气机，比较辛苦，只是三番两次进出于光阴长河当中，对于任何修道之人而言，只要不留下病根遗患，都会大受裨益，尤其有助于将来破境跻身金丹境地仙。

谢谢脸色惨白，受伤不轻，更多是神魂先前随着小天地和光阴流水跌宕起伏，可她竟是没有坐在绿竹廊道上疗伤，而是坐在距裴钱不远处，时不时望向小院门口。

石柔被于禄从破碎地板中拎出来，平躺在廊道上，已经清醒过来，只是腹内"住着"一把元婴境剑修的离火飞剑，正在翻江倒海，让她腹部绞痛不已，眼巴巴等着崔东山返回，将她救出苦海。

李宝瓶蹲在"杜懋"一旁，好奇询问道："裴钱说我该喊你石柔姐姐，为什么啊？"

石柔正要说话，李宝瓶善解人意道："等你肚子里的飞剑跑出来后，我们再聊天好了。"石柔苦笑着点点头。

于禄正拿着扫帚打扫院落，那只受伤的手也已经包扎妥当。

陈平安松了口气。

来的时候，在路上见到了那只属于老夫子赵轼的雪白麋鹿，中了幕后人的秘术禁制后，仍是僵硬地躺在那边。

陈平安不敢胡乱搬动，只能留给崔东山处理。

陈平安在于禄身边停步，抬起手，当初握住背后剑仙的剑柄，血肉模糊，涂抹了取自山野的止血草药，和山上仙家的生肉膏药，熟门熟路包扎完毕，这会儿对于禄晃了晃，笑道："难兄难弟？"

于禄笑问道："你是怎么受的伤？"

陈平安摇头道："说出来丢人，还是算了吧。"

陈平安转头望向李宝瓶和裴钱她们："继续玩你们的，应该是没有事情了，不过你们暂时还是需要住在这边，住在别人家里，记得不要太不见外。"

李槐说道："陈平安，你这是说啥呢，崔东山跟我熟啊，我李槐的朋友，就是你陈平安的朋友，是你的朋友，就是裴钱的朋友，既然大家都是朋友，不见外才是对的。"

陈平安笑道："你这套歪理，换个人说去。"

李槐猛然转过头，对裴钱说道："裴钱，你觉得我这道理有没有道理？"

裴钱果断道："我师父说得对，是歪理！"

李槐痛心疾首道："裴钱，没有想到你是这种人。江湖道义呢？咱俩不是说好了要一起闯荡江湖、四处挖宝的吗？结果咱们这还没开始走江湖挣大钱，就要拆伙啦？"

裴钱呵呵笑道："吃完了拆伙饭，咱们再搭伙嘛。"

李槐揉了揉下巴:"好像也挺有道理。"

陈平安来到林守一身边坐下,轻声问道:"怎么样?"

林守一叹了口气,自嘲道:"神仙打架,蝼蚁遭殃。"

陈平安不再说什么。

林守一微笑道:"等到崔东山回来,你跟他说一声,我以后还会常来这边。记得注意措辞,是你的意思,崔东山师命难违,我才来的。"

陈平安忍了忍,毕竟还有谢谢在场,就没有将当时是崔东山邀请林守一来此修行的真相道破,说道:"你开口,一样没问题的。"

林守一压低了嗓音:"欠他崔东山的人情,迟早要还,还得由他来定,不如欠你人情,也要还,但是好歹可以由我自己决定。"

陈平安无奈道:"你这算欺软怕硬吗?"

林守一摇头,道:"我这叫欺善不欺恶。"

陈平安摘下养剑葫,喝着里边的甘醇米酒。

林守一问道:"书院的藏书楼还不错,我比较熟,你接下来如果要去那边找书,我可以帮忙带路。"

陈平安说道:"不太会去,吃不下那么多学问了。"

林守一气笑道:"你好歹故意点头答应下来,让我先还你一个小人情啊,怎么这么不谙人情世故呢?"

陈平安一阵咳嗽,抹了抹嘴角,转过头:"林守一,你进了一个假的山崖书院,读了好几年假的圣贤书吧?"

林守一哈哈大笑。

裴钱以手肘撞了一下李槐,小声问道:"我师父跟林守一关系这么好吗?"

李槐头也不抬,忙着撅屁股摆弄他的彩绘木偶,随口道:"没有啊,陈平安只跟我关系最好,跟其他人关系都不咋样。"

李宝瓶默默来到李槐身后,一脚踹得李槐趴在地上。

李槐坐起身,哭丧着脸:"李宝瓶,你再这样,我就要拉着裴钱自立门户了啊,再不认你这个武林盟主了!"

李宝瓶撇撇嘴,一脸不屑。

如今李槐和裴钱,前者捞了个龙泉郡总舵辖下东华山分舵、某某学舍小舵主,只是给开除过,后来陈平安来到书院,加上李槐死皮赖脸,保证自己下次课业成绩不垫底,李宝瓶才法外开恩,恢复了李槐的江湖身份。

至于裴钱,李宝瓶说要公私分明,裴钱资历还浅,只能暂时挂靠在最底层的学舍小分舵,记名弟子而已。裴钱觉得挺好,李槐觉得更好,自己比裴钱这位流亡民间的公主殿下,都要官高一级,以至于如今刘观和马濂两个,都一起成为了武林盟主李宝瓶麾下的记名弟子。不过李槐两个同窗,醉翁之意不在酒,鬼精鬼精的刘观,是冲着裴钱这位公主殿下的天潢贵胄身份去的,至于出身大隋顶尖豪阀的马濂,则是一看到李宝瓶就脸红,连话都说不清楚。

崔东山大摇大摆走入院子,手上拽着那只可怜的雪白麋鹿的一条腿,随手丢在院中。

雪白麋鹿似乎已经被崔东山破去禁制,恢复了灵性神物的本真,只是精气神尚未恢复,略显萎靡,它在院中滑出一段距离后,发出一阵哀鸣,毫无书上记载的呦呦鹿鸣那种美好。

李槐瞪大眼睛,一脸匪夷所思:"这就是赵老夫子身边的那只白麋鹿?崔东山你怎么给偷来抢来了?我和裴钱今晚的拆伙饭,就吃这个?不太合适吧?"

裴钱差点流口水,抹了把嘴,赶紧给李槐使眼色。

李槐咳嗽了几下:"吃烤鹿肉,也不是不行,我还没吃过呢。"

李槐转头对陈平安大声嚷嚷道:"陈平安,油盐带着的吧?!"

陈平安笑骂道:"吃鹿肉?想不想书院夫子让你吃一整年的板子戒尺?"

李槐眨了眨眼睛:"崔东山偷的,朱老厨子杀的,你陈平安烤的,我就只是禁不住嘴馋,又给林守一怂恿,才吃了几嘴鹿肉,也犯法?"

崔东山突然咦了一声,蹲在地上,瞅着那只雪白麋鹿,发现它正盯着李槐。李槐也发现了这个情况,总觉得那只雪白麋鹿的眼神太像一个活生生的人了,便有些心虚。

雪白麋鹿摇摇晃晃站起,缓缓向李槐走去。吓得李槐屁滚尿流,转头就向正屋那边手脚并用,飞快爬去。雪白麋鹿一个轻灵跳跃,就上了绿竹廊道,跟着李槐进了屋子。

陈平安疑惑地望向崔东山。

崔东山微笑道:"先生不用担心,是李槐这小子天生狗屎运,坐在家中,就能有那福从天降的好事发生。这只通灵白麋鹿,对李槐心生亲近。等到赵轼被大隋找到后,我来跟那家伙说说这件事情,相信以后山崖书院就会多出一只白麋鹿了。"

陈平安摸了摸额头,不愧是李槐。

片刻之后,李槐骑在雪白麋鹿身上,哈哈大笑着离开正屋,对李宝瓶和裴钱炫耀道:"威风不威风?"

李宝瓶懒得搭理他,坐在小师叔身边。

裴钱点点头,有些羡慕,然后转头望向陈平安,可怜兮兮道:"师父,我啥时候才能有一头小毛驴啊?"

陈平安笑道:"等以后到了龙泉郡,我帮你找找看有没有合适的。"裴钱眉开眼笑。

崔东山走到石柔身边,石柔已经背靠墙壁坐在廊道上,起身仍是比较难,面对崔东山,她很是畏惧,甚至不敢抬头与他对视。

崔东山蹲下身,挪了挪,刚好让自己背对着陈平安。想着嘴上说些安慰人的话,然后做些让石柔生不如死又发不出声音的小动作,于是石柔惊骇地发现自己已经动弹不得,看到的则是崔东山那张阴恻恻泛着冷笑的脸庞,所幸远处陈平安说了一句落在石柔耳中无异于天籁之音的言语:"取剑就取剑,不要有多余的手脚。"

崔东山皱着脸,唉了一声。

陈平安坐在那边慢慢喝着酒,看着略显拥挤的小院,比起当年来大隋求学游历,这次多了朱敛和裴钱,还有石柔,就是少了个头戴斗笠挎着刀的剑客阿良。

陈平安收起思绪,突然望向崔东山的背影,说道:"我要再想一想。"

崔东山正专心致志降伏那柄开始在仙人遗蜕内东躲西藏的离火飞剑,似乎没有听见这句话。

山崖书院出了这么大一档子事,自然不能不彻查,而祸端起始于被书院某位副山长邀请来讲学的赵轼,所以茅小冬与那位大隋世族出身的副山长聊了聊,不欢而散。那位副山长觉得茅小冬这是排除异己,往自己身上泼脏水,干脆撂挑子,说:"副山长我不做了,就在自家书斋待着,是书院直接动用私刑,还是你茅小冬让大隋朝廷抄家灭族,我都受着!"最后大声嚷嚷了句"你茅小冬少在这里狗血喷人"。茅小冬着实被那迂腐老古董气得不轻,于是真就放狗咬人了,让崔东山出马。

崔东山开心得很,蹦蹦跳跳就去找人谈心了。不到半个时辰,崔东山就屁颠屁颠去茅小冬书斋邀功,说那位副山长没问题,赵轼也没问题,的的确确是一场无妄之灾。茅小冬不太放心,总觉得崔东山的神色,像是偷吃了一只大肥鸡的黄鼠狼,不得不提醒一句:"这涉及李宝瓶他们的安危,你崔东山如果有胆子假公济私,摆弄那些鬼蜮伎俩……"不等茅小冬说完,崔东山拍胸脯保证,绝对是秉公办事。茅小冬将信将疑。

然后崔东山很快就大摇大摆走出了书院,用上了那张刚刚从元婴境剑修脸上剥下的面皮,加上一点不同寻常的障眼法,大大方方走入了京城一座大骊新设的驿馆,正是大骊使节下榻的地方。茅小冬犹豫了一下,还是没有下山尾随崔东山。

陈平安炼化金色文胆所需的天材地宝,最后差的那两样,还需要通过私谊关系去想办法。大隋京城文庙那边,还得去。

不过目前还要先看看大隋皇帝的表态,对于蔡丰、苗韧这拨具体参与刺杀的人,是以雷霆手段打入牢狱,给山崖书院一个交代,还是捣糨糊,想着大事化小小事化了。对这件事,茅小冬的想法很简单,如果大隋朝廷含糊应付,那么书院既然已经建在了东华山,山崖书院教学依旧,茅小冬绝不会用书院的去留兴废来威胁弋阳高氏,可他茅小冬也不是没有火气的泥菩萨,在你皇帝眼皮子底下,我茅小冬被五名刺客围杀,又有一个元婴境剑修闯入书院杀人,这座京城难道是一栋四面漏风的破茅庐?蟊贼和匪寇想进就进,想出就出?那他茅小冬就不介意去文庙,还有其余几处文运汇聚之地,不择手段,好好搜刮一通了。至于茅小冬要不要搬了东西后在墙壁上留下一句"茅小冬到此一游",看心情,反正是弋阳高氏不要脸在先。

崔东山并没有在驿馆逗留太久,很快就返回了书院。

陈平安在茅小冬书斋那边探讨修炼本命物一事,尤其是跟大隋"借取"文运一事,需要重新计划。林守一去大儒董静那边讨教修行难题,李宝瓶、李槐这些孩子开始继续上课,裴钱被李宝瓶拉着去听课,说是夫子答应了,允许裴钱旁听,裴钱嘴上跟宝瓶姐姐道谢,其实心里苦兮兮的。朱敛继续一个人在书院逛荡。所以当下院子里,只剩下谢谢和石柔。

当崔东山笑眯眯返回院子时,谢谢和石柔都心知不妙,总觉得要遭殃。

石柔腹中那把离火飞剑,已经被崔东山以秘法剥离出仙人遗蜕,石柔当初只觉得跟妇人生了孩子一般,十分难熬,怀疑崔东山是故意如此,只是不敢有半点质疑。

崔东山踢了靴子,走上台阶,躺在廊道上,埋怨道:"能者多劳,苦了你家公子。"

谢谢和石柔坐在廊道不远处,大气都不敢喘。

崔东山坐起身:"你们去将我的两罐彩云子和棋盘取来。"

谢谢心中一紧,脸色发白,和石柔一起搬来棋盘和两只青瓷棋罐。

崔东山打开棋罐后,拈起一枚,呵了一口气,小心擦拭。突然,他瞪大眼睛,双指拈住那枚由白帝城琉璃阁"滴水"大炼而成的彩云子,高高举起,在太阳映照下,彩云子熠熠生辉。崔东山双指轻轻拈动,不知为何,指尖那枚彩云子四周,云烟氤氲,水雾升腾,就像一朵名副其实的白帝城彩云。

崔东山转过头,盯着谢谢。谢谢心中惊骇,这枚彩云子,难道给李槐、裴钱他们磕碰出了瑕疵?

崔东山蓦然大笑:"这事儿做得好,给公子长了不少颜面,不然就凭你谢谢这次坐镇阵法中枢的糟糕表现,我真要忍不住把你扫地出门了。养了这么久,什么卢氏王朝百年难遇的修道天才,板上钉钉的上五境资质,比林守一好到哪里去了?我看都是很寻常的所谓天才嘛。"

谢谢怯生生道:"公子不怪我任由裴钱、李槐他们那般糟践彩云子?"

崔东山一拍额头:"你可是真蠢啊,也就是傻人有傻福。"

若是谢谢表现得小家子气了,岂不就是他崔东山家教不严、教导无方?到最后自家先生埋怨谁?

两罐彩云子,在先生心中有李宝瓶、裴钱和李槐一根头发丝儿那么重要吗?

崔东山心情大好,随手将彩云子丢回棋罐,清脆一声,似乎触动了某种秘术禁制,那只棋罐竟然生出一幅海市蜃楼之境，棋罐上方彩云飘荡，隐约可见一座袖珍白帝城的轮廓，更有彩虹挂空，一只只米粒大小的雪白仙鹤长鸣于天。石柔看得心神摇曳，这个崔东山到底藏了多少秘密？

崔东山第一次对谢谢露出真诚的笑意，道："不管如何，这件事你做得好，公子历来赏罚分明。说吧，想讨要什么赏赐，只管开口。"

谢谢看着那个令她倍感陌生的白衣大魔头，百感交集。

崔东山叹息一声，站起身，伸手点了点谢谢，教训道："大人物，随随便便一句嘘寒问暖，就能让很多人感恩戴德，铭记于心。这样真的好吗？"谢谢如坠冰窟。

崔东山走到谢谢身边，后者四肢僵硬，崔东山伸手拍了拍她的脸颊，倒是不重："没关系，比起一开始，你还是有很大长进的，这就行。"

崔东山抬起手，摊开手心，那把品秩不俗的离火飞剑在手掌上方缓缓旋转，通体鲜红的飞剑，萦绕着一股股湛然莹莹的精粹火苗。

崔东山笑道："这把已经无主的本命飞剑，送你了，好好修行。不要奢望将其淬炼为本命物，太难，你只需偷偷温养在某个气府，可以拿来当作压箱底的杀手锏，到时候你虽非剑修，与人对敌，却胜算更大。别给你家公子丢人现眼，别看如今林守一境界不高，那是被董静故意压着境界的缘故，你如果不多用点心，迟早会被林守一追赶上。"

谢谢见崔东山不像是在开玩笑，小心翼翼调用灵气，驾驭那把离火飞剑飞掠到自己手心。

一个元婴境剑修的本命飞剑。这意味着什么？意味着一个元婴境剑修的所有家当和毕生心血，几乎全在这件小东西里边了。如果一定要折算成神仙钱，那至少是一百枚谷雨钱往上走！卢氏王朝覆灭之前的鼎盛之时，一国的一年赋税才多少？

崔东山看着泪流满面的谢谢，因为覆有面皮的关系，看到的是一张黑丑黑丑的脸庞。

崔东山双脚并拢，往后一跳，大骂道："长得这么辟邪，还要哭哭啼啼，你是想要吓死你家公子吗？！"谢谢羞赧不已，赶紧转过头，擦拭泪水。

崔东山身体歪斜，对石柔勾了勾手指："老妹儿，过来，咱们谈谈心。你这一路护着我家先生，没有功劳，还算有些苦劳，这次又帮我抓住了一把离火飞剑，我得犒劳犒劳你。"

石柔毛骨悚然，使劲摇头。直觉告诉她，走过去就是生不如死的境地。

崔东山咧嘴一笑，手腕猛然翻转，只见谢谢腹部砰然绽放出一朵血花，一颗困龙钉被他以蛮横手法拔出窍穴，再一手虚抓，将石柔拽到身前，一巴掌拍在石柔额头，将那颗困龙钉扎入杜懋眉心、石柔魂魄之中的幽光。

谢谢瘫软在地，坐着捂住腹部，虽然痛彻心扉，不过到底是天大的好事，虽神色萎靡，却也满心欢喜。

崔东山五指抓住石柔脑袋,低头俯瞰着内里神魂哀号不已、却没有半点嗓音发出的石柔,微笑道:"滋味如何?"

受石柔的魂魄牵扯,杜懋那副仙人遗蜕都开始剧烈颤抖。

崔东山凝视着石柔那双充满祈求的眼眸,轻声问道:"需要我告诉你该怎么做吗?"

石柔神志趋于涣散,如果崔东山继续下去,说不定她就要魂飞魄散了,世间再无石柔,那颗道脉最后一点灵光的金色种子,恐怕就要随着石柔"心田"的枯萎干裂而彻底消亡了。

崔东山冷哼一声,轻轻向下一按,将石柔甩在绿竹廊道上:"敢说出去,你将来的下场,比这还要惨千万倍。"

石柔的身躯在廊道上一下一下地抖动抽搐。

一旁的谢谢不明就里,只是根本不敢探究。

崔东山一脚将石柔踹得画弧飘荡后摔入正屋,然后转头对谢谢说道:"准备待客。"

不久之后,李槐和一位老夫子出现在院门口,身后跟着那只雪白麂鹿。

正是大儒赵轼,不过眼前这位,是货真价实的那位私人书院山长,南婆娑洲陆大圣人一脉鹅湖书院的门生。

崔东山光脚站在台阶上,幸灾乐祸道:"赵轼啊,你这趟出门没看皇历吧?给人一棍子打晕了套麻袋不说,连用来让士林仰望、沽名钓誉的看家宝都弄丢了。"

额头还有些红肿的赵轼微笑道:"得之我幸,失之我命。"

崔东山故作讶异:"怎么,真舍得将这只雪白麂鹿送给李槐?"

赵轼点头道:"不管如何,这次有人拿我作为刺杀的铺垫环节,是我赵轼的失职,本就应该赔礼道歉,既然雪白麂鹿本就相中了李槐,于情于理,我都不会挽留。"

崔东山拉长尾音哦了一声,笑道:"我很好奇,你被人打晕丢在了哪里?大隋官府又是怎么找到你的?"

打人不打脸,骂人不揭短。赵轼养气功夫极好,不然也做不到让朱荧王朝极为推崇的私人书院山长,可崔东山哪壶不开提哪壶,让他终究有些神色不太自然。

崔东山哈哈笑道:"大难不死必有后福,赵轼你不愧是有福之人。"

李槐有些听不下去,瞪眼道:"崔东山,你怎么跟赵老山长说话呢?!岂可直呼名讳,信不信我回头就跟陈平安告状去?"

崔东山气笑道:"李槐,你良心给狗吃了吧,是谁帮你找来这桩福缘的?再说了,你到底跟谁更熟,胳膊肘往外拐?信不信我让李宝瓶将你除名?"

李槐偷偷朝崔东山使眼色,示意自己是害怕那老夫子反悔,将雪白麂鹿带走,你崔东山赶紧配合一点。

"那就请赵山长喝个茶。"崔东山走下台阶,谢谢立即往石桌那边搬动茶具。

崔东山抬头看了眼天色，许弱差不多应该已经见到幕后人了。

聊得好，万事好说。聊不好，估计大隋京城能保住一半，都算弋阳高氏老祖宗积德了。只不过好与不好，跟山崖书院关系都不大。

崔东山如今已不是崔瀺。他会想要一块净土，想要在心中有一座世外桃源。

在崔东山与老夫子赵轼喝茶的时候，一位高大老人与人谈完了事情，去到那位范先生身边，一起出城。

瞧着年纪轻轻的范先生笑问道："谈妥了？"

老人点头道："大致谈妥了，就是私事方面，闹得有些不痛快。"

范先生好奇问道："怎么说？"

老人笑道："一笔陈芝麻烂谷子的糊涂账，不敢脏了范先生的耳朵。"

范先生微笑不语。

脏话？要知道他被骂了这么多年，而且骂他之人，不是儒家圣人，就是诸子百家其他的老祖宗，换成寻常人，真早就给活活骂死了。

老人大概也意识到了这一点，不再藏掖，笑道："范先生，应该知道许弱那小子一直跟那人有私交吧？"

范先生点头道："听说过，许弱对那人很推崇。"

老人哈哈笑道："我就偏偏要当着那许弱的面，说那阿良有什么了不起的，根本就没有外界传闻的那么夸张！"

范先生疑惑道："为何你会有此说？"

老人似乎想起了人生中最值得与人吹嘘的一桩壮举，意气风发，得意笑道："当年我们十人设局围杀他，还不是给我一人溜掉了?!"

范先生愣了一下，无奈道："我无话可说。"

山崖书院山脚门外，主仆模样的两个年轻男女，似乎正在犹豫要不要进去。

男子想要进去看看，说不知道比起家乡披云山的林鹿书院，这里会不会更好。女子则不太愿意，说书院这种地方，她比学塾还要更不喜欢。最后男子只好一人登山进了书院，女子就独自留在门口。

姓梁的那个书院看门人，始终在眯眼打盹，从头到尾对两人故意视而不见。

好重的龙气。竟是女子身上更重。

第八章 炼 制

年轻人来到了湖边,看得出来,弋阳高氏为这座书院花费了不少心血和财力,而大骊的山崖书院旧址,即将成为大骊京城新文庙的所在地。

年轻人转过头,看到一个既熟悉又陌生的身影,陌生是因为那人的相貌、身高和装束,都有了很大变化,之所以还有熟悉的感觉,是那人的一双眼睛,一晃这么多年过去,当年的两个隔壁邻居,一个是沸沸扬扬的窑务督造官的私生子,一个是孤苦无依的泥腿子,如今分别变成了大骊皇子宋睦和远游两洲千万里山河的读书人?游侠?剑客?

陈平安开门见山道:"听茅山长说你们到了书院,我就来看看你。"

宋集薪从头到脚打量了一遍陈平安,据说他背着一把半仙兵的剑仙,是老龙城苻家的赔罪礼,至于腰间酒壶,是当初购买几座大山的彩头,北岳正神魏檗帮他精心拣选的一枚养剑葫。宋集薪笑呵呵道:"我们当邻居那会儿,总觉得福禄街和桃叶巷的家伙,有钱有势,没有想到现在看来,还是咱们泥瓶巷和杏花巷的人,更有出息一些。杏花巷就靠一个真武山的马苦玄撑着,反观我们泥瓶巷,出了你、我、稚圭,还有小鼻涕虫,不知道几十年后,我们那条当初连狗都不爱撒尿的泥瓶巷,会不会被外人视为一个充满传奇色彩的地方?"

陈平安正要说话,宋集薪摆摆手:"好歹听我讲完,不然就你陈平安那种不会讲话的脾气,我怕咱们这场难得的异乡重逢,会不欢而散。"

陈平安点点头:"那就边走边说。"

两人沿着湖边杨柳依依的幽静小径,并肩散步。

宋集薪笑道:"你这趟远门,走得真远,也久,你大概不知道这会儿的小镇是怎么个光景了吧?自从老百姓知道骊珠洞天的大致渊源后,又对外打开了大门,无论是福禄街、桃叶巷那些有钱人家,还是骑龙巷、杏花巷这些鸡粪狗屎满地的穷地儿,家家户户都在翻箱倒柜,把祖传之物,还有所有上了年头的物件,一样样小心翼翼搜出来,吃饭的瓷碗,喂猪的石槽,腌菜的大缸子,墙壁上抠下来的铜镜,都特别当回事。这些都不算什么,还有很多人开始上山下水,特别是那条龙须河,差不多有半年时间,人满为患,都在捡石头,神仙坟和瓷山也没放过,全是搜宝的人,然后去牛角山那座包袱斋请人掌眼,还真有不少人一夜暴富。以前无比稀罕的银子金子算什么,如今比拼家底,都开始按照兜里有多少枚神仙钱来算。"

陈平安问道:"庄稼地都荒废了吧?龙窑那些烧瓷的窑口也停了不少?"

宋集薪点头道:"可不是,谁还在乎那点收成。"

陈平安叹了口气,这是人之常情,他陈平安如果没有那些经历,留在了骊珠洞天泥瓶巷,当了个普普通通的窑工,上山下水只会更加勤快,唯一的不同,大概就是不会忘记手头的本分事,如果有庄稼地,舍不得丢下不管,如果当了正儿八经的窑工,手艺舍不得废。

当年被陆沉提醒了一句,陈平安一听说有可能换钱,当晚就去了龙须河,背着大箩筐,寻觅那些灵气尚未消散的蛇胆石,那叫一个撒腿飞奔和废寝忘食。

只不过那次陈平安翻翻检检,恨不得将整条龙须河搜刮殆尽,当然收获颇丰,可事实上马苦玄只是一次下水,就找到了那颗最值钱的蛇胆石,拿着出水之时,那块石头便如明月升空。

宋集薪停下脚步:"你恨不恨我?"

陈平安摇头道:"谈不上恨,只是想着对你敬而远之。"

宋集薪疑惑道:"那位娘娘都派人杀你了,你还不恨我?"

陈平安问道:"是你说服她来杀我的?"

宋集薪自嘲道:"我可没这份本事。所谓的母子之情,我在宗人府档案将名字改为宋睦后,有当然有,不过亲疏有别。不过这也没什么好大惊小怪的,我如今才知道,帝王家事,虽然都比较大,可本质上跟咱们早年那些街坊邻居家,没什么两样,一户人家只要有多个子女,爹娘都会有这样那样的偏袒。"

陈平安说道:"这不就得了。以后有机会,我找她就行了,没必要恨你宋集薪。"

宋集薪在折柳,打算编织柳环,陈平安轻声道:"她跟国师崔瀺一样,是大骊最有权势的几个人之一,可我不觉得这就是大骊的全部。大骊有最早的山崖书院,有红烛镇的繁华热闹,有风雪中主动要我去烽燧躲避风寒的大骊边军斥候,有能让青鸾国掌柜笑脸相迎的关牒户籍,甚至有她亲手创建的绿波亭的局外人谍子,愿意为了大骊亲身涉险来给我捎信,我觉得这些也是大骊王朝。"

陈平安转头对宋集薪继续说道:"这些我都知道了,以后如果还是决定要面对面一拳打死她,我可以做到清清爽爽,两个人的恩怨,在两个人之间了结,尽量不波及其他大骊百姓。"

宋集薪笑道:"她可不会这么想。"

陈平安笑着反问道:"道理我已经有了,甚至儒家规矩都挑不出毛病,我还管她怎么想?"

宋集薪再次打量起陈平安:"你是不是看了某些法家书籍?"

陈平安仍是反问:"齐先生留给你的那些书,有些你留在了小镇屋子里,有些带走了,带走的书,你看没看?"

宋集薪编制了一个小柳环,套在手臂上,轻轻晃动:"你管我啊?"

陈平安也不愿多聊这些,问了个与恩怨、公私无关的问题:"你怎么跑到大隋来了?"

宋集薪双手抱住后脑勺:"当年高煊跑去咱们那儿寻找机缘,有人说我不如他,我就来这边逛逛。"

陈平安笑道:"能一样吗?你这是来大隋耀武扬威来了?当时高煊才算名副其实地深入敌国腹地。再说了,现在高煊又去了披云山林鹿书院当质子,你也学学?"

宋集薪哑然失笑:"陈平安,你现在可比以前强太多了,都知道说些怪话了。难道是跟我学的?"

陈平安道:"少往自己脸上贴金。"

宋集薪蹲下身,捡起石子丢入湖中:"求你一件事,怎么样?"

陈平安毫不犹豫道:"不答应。"

宋集薪抬起头,满脸委屈道:"为啥?陈平安,你扪心自问一下,除了骗你去当龙窑学徒那次,其他事情,我有任何对不住你的地方?"

陈平安说道:"你看我不爽,我看你就爽了?何必假装是朋友?"

宋集薪怎么都没想到是这么个答案,捧腹大笑:"陈平安啊陈平安,现在的你,比以前那个性格死板的木头人,可要顺眼多了,早是这么个脾气,当年我肯定诚心诚意跟你做朋友。"

陈平安摇头道:"宋集薪,其实你清楚,我们两个是做不成朋友的,只要别成为仇人,你我就都知足吧。"

宋集薪摘下柳环,丢入湖中,然后捡起石子,试图往柳环中央丢掷:"落魄山的山神庙,如今处境不太好,魏檗对你家山头上的这位山神很……有芥蒂,我先前就是想要你帮着在魏檗那边说几句话,不奢望魏檗能够提携那座山神庙,只求尽量不要哪天突然更换了山神庙里边的神像。"

陈平安欲言又止。如今的落魄山山神，正是曾经的窑务督造官宋煜章。

宋集薪看着那只渐渐漂远的柳环，轻声道："你想说什么，我其实一清二楚，他之所以会被过河拆桥，被卢氏降将王毅甫割掉头颅，除了遮掩那座廊桥的皇室丑闻内幕之外，其实也有皇帝陛下的私心，毕竟谁乐意自己的亲生儿子，心中会有个'便宜老爹'？王毅甫私底下告诉我，他死之前，祈求过王毅甫，捎一句话给我，说他那么多年，一直想要我给他写一副春联来着。你说这样大逆不道的臣子不死，谁死？"

陈平安想了想："我本来就要返回龙泉郡了。这件事，我会与魏檗说说看，但是我不会要求魏檗做什么，也没这本事去对一位北岳正神指手画脚，这点，我现在就可以跟你说清楚。甚至我现在还可以告诉你，宋煜章将来多半会站在你娘亲那边，身为落魄山山神，却要来对付我，到时候我只要做得到，就一定会将宋煜章的金身打得粉碎，再无拼凑成一尊神像的可能性，绝不含糊。"

宋集薪笑道："这一来一去的两笔账，怎么觉得我都不用谢你了？"

陈平安冷笑道："就没想过你宋集薪这辈子会感谢我。"

宋集薪哎哟一声，发出一连串啧啧啧的声响，站起身拍拍手："陈平安，你这会儿的言行举止，真像一位山上的修道之人，极有神仙心性了。"

陈平安无动于衷。

宋集薪笑问道："见过了你，求过了事情，我就要心满意足地打道回府了。对了，稚圭就在山脚那边的书院门口等着我，你要不要跟我一起去看看她？"

陈平安摇头道："不用了。"

宋集薪又道："如今的真武山马苦玄，闭关之后破关、破境这种事情，对他来说，就像凡夫俗子吃坏了东西拉肚子一样，所以如今已经被誉为第二个风雪庙魏晋，你说杏花巷靠他一个，在名声上，就跟能我们整条泥瓶巷掰手腕，气不气？"

陈平安默不作声。

宋集薪伸出两根手指，弯曲其中一根手指后，说："本来想要告诉你两件事情，作为你关于落魄山山神庙一事的报答，现在我发现还是看你不爽，就只说一件事好了。如今龙泉郡西边大山，随着形势变幻，好像咱们大骊宋氏有翻船的迹象，不少下山头、打造府邸的别国势力，不太看好我们，尤其是一些靠近宝瓶洲中部的山门，都有了贱卖山头的打算，以免将来被谁拿捏把柄。已经有一两笔买卖秘密交易成功，其中阮邛就一口气收了三座山头，其中就有包袱斋出手的牛角山，你如果早点赶回去，说不定还能抢到一两座，如今只需要谷雨钱就行。"

陈平安问道："什么时候的事情？"

宋集薪白眼道："来的路上，我刚听许弱说的，约莫就是一句前的事情。在那之前，谁舍得将山头转手？一个个恨不得将整座山门都搬迁到龙泉郡的架势。据说魏檗所在的披云山,这几年热闹得一塌糊涂,全是溜须拍马之辈。亏得魏檗来者不拒,愿意一个个笑脸应付过去,换成我,早给恶心得反胃了。"

陈平安点点头:"我会试试看。"

宋集薪笑道:"不用送我。"

陈平安道:"那就不送。"

宋集薪哈哈大笑:"这点没变,还是没劲。"

宋集薪离开湖边,向山脚走去。陈平安站在原地,目送此人缓缓离去。

宋集薪到了书院门口,对稚圭笑道:"走了。"

稚圭问道:"公子心情不错?"

宋集薪笑嘻嘻道:"见到了陈平安,看他混得风生水起,公子特别开心。"

稚圭哦了一声。

宋集薪回头看了眼山崖书院,好奇问道:"真不逛逛? 想的话,公子可以陪你再走一趟。"

稚圭摇摇头:"没兴趣。"

宋集薪哀叹一声:"你说两位国师会不会都站在我那弟弟那边?"

稚圭掩嘴而笑:"公子,你都问我很多遍了啊。"

宋集薪无奈道:"公子这不是心里没底嘛。叔叔又不肯跟我交个底,两位国师大人又是那么高深莫测,公子在京城那边毫无根基,比起陈平安当年在泥瓶巷还要一穷二白,他好歹还有个祖宅,公子可是什么都没有,文臣武将,山上山下,除了一些个信奉赌大赢大的家伙,谁愿意真正看好你家公子?"

稚圭安慰道:"还有奴婢陪在公子身边呀。"

宋集薪笑了起来,高高举起手臂,摊开手掌,手背朝向天空,手心朝向自己:"公子反正就是个傀儡,他们爱怎么摆弄都随他们去。陈平安都能有今天,我为什么不能有明天?"

稚圭还是丫鬟婢女的装束打扮,只是相比于泥瓶巷那会儿,衣饰多了些富贵气而已,身材越发出挑,她笑道:"公子拿自己跟他比,好像有些……丢人?"

宋集薪收起手,以拳击掌,转头称赞道:"这句安慰话,中听!"

大隋京城,在千叟宴即将举办之际,氛围有些波谲云诡。

蔡丰已经向钦天监告假,只是蔡家府邸也没有了蔡丰的身影。

新科状元郎章埭不知为何,已经很久没有出现在最为清贵、培养储相之才的翰林院。

据说步军衙门副统领宋善去刑部衙门串了个门。

小道消息在京城官场和市井满天飞。

那位名义上的山崖书院山长、大隋礼部尚书在一天深夜莅临书院，单独拜访了副山长茅小冬，见面地点，不在书斋，而是在祭祀尊奉有三位儒家圣人的夫子堂。

当晚后半夜，茅小冬没有跟陈平安细说此事，只是喊上陈平安离开书院，去了趟大隋京城文庙，比起第一次的狮子大开口，这次茅小冬从文庙带走了更多承载文运的礼器、祭器。

返回东华山后，茅小冬带着陈平安来到山巅，拿出那枚玉牌，以圣人姿态坐镇书院。

陈平安取出三十余件茅小冬帮忙准备的天材地宝，姗姗来迟的最后两件，一件是千年水牛角，一件是宝瓶洲中部某国京城武庙的一位武圣人生前的佩刀，蕴含着浓郁的金戈肃杀之气。茅小冬关于收集炼化材料一事，没有故作清高，而是从一开始，就跟陈平安讲述过这些天材地宝的来历、价格与独到之处。

由于第一次在老龙城炼化水字印，筹备一事是范峻茂帮忙，所以此时陈平安才真正了解为何练气士炼化本命物一事耗钱以及耗费光阴，寻常练气士，想要成功，除了依靠钱袋子，还要拼运气，运气不好，欠缺了关键之物，就会直接导致炼制一直停滞不前，而修行路上，一步慢步步慢，这里边的无形损失，让练气士都要心焦抓狂。

即便运气稍好一些，也要伤筋动骨。打个比方，得到一件适合的炼化之物，之后对于辅助材料的价格，大致心里有数，原先计划花费一枚谷雨钱，这是所需天材地宝的真实价格，可即便所有材料都能够遇到，但是如何变成自己手中物？山泽野修多半靠抢，喜欢推崇杀人越货金腰带，美其名曰天予不取反受其咎。谱牒仙师多半靠买，靠香火情，以神仙钱跟人购买，或是以物易物。若是没有交情，就在倒悬山灵芝斋、龙泉郡牛角山包袱斋、青蚨坊这类各大神仙店铺，砸下神仙钱。这还不算什么，最费钱的一种状况，是那些供不应求的天材地宝，神仙店铺会有专门的袖里乾坤楼，喊上一些个有购买意向的金主，各自出价，自有一套让人割肉、心头滴血的商家手法。一旦走到这一步，最终成交价格，比起一位练气士的最早估价，翻上一番都很正常。甚至还有人专门喜欢拆台抬杠，一旦看准了某人势在必得，便故意坏事恶心人，一枚小暑钱的物件，硬生生哄抬到三枚四枚小暑钱的价格。苦主买还是不买？不买，就会过了这个村儿没这个店儿，况且耽搁了本命物的炼制，如何是好？何况一座座仙家山头之间，一般来说越是邻近，越是钩心斗角，谁乐意眼睁睁看着别家山头多出一个中五境，尤其是一个呼风唤雨的地仙修士？打生打死未必有，可暗中相互下绊子肯定层出不穷。

所以当茅小冬收集完所有天材地宝后，陈平安在如释重负的同时，也有些揪心。

第三件本命物如何炼制？按照既定计划，那会儿自己应该已经身在北俱芦洲。

难道改变主意，将老龙城一役剩余的大骊赔偿收拢，砸锅卖铁，在落魄山炼制完第三件后,再去游历那个剑修如云的北俱芦洲?

陈平安微微叹息,只能告诉自己明日愁来明日愁。这还没有炼制成功金色文胆,就开始想那第三件本命物,不妥。今日事今日毕,先将今日事做得尽善尽美,才是正途大道。

陈平安收敛思绪,凝神屏气,最后取出了那只来自桐叶洲青虎宫的炼物之器——五彩金匮灶。然后开始在心中默念一遍埋河水神娘娘相赠的那套炼物道诀。

茅小冬从头到尾,都没有说话,多说无益。修行是自己的事,即便是传道人,解惑几句,指点几句,就已经差不多了。哪怕是护道人,对此更是不会插手,最多就是不幸炼制失败,尽量保住那人的大道根本,竭力追求一个被护道之人的"留得青山在"而已。

陈平安身前已经摆满了各色天材地宝,他突然抬起头,望向坐在对面的茅小冬,问道:"茅山长,我其实有个疑惑,一直想不明白。"

茅小冬点头道:"问。"

陈平安问道:"我们浩然天下,既然有七十二书院坐镇九洲,为什么不是七百二十座?是中土神洲的文庙做不到,还是至圣先师不愿意这么做?"

茅小冬在回答这个问题之前,缓缓道:"我只说我个人见解,你拿去参考,未必正确,但是可以作为你理解这个世道的一种可能性,如何?"

陈平安点头:"好!"

茅小冬这才说道:"关于此事,我曾经与人探讨过。如今可能已经不大有俗世人记得。很早之前,嗯,要在三四之争之前,北方皑皑洲,在昔年四大显学之一的某位老祖宗的提议、刘氏的鼎力支持,以及亚圣的点头答应之下,曾经出现过一个被当时誉为'无忧之国'的地方,人口在千万人左右,没有练气士,没有诸子百家,甚至没有三教。人人衣食无忧,人人读书,夫子先生们所传学问所教道理,皆是四大显学与诸子百家的精粹内容,但是尽量不涉及各自学问根本宗旨,不过主要是以儒家典籍为主,其余百家为辅。"

说到这里,茅小冬缓了一缓。

他说得极慢,极其认真。以至于即便此刻身为书院圣人,茅小冬都显得有些吃力。

陈平安开口问道:"学塾先生,是那精心挑选的书院贤人君子?"

茅小冬摇头道:"当然不是,不然就毫无意义了,因为即便成功,一国风俗最多演变成一洲,可却会饿死其余八洲,以八洲文运支撑一洲安乐,意义何在?所以皑皑洲刘氏在各方监督下,为此前期秘密筹备了将近四十年,方方面面,都必须得到到场的许多诸子百家代言人的认可,只要一人否定,就无法落地实施,这是礼圣唯一一次露面,提出的唯一要求。"

陈平安好奇问道:"最终结果,不尽如人意?"

茅小冬点点头:"不然就不会有后来的三四之争了。"

陈平安陷入沉思，思考为何会失败。一团乱麻。

茅小冬轻声道："从至圣先师到礼圣，一位阐述仁义道德，一位具体制定规矩框架，为什么？"

茅小冬自问自答："在回答这个问题之前，我也曾请教那人，为何至圣先师和礼圣，在奠定浩然天下的独尊和正统地位后，依旧容得下诸子百家？为何不干脆只留下儒家学问，教化苍生？那个人的回答，让我这榆木疙瘩，豁然开窍，才知道原来天地如此之大。那人说，道祖在看那个一，所以当初那场作乱的余孽，才得以迁徙去往剑气长城。而我们浩然天下，也没有对妖族斩尽杀绝。佛祖也只是留下了一句，预言那末法时代终会到来，'从是以后，于我法中，虽复剃除须发，身着袈裟，毁破禁戒，行不如法'。"

茅小冬反问道："你觉得这三位，在求什么？"

陈平安摇头不知。

茅小冬说道："那人告诉我，他也不知道答案，但也许是希望给世间所有有灵众生，一种趋近真正意义上的自由，一种你不需要付出额外代价就能够达到的自由。"

茅小冬问道："可曾明白？"

陈平安老老实实回答："不懂。"

茅小冬笑了："陈平安，你没有必要现在就去追问这种问题的答案。"

茅小冬站起身，抬起一只脚，离地寸余，悬停空中，然后往上抬高两次："当下种种所学，知其根本与真意，循序渐进，步步登高，那么一个人无论站在怎么样的高位，心都稳。不管那些乱七八糟的旁门左道，至少我们读书人，都应该是这样的。"

陈平安想起自己在大泉王朝山巅与姚近之所说之事，关于一个个从里到外、从小到大的圈子，会心笑道："这个我懂。"

茅小冬坐回原位，笑问道："真懂？"

陈平安点头道："真懂！"

茅小冬伸出一只手掌，微笑道："天时地利人和三者兼具，那就可以炼物了。"

陈平安先闭上眼睛，轻轻吸一口气。一颗金色文胆，安安静静悬停在他身前。

陈平安依旧没有急于以一口纯粹武夫真气，去"开灶生火"，反而没来由地想起自己年少时在泥瓶巷祖宅的那件事。

二月二，龙抬头，烛照梁，桃打墙，人间蛇虫无处藏……

那大概才是陈平安行走江湖的最开始。

那会儿，很多人都还没有遇到。但是就那么一步步走，一个一个遇到了。

练拳不辛苦。读书很值得。

坚持与人讲道理，原来是一件未必次次痛快却不会后悔的事情。原来我陈平安也能有今天。原来宁姑娘的眼光这么好啊！

茅小冬怒喝道:"心境过于快意了,停一停!"

茅小冬差点一戒尺打过去,气呼呼教训道:"就算有了喜欢的姑娘,也要在成功炼制了本命物后再去想!到时候谁管你想几个时辰,是不是乐开了花?!没轻没重!"

陈平安悻悻然,赶紧抹了把脸,将脸上笑意敛起,重新静心凝神。

茅小冬看似恼火万分,实则自己心中乐和着呢,默默念叨:先生,这件事,弟子做得可还行?跟先生讨要一句嘉奖不过分吧?

东华山之巅,茅小冬与陈平安对坐之时,书院内还有两人相对而坐,是精通雷法的大儒董静,与半个弟子林守一。

天地寂静停滞,光阴流水出现显化迹象,董静皱了皱眉头,看到林守一的一点秉性灵光即将随之停歇,一挥衣袖,隔绝出一方小天地,只是这位大儒略显吃力。

董静沉声道:"不要分心,与读书一事一样,见着了妙不可言的圣贤文章,心神能够沉浸其中,是本事,拔得出来,更见功力。不然一辈子都是书呆子,谈什么与圣贤共鸣?!"

林守一点点头。

董静继续先前的话题:"不要急。争取再多开辟出两座本命气府,破境不迟。我们儒家门生炼气修行,自身体魄的修道资质,算不得最重要,儒家已是浩然天下正统,儒生修行,归根结底就是修'学问'二字。我问你,林守一,为何有许多世人明明晓得那么多书上道理,却依旧浑浑噩噩,甚至会立身不正?"

林守一沉声道:"不知某个道理、某种学问的根脚所在,自然不知如何去以道理为人处世,故而字字千钧重的金玉良言,到手之后,已是破败棉絮,风吹即飘荡,无法御寒,到头来埋怨道理非道理,大谬矣。"

"你只说对了一半,错的那一半,在于许多圣贤道理,本就不是让世人双手抓住诸多实在之物,而是心有一处安歇之地罢了。"董静欣慰点头,"那么我今日就只与你说一句圣贤言语,我们只在这一句话上做文章。"

林守一正襟危坐:"愿听先生教诲。"

董静问道:"圣人有云,君子不器。何解?礼记学宫做何解?醇儒陈氏做何解?鹅湖书院做何解?青鸾国昔年桐城派又是做何解?你自己更是做何解?"

林守一胸有成竹,正要回答这一连串问题,突然发现董先生转过头,望向窗外,比他林守一要分心多了。

林守一犹豫了一下,见董先生没有收回视线的意思,就跟着转头望去,结果看到一颗脑袋挂在窗外。

董静怒道:"崔东山,你在做什么?!"

崔东山一脸无辜道:"我这不是怕林守一问到了你董静回答不上的道理,太过尴尬,好帮你解围嘛。"

董静伸出手指,怒目对视:"你赶紧走!"

传道一事,何等庄重肃穆,结果被这颗臭名远扬的书院老鼠屎在这里瞎捣乱。

崔东山始终用双手扒住窗台,双脚离地,眨了眨眼睛:"我如果不走,你会不会动手打我?"

董静平稳了一下心神,正打算对这个家伙晓之以理,然后搬出书院茅山长威胁此人几句,不承想崔东山已经松开双手,那颗碍眼的脑袋终于消失不见。

董静冷哼一声。

结果崔东山又一个蹦跳,胳膊搁在窗台上,哈哈笑道:"我又来了。"

董静怒斥道:"崔东山,你一个元婴境修士,做这种勾当,无聊不无聊?!"

崔东山理直气壮道:"我就是快无聊死了,才来你这儿找有聊啊,不然我来干吗?"

董静站起身:"打一架?!"

崔东山摇摇头:"君子动口不动手。"

董静气得大步走去。

修行雷法之人,尤其是地仙,有几个是脾气好的?

崔东山脚尖在墙壁上一点,向后飘荡而去,挥手作别。

林守一满脸苦笑。

董静站在窗口那边,确定崔东山远去后,依旧等了许久,才返回原位。

崔东山倒是没有继续纠缠,大摇大摆去了几座学堂和几间学舍,见到了正在课堂上打瞌睡的李槐,崔东山打赏了那小崽子好几颗栗暴;看到一个在光阴长河中静止不动的大隋豪阀年轻女子,坐在她身前的那张学堂几案上,为她更换了一个他觉得更符合她气质的发髻样式;去见了一个正在学舍偷偷翻看一本才子佳人小说的漂亮少女,取了笔墨,将那本书上最精彩的几处羞人描写,全部以墨块涂抹掉……由此可见,崔东山确实是无聊得很。

逛荡来游荡去,最后崔东山瞥了眼东华山之巅的景象,便返回自己小院,在廊道上呼呼大睡。

石柔"穿着"一副仙人遗蜕,已能够行走自如。没了最后一颗困龙钉禁锢修为的谢谢,想要行走却比较艰难,但是坐在台阶上感受光阴长河的玄妙,还算可以。

崔东山一个毫无征兆的鲤鱼打挺,猛然站起身,吓了谢谢和石柔一大跳。

崔东山突然想起前些年那个名叫李柳的少女,在书院门口那边,对自己所做的那个恐吓手势。少女看似不谙世事,不知天高地厚。

崔东山后仰倒地,扑通一声,嘴上哼哼哈哈,一次次出拳,啧啧道:"江湖共主啊,难怪心比天高。"

崔东山又闭眼睡去。

谢谢和石柔几乎同时转头望向东华山之巅。那边的光阴流水,不知为何仿佛染上了一层浩浩荡荡的金黄色彩。

只是石柔一瞬间,就转头飞快瞥了眼崔东山。那天当陈平安说出"要再想一想"之后,她分明看到背对着陈平安的崔东山,满脸泪水。

崔东山明明已经酣睡,却打了个响指。石柔顿时腹部如雷鸣,已经数百年不曾有过的感觉。

崔东山转过头,笑眯眯提醒道:"可别在我院子里拉啊,赶紧去找个茅厕,不然要么你熏死我,要么我打死你!"

石柔悲愤欲绝,飞奔离去。

崔东山在廊道上不断翻滚,嘴上说道:"谢谢,你上哪去找一个会帮你擦拭廊道的公子,对不对啊?"

谢谢只得附和道:"谢谢谢过公子。"

崔东山趴在廊道上,以凫水姿势,从一头游到另一头,然后掉转身形,再来一遍,重复哼唱着:"蛤蟆不吃水,太平年哟太平年……"

书院已成圣人坐镇的小天地,东华山之巅,又别有洞天。

茅小冬运转大神通后,山巅气象,竟已是金秋时分。

秋高气爽,陈平安坐于正西方,身前摆放着一只五彩金匮灶,以水府温养储藏的灵气"煽风",以一口纯粹武夫的真气"点火",驱使丹炉内熊熊燃烧起一丛丛炼物真火。丹炉突然间大放光明,如一轮人间骄阳。那颗金色文胆悬停在丹炉上方,缓缓下降。

陈平安对此并不陌生,按部就班,以脱胎于埋河水神庙前仙人祈雨碑的那道仙人炼物法诀,驾驭起巴掌大小的一罐金砂,撒入丹炉内,火势更加迅猛,照得陈平安整张脸庞都鲜红明亮,尤其是那双看过千山万水的清澈眼眸,越发灵秀。那双曾经无数次烧瓷拉坯的手,没有丝毫颤抖,心湖如镜,又如一口古井不波不漾。

那颗被城隍爷沈温从心口处"剖出"的金色文胆,在丹炉内起起伏伏,缓缓旋转翻动。

既有那彩衣国数百年间善男信女,年复一年的香火浸染,也有文臣沈温死后,秉持一口真灵不散的浩然正气,还有与龙虎山大天师亲手篆刻的印章朝夕相处后,孕育出来的神性灵光,星星点点,如初夜天幕的粒粒星辰。

众多天材地宝之中,以宝瓶洲某国京城武庙的武圣人遗物佩刀,以及那根长达半丈的千年牛角,炼化最为不易。

陈平安心神安宁,只管步步稳当,步步无错,以"万物可炼"的那道仙诀缓缓炼化。

曾经追随那武圣人戎马一生的佩刀,悬停在丹炉上空,逐渐消融,从刀尖处起始,熔出一滴金色水珠，坠入五彩金匮灶内，越到后面，水滴下坠的速度越快，串连成线，若是有人能够以内视之法，栖身于丹炉小天地内，再仰头望去，那串水珠便会像是一条金色的天河瀑布，来到人间。

金主肺。而想要调养肺腑，修道之人，早已摸索出一条规律，气海、膻中与肺俞三穴，至关重要。

陈平安呼吸之时，有意无意以剑气十八停的运转方式，让气机途经这三座气府，三座关隘顿时剑气如虹，随之外显的肌肤微微起伏，如沙场擂鼓，东华山之巅不闻声响，实则人身内里小天地，三处战场，充满了以剑气为主的肃杀之意，就像那三座巨大的战场遗址，犹有一个个剑仙英灵不愿安息。

三十余件天材地宝的炼化，皆有先后顺序，必须在既定的时辰准时入炉，丝毫差不得，丹炉火候大小，更是不能出现偏差。

茅小冬此刻作为坐镇书院的儒家圣人，可以用纯正秘法出声提醒，而不用担心陈平安分心，以至于走火入魔。只是陈平安没有给他这个机会。

陈平安始终聚精会神，心无旁骛，以仙人炼物道诀将一件件天材地宝由实化虚，以水府继续灵气和一次次新生的纯粹真气，小心翼翼驾驭丹炉的火候，以剑气十八停壮大三座气府关隘的"沙场"声势，由于炼化这颗金色文胆，涉及儒家修行，相较于寻常练气士的炼化本命物，还要多出一件天大的麻烦事，就是默默念诵一些与五行之金相关的文字，例如带有"西、秋、然"字眼的那些圣贤文章、诗篇，这些一大半是陈平安从竹简上自己拣选，小半是茅小冬当时在书斋的建议。

这一关，在儒家修行上，被誉为"以肺腑之言，拜访请教圣贤"。

茅小冬其实比较担心这道关卡。

事实上之前初次去往大隋京城文庙，不但要取回山崖书院的既得分红，还要借取更多的礼器、祭器，就在于茅小冬害怕陈平安的炼物，在此处出现纰漏，毕竟陈平安从未接触过书院儒家门生的修行法门，而且又无瞒天过海的捷径可走，就只能以一件件文庙器物蕴藏的浓郁文运作为弥补，强行破关而过。但是好在陈平安做得比老人想象的还要好。

这意味着陈平安读书，是真正读进去了，读书人读那书上道理，相互认可，于是成了陈平安自己的立身之本。就像茅小冬带着陈平安去文庙的路上，随口所说，书上的文字自己是不会长脚的，能否跑进肚子、飞入心扉间，得靠自己去"破"，"读书破万卷"的那个"破"！儒家的道理的确繁多，可从来不是拘束人的牢笼，那才是从心所欲不逾矩的根本所在。

茅小冬感慨不已。

中土神洲的那座正宗文庙，有一处秘不示人的学问堂，全部是儒家圣贤留给浩然天下,并且被天地认可的一篇篇文章、一句句道理。

字有大小,金光分浓淡。离地最近的金色文字,往往字体越大,散发出来的光彩越是光明纯粹。

曾有诸子百家的许多开山鼻祖,或是一些名动天下的后起之秀,瞻仰此地,任由他们施展神通,有些高处的,已经算是字字万钧、不动如中土五岳、足可流芳百世的文章,他们可以摇动,甚至可以将其中许多文字挪到别处,可是至今无一人,能够稍稍移动地面上那些如巨大粟米的金色文字。因为那就是至圣先师与礼圣的根本学问。

但是即便如此,至圣先师与礼圣某些悬停在学问堂稍高处的文字,一样会金光褪去,自行消散,在文庙秘史上,第一次出现这样的情况后,学宫圣人震动,惊骇不已。就连当时坐镇文庙的一位儒家副教主,都不得不赶紧沐浴更衣后,去往至圣先师与礼圣的神像下,分别点燃清香。只是两位圣人依旧不曾露面。

正是那个时候,尚未被儒家文脉尊奉为亚圣的读书人,说了一句话:"天底下没有万世不易的学问,天底下没有尽善尽美的文章,不值得大惊小怪,不然要我们后人读书做学问做什么?"文庙因此而人心大定。

茅小冬收起思绪,望向与自己相对而坐的年轻人。其形,神姿高彻,如瑶林琼树,自然风尘物外。其神,夜光之珠,仿佛一轮遗落人间的袖珍明月,未被月宫神人收回天庭,无数的碎片像那璀璨星光,如众星拱月。

有这样的小师弟,身为师兄岂能不与有荣焉?这与出身贵贱、修为高低都没有任何关系。

他茅小冬的先生是文圣,师兄有齐静春、左右他们,也早早认识阿良,还被礼记学宫看好,甚至曾经问道于那位一剑打开黄河小洞天的中土神洲读书人。他一样有过很多的大机缘,走过很多求学路,认识过无数高人逸士,甚至还与农家老祖喝过无数场酒,同行万里山河。可茅小冬还是觉得自己不如陈平安。因为他茅小冬错过了太多,没能抓住。

崔东山曾经无意间说起过,陈平安离开骊珠洞天后最凶险的一段心路。不是什么打打杀杀,而是阿良找到了他。

那场看似只有福缘没有半点风险的考验,如果陈平安心性移动分毫,就会跟赵繇一样,可能将来的岁月里,又像赵繇那般,另有自己的机缘,但陈平安一定会错过阿良,错过齐静春,错过齐静春帮他辛苦挣来的那桩最大机缘,错过老秀才,最后错过心仪的女子,一步错,步步错,满盘皆输。

茅小冬当时不得不问:"那陈平安又是靠什么涉险而过?"

崔东山当时给了一个很不正经的答案:"我家先生知道自己傻呗,当然,运气也是有的。"

茅小冬还想要刨根问底，只是崔东山已经不愿再说。

到最后，茅小冬从京城文庙搬来的那些礼器祭器，未能雪中送炭，只是锦上添花。茅小冬对此更加高兴。这意味着那颗金色文胆炼制的本命物的品秩，会更高。

相较那枚水字印，当然会逊色，但是天底下，上哪儿再去找一枚齐静春以自身精气神篆刻为字的印章？

便是茅小冬都替陈平安感到惋惜，竟然将山字印坏在了蛟龙沟那边，不然营造出"山水相依"的大格局，可就不是两件本命物成功后，一举突破二境瓶颈，跻身练气士二境巅峰这么简单了，板上钉钉的三境巅峰！哪怕之后剩余三件本命物品秩再差，只要凑足了五行之属，必然破开练气士的第一道大门槛，直达中五境！

不过茅小冬也清楚，携带齐静春的山字印去往倒悬山，极有可能会出现大波折。

这些看似无迹可寻的取舍得失，大概就是陈平安比拳法、练剑和读书，甚至比一些他已经悟出的道理，更内在的"根本学问"。

关于此事，崔东山其实钻研得最深，神人之分，魂魄深处，如何为人，崔东山和崔瀺在这条细微幽深的道路上，走得极远，说不定还是世间走得最远之人。

传闻当年崔瀺决定叛出文圣一脉之前，就去了中土神洲文庙那座学问堂，在那边一言不发，看着地上如金色粟米的文字足足三天三夜，只看最底下的，稍高处文字，一个不看。

茅小冬微微叹息一声。无论如何，能够顺利将这颗金色文胆炼化为本命物，已是一桩极其不俗的机缘。事不求全，心莫太高。

不再神游万里，茅小冬将一件件礼器祭器中的文运，先后倾倒入那座丹炉内，手法妙至巅峰。这才有了谢谢、石柔眼中那幕山巅光阴流水染上一层金色光彩的绝美风光。

五彩氤氲之气弥漫的丹炉骤然沉寂，烟云散尽。

那颗安安静静躺在五彩金匮灶底部的金色文胆，化作金色汁液，然后慢慢"生长"拔高成为一个一指身高的背剑儒衫读书人，一身金色，他一个跳跃，来到了丹炉顶部的边缘，仰头望向陈平安，只是面容依旧模糊，没有定型清晰起来，大致是陈平安的模样，除了背有一把长剑，腰间还有几本以纤细金线系挂的金色小书，金色儒衫小人儿老气横秋道："要多读书！再有，是你自己说的，知错能改善莫大焉！"

已是大汗淋漓的陈平安擦了擦额头汗水，点头笑道："共勉。"

金色小儒士化作一道长虹，飞快掠入陈平安的肺腑窍穴，盘腿而坐，拿起腰间系挂的一本书，开始翻看。除此之外，还有一颗金色文胆悬停于洞府之中，与背剑悬书的儒衫小人其实为一体。

茅小冬愣了愣，然后开始皱眉。

陈平安疑惑道:"有不妥?"

茅小冬神情凝重,问道:"那炼化为本命物的金色文胆,凝神为儒衫文士,我觉得不算太过惊异奇怪,可是为何他会说那句话?"

陈平安认真思量片刻,说道:"我读书识字之后,一直害怕自己总结出来的道理是错的,所以不管是面对当年的青衣小童,还是后来的裴钱,再就是问我那两个问题的崔东山,都很怕自己的认知,其实是于我自己有理,实则对别人是错的,至少也是不够全面、不够高的粗浅道理,担心会误人子弟。"

茅小冬释然,反而欣慰笑道:"这就……很对了!"

茅小冬站起身,挥手撤去山巅的圣人神通,但是书院小天地依旧还在,他叮嘱道:"给你一炷香工夫,接下来可以取出那块'吾善养浩然气'的金色玉牌,汲取一些剩余礼器祭器中的文运,不用担心自己过界,会无意中窃取东华山的文运和灵气,我自会权衡利弊。在这之后,你就是正儿八经的二境练气士了。"

陈平安连忙起身致谢。

茅小冬挥挥手,埋怨道:"真不晓得小师弟你身上这股客气劲儿,到底是跟谁学来的。"

陈平安玩笑道:"说不定是文圣老先生呢?"

茅小冬立即板起脸正色道:"先生的良苦用心,你要好好领会!"

陈平安尴尬道:"我开玩笑呢。"

茅小冬训斥道:"先生传道在言传,在身教,在点点滴滴,身为晚辈,岂能马虎,岂可玩笑!"

陈平安只得点头。

茅小冬转过身,满脸笑意,哪有什么生气的样子,小师弟你还嫩着呢。

山巅光阴长河缓缓倒流,金秋时分退回盛夏光景,落叶返回树枝,枯黄转为浓绿。

陈平安在茅小冬离开后,取出那枚金色玉牌,握在手心,开始汲取东华山之巅那些未被丹炉炼化的残余文运。

一条拇指粗细的小小金色溪涧,萦绕在玉牌四周,然后缓缓流淌进玉牌,再从玉牌汇入陈平安手心,去往金色文胆儒衫小人所在的气府。其中所到一处,即浸润了陈平安的心田。

当金色文运溪水涌入气府后,那儒衫小人立即不再看书,笑得合不拢嘴,蹦蹦跳跳,手舞足蹈。这大概就是陈平安在生长岁月里,极少有机会外露的孩子本性了。

金色小人在溪水停滞在洞府后,蹚水而行,走到洞府大门口,大喊一声,只见一条纯粹真气化成的火龙飞掠而至。小人一个蹦跳,坐在那龙头之上,呼呼喝喝,使劲晃荡双脚,骑龙巡狩这个人身小天地。

陈平安以内视之法,看到这一幕后,有些汗颜。"自己"怎么这么顽皮?感觉不比顾

第八章 炼制

璨和青衣小童好到哪里去啊!

茅小冬其实一直在默默观察这边。

最后陈平安以金色玉牌汲取了大隋文庙文运,点滴不剩。

哪怕炼化本命物一事,几乎耗尽了那座水府积蓄的灵气,如今陈平安又是货真价实的练气士,可别说是东华山的文运,就是相对来说不太值钱的灵气,即便他这个师兄已经开了口,陈平安也一样点滴不取。

茅小冬直到这一刻,才觉得自己大致知道那段心路,陈平安为何能够涉险而过了。

克己。就这么简单。

这样的近乎迂腐死板,身为修行人却不知晓追求利益最大化的规矩矩矩,会让世间聪明人特别有理由去讥讽嘲笑。故而陈平安因此衍生出来的道理,会让不讲道理的人特别厌恶。

茅小冬心中蓦然震动。那个压在他心境上的几乎断绝了他跻身上五境希望的拦路石,似乎开始有所松动。

道理不分文脉。他茅小冬敬重先生,立志此生只追随先生一人,却也不用拘泥于门户之见,为了书院文运香火,而刻意排斥礼圣一脉的学问。

世间有些道理是相通的,相辅相成。

茅小冬坐在书斋中,轻轻摘下戒尺,放在书桌上,开始闭目养神。

厚积薄发,一朝开悟,天地转运,风月朗朗。

崔东山在小院廊道那边,坐起身,惊讶道:"茅小冬这榆木疙瘩,都要合道了?"

崔东山向后倒去,手脚乱动,就像一只被人翻过来的雪白乌龟……他使劲嚷嚷道:"我怎么还是个狗屁元婴境啊,以后还怎么活啊,我没有脸见先生了啊,谁来打死我算了哇……"

蜂尾渡。

三个老人并肩而行。瞧着岁数差不多,实则悬殊。

在此土生土长的那个老人,以往来来去去,都不愿现身,实在是厌烦了那些俗世纠纷。只是这次有个老家伙说你又不是过街老鼠,藏头藏尾算怎么回事。于是三人就这么大摇大摆地出现在了蜂尾渡街道。

名为刘老成的老人,已经察觉到一些震惊的视线,只是假装看不到,心中苦笑不已,默默带着身边两人去往那条小巷祖宅。刘老成心想,要是你们知道我身边两人的身份,估计你们得吓破胆。

他刘老成祖籍就在这青鸾、庆山、云霄三国接壤处的蜂尾渡,最终成为宝瓶洲至今以山泽野修跻身上五境且尚在人世的唯一一人。其余二人,一个是无敌神拳帮的老帮主高冕,为了江湖义气,两次从玉璞境跌回元婴境的宝瓶洲著名修士。他跟刘老成是关系莫逆的至交好友,所以这次刘老成去争夺杜懋飞升失败后的琉璃金身碎块,专门喊上了高冕。高冕身材矮小,身穿麻衣,匪气十足,貌似凶悍,比起刘老成更像是一个打家劫舍的山泽野修。

至于最后那个身穿长袍的别洲修士老者,估计如果没有刘老成和高冕帮着证明,任由他自己扯开嗓子大喊自己的名号,都绝对不会有人相信。他姓荀名渊,是玉圭宗老宗主,桐叶洲仙人境第一人。

云窟福地的姜氏家主姜尚真,那么一个跋扈的大修士,见着了宗主荀渊,一样要夹着尾巴做人……准确地说是做玉璞境神仙。

到了藏龙卧虎的那条小巷尽头,高冕咋咋呼呼问道:"刘老儿,姜韫那小子啥时候来我们帮派当供奉?长得那么俊俏,我估摸着肯定能骗得不少仙子到我山头做客。"

刘老成无奈道:"我弟子跑去神拳帮待着,就为了让你过过眼瘾,多瞧瞧各路仙子?这种破烂事,我怎么跟姜韫开口?不然你借我脸皮用用?"

高冕大步跨过门槛:"你就跟我装蒜吧你。当年我们一起走江湖那会儿,你学成了那旁门秘术,图啥?除了偷法宝,还偷了多少仙子的……"

刘老成一把捂住高冕嘴巴,恼羞成怒道:"谁没有一段年少风流的荒唐岁月,聊这些有的没的,也不怕恶心了荀老前辈?"

荀渊笑眯眯道:"哪里哪里。"

高冕坐在院内,大手一挥:"刘老儿,去买几坛最地道的水井仙人酿,家里边肯定给姜韫喝完了,想都不用想。"

刘老成向荀渊告辞一声,离开院子去买酒。

回来的时候,看到两个家伙又在欣赏那宝瓶洲许多中小山头"生财有道"的镜花水月。那是一幅画卷,高冕已经准备好了一大堆神仙钱,老仙人荀渊身前那边桌上,更多。

刘老成对这些实在是不感兴趣,但还是在给荀渊递过去一壶水井仙人酿的时候,客气了一句:"老前辈真是有雅兴。"

荀渊笑着点头。

画卷上,是一个正在焚香作画的"仙子",身形曼妙,故意拣选了一件略显紧身的衣裙。由于画卷景象,可以交由看客自行掉转方向,故而那个仙子的坐姿,就连绣凳的大小,都是极有讲究的,她那丰腴的身段,曲线毕露。

高冕斜瞥了一眼正襟危坐的荀渊,嗤笑一声,伸手将画卷景象旋转些许,立即便是一幅侧看山峰的动人画卷了,又双指微动,画卷中女子蓦然扩大几分,四周景象则随之退出了画卷。

高冕不忘讥笑道:"装什么正经?"

荀渊赧颜而笑,似乎不敢还嘴。

刘老成自顾自喝着酒,很是无奈。

据说分属两洲的这两个同道中人,一开始属于不打不相识,在宝瓶洲各类镜花水月这座江湖上,绰号玉面小郎君、别号武十境的高冕,与其真实身份无敌神拳帮老帮主,言行一致,脾气火暴,经常喜欢骂人,骂那些矫揉造作而且势利眼的仙子,最见不得她们逮住一两个冤大头就可劲儿谄媚,公然打情骂俏,全然冷落其余看客。而自号一尺枪的荀渊,一直是默默砸下神仙钱,见到不喜欢的,也不会说什么。

只是随着两个人砸钱越来越多,名气越来越大,最后一次在关于神诰宗贺小凉和正阳山苏稼,到底谁才是宝瓶洲第一仙子这件事上,起了争执,两人"大打出手",一人一句,每次一枚小暑钱,砸了一大堆,让人叹为观止。一时间人们都在猜测这两个人到底是哪座宗门里头的老祖宗,出手如此阔绰,将小暑钱当雪花钱打水漂,却又从不曾传出半点与仙子们的绯闻艳事。

许多小山头的女子修士,为了给师门招徕生意,不惜或者被迫去让那些擅长摸骨法的旁门练气士,改变先天面相与身姿,至于会不会为此牵连命数,坏了大道修行,不管,委实是顾不得,只能任由那些精修此道的修士在脸上动刀子。

有次玉面小郎君和一尺枪又偶遇了,当时许多看客眼尖,一眼发现了某个三流仙家门派的仙子,面容变化颇大,一时间嘲讽四起,尖酸刻薄,怪话连篇。那个仙子羞愤欲绝,却也不敢还嘴半句,她只是道歉,一直道歉。如此一来,讥讽谩骂越多,肆无忌惮。

不承想玉面小郎君突然砸钱,开口说话,仗义执言,将那些看客大骂了一通,一尺枪随后跟上,两个死对头,破天荒,头一遭同仇敌忾。

最后玉面小郎君丢完了神仙钱后,继续骂:"挣钱不易,修行不易,人家小姑娘是跟你有大道之争了,还是砍了你全家?非得这么没完没了地拿话糟践人家?你们这群人当初就不该被爹娘生下来。老子要是有那大神通,非要沿着光阴长河溯流而上,在你们爹娘床上打架的时候,一巴掌拍烂床。"

最后的最后,玉面小郎君对一尺枪撂下一句:"你这家伙还算是个带把的,就是眼光差了点,竟然喜欢贺小凉多过苏稼,一看就是个修行没大出息的。"在那之后,一尺枪就成了玉面小郎君的"跟班",只要撞在一起,一尺枪次次狗腿得很。

今天在高冕和荀渊砸钱之前,已经有人开始以言语调戏那个仙子,镜花水月中,反正看客相互之间谁都不知道对方是谁,往往会肆无忌惮,习惯了往下三路走,经常会有人在欣赏画卷、水碗之时,手边就搁放着几部风靡人间的艳情小说。

大概是殃及池鱼,站在一旁为仙子研墨的婢女,也被牵连。

婢女名为石湫,是这座山门新收不久的记名弟子,每当主人露面时,她偶尔会出现在画卷中,不是端茶送水就是递送东西,做着伺候人的琐碎活计。其实她的身段犹胜那个仙子,但是山上修行,始终是靠天资和境界决定身份的。

对于这些,高冕和荀渊是老江湖,习以为常,一般来说只要不太过分,不会说什么。

不过那个名为石湫的婢女,大概尚未习惯那些不堪入耳的羞辱,眼眶微红,咬着嘴唇。偏偏祸不单行,从这个画卷角度,高冕刚好看到,那仙子兴许是恼火婢女大煞风景,在桌子底下飞快一脚踩在了身旁婢女的脚背上。

高冕原本都想要开始丢掷神仙钱了,看到这一幕后,将手上一把雪花钱丢回了钱堆。

拿起酒壶喝了口酒,高冕冷哼道:"又是这种娘们,白瞎了从俗世大族带往山上的那点书卷气。"

荀渊微微一笑。

高冕觉得有些扫兴,只是喝酒。

刘老成提醒道:"老高,你悠着点。没喝酒,你是宝瓶洲的,喝了酒,整个宝瓶洲都是你的。这可是我祖宅,经不起你发酒疯!"

高冕冷哼一声,突然问道:"小飞升,你觉得无敌神拳帮这个名字如何?"

荀渊视线一直盯着画卷,毫不犹豫道:"强,无敌,霸气,在宝瓶洲鹤立鸡群,独一份儿!"

高冕点点头:"算你识相,知道与我说些掏心窝的真话。"

刘老成忍了忍,仍是忍不了,对荀渊说道:"荀老前辈,你图啥啊,其他事情,让着这个老匹夫也就罢了,他取的这个狗屁帮派名字,害得山门弟子一个抬不起头,荀老前辈你还要这么违心称赞,我刘老成……真忍不了!"

宝瓶洲野修第一人的蜂尾渡刘老成,身为山泽野修却厮杀出一条血路的玉璞境大修士,见多了稀奇古怪的人和事,可像荀渊与高冕这样的,一个仙人境的桐叶洲仙师领袖,一个已经跌回元婴境的宝瓶洲宗门老祖,若说一见如故,是臭味相投,其实已经少见,不理会两境之差,不计较两座山门的底蕴悬殊,刘老成勉强可以理解,但是荀渊你至于这么处处捧着高冕这个不通文墨的糙老汉吗?

一开始刘老成还生怕荀渊是有所图谋,可荀渊不惜与道家天君祁真对峙,以及小飞升去往天幕,与坐镇圣人商议那个破碎洞天的归属,再加上此后三人闲来无事,联袂游历,哪怕是谨小慎微如刘老成,都不得不承认,荀渊对于高冕,溜须拍马,高冕对于荀渊,呼来喝去。两人竟然都是……真心的。

荀渊对刘老成微笑道:"我是真觉得无敌神拳帮这个门派名字,特别好。"

刘老成叹息一声,抱拳苦笑道:"佩服。"

高冕说道:"刘老成,别的地方,你比小飞升都要好,唯独在审美这件事上,你不如小飞升远矣。"

荀渊一拍膝盖："对对对，小郎君这句话，让我茅塞顿开，我原本还想不明白，为何修行路上，我一直这么孤孤单单的，小郎君今天一语道破天机，正是审美趣味使然，让我曲高和寡啊！如果不是遇到了小郎君……"

高冕一拍桌子："马屁话要你来说？在无敌神拳帮，老子早就听得耳朵起茧了！"

荀渊只得闭嘴。

今天并无其他镜花水月能够观看，高冕便故意撤了练气士神通，喝了个酩酊大醉，去睡觉了。

荀渊这才敢往画卷中丢了几枚小暑钱，开口说话，说那个石湫姑娘如果以后能够单独出现在画卷中，他一尺枪愿意次次捧场。然后荀渊就收起了画轴。

人间悲欢多如牛毛，荀渊不愿为这些涉足世俗泥泞，事事点到即止。

刘老成犹豫了很久，才说道："荀老前辈，我刘老成作为高冕的朋友，想冒昧问一句，老前辈身为玉圭宗宗主，当真对高冕没有什么谋划？"

荀渊摇头笑道："确实不曾有，静极思动而已，就想要来你们宝瓶洲走动走动，刚好在你们这边只有高冕一个朋友，不找他找谁？"

刘老成点点头。

荀渊继续道："不过私心，还是有那么点。练气士想要跻身上五境，是求'合道'二字，借此打破道高一尺魔高一丈的心魔。怎么说呢，这就相当于是与老天爷借东西，是要在仙人境期间还的。而仙人境想要百尺竿头更进一步，无非是修道求真，独独落在这个'真'字上头。"

刘老成站起身，毕恭毕敬道："受教了。"

荀渊摇头笑道："这等陈词滥调，你刘老成天资卓绝，受教什么？我又能教你什么？"

刘老成笑着坐回位子："若是没有高冕，相信我这辈子都没机会与荀老前辈坐在一起喝酒吧？"

荀渊点头道："因为我们永远不会是同道中人。不过不妨碍一番接触下来，我认可你刘老成。"

刘老成说道："晚辈幸甚！"

荀渊突然说道："我打算在未来百年内，在宝瓶洲筹建玉圭宗的下宗，以姜尚真作为第一任宗主，你愿不愿意担任首席供奉？"

刘老成震惊道："高冕可知道此事？"

荀渊摇头道："没告诉他，因为我把他当作了真朋友，而你刘老成不是，所以我们可以谈这些。"

刘老成开始权衡。

荀渊微笑道："在我离开蜂尾渡之前，你给我个确切答复就行。放心，我不会强人所难,再说你刘老成本事真不算小。"

刘老成点了点头:"容我考虑一二。"

荀渊即便是一位术法通天的仙人,也不会知道他那个小小举动,会让那个名为石湫的年轻婢女,在山门明确通知她可以自行"开画"、并且能够得到一笔神仙钱分成后,先站着不动,硬生生挨了那个仙子十几个耳光。仙子骂了无数句"贱婢",石湫只是一言不发。在那仙子发泄完满腔怒火,转身离去,走出很远后,她才敢抹去嘴角血丝,回到了那狭窄房间内。她关上门,蹲下身,小心翼翼掏出那只锦囊,攥在手心,一手死死捂住嘴巴,呜咽声从指缝间一声声渗出。

在青鸾国,老侍郎柳敬亭从一位士林领袖、斯文宗主,突然变得声名狼藉,传为朝野笑谈。便是那些贩夫走卒都开始津津有味地聊起了那些夫子的香艳事。狮子园始终闭门谢客,柳敬亭从未对外说一个字。

李宝箴大功告成,使得那些南渡衣冠失去了一个名义上的"文坛盟主",不得不另寻他人,找一个能够服众且凝聚人心的青鸾国文坛地头蛇,只是柳敬亭的遭遇,让原本许多跃跃欲试的士林大儒,心中惴惴。迁徙到青鸾国的各大豪阀世族,只得退一步,希冀着从内部找出一个领袖,只是如此一来,形势就复杂了,其中许多大族家主,名声之大,其实不输柳敬亭,但既然大家都是外乡人,同是过江龙,谁当真愿意矮人一头?谁不担心被推举出来的那个人,私底下背着大家以公谋私?

一时间青鸾国本土士林大乱,幕后那些本来还想着扶持柳敬亭为傀儡,用来制衡青鸾国唐氏皇帝的外来世族,也没个消停。

李宝箴这天去县衙公署拜访柳清风,两人在黄昏时分散步,李宝箴笑着对那些群龙无首的南奔士子,说了句盖棺论定的话:"秀才造反,三年不成。"

柳清风笑着点头。

李宝箴脸上笑意浓浓,内心则冰冷。

那晚柳清风走后,李宝箴很快就对柳清风的"三板斧"进行了查漏补缺,大大完善了那桩刀笔谋划。

当时堂上那些猪脑子和大草包,一个个对李宝箴佩服不已,恭维不断,倒也有几分真心。可是李宝箴却越发遍体生寒,因为李宝箴足够聪明,他知道那些小小的缺陷,恰恰是柳清风故意留给他的一点残羹冷炙,是给了他借机树立威信的余地。

这是柳清风无言无语的做人留一线。

李宝箴离开衙署之时,忍不住回望了一眼衙门牌坊,喃喃笑道:"好在公门修行,修不出什么大道不朽。"

一想到那些原本由衷仰慕、钦佩柳县令的胥吏杂役,一个个变得视线复杂、心生疏远，甚至有人还会遮掩不住他们的怜悯，李宝箴便有些开心起来，脚步轻快几分，快步走出衙署。

柳清风回到住处，仔细翻看卷宗档案之余，突然想起门外那个真名是王毅甫的大骊武秘书郎，昔年宝瓶洲最北方卢氏王朝的头号猛将，即将成为管辖一县治安、捕捉盗寇的县尉。想那足可担任大骊庙堂栋梁的大材，会被青鸾国小用为县尉，这个柳县令便笑了起来。

第九章
人间最得意

大隋高氏皇帝出席了千叟宴，大骊使节是当年那位莅临龙泉郡的礼部侍郎，陈平安如果看到，肯定可以一眼认出。

处处是白发苍苍的盛宴上，坐在大骊侍郎左右的分别是宋集薪和许弱，都用了化名，稚圭没有露面。

许弱依旧是横剑在身后的游侠装扮。大概除了那头少年绣虎，没有人知道许弱做了一桩多大的事情。

直面范先生，替大骊宋氏允诺商家其中一脉，可以半路杀入这场席卷一洲版图的饕餮盛宴，任其蓬勃发展，三十年内大骊宋氏将毫不干涉。

许弱喝着酒，想的不是这些大势大事，而是如何将那个依然每天卖馄饨的董水井，培养成真正的赊刀人。

宋集薪看着那个大隋高氏皇帝，再环顾四周，只觉得大隋朝野上下，暮气沉沉。

稚圭，或者说王朱，独自留在了冷清的驿馆。

一个高高瘦瘦的中年道士，施展了障眼法，隐去了真实相貌，带着两名真武山修士，悄无声息地来到了驿馆内，找到了正在檐下斜靠栏杆、静听风铃声的稚圭。

中年道士撤去术法，露出真容，仙气缭绕，头顶鱼尾冠，只是站在院中，就有一种与天地共存的大道邈邈气息，人更是如一座大岳屹立天地间。

稚圭只是瞥了眼这位神诰宗道君、宝瓶洲道统之主祁真，至于真武山那个负剑修士，则是瞧也不瞧，她更多的注意力，还是在那个肩头蹲着一只黑猫的青年身上，文文静静,与记忆中的那个杏花巷傻子差不多,比较秀气。马苦玄脸色微白,望着她,充满了和煦笑意,以及藏在眼睛深处的一股炙热的占有欲望。

稚圭不太喜欢这个家伙,倒不是对他有什么成见,而是这个马苦玄的奶奶,实在是太让她憎恶了。天底下市井妇人该有不该有的陋习,好像全给那个老妪占尽了,每次去铁锁井那边打水,只要碰到那个老婆娘,少不了要听几句阴阳怪气的酸话,如果当初稚圭不是被骊珠洞天的规矩压制得死死的,她有一百种法子让那个长舌老妪生不如死,后来杨老头失心疯,竟然送了老妪一场造化,将其变成了小镇那条龙须河的河婆,稚圭只好继续等待时机,总有一天,她要让那个本名叫马兰花的老婆娘,尝一尝人间炼狱的滋味。

至于马苦玄到时候会如何,她会在乎？全然不在乎。

祁真微笑道:"稚圭姑娘,陆掌教嘱咐贫道做的事情,贫道已经做到了。如今神诰宗刚刚获得一座崭新的破碎福地,贫道欢迎稚圭姑娘进入其中寻求机缘,贫道愿意一路保驾护航。"

追本溯源,祁真虽是那个道老二一脉,可陆沉本就是三大掌教之一,如今更是负责坐镇白玉京,祁真能够为陆沉做件事,自然欣喜万分,能够入了陆掌教的法眼,祁真确信不疑,自己将来跻身飞升境,不再是奢望。祁真年少时,就曾得到世外高人一句"仙人也要望梅止渴"的谶语,十二境之前,自是大吉之言,等到跻身天君,几乎就是行至尽头、慢慢等死的晦气预言了。而掌教陆沉,恰好是数座天下中最喜欢为顺眼人改命的大人物之一,相传陆掌教最喜欢做四大闲事,其中就有雕琢朽木之说。

马苦玄眼中只有稚圭,望着那个自己喜欢已久的姑娘,微笑道:"不用劳烦天君,我就可以。"

稚圭理也不理那位道家天君,甚至没有摆正坐姿,依旧慵慵懒懒歪着脑袋,望向马苦玄:"你就是陆沉答应送给我的那桩福缘？是不是以后都听命于我？"

当年陆沉摆算命摊子,见过了大骊皇帝与宋集薪后,独自去往泥瓶巷,找到她,说是靠点小算计,得了宋正醇一句正合他陆沉心意的"放过一马",因此能够名正言顺,顺势将马苦玄收入囊中,他陆沉打算将马苦玄赠予稚圭。

稚圭不在意那些来龙去脉,一开始也没太上心,因为没觉得一个马苦玄能折腾出多大的花头,后来马苦玄在真武山名声大噪,先后两次势如破竹,一路接连破境,她才觉得虽然马苦玄可能不是五人之一,但说不定另有玄机。稚圭懒得多想,自己手中多一把刀,反正不是坏事,如今她除了老龙城苻家,没什么可以自由调用的喽啰。

马苦玄点头道:"都听你的。你想杀谁,说一声,只要不是上五境的,我保证都把他的脑袋带回来。至于上五境的,再等等,以后一样可以的,而且应该不需要太久。"

因为喜欢稚圭的缘故,当年在杏花巷祖宅,马苦玄没少被奶奶埋怨唠叨。只有在这件事上，最宠溺他的奶奶才会说他几句不是。

稚圭问道："那你能杀了陈平安吗？"

那名真武山护道人心中一紧，沉声道："不可。"

稚圭只是盯着马苦玄。

马苦玄笑道："在山崖书院，有圣人坐镇，我可杀不了陈平安。但是你可以给我一个期限，比如一年、三年之类的。不过说实话，如果传言是真的，现在的陈平安并不好杀，除非……"

稚圭哦了一声，直接打断马苦玄的言语："那就算了。看来你也厉害不到哪里去，陆沉不太厚道，送给天君谢实的后代，就是那个傻乎乎的长眉儿的，一出手就是一座媲美仙兵的玲珑宝塔，轮到我，就这么小家子气了。"

那名真武山兵家修士生怕马苦玄听到这番言语后会恼火，不承想当他以秘法观其心湖，竟是平静如镜，甚至镜面中还有些象征喜悦的流光溢彩。

马苦玄灿烂笑道："王朱，你等着吧，总有一天，你会知道我是最好的。什么价值连城的仙兵，什么得天独厚的天之骄子，到时候回头再看，都是破烂和蝼蚁罢了。"

稚圭有些奇怪："你喜欢我什么？在小镇上，我跟你又没怎么打过交道，记不太清楚了，说不定连话都没有说过。"

如此被忽略和冷落，马苦玄依旧表现得足以让所有真武山老祖宗瞠目，只见他破天荒地有些羞赧，却没有给出答案。

稚圭蓦然笑了起来，伸手指向马苦玄："你马苦玄自己不就是如今宝瓶洲名气最大的天之骄子吗？"

马苦玄嘴角翘起，一瞬间，就恢复成了世人熟悉的那个跋扈修士，天资卓绝，令同龄人心生绝望，让老修士只觉得自己数百年岁月活在了狗身上，关键是马苦玄数次下山磨砺，或是在真武山与人擂台对峙，杀伐果决，残忍血腥，转瞬间就分生死，而且喜好斩草除根，无论得理不得理都从不饶人。

马苦玄缓缓道："我可不是什么天之骄子。"

那只蹲在他肩头的黑猫，身躯蜷缩，抬起爪子舔了舔，尤为温顺。

稚圭打量了他一眼，撇撇嘴："随你。"

马苦玄问道："如果我哪天打死了宋集薪，你会生气吗？"

稚圭似乎有些恼火，瞪眼道："马苦玄，拜托你没什么本事之前，少说点大话，不然会让人厌烦的。"

马苦玄笑道："我听你的。"

一路看着马苦玄一步步成长起来的那位真武山护道人，心情复杂。

天君祁真对于这些则是漠不关心。不过是出于对重返白玉京的陆掌教的那份敬意，才耐着性子站在这里，看这些晚辈过家家一般闲聊。

不管稚圭和马苦玄各自的身份，只要他们一天不跻身上五境，就都是两件说碎就碎的精美瓷器。

马苦玄遗憾道："我这就要去趟朱荧王朝，杀几个地仙剑修作为破境契机。"

稚圭漫不经心道："我管你去哪儿。"

马苦玄哈哈大笑，转头对祁真说道："那就有请天君带我们出城吧。"

祁真点点头，对稚圭说了句"后会有期"，三人身影消失不见。大隋京城大阵，并未察觉出异样，几人如出入无人之境。

整座宝瓶洲的山下世俗，恐怕也就大骊京城会让这位天君有些忌惮。

稚圭趴在栏杆上，泛起些许睡意，闭上眼睛，一根纤细手指的指甲随意划抹栏杆，吱吱作响。她翻转过身，背靠栏杆，脑袋后仰，整个人曲线玲珑。她弯曲手指，一次次屈指而弹，檐下的那串风铃，随之叮叮咚咚作响。

暮色里，她睁着那双瞳孔竖立的金色眼眸。

异象消散，她站起身，亭亭玉立，笑望向院门那边。

宋集薪带着一身淡淡的酒气走入院子。

她问道："千叟宴好玩吗？"

宋集薪抖了抖袖子，哀叹道："宴席上那些老家伙，恨不得将我们到场三人抽筋剥皮，吃我们的肉，喝我们的血，吓死我了。"

稚圭好奇问道："不是缔结了百年盟约吗？与公子无冤无仇的，咱们大骊铁骑都没经过他们家门口，就直接往南走了，他们为何这般不友善？"

宋集薪瘫靠着栏杆，想了想，回答道："好日子过习惯了呗，受不得半点委屈。"

稚圭一脸恍然道："这样啊，那奴婢可比他们脾气好多了。"

宋集薪误以为她是说当年附近几条街巷狗屁倒灶的事情，笑道："等公子出息了，肯定帮你出气。"

稚圭嗯了一声，问道："那三本书，公子还没能看出门道吗？"

宋集薪有些疲惫，闭上眼睛，双手揉着脸颊："说不定就只是些普通书籍，害我疑神疑鬼这么久。"

宋集薪突然将手伸进袖子，掏出一条貌似乡野间时常可见的土黄色四脚蛇，随手丢在地上："在千叟宴上，它一直蠢蠢欲动，如果不是许弱用剑意压制，估计就要直扑大隋皇帝，啃掉人家的脑袋当宵夜了。"

稚圭蹲下身，摸出一枚谷雨钱，放在手心。那条四脚蛇畏畏缩缩，愣是不敢一口吞掉美食。

宋集薪弯下腰，看着那条额头生出虬角模样的小家伙，无奈道："瞧你这怂样，再看看书简湖那条水蛟,真是天壤之别。"

宋集薪不再管它,打着哈欠,去屋子里边睡觉了。

稚圭晃了晃手掌,四脚蛇仍是不敢上前。

"算你识趣。"稚圭笑眯眯地将手心的谷雨钱丢入自己嘴中,小家伙仿佛有些委屈,轻轻嘶鸣。

稚圭手握拳头,一拳砸在它脑袋上:"三年不开张,开张吃三年。这都不懂?"

她站起身,将那条四脚蛇一脚踹得飞入院子:"本事半点没有,还敢奢望国师的那副上古遗蜕,偷偷流口水也就罢了,还给人家抓了个正着,怎么摊上你这么个成事不足败事有余的玩意儿。"

稚圭坐在台阶上,脱下一只绣鞋,朝它招招手。小家伙乖乖来到她脚边,还生着气的稚圭便拿起绣鞋,一下一下拍打小家伙。

龙泉郡披云山上新建了林鹿书院,大隋皇子高煊就在这里求学,大隋和大骊双方都没有刻意隐瞒这点。

这是高煊第二次进入龙泉郡,不过一次在天上,是需要走过一架通天云梯的骊珠洞天,这次在地上,在实实在在的大骊版图上。

披云山如今是大骊北岳,山是新的,书院也是新的,从传道授业的夫子先生,到求学闻道的年轻士子,也算是新的。

林鹿书院是大骊朝廷筹办,没有七十二书院之一的头衔,山长副山长名气都不大,其中还有一个昔年大隋藩属黄庭国的老侍郎,不过谁都知道,林鹿书院肯定是奔着"七十二"去的,大骊宋氏对此志在必得。

高煊一开始还以为自己在书院,肯定会有许多冲突,至少也该有一些白眼冷落,不然就是心怀叵测的试探,就跟李宝瓶和于禄他们到了东华山的山崖书院差不多,怎么都要挨上些被欺生的苦头。但是在林鹿书院待了几个月后,他有些失落,因为好像从夫子到学生,对他这个身为敌国皇子的学生或是同窗,并没有太重视,几乎没有人流露出明显的敌对情绪。

高煊为此疑惑了挺长一段时间,后来被那位在披云山结茅修行的弋阳高氏老祖宗一番话点醒。

大骊王朝短短百年,就从一个卢氏王朝的附属国,从最早的宦官干政、外戚专权的一块烂泥塘,成长为如今的宝瓶洲北方霸主,在这期间战乱不断,一直在打仗,在死人,也一直在吞并周边邻国,就算是大骊京城的百姓,都来自四面八方,并没有大隋朝廷那种许多人当下的身份地位,现在是如何,两三百年前的各自祖辈们,也是这般。

高煊一点就透,流水不腐,户枢不蠹。

不过那位曾经在大隋京城,以说书先生的身份混迹于市井的高氏老祖宗,感慨了一句:"流水?流血才对吧。"

高煊一有闲暇,就会背着书箱,独自去龙泉郡的西边大山游历,或是去小镇那边走街串巷,要不然就是去北方那座新建郡城逛荡,还会专程稍稍绕路,去北边一座拥有山神庙的山上吃一碗馄饨。店主姓董,是个高个子年轻人,待人和气,一来二去,高煊与他成了朋友,若是董水井不忙,还会亲自下厨烧两个家常小菜,两人喝点小酒儿。

高煊偶尔会去一栋已经无人居住的宅子,据说家主是一个名叫李二的男人。宅子如今给他媳妇的娘家人霸占了,正想着怎么卖出一个高价,只不过好像在县衙户房那边碰了壁,毕竟没有地契。

高煊的书箱里边,有一只龙王篓,他每天都会按照高氏老祖传授的秘术,将一枚枚小暑钱小炼灌注其中,使得里边灵气浓稠如水。

竹编小鱼篓内,有条缓缓游弋的金色鲤鱼。

那是高煊第一次见到李二,当然还有陈平安时买到的。

其实高煊来这里之前,已经做好了心理准备,说不定某天就需要将龙王篓和金色鲤鱼,交给大骊王朝的某个权势人物,作为自己在林鹿书院安稳求学的代价。但是至今袁县令和吴郡守都没有来见过他。

这天,正蹲在溪涧旁洗脸,高煊突然转头望去,看到一个身穿雪白长袍、耳边垂挂有一只金色耳环的俊美男子。

高煊赶紧站起身,作揖行礼道:"高煊拜见北岳正神。"

大骊北岳正神魏檗笑道:"不用这么客气,见你逛了很多地方,总这么背着龙王篓也不是个事儿,如果你信得过我,不妨打开龙王篓,将那条金色鲤鱼放入溪水,养在这活水之中。以灵气作水,那是死养,久而久之,会丧失灵性的,短时间内境界会攀升很快,可是会被堵死在元婴境瓶颈上,虽说放它入水,每天汲取的灵气会逊色许多,修为进展相对缓慢,可从长远来看,则是利大于弊。"

魏檗指了指远方:"从这里到龙须河,再到铁符江,它可以自由游动,我会跟两位河婆、江神打声招呼,不会拘束它的修行。"

高煊其实有些犹豫。他与这位大骊山岳正神,从未打过交道,哪里放心?

鱼篓内那条金色鲤鱼,是被老祖宗誉为将来有望跳过中土神洲那座龙门、化作一条真龙的存在。

大道之上,人心幽微,种种算计,层出不穷。被人强取豪夺这桩天大机缘,高煊既然已经寄人篱下,那就得认,认的是大势,自己的道心反而会愈加坚定,逆境奋发,最能砥砺心性。可若是被人算计,失去已经属于自己的手上福缘,那折损的不只是一条金色鲤鱼,更会让高煊的大道出现纰漏和缺口。

魏檗微笑道:"没关系,等你哪天想通了,再放养它不迟。"

魏檗就要转身离去,高氏老祖突然从披云山一掠而来,出现在高煊身旁,对高煊说道:"就听魏先生的,有百利而无一害。"

高煊见自家老祖宗现身,也就不再犹豫,打开竹箱,取出龙王篓,将那条金色鲤鱼放入溪涧之中。金鲤一个欢快摆尾,往下游一闪而去。

高煊蹲在水边,手持空荡荡的鱼篓,喃喃道:"久在樊笼里,复得返自然。"

赵繇当年坐着牛车离开骊珠洞天,是按照爷爷的安排,去往宝瓶洲中部靠近西边大海的一个仙家门派修道。只是在半路上他遇到了那个眉心有痣自称绣虎的少年。赵繇最终交出了那枚齐静春赠送的春字印,因为对方是大骊国师崔瀺。

小镇学塾当中,这一辈人里,就数他赵繇陪伴先生最多,李宝瓶那些孩子、宋集薪这个让赵繇佩服不已的同龄人,在这件事上,都不如他。

一路游历,靠着崔瀺作为交换赠送给他的一门修道秘法,以及两件仙家器物,赵繇总能够逢凶化吉。

只是最后临近那座仙家洞府,牛车已经到了山脚,形神憔悴的赵繇却突然改变主意,弃了牛车,给那头水牛解开束缚,独自继续往西边大海而去,最后寻了一座传说中的仙家渡口,乘坐渡船去往孤悬海外的神仙岛屿,再换乘渡船,继续前往中土神洲方向。毕竟整个宝瓶洲,跨洲渡船只有老龙城那边才有,而且多是倒悬山的商船,因此宝瓶洲练气士,想要去往中土神洲,就只能用赵繇这种法子,一次次利用海上仙家门派的中短途渡船。

只是行程过大半之后,赵繇乘坐的那艘仙家渡船遇上了一场浩劫,被铺天盖日、如同蝗群的某种飞鱼撞烂,赵繇跟绝大多数人都坠入海中,有些当场就死了,赵繇靠着一件护身法宝逃过一劫,可是大海茫茫,似乎还是死路一条,迟早要葬身鱼腹。

渡船上两名金丹境修士想要御风远遁,一个试图向上冲破飞鱼阵型,结果绝望死于没有尽头的飞鱼群,粉身碎骨;一个见机不妙,筋疲力尽,只得赶紧落下身形,遁入海水中。

赵繇坐在一块巨木上,身上死死系着那只包裹,不知道漂荡了多久,容貌枯槁,生不如死。他终于支撑不住,昏死过去,从巨木上跌入海水中,靠着护身法宝的最后一点灵光,随波逐流。

当赵繇浑浑噩噩睁开眼睛后,却发现自己躺在一张床上。他猛然惊醒,坐起身,发现是一个还算宽敞却简陋的茅屋,家徒四壁书侵坐,满满当当的泛黄书籍,几乎让人难以步行。

已经瘦成皮包骨头的赵繇起身后,发现那只包裹就放在床头,打开后,里边的东西一样没少，他如释重负。

沿着半人高的"书山"小径，赵繇走出茅屋，推开门后，视野豁然开朗，发现茅屋建造在一座山崖之巅，推门便可以观海。

赵繇还看到山顶斜插有一把无鞘剑，锈迹斑斑，黯淡无光。

赵繇走到悬崖边上，怔怔看着深不见底的下边。

就在他准备一步跨出的时候，身边响起一个温醇嗓音："天无绝人之路，你对自己就这么失望吗？"

赵繇泪眼蒙眬，转过头，看到一个身材修长的青衫男子正在远眺大海。

当时犹是少年的赵繇抹去眼泪，突然问道："先生定然是世外高人，能否收我为弟子？我想学习仙家术法！"

那个男人摇头笑道："我这个人，从未拜师，也从不收取弟子，怕麻烦。你在这边调养好身体，我就将你送走。"

赵繇问道："这里是哪里？"

男人笑道："人间，还能是哪里？"

赵繇大概是破罐子破摔，又是心性最为绝望脆弱之际，很不客气地追问道："我想知道，这是人间的哪里？！"

男人倒也不生气，微笑道："不是我故意跟你打机锋，这就是个没有名字的普通地方，不是什么神仙府邸，灵气稀薄，距离中土神洲不算远，运气好的话，还能遇到打鱼人或是采珠客。"

之后赵繇就在这边住了下来，休养身体，相处久了，就会发现那个男人，除了脚力不俗，其实很普通。即便山顶几栋茅屋都藏书颇多，可男人平时没有半句高深言语，每天也要吃饭，经常走下山去海边散步。赵繇每天就是翻书看书，要不然就是坐在崖畔发呆。

只是某天赵繇闷得发慌，试图拔出地上那把剑的时候，男人才站在自己茅屋那边，笑着提醒赵繇不要动它。

赵繇好奇问道："这把剑有名字吗？"

青衫男人摇头道："不曾有过。"

赵繇又问："先生可是科举失意人？或是逃避仇家，所以才离开陆地，在这儿隐居？"

男子还是摇头："都不是，没你想的那么复杂，我只是比较认可一句话，人生实难，大道多歧，既然路难走，就停下来，偷个懒，好好想一想。"

赵繇试探性问道："先生真不是那世外高人，比如是一位金丹境、元婴境的陆地神仙？"

男人笑着反问道:"我自然不是什么地仙,再者,我是与不是,与你赵繇有什么关系?"

赵繇在这边住了将近两年,海岛不算太大,已经可以独自逛完,也确实如男人所说,运气好的话,可以遇上出海打鱼的渔夫,还有所冒风险极大却能够一夜暴富的采珠客。

赵繇的心境趋于平稳,就主动开口,跟男人说想要去中土神洲游历。

男人笑着点头:"路上小心些,记得不要再对自己失望了,也许这才是最让人失望的。"

赵繇有些赧颜,最后取出那个木雕螭龙镇纸:"为了报答救命之恩,我想把它送给先生。"

男人摆摆手,似乎有些无奈:"什么时候外边的天下,已经变得力所能及去救人,都是一件道德多高的事情了?"

赵繇倔强道:"可先生救我不图回报,被救之人,却不能不在乎!这已是我身上最重要的物件,拿来报答先生,正好。"

男人展颜一笑:"那说明天下总算没有变得太糟糕。"

只是男人最后还是没有收下那个镇纸。

赵繇乘坐一张自制木筏,去往陆地,站在木筏上,赵繇向岸上的男人作揖告别。

在那之后,男人依旧这般闲适生活。

有一天,山顶那把长剑微微颤鸣。男人站在长剑旁边,望向宝瓶洲那个方向,微笑道:"老皇历就不要去翻它了。"长剑颤鸣渐渐停歇。

之后,有两个访客凭空出现在海岛,一个酒糟鼻子的老道人,一个年轻道士,后者赶紧蹲在地上呕吐。

从宝瓶洲东南方那个村子的巷子开始,到宝瓶洲西海之滨,再到海上某座"宗"字头仙家坐镇的孤岛,最后到这里,年轻道士已经吐了一次又一次。

老道人赶紧蹲下身,轻轻拍打自己徒弟的后背,愧疚道:"没事没事,这次吐完……再吐一次,呃,也可能是两次,就熬过去了。"

年轻道士吐得差点将胆汁都给呕了出来,红着眼睛问道:"师父,你次次都这么说,什么时候是个头啊,你能不能给我一个准话?"

一身古怪道袍、双袖如有火龙游走的老道人,笑脸尴尬。

年轻道士站起身,问道:"师父,你说要带我见见你最佩服的人,又不愿说对方的来历,为什么啊?"

老道人微笑不语,抬头问道:"开个门,我们师徒跟你讨杯茶水喝,行不行?"

男人叹了口气,出现在海边,就站在师徒二人一丈外:"我一个读书人,你一个龙虎山外姓大天师,却要与我比拼雷法和符箓两道?"

老道人早已使用神通,不至于让自己徒弟听闻此人言语。

有些事情，还是需要瞒着这个傻弟子。

矮小的老道人笑问道："连门都不让进？怎么，算是已经答应了与我比拼道法？进得去，就算我赢，然后你就借我那把剑？"

男人摇头道："你真要这么纠缠不休？"

年轻道士张山峰根本听不到师父与那个青衫男子在说什么。事实上，张山峰惊骇地发现，那青衫男子的面容，自己看一眼，就会忘记先前那一眼所见。

老道人哈哈笑道："哎哟，生气啦，有本事你出来打我啊？"

男人扯了扯嘴角。

张山峰蓦然听见了自己师父这种臭不要脸的言语，忍不住轻声提醒道："师父，你虽然一直自诩为修真得道之人，可身为山上练气士，登门拜访，说话还是要注意一点礼数和风度吧。"

老道人连连点头称是，然后对那男人瞪了一眼："使用这等伎俩，算什么英雄好汉！"

男人说道："那把剑，你都拔不出来，借什么？"

老道人神色凝重："贫道当下境界，依然拔不出来？"

男人点头道："任你再高一层境界，也一样无法驾驭。"

老道人喟然长叹。

当年龙虎山曾经有过一桩秘事。老道人答应过上代大天师，只有斩杀了那只飞升境妖魔，才可以名正言顺地重返龙虎山。如今胜负是八二开，他稳操胜券，可若是分生死，则只在五五之间。

老道人看了眼身边最被自己寄予厚望的弟子，决意要去试一试！

男人突然望向年轻道士："你这份拳意？"

张山峰当下背着一把龙虎山寻常桃木剑，和一把篆刻有"真武"二字的破损古剑，听到那青衫男子的问话后，一头雾水。

老道人引以为傲，道："怎样，很了不起吧？是我这弟子自创的！"

青衫男子破天荒露出一抹赞赏神色："说不定可以再为天下武学开出一条大路，还可以演化出诸多功德。嗯，更难得的是其心赤诚，你收了个好弟子。"

老道人笑得合不拢嘴，开始胡说八道："哪里哪里，一般一般，其实这样的弟子，我没有一打也有七八个。"

张山峰倒是没觉得师父在说大话，更没有为此而失落，当年在山上修行，他确实是资质最平平的那个人，远远不如师兄师姐，甚至还不如一些辈分只是他师侄的小道童……

男子笑道："龙虎山当年的事情，我听说过一些，你想要带这名弟子上山祭祖师，难如登天。刚好那只妖魔，确实过界了。"

男人想了想："等我一炷香。"转身走上山巅。

青衫男子随手一抓，插在山巅的那把长剑被他握在手中。

这个只愿意承认自己是读书人的世外人，没有任何意气风发的神色，甚至拔出那把连一位龙虎山外姓大天师都拔不出来的长剑后，没有引发半点天地异象。就像世间任何一个寒窗苦读的穷酸士子，坐在书斋，拎起了一支笔，想要写点豆腐块大小的文章而已。

他去了一座中土神洲无人敢入的万丈深渊，一剑让那只盘踞在深渊之底的十三境妖魔形神俱灭。

返回山巅，重新将锈迹斑斑的长剑插回地面，走下山，对老道人说道："现在你们可以登上龙虎山了。"

老道人嬉皮笑脸道："这怪难为情的，大恩不言谢，咱们就先走了啊，以后再来。"

拉着一脸茫然的张山峰的胳膊，以脚画符，直接缩地千万里，去了中土神洲内陆的一座高山。

青衫男人也不介意，站在原地，继续观海。

赵繇当时年少无知，曾经询问他是不是一个失意人。这个问题，实在有趣。因为这个读书人，一直被誉为人间最得意。

天上悬着三个月亮。

这是在浩然天下绝对看不到的景象。

素洁月辉尽情洒落在天地间，照耀得那十万大山如同铺上了厚雪。只是绵延不绝的大山之间，簌簌作响，声音可以轻松传遍数百里。

若是有仙人能够逍遥御风于云海间，向下俯瞰，就可以看到一尊尊高如山峰的金甲傀儡，正在搬动一座座大山缓缓跋涉。也有一些身躯长达千丈的远古遗种凶兽，浑身伤痕累累，无一例外，被手持长鞭的金甲傀儡驱使，担任苦役，任劳任怨，拖曳着大山。偶尔有些得以休憩片刻的蛮荒遗种，精疲力竭地以一些山峰作为枕头，困顿酣睡，身上早已没有半点先天而生的凶悍之气，早已被无止境的艰难岁月消磨殆尽。

这幅画面，在这座天下，只能是口口相传、以讹传讹，距离真相，相差很远。因为没有人胆敢在这十万大山上空擅自掠过。

漫长的历史上，确实有过一些上五境的大妖偏不信邪，然后就被不计其数的金甲傀儡拖曳而下，最终沦为那些苦力大妖中的一员，变成永久长眠于大山中的一具具巨大骸骨，甚至无法转世。

在那群山之巅，有栋破败茅屋，屋后边是一块菜圃，有着难得的绿意，茅屋外围了一圈歪歪斜斜的木栅栏，有条瘦骨嶙峋的看门狗，趴在门口微微喘气。

一个身材瘦弱的老人站在门外的空地上，面对大山，伸手挠了挠腮帮子，不知道在想些什么。

那条瘦狗蓦然起身,飞蹿出去,朝着一个方向使劲咆哮。

一股形若龙卷的磅礴罡风,浩浩荡荡席卷而去,直接将一大片遮蔽一轮明月的乌黑云海炸碎。

老人依旧无动于衷。

云海破去后,围绕这座大山四周的大地之上,站起一尊尊金甲傀儡,手持各种与身形匹配的夸张兵器,其中不乏将远古凶兽的雪白骸骨作为长枪的。

其中一尊金甲傀儡便将手中白骨长矛朝天空丢掷而出,雷声滚滚,仿佛有那开天辟地之威。长矛直扑天上极远处两个米粒大小的身影。

那两个远道而来的访客,皆以人身示人。其中一个高大老者,身穿鲜红长袍,袍子表面涟漪阵阵,血海滚滚,其上隐隐约约浮现出一张张狰狞脸孔,试图伸手探出血海,只是很快便一闪而逝,被鲜血淹没。这个身材魁梧的老人系有一根不知材质的漆黑腰带,上面镶嵌有一块块长剑碎片。老人身边是一个年轻面容的晚辈,腰间两侧各自悬挂一把长剑,背后还斜背着一只雪白的剑匣,露出三把长剑的剑柄。

眼见着那根长矛就要破空而至,年轻人眼神炙热,却不是针对那根长矛,而是大山之巅那个背对他们的老人。

那根气势如虹的长矛不过被红袍老者瞥了一眼,便化作齑粉,四处飘散。其余飞掷而来的利器,如出一辙,皆是不等近身就已经崩碎。

红袍老人有些恼火,不是被这波攻势拦阻的缘故,而是气愤那个老家伙的待客之道,太小瞧人了,只是让这些金甲傀儡出手,好歹将地底下牢笼中的那几个老伙计放出来,这还差不多。

红袍老人冷笑道:"老瞎子,你莫不是在别人地盘住久了,就真忘了主人是谁?就拿这些给我挠痒痒吗?!"

只见他一巴掌拍去,地上一具金甲傀儡瞬间被砸入地下,尘土飞扬。

之后出手不停,大地上出现一连串爆竹声般的响声,一尊尊巍峨如山的金甲傀儡全部给拍得不见踪迹。

山巅那个矮小老人转过头,"望向"那两只站在这座天下顶点的大妖。他的眼眶竟是空的,如同两座漆黑不见底的深渊。

这个被称呼为老瞎子的矮小老人,还在那边挠腮帮子。

照理来说,若是同样的十三境修士,或是那些个屈指可数的隐秘十四境,在自家打架,除非外人带着不太讲理的兵器——当然,这种玩意儿,同样是几座天下加在一起,都数得过来的。四把剑之外,比如一座白玉京,或是某串佛珠,一本书——在自家天下,一般都是立于不败之地的,甚至打死对方都有可能。尤其是跻身失传二境的第一层境界后,如果吃饱了撑的,去往别处天下撒欢,被那座天地的大道规矩压制,那是最"天经地义"的事情。只是天大地大的,总有那么几个例外,有何奇怪。比如这个老瞎子,蛮荒天下的外来户,却硬生生活得比主人家还逍遥。又比如浩然天下那个臭牛鼻子。

老瞎子沙哑开口道:"换那个家伙来聊还差不多,至于你们两个,再站那么高,我可就要不客气了。"

那个身上带了五把剑的年轻人,笑了笑。作为年纪最轻的一个上五境剑修大妖,他参加过那场惊天动地的大战,甚至还赢了剑气长城的剑仙,使得对方不得不沦为倒悬山看门人之一。

他觉得脚底下那个老瞎子确实是很厉害,但也不至于厉害到无法无天的地步。

红袍老者脸色阴晴不定,一身凶悍戾气几乎使得四周的光阴长河都要停滞。可最后他只是冷哼一声,转身而走。

那个战功彪炳的年轻剑仙大妖稍稍犹豫,心湖间就响起略显焦急的话语:"快走!"

突然之间,一股巨大的拉扯力,席卷这个年轻剑修大妖。

年轻剑修大妖正要借此机会出剑,会一会那个老瞎子,却发现红袍老者怒吼一声,抓住他的肩头,使劲往天幕抛去。然后红袍老者一挥大袖,滚出一条汹涌血河,试图打断那股已经盯上晚辈剑修的气机。

天地翻转,气机紊乱。

感受到一阵大道压肩窒息感觉的红袍老者脸色微变,使劲挥动大袖,一条条鲜血长河几乎要汇聚成一座巨湖,厉色道:"老瞎子,你信不信我将你这十万大山就此毁去?!"

老瞎子停下了挠腮帮子的动作。

就在此时,一个威严嗓音传入这座极大的"小天地":"够了。"

红袍老者愤愤然停下手,收起神通,鲜血长河返回大袖。

老瞎子伸手一抓,将那年轻剑仙大妖一把拽在脚边,蹲下身,满脸惊骇的年轻大妖发现自己竟然动弹不得,矮小老人伸手从他眼眶中抠出一颗眼珠子,放入嘴中咀嚼,转头呸了一声,吐在地上,结果那条瘦骨嶙峋的老狗流着口水飞奔而至,一口吞下。

老瞎子站起身,用脚尖一挑,将那少了一颗眼珠子的年轻剑仙大妖踢向空中:"这是看在你的面子上。"

天地重归寂静。

老瞎子双手负后,走向院门,看着那条老狗,嗤笑道:"狗改不了吃屎。"

他又开始抬手挠腮帮子,转身走向山崖畔,总觉得这幅画卷上有些地方的"笔墨",还需要删减或是增加。

就这么一直站着。老瞎子突然皱了皱眉头,犹豫了一下,手指微动,那些再度起身的金甲傀儡重新落座。

这次的客人,是一个老人和一个年轻女子,来自剑气长城。

老瞎子对那风尘仆仆的年轻女子,露出一个连他自己都觉得别扭的笑意——恐怕谁见到了,都只会觉得阴森恐怖。

然后他转头望向那个老头子,怒道:"陈清都,别来烦我!这次我谁也不帮!"

来的老人正是剑气长城的老大剑仙陈清都。

陈清都问道:"你还是一个人吗?"

老瞎子答道:"你扪心自问,我们还是人吗?"

陈清都点头道:"我是。"

老瞎子沉默片刻,问道:"两座天下打得再厉害,能有当年厉害?撑死了不过是将那个一,打得更加破碎而已,当年是如此,一千年一万年之后,能变到哪里去?世道还不照样是这么个样子?意义何在?说不定彻底掀翻了打烂了才好,重新归一。"

陈清都说道:"活该你眼瞎。"

老瞎子突然笑了:"总好过你这条替人卖命的看门狗吧。狡兔死走狗烹,一次不够,还要再尝一尝滋味?我看你们这些刑徒遗民,当初之所以落了个今日田地,就是陈清都你们这些人连累的。我在这边待了这么久,知道为什么一直不愿意往北边瞧吗,我是怕一看到你们这个天底下最大的笑话,会把我活活笑死。"

老瞎子指了指院门口那条瑟瑟发抖的老狗:"你瞧瞧你陈清都,比它好到哪里去了?"

老瞎子偏转视线,对那个年轻女子沙哑笑道:"宁丫头,你可别恼,与你无关,你还是很不错的。"

宁姚默不作声。

陈清都很快就带着宁姚离去了。

老瞎子轻轻叹息一声,再无心情去欣赏那幅尚未完工的山河画卷。走向院门,看到那条抬头吐舌头的谄媚老狗,老瞎子骤然间伸出一脚,重重踩在老狗的背脊上,老狗立即呜咽求饶,老瞎子直接将这个生命力无比顽强的远古大妖,踩断了整条脊梁骨,反正靠着那颗年轻大妖的眼珠子,它很快就可以恢复。

老瞎子嘀嘀咕咕,步入院子。

剑气长城那边的墙头上,老大剑仙陈清都盘腿而坐,宁姚在喝酒。

陈清都淡然道:"不用替我打抱不平,老瞎子才是当初最受伤的那个人,所以不是外界传闻那般,跟蛮荒天下的祖妖大战一场,输了才丢掉的双眼,而是很早之前,他自己伸手挖出眼珠子,一颗丢在了浩然天下,一颗摔在了青冥天下。我这次去找他,为的就是想要亲耳听到他那句'谁也不帮',这已经很好了。"

宁姚点点头。

宁姚喝了半壶酒，转头望向陈清都。

陈清都气笑道："宁丫头，不是我说你，你倒是回自己家瞧去啊，这儿可是你陈爷爷我的地盘，哪有被你赶人的道理？"虽然嘴上这么说，老人仍是跳下墙头，走回了自己的茅屋。其实他是知道原因的，那个小子曾经在这墙头上打过拳嘛。

宁姚从袖中拿出一个卷轴，将酒壶放在一边，然后趴在墙头上，摊开那幅光阴长河画卷，这已经是第三遍还是第四遍了？

画卷上，场景是在那个她也去过的神仙坟，一群孩子正在放纸鸢，有个黝黑干瘦的孩子，一个人远远坐在别处，显得形单影只，有同龄人放飞纸鸢奔跑，路过那个家伙身边，拽了拽纸鸢，然后蹲下身，捡起一块泥巴，狠狠丢掷过去，看到那个转身就跑的身影，手有纸鸢的高大孩子，哈哈大笑。

宁姚伸出一根手指，在那幅画卷上敲了敲，刚好戳在那个高大孩子的脑门上，她嘀嘀咕咕了几句。然后收回手，就这么安安静静看完这幅画卷。

咫尺物当中，其实还有不少，不过她每次都只会看一幅。

她翻转身，双手叠放在后脑勺下边，轻轻摇晃一条腿。

喜欢他，与画卷无关。看过了一幅幅画卷，只是从喜欢，变成了更喜欢。

她宁姚，喜欢谁，与天地无关。

陈平安可以为了她，傻乎乎练习一百万拳。可这很了不起吗？

宁姚睁开眼睛，她觉得自己哪怕死一百万次，都可以继续喜欢他。

茅小冬告诉陈平安，大隋京城的暗流涌动，已经不会影响到山崖书院，听到这个消息，最开心的当然是李宝瓶，拉着陈平安开始游逛京城四方。请小师叔吃了她经常光顾的陋巷两家小饭馆，看过了大隋各处名胜古迹，花去了足足大半个月的光阴，李宝瓶说还有一小半有趣的地方没去，但是通过和崔东山的闲聊，得知小师叔如今刚刚跻身练气士二境，正是需要日夜不休汲取天地灵气的关键时期，李宝瓶便打算按照家乡规矩，"余着"。

陈平安开始真正修行。以白天特定时辰的纯正阳气，温煦脏腑百骸，抵御外邪、浑浊之气侵蚀气府。以夜间某些时刻汲取的清灵阴气，着重滋润两处已经开府、安放本命物的窍穴。

由于金色文胆的炼化，很大程度上涉及儒家修行，茅小冬就亲自拿出一部诗集，指点陈平安，通读历史上最著名的百余首塞外诗。

得知陈平安虽然经历了这么遥远的游历，竟然在两洲版图上，连一座古战场遗址都不曾亲临观摩，只在那小小的藕花福地，看过一群僧人在一座战场诵经念佛，茅小冬又将陈平安教训了一通。

日夜游神真身符,已经被茅小冬"关门",不然符箓品秩再高,灵气流逝速度再慢,都不是一件好事。

至于开门之法,则是崔东山在陈平安详细讲述真身符的来历后,回去揣摩、捣鼓一番,真就成了。

崔东山觍着脸说想要翻翻那本《丹书真迹》,他愿意每翻一页书,支付给先生一枚小暑钱。陈平安没答应。

裴钱陪着陈平安和李宝瓶逛了几次,实在是觉得在书院更舒服些,每天走来走去,晨出晚归,累个半死,哪里有在崔东山院子那边跟李槐吹牛打屁、玩五子棋舒服,后来就找借口留在了书院。陈平安也觉得裴钱走了这么远的路,一步不比他们少,就由着裴钱在书院嬉戏打闹,不过每天还是会检查裴钱的抄书,再让朱敛盯着裴钱的走桩和练刀练剑。关于习武一事,裴钱用不用心,不重要,陈平安不是特别看重,但是练习的时间一炷香都不能少。

茅小冬经常会与陈平安闲聊,其中说到一句"法令,只是治国工具,而非制治清浊之源"。应该是茅小冬担心陈平安这个小师弟,不小心在法家一途上越走越远,不得不出声提醒。

茅小冬当时笑道:"这句话可不是我们儒生说的,不是故意贬低法家而抬高儒学,而是一位名垂青史的中土神洲的法家酷吏,他自己说的。"

陈平安点头认可。

在崔东山的院子里,裴钱经常和李槐凑在一起,翻来覆去,看那几本江湖侠客的演义小说,看得有快有慢,所以经常会为了该不该翻书页而争吵。偶尔,李宝瓶也会陪着看一会儿,不过裴钱和李槐喜欢看那刀光剑影、血肉横飞、荡气回肠的生生死死。李宝瓶也看这些,只是更喜欢看那些可能连名字都没有的人物,瞎琢磨,为何此人会在此地说此话行此事。

朱敛有一天拿出一摞自己写的文稿,是写书中一个个侠女纷纷落难、惨遭江湖名宿和无名小辈欺辱的桥段,于禄偷偷看过之后,惊为天人。朱敛觉得于禄不愧是自己的知己,极为投缘。

崔东山书房那边,堆满了仙气缥缈的古画,一幅幅画卷上有鸟语花香,有空山新雨,还有老叟寒江垂钓图。结果当晚就给李槐和裴钱"画蛇添足",在这些传世名画上边,擅自勾勾画画,大煞风景。比如裴钱为鸟雀画上鸟笼,歪歪扭扭,灵感来自青鸾国柳氏小姐的那只鸾笼。李槐在孤舟蓑笠翁的船边,画了一条比小舟还要巨大的怪鱼。崔东山见到之后,也不生气。

崔东山某天拿出一幅怪僻的宫廷画作,骷髅鬼怪消暑图,怡然自得,说是要给裴钱长长见识。裴钱看得仔细，结果一具骷髅刹那之间变大，几乎要冲破画卷，吓得裴钱差点魂飞魄散，甚至只敢呆呆地坐在原地，无声哭泣，直到见着了陈平安也只是抿起嘴唇。结果崔东山就被陈平安追着打，连拳带脚，破口大骂，脏话连篇，连龙泉郡家乡方言都从嘴里蹦了出来。陈平安抓起一把扫帚，砸在崔东山后脑勺上，崔东山飞扑出去，倒地装死，才算勉强逃过一劫。

崔东山偶尔也会说些正经事。

这天一堆人不知怎么就聊起了人之寿命一事，崔东山笑道："应该知道蛇蜕皮吧？先生生长在乡野之地，应该看到过不少。"

陈平安点点头，李宝瓶、裴钱和李槐也点头。

崔东山笑眯眯道："若说人之魂魄为本，其余肌肤、骨肉为衣，那么你们猜猜看，一个凡夫俗子活到六十岁，他这辈子要更换多少件'人皮衣裳'？"

裴钱觉得这个说法，让她有些毛骨悚然。

崔东山笑眯眯伸出一根手指。

裴钱瞪大眼睛："十件？"

李宝瓶皱眉道："一百？"

李槐纯粹是为了拆台，他就喜欢跟李宝瓶和裴钱抬杠，大大咧咧道："一千！"

崔东山点头道："人这辈子，在不知不觉间，要更换一千件人皮衣裳。"

崔东山继续道："再加上那些冥冥之中无比契合天地的气府窍穴，所以世间有灵众生，成为精魅之后，都愿意化作人形。

"你们家乡龙窑的御制瓷器，明明那么脆弱，不堪一击，最怕磕碰，为何皇帝陛下还要命人烧造？不直接要那山上的泥巴，或是'体魄'更结实些的陶罐？"

李槐笑呵呵道："好看呗，值钱啊。崔东山你咋会问这种没脑子的问题？"

崔东山骂道："对对对，就你有脑子，长得就虎头虎脑，虎了吧唧的。"

李槐做了个鬼脸，嬉皮笑脸道："不听不听，王八念经。"

陈平安会心一笑。

陈平安有一天坐在崔东山院子的廊道上，摘了养剑葫却没有喝酒，手心抵住葫芦口子，轻轻摇晃酒壶。

小院暂时四下无人，难得片刻清静。

在炼出水、金两件本命物后，炼制第三件五行之属的本命物，就成了绕不过的一道坎。但是按照张山峰的说法，寻常练气士，三件本命物就够了，一攻一防，最后一件帮助练气士更快汲取灵气，已是地仙之下修士相当不俗的成就了。

关于初一和十五两把飞剑，能否炼制为陈平安自己的本命物，崔东山说得语焉不详，只说那把元婴境剑修的离火飞剑，赠送给谢谢后，即便被她成功炼制为本命物，可相较于剑修的本命飞剑,看似相差不大,实则有云泥之别,比较鸡肋。不过所谓的鸡肋,是相较于上五境修士而言,寻常地仙,有此机遇,能够剥夺一个地仙剑修的本命飞剑,化为己用,还是可以烧高香的。

火、土、木,剩余三件本命物。

以大骊王朝五色社稷土,作为本命物的想法,早前陈平安就已经彻底打消。

观道观的老观主,曾经让那背着巨大葫芦的小道童捎话,其中提及过阮秀姑娘的火龙,可以拿来炼化,可陈平安又没有失心疯,别说是这种丧心病狂的勾当,陈平安一想到阮邛那种防贼的眼神,就已经很无奈了。恐怕这种念头,只要给阮邛知道了,自己肯定会被这位兵家圣人直接拿铸剑的铁锤,捶成一摊肉泥。

那就先不去想五行之火。所以最后剩下的,就是木。

陈平安其实有些打算,就是那棵被砍倒的老槐树,不过当时就给老百姓们瓜分殆尽,那把留在剑气长城的槐木剑,就是当年他让小宝瓶扛回来的槐枝之一。

宋集薪说过家乡的变化,显然,如今小镇百姓一个比一个精明,牛角山的包袱斋眼力又不差,未必会留给陈平安捡漏的机会了。

陈平安愁得直挠头,向后躺去。

他如今是五境巅峰的纯粹武夫、二境练气士,万事开头难,陈平安自己最清楚这个二境修士的来之不易。

虽背着一把半仙兵的剑仙,只是除非拼死一搏,否则拔剑都不易。

养剑葫里有两把飞剑,本命小鄹都的十五还好,初一已经快要造反了,与陈平安心意相通,几乎每天都嚷嚷着要吃那最后也是最大的一块长条状斩龙台。

身上的法袍金醴,好在七境之前穿着都无碍,反而能够帮忙快速汲取天地灵气,很大程度上,等于弥补了陈平安长生桥断去后,修行天资方面的致命缺陷。不过每次以内视之法巡游气府,那些水运凝结而成的绿衣小童,仍是一个个眼神幽怨,显然是水府灵气经常出现入不敷出的情况,害得他们身陷巧妇难为无米之炊的尴尬境地,所以他们特别委屈。

倒是那个金色文胆显化的儒衫小人儿,让陈平安有些意外之喜,他骑着那条纯粹真气凝聚而成的火龙,每天耀武扬威,逍遥快活,帮着陈平安巡狩自身小天地。此举能够神益魂魄,帮助陈平安拓展筋脉,而且一些一次次大战死战后遗留下来的沉疴杂质,隐匿在魂魄深处的浑浊污秽之气,被小人儿骑乘那条火龙一一清扫。那小人好似一位大将军,单枪匹马在那边攻城拔寨,勤勤恳恳,清扫躲藏在深山老林的反贼余孽。不过他和火龙,与水府那拨同样勤勉持家的绿衣童子,明显不太对付,双方已经摆出老死不相往来的架势。

跌跌撞撞好不容易成为一个练气士后,陈平安其实头一遭有些茫然。

要做取舍。

为了活命，练拳走桩吃苦头，陈平安毫不犹豫。

可是如今性命无忧，只要愿意，今天立即跻身六境都不难，如那富裕门户之人，要为挣金子还是银子而烦恼，却让陈平安很不适应。

骨子里当惯了穷光蛋，总觉得死死握在手里的一袋子铜钱，或是米缸里的那薄薄一层米，才是真正属于自己的。身边就是有了座金山银山，仍是觉得它们今天即便是自己的，一觉醒来，明天就会是别人的了。

陈平安知道这样不对，可江山易改禀性难移，在这件事上，不能说寸步不前，可终究是进展缓慢。

陈平安其实在这几年中，在许多事情上已经改了许多，比如不穿草鞋、换上靴子就别扭，差点会走不动路。比如穿了法袍金醴、头别玉簪，总觉得自己就是书上说的那种沐猴而冠。又比如为了那个曾经与陆抬说过的梦想，会买许多破费银子的无用之物，想着有朝一日，在龙泉郡有个家大业大的新家。

陈平安跷起脚，轻轻摇晃。莲花小人儿鬼鬼祟祟从地底下探头探脑，一溜烟儿飞奔上台阶，最后爬到了陈平安脚背上坐着。陈平安伸出手指竖在嘴边，示意不要说话。

自从崔东山第一次出现在青鸾国那座村庄，莲花小人儿就几乎不露面了，这是陈平安要他做的，他虽然不明白，却也照做。只有一条胳膊的莲花小人儿伸手捂住嘴，笑着使劲点头。

陈平安晃着腿，小家伙像是在荡秋千，如果不是始终捂着嘴，他早就要咯咯笑出声了。

一看到欢快的莲花小人儿，陈平安就心境祥和了许多，那些杂念和烦忧，一扫而空。

陈平安闭上眼睛，没过多久，发现脚背一轻，转头睁眼望去，小家伙正学着他躺着跷脚呢。被陈平安发现后，他笑得眯起了眼。

陈平安侧身而卧，他也有样学样。

陈平安开始摇头晃脑，看似念念有词，却不发出声音。小家伙依葫芦画瓢，模仿陈平安。一大一小，其实都不知道自己在念叨个什么。

陈平安并不知道，崔东山就在小院院墙外，脑袋靠着墙壁，身体像是一个……斜坡。

崔东山知道陈平安为何故意让莲花小人儿躲着自己，因为在陈平安眼中，当下无忧无虑的莲花小人儿，就已经是最好的了。他甚至都不想、也不愿意去知道莲花小人儿，是不是其实很稀罕，是不是价值连城，是不是大有用处。崔东山憋得有些难受，因为他很想告诉陈平安，那个小家伙，真的真的很不简单。

但是崔东山不知为何,琢磨来琢磨去,虽然明知道告不告诉,在陈平安那边,最后都会是一样的结果,但是他就是这么思来想去。突然,他觉得不说就不说吧,其实也挺好的。

一想通这点,崔东山便满脸笑意,恢复常态,脑袋往后轻轻一磕,站直身体,悄无声息地向前飘荡而去。

人生若有不快活,只因未识我先生。

崔东山当下十分快活,因为只要拿这句话去小宝瓶那边邀功,说不定以后就可以少挨一次拍印章。于是崔东山飞奔而去,到了学堂窗台外,对着红襦裙小姑娘挤眉弄眼,结果被教书先生一声怒喝。

不知不觉,由夏入秋。

陈平安经过这段时间的温养,以勤补拙,搁放两件本命物的气府,灵气饱满。

关于练拳和炼气一事,陈平安尽量不太过厚此薄彼,但是随着真正成为练气士,近期每天必须耗费至少四个时辰去呼吸吐纳,陈平安对于未来那个瓶颈的到来,就越发清晰,总有一天,成为七境纯粹武夫,再跻身练气士中五境,就需要他再作出一次选择。

茅小冬有一天开玩笑道:"你在崔东山院子里修行的时候,也没见心疼书院的灵气,为何当初在东华山之巅,半点灵气都不愿多占,是不是过于矫情了?"

陈平安答道:"大规矩守住之后,就可以讲一讲入乡随俗和人之常情了,崔东山、谢谢、林守一,在这座院子里,都可以凭借自己的境界,汲取灵气,且书院默认为无错之举,那么我自然也可以。这大概就像……小院外边的东华山,就是浩然天下,而这座院子,就变成了一国一地,是一座小天地。没有出现某种有违本心或是儒家礼仪的前提下,我就是……自由的。"

陈平安说得断断续续,因为经常要思量片刻,停下想一想,才继续开口。

茅小冬点点头,看来当初在东华山之巅炼物之时,自己用心良苦的那番话,没白说。

茅小冬又问:"'木秀于林,风必摧之;行高于人,众必非之。'你觉得道理在哪里?"

陈平安答道:"本意应该是告诫君子,要懂得藏拙,去适应一个不那么好的世道,至于哪里不好,我说不上来,只觉得跟儒家心目中的世道,相距甚远,至于为何如此,更是想不明白。而且我觉得这句话有点问题,很容易让人误入歧途,一味害怕'木秀于林',不敢'行高于人',反而让很多人觉得摧秀木、非高人,是大家都在做的事情,既然大家都做,我做了,就是与俗同理,反正法不责众。可一旦深究此事,似乎又与我说的入乡随俗,出现了纠缠,虽说其实可以细分,因时因地因人而异,然后再去厘清界线,但我总觉得还是很费劲,应该是尚未找到根本之法。"

这一次，陈平安仍是说得磕磕巴巴，于是他忍不住好奇问道："这类被世人推崇的所谓金玉良言，不可否认，也确实能够免去许多困苦，就像我也会经常拿来自省，但它们真能够被儒家圣贤认可为'规矩'吗？"

茅小冬哈哈大笑，却没有给出答案。

茅小冬然后转移话题："白马非马，你怎么看？"

陈平安答道："崔东山曾经说过此事，说那是因为圣人最早造字之时，不够完善，大道难免不全，属于无形中带给世人的'文字障'，时过境迁，后世创造出越来越多的文字，当时是难题，如今就很好解决了。白马自然是马的一种，但白马不等同于马，可怜古人就只能在那个'非'字上兜兜转转，绕来绕去，按照崔东山的说法，这又叫'脉络障'，不解此学，文字再多，还是白搭。例如有人说一件正确事，旁人以另外一件正确事去否认先前的正确事，其他人乍一听，又不愿意刨根问底，细细掰碎，就会下意识觉得前者是错，这就算犯了'脉络障'，还有诸多以偏概全，顺序混淆，皆是不懂来龙去脉。崔东山对此，颇为愤愤，说读书人，甚至是贤人君子和圣人，一样难逃此劫，还说天底下所有人，年幼时最该开蒙的，就是此学，这才是立身之本，比任何高高低低的道理都管用，崔东山更说诸子百家圣贤文章，至少有半数'拎不清'。懂了此学，才有资格去领悟至圣先师与礼圣的根本学问，不然寻常读书人，看似苦读圣贤书，最终却只是造出一栋空中楼阁，撑死了，不过是飘在彩云间的白帝城，不着边际。"

茅小冬细细咀嚼后，笑道："不全是他的泄愤之言，还是有那么点嚼劲的。"

陈平安笑道："崔东山愿意说，我只管听，毕竟文圣老先生曾经说过，让我万事多想想，总是好的，哪怕最后得出的结论，还是否定，可那看似多走的一圈心路，其实不是冤枉路。"

茅小冬拍掌而笑："先生高妙！"

然后茅小冬一脸期待，希冀着这个小师弟好歹有点悟性。

陈平安忍着笑，懂了，道："下次如果能够见到文圣老先生，我会多聊聊茅山长。"

茅小冬轻声道："切记切记，莫要含蓄，我家先生不吃这一套，比如我说了这句'先生高妙'，你到时候就原原本本照实说，哪怕添油加醋都无妨，却绝对不能弯弯肠子。"

陈平安说自己记下了。

最后茅小冬拿给陈平安一封来自大骊龙泉郡披云山的飞剑传信。

茅小冬转身离开。山崖书院如今管事的那拨人，有些人心摇晃，都需他去安抚。时不时与陈平安闲聊，既是摆一摆师兄的架子，也算是忙中偷闲的散心事，当然也有为陈平安心境一事查漏补缺的师兄本分职责。

陈平安打开后，是北岳正神魏檗的熟悉字迹。

先前陈平安给魏檗寄了一封信，询问关于西边大山转手贱卖山头一事。

陈平安对于魏檗这位最早、也是唯一残存的神水国山岳正神，怀有一种天然的信任。

魏檗在信上告诉陈平安，先前连同清风城许氏在内，总计有九座山头在寻找下家，阮邛、福禄街李氏等几家都各有接手，暂时还剩下两座，如果陈平安想要，他可以出面帮忙谈价，而且魏檗建议剩余两座虽然是被别人挑剩下的，其实陈平安买了还是不亏，还埋怨陈平安为何不早些寄信，不然他完全可以将那座牛角山吃下来，哪怕陈平安兜里神仙钱不够，他魏檗可以先垫上，两人瓜分牛角山。牛角山可是拥有一座包袱斋，等于半卖半送的仙家渡口！

陈平安又看了一遍书信，确保没有遗漏什么隐藏玄机后，收入方寸物当中。

龙泉郡西边大山，一座座灵气充沛不输宝瓶洲顶尖仙家府邸，这不假，可是山水气运被分割得厉害，再者，地盘还是太小。对于那些动辄方圆百里，甚至是千里的仙家门派、"宗"字头而言，那些单个拎出来，大多方圆十数里的龙泉山头，实在是很难形成气候。当然，供奉一位金丹境地仙，绰绰有余。

陈平安觉得买山一事，可行。就去茅小冬书房那边，提笔写了一封信，请魏檗先商量个价格。然后让裴钱跑腿，去交给书院一位专门负责此事的老夫子。

坐在古色古香的书房内，陈平安想起最近一次闲聊，崔东山又随口说起了青鸾国的佛道之辩，之前崔东山向陈平安提及过的关于诸子百家的"正经"书籍，其实不多，所以顺嘴就说陈平安可以去书院藏书楼找出那几本佛道两家的经典。

陈平安犹豫了一下，离开书房，等待林守一炼气告一段落，拉着他去了一趟藏书楼。

路上，林守一笑问道："那件事，还没有想出答案？"

陈平安愣了一下，随即想起是在书院第一次拜访林守一，后者所说的感激。

陈平安苦笑道："我是真猜不出来，好奇得很，你就别跟我打哑谜了。你要再不说，我离开书院之前，肯定要直接问你。"

林守一微笑道："还记得那次山路泥泞，李槐满地打滚，所有人都感到厌烦吗？"

陈平安想了想："依稀记得，后来我是答应给李槐也做一只书箱，他才破涕为笑，不再捣蛋了，不然估计我们一时半会儿别想赶路。不过这几年，李槐懂事太多了。"

林守一问道："那你还记不记得当时跟我说了什么？"

陈平安犹豫了一下。

林守一微笑道："我知道你肯定记得。"

陈平安感慨道："那么点小事，你还真上心了？"

林守一点头道："当时我最不合群，李宝瓶喊你小师叔，李槐与你最亲近，就算是阿良，都喜欢跟他们两个聊天打屁，朱鹿和朱河更是父女，唯独我林守一，好像最不合时宜,虽然我表现得无所谓,可要说内心半点不失落,怎么可能呢?所以其实很长一段时间,我都在怀疑自己,是不是就不该跟你们一起来大隋求学。"

林守一聊起这些,这个在书院不苟言笑的修道美玉,竟然有些温暖笑意:"然后你蹲在泥路上,转头对我说了两句话:'给你也做一只书箱?''反正也是随手顺便的事。'"

林守一缓缓而行:"所以我当时答应了。"

陈平安笑了起来:"我当时没多想,只觉得不这么说,你肯定不会要。到时候我给李槐做了书箱,就只有你没有,我担心你会因此而疏远小宝瓶和李槐。说实话,在那个时候,我有考虑你的心情,但更多的还是想着三人当中,你岁数最大,性情又稳重,以后到了书院,我要离开,就想着你能够多照顾他们一些。"

林守一点头道:"这些,我其实当时在路上就明白,但是我这个人有一点做得还算不错,那就是别人对我怀有善意,我不会因为他对别人善意的更多,而心有不平。"

林守一笑容愈多,道:"后来在过河的渡船上,你是先给李槐做的小书箱,我那只就成了你最后做的,自然而然,也就是你最熟手的那只竹箱,成了事实上最好的一只。那个时候,我才知道,陈平安这个家伙,话不多,人其实还不错。所以到了书院,李槐被人欺负,我虽然出力不多,但到底没有躲起来。知道吗,那时候,我已经清清楚楚看到了自己的修道之路,所以我当时是赌上了所有的未来,做好了最坏的打算,大不了给人打残,断了修道之路,然后一辈子当个被爹娘都瞧不起的私生子,但是也要先做一个不让你陈平安瞧不起的人。"

陈平安点头道:"这些我都记在心里了。"

林守一笑道:"所以那次元婴境剑修袭击小院过后,你到了院子里,最后故意坐在了我身边。我知道,你也知道,其实除了李槐那个缺心眼的,院子里其他人,包括裴钱,都知道你为何会独独坐在我身边。你是怕我早早涉足修行而且心高气傲,却在那场战事中只能从头到尾旁观,所以肯定会感到失落,怕我与你们愈行愈远吧。"

陈平安停下脚步,没有否认这些,笑问道:"那你知道我最感激你什么吗?现在轮到你猜猜看了。"

林守一直接摇头道:"我这个人,比较认死理,其余不去多想,这点跟你差了十万八千里,我肯定猜不到。"

陈平安也没有卖关子,说道:"你曾经告诉过我,天底下不是所有父母,都像我陈平安的爹娘这样。"

林守一有些疑惑。

陈平安伸出拳头,伸出一根手指,笑道:"首先,我很高兴你愿意说这样的话,说明你把我当朋友了,毕竟你的身份,一直是你最大的心结。"

陈平安伸出第二根手指:"这句话,我一直牢牢记着,以至于我在藕花福地那趟游历结束后,和裴钱一直能够走到这里,都要归功于你这句话。"

陈平安最后伸出第三根手指:"而且听过这句话后,我就像……一个穷光蛋,突然之间发现自己原来是继承了好大一笔家产的有钱人!一想到这个,我见着了再有钱的同龄人,比如后来成了朋友的范二,或是始终没有成为朋友的皑皑洲刘幽州,和他们相处,在有钱没钱这种事情上,我都不觉得有什么好自惭形秽的。"

林守一笑了笑,然后一语道破天机:"我估计宋集薪最记恨你这点。"

陈平安点点头。

陈平安在藏书楼前停下脚步,抬头仰望高楼:"林守一,我这点微不足道的善意,被你这么重视和珍惜,我很高兴,特别高兴。"

林守一则说道:"这个世道,连好人也喜欢苛求好人,所以你也要珍惜我这么个朋友啊。"

陈平安笑道:"我会的!"

林守一问道:"那么你送我东西,我将来回不回礼,是不是就不用斤斤计较了?"

陈平安大手一挥,搂过林守一肩头:"休想!"

林守一微使巧劲,弹开陈平安,正了正衣襟,埋怨道:"要是给书院女子瞧见了这一幕,指不定就要少掉几个我的仰慕者。我自然是不会喜欢她们,可也不讨厌她们喜欢我啊。"

陈平安笑道:"我看在书院这些年,其实就数你林守一鬼鬼祟祟,变化最大。"

林守一与陈平安相视一眼,都想起了某人,然后莫名其妙一起爽朗大笑起来。这大概就是朋友之间的心有灵犀。

两个同乡人,谈笑风生,一起大步走入藏书楼。

无数书上的道理,在等着他们去翻阅和撷取。

第十章
陌上花开

落魄山竹楼那边,青衣小童刚刚在小镇酒楼与朋友吃过了一场送行酒。

粉裙女童坐在小竹椅上嗑瓜子,发现他好像有些意兴阑珊,便问道:"没跟你那个御江水神兄弟喝尽兴?还是酒水钱太贵?"

青衣小童一屁股坐在她旁边的竹椅上,双手托着腮帮子:"江湖事,你不懂。"

粉裙女童伸过手,给他倒了些瓜子,青衣小童倒是没拒绝。

之前那个黄庭国御江水神,通过青衣小童,顺利得到了一块价值连城的太平无事牌。然后得了黄庭国朝廷礼部许可关牒,离开辖境,过关大骊边境,拜访落魄山。

青衣小童带着那个最要好的江湖兄弟,逛了不少地方,粉裙女童估计这家伙没少在那水神面前吹牛皮。

青衣小童嗑完了瓜子,一阵愁闷哀号,一通抓耳挠腮,然后瞬间平静下来,双腿笔直,没个精神气,瘫靠在竹椅上,缓缓道:"江河正神,分那三六九等,喝酒的时候,我这个兄弟说在来的路上,见着了铁符江那个品秩最高的江神,很是羡慕。就想要让我跟大骊朝廷美言几句,将一些支流江河,划入他的御江辖境。"

"那他给你打点关系的神仙钱了吗?"

"没呢。"

粉裙女童眼神古怪。

青衣小童瞪了她一眼,恼火道:"可不是我这兄弟小气,他自己说了,兄弟之间,谈这些银钱来往,太不像话。我觉得是这个理儿。我现在只是愁该进哪座庙烧哪尊菩萨的香火。你是知道的,魏檗那家伙一直不待见我,上次找他他就一直推托,半点义气和情谊都不讲。咱们家山顶那个长了颗金脑袋的山神,说话又不顶用。郡守吴鸢,姓袁的县令,之前我也碰过壁。倒是那个叫许弱的,就是送我们一人一块太平无事牌的剑客,我觉得有戏,只是找不到他啊。"

粉裙女童嗑着瓜子,小声问道:"就算找着了庙,你有那供奉钱吗?"

青衣小童有些底气不足:"那个许弱,不一定跟我收钱的。你看许弱跟咱们老爷关系那么好,好意思收我钱吗?实在不行,我就先欠着,回头跟老爷借钱还给许弱,这总行了吧?"

粉裙女童难得发火,怒道:"你怎么回事?!怎么总惦念着老爷的钱?"

青衣小童嘟囔道:"一文钱难倒英雄汉。有什么稀奇的,谁还没有个落魄的时候。再说了,咱们这儿不就叫落魄山嘛。得怪老爷,挑了这么座山头,名字取得不吉利。"

粉裙女童更加生气:"这你都能怪到老爷身上?你良心是不是给狗吃了?!"

要是换成其他事情,她敢这么跟他说话,青衣小童早就火冒三丈了,可是今天,青衣小童连生气都不太想,提不起劲儿。

就在此时,最近一年已经极少莅临落魄山的魏檗,出现在道路上,缓缓走来。

青衣小童一个蹦跳起来,飞奔过去,无比谄媚道:"魏大正神,今天怎么得空儿来我家做客啊,走路累不累,要不要坐在竹椅上,我给你老人家揉揉肩捶捶腿?"

魏檗伸手按住那个家伙的脑袋:"一边凉快去。"

青衣小童双手抱住魏檗的一只袖子,结果被魏檗拖曳着走向竹楼后边的池塘。

粉裙女童摇摇头,实在是丢尽了自家老爷的脸。

魏檗蹲在池水清澈见底的小塘旁边,那颗金莲种子已经开始抽芽。

青衣小童蹲在一旁:"魏老神仙,我跟你商量个事呗?"

魏檗凝视着那颗极其珍贵的种子,毕竟是道家掌教陆沉在这座天下的"遗物"之一。这也是神水国国祚断绝那么久,却依旧藕断丝连、气数未尽的根源所在,更是他魏檗盯上了铁符江那个江河正神杨花的理由。作为神水国仅存的神祇余孽,在当年那场浩劫中,魏檗能够逃出生天,苟延残喘,直到一举成为大骊王朝的北岳正神,冥冥之中自有天意。当然,魏檗自己的隐忍,也至关重要,人不自救天不救。

魏檗语气淡漠,一句话直接打消了青衣小童的那点侥幸心:"那御江水神,把你当傻子,你就把傻子当得这么开心?"

青衣小童愤懑起身,走出几步后,转头见魏檗背对着自己,就在原地对着那个碍眼背影一通乱拳脚踢,这才赶紧跑远。

魏檗最后离开落魄山之前,对坐在竹椅上的两个小家伙笑道:"你们老爷,很快就会回来了。"

魏檗扬长而去。

粉裙女童无比雀跃,只是不知为何,转头发现本该跟她一样惊喜高兴的青衣小童,怔怔地坐在竹椅上,神色恍惚。

她轻声问道:"怎么了?"

青衣小童喃喃道:"你已经那么傻了,结果我还被魏檗说成了傻子,你说咱们老爷这次见到了我们,会不会很失望啊。"

粉裙女童气呼呼地站起身,不再理睬这个把好心当作驴肝肺的家伙,她去提了一桶水拿了抹布,开始仔仔细细擦拭竹楼。

青衣小童弯着腰,托着腮帮子,他曾经无比憧憬过一幅画面,那就是御江水神兄弟来落魄山做客的时候,他能够理直气壮地坐在一旁喝酒,看着陈平安与自己兄弟,相见恨晚,称兄道弟,推杯换盏。那样的话,他会很自豪。酒宴散去后,他就可以在跟陈平安一起返回落魄山的时候,与他吹嘘自己当年的江湖事迹,在御江那边是何等风光。可是现在发现好像有点难。

青衣小童有些失落,低头看见地上的瓜子壳,好像还有几颗瓜子,百无聊赖的青衣小童便捡起,吃了起来,好像滋味比平时更好一些?

正在擦拭竹楼阶梯的粉裙女童凑巧撞见了这一幕,惊讶问道:"你已经穷到这份儿上了吗?该不会是将所有家底,都送给你的御江水神兄弟了吧?"

青衣小童心情已经好转不少,朝她翻了个白眼:"我又不傻,媳妇本都不知道留一点?我可不想成为老崔这样的老光棍!'年少不知钱珍贵,老来乖乖打光棍'这个道理,等到咱们老爷回家后,我也要说上一说的,省得他还是喜欢当那散财童子……"

砰的一声,青衣小童整个人飞向崖外。

粉裙女童已经见怪不怪,并不担心他的安危。

一条青色长蛇蓦然现身,腾云驾雾,然后沿着峭壁攀岩而上,恢复青衣小童的模样,大摇大摆走向竹楼:"忠言逆耳啊,难怪自古忠臣良将难善终……"

又是砰的一声,青衣小童再次倒飞出去。

他第二次返回山顶后,看到一个着儒衫却光脚的老者站在竹楼二楼,青衣小童立即嚷嚷道:"老崔,这次我可什么都没有说了啊!"

又给打得坠入山崖。

粉裙女童已经在二楼擦拭栏杆,有些疑惑不解。

崔姓老人微笑道:"皮痒欠揍长记性。"

粉裙女童无法反驳,便不再为青衣小童求情了。

落魄山山路上,青衣小童骂骂咧咧一路飞奔上山。

中土神洲附近的那座海外孤岛上，儒衫男子这天又拒绝了一个访客，让亚圣一脉的一位学宫大祭酒吃了闭门羹。

若是之前，儒衫男子哪怕不愿意"开门"，到底还是会露个面，而这一次直接就是见都不见了。

那位学宫大祭酒只得失望而去，内心深处难免还有些惴惴。不知为何，这次那个读书人如此不近人情。

儒衫男子一直站在当年赵繇居住的茅屋内，书山有路。

他站在其中一处，正在翻看一本随手抽出的儒家书籍，撰写这部书籍的儒家圣人，文脉已断，因为年纪轻轻，就毫无征兆地死于光阴长河之中，而弟子又未能够真正掌握文脉精髓，不过百年，文运香火就此断绝。

他放下书本，走出茅屋，来到山顶，继续远观沧海。当年赵繇是怎么来的这里？是因为一缕残余魂魄的庇护。

不然连一位龙虎山外姓大天师和一位学宫大祭酒，都要先叩门才能进入，赵繇怎么可能随波逐流，就那么巧合地到达这里。

他收回视线，望向崖畔，当初赵繇就是在那里，想要一步跨出。他当然无所谓。只是当时有个双鬓霜白的中年儒士齐静春，对自己使了个眼色，他这才开口劝下了赵繇。

赵繇离开海岛后，他与那个将赵繇送到这里的齐静春，有过一次对话。

他问："既然如此在意，为何不现身见他？"

齐静春答道："赵繇年纪还小，见到我，他只会更加愧疚。有些心结，需要他自己去解开，走过更远的路，迟早会想通的。"

他问道："那你齐静春就不怕赵繇至死，都不知道你的想法？赵繇资质不错，在中土神洲开宗立派不难。你将自身本命字剥离出那些文运气数，只以最纯粹的天地浩然气藏在木龙镇纸之中，等着赵繇心境枯木逢春犹再发的那一天，可你就不怕赵繇为别的文脉甚至是道家作嫁衣裳？"

齐静春答道："没关系，我这个学生能够活着就好。继不继承我的文脉，相较于赵繇能够一辈子安稳求学问道，其实没有那么重要。"

他感慨道："齐静春，你可惜了。"

齐静春当时只是笑而不语。

此时此刻，这个曾经一剑劈开黄河洞天的中土读书人，觉得人生知己，又少一人。

宝瓶洲云霞山，已经独自占据一峰府邸的蔡金简，今日在蒲团上独坐修道，睁眼后，起身走到视野开阔的观景台。

修道路上一路高歌猛进、性情随之越发冷清的蔡仙子，似乎想起了一些事情，泛起笑意。

当年有一个她最钦慕敬重的读书人,在交给她第一幅光阴长河画卷的时候,做了件让她只觉得翻天覆地的事情。

那位在她心目中学究天人、毫无瑕疵的齐先生,竟然像一个学生请教先生一样,诚心问她:"如果将这幅画卷送往剑气长城,会不会画蛇添足?反而不美?"

蔡金简至今还清清楚楚记得自己当时的那份心情,简直就跟元婴境修士渡劫差不多,五雷轰顶。

齐先生见她流露出那般呆滞神色后,笑道:"世间男女之事,我委实七窍通了六窍,一窍不通是也。"

蔡金简板着脸,使劲绷着。

齐静春无奈道:"想笑就笑吧。"

蔡金简最后也没有笑出来,内心深处,反而有些伤心,痴痴地看着那位齐先生,回过神后,蔡金简给出了自己的答案:"若是不喜欢,做这些,未必有用。是不是画蛇添足,就不重要了。若是原本就有些喜欢,看了这些,说不定会更加喜欢。"

那个时候,听过了蔡金简的言语后,齐先生好像肩上的担子轻了许多,一下子就笑了。

齐先生当时的笑容,让蔡金简觉得,原来这个男人,学问再高,仍在人间。

蔡金简趴在栏杆上,笑得眯起了眼,明明在远眺,可观景台外的壮观景色,都不在她眼中。

偷偷喜欢这么一个男人,哪怕明知道他不会喜欢自己,蔡金简都觉得是一件最美好的事情。

修行路上,以后不管百年千年,蔡金简都愿意在四下无人的安静寂寥时刻,想一想他。

宝瓶洲中部,一个与朱荧王朝南方边境接壤处的仙家渡口。

柳清山买了一大壶酒,坐在河边,一大口接着一大口地喝着酒。

柳伯奇知道这一天迟早会来,只是没有想到比想象的更快一些。

先是一场与练气士的冲突,这还是小事一桩,然后是一个更大的噩耗,关于青鸾国的那场闹剧。

她夺过柳清山手中的酒壶,沉声道:"我几乎没读过书,说不出大道理,你又是读书人,所以未必听我的,但是不管如何,我希望你必须知道一件事!"

柳伯奇这个师刀房女冠,一手持酒壶,一手按住腰间佩刀猿神,神色间锋芒毕露:"天底下又蠢又坏的人,极其之多,跟他们读过多少书根本没有关系。遇见一点点好的人和事，就恨得牙痒痒，要么占有，要么毁掉。今后这类人，你愿意与他们说你的道理，只管说，只是最后如果说不通了，我来讲。"

柳清山只是一直摇头，使劲摇头："这些我都想得明白，我只想知道，为何大哥要那么做。为人子的道理，我想跟我最敬重的大哥说，怎么办？我知道自己方方面面都不如大哥，我就只想回家，跟他讲这个，可以吗？"

柳伯奇破天荒摇头，事事都顺着柳清山的她，唯独在这件事上没有迁就柳清山："别去讲这个。你还是忍着受着吧。"

柳清山喃喃道："为什么？"

柳伯奇说道："这件事情，缘由和道理，我都不清楚，我也不愿意为了开解你，而乱说一气。但是我知道你大哥，当下只会比你更痛苦。你要是觉得去他伤口上撒盐，你就痛快了，你就去，我不拦着，但是我会看轻了你。原来你柳清山就是这么个窝囊废，心眼儿比个娘们还小！"

柳清山一脸呆滞。

柳伯奇有些忐忑，直截了当问道："我是不是说重了？"

柳清山呆呆地看了她半天，蓦然发笑，一把眼泪一把鼻涕地胡乱抹了抹："还好。"

柳伯奇这才将酒壶还给柳清山："这会儿可以喝了。"

柳清山也不客气，接过了酒壶，大口灌下，一直喝到趴在河边呕吐。

柳伯奇轻轻拍着他的后背："如果还想喝，我再去给你买。"

柳清山轻轻摇头。

最后在众目睽睽之下，柳伯奇背着柳清山走在大街上。

青鸾国一座县城外的道路上，大雨过后，泥泞不堪，积水成潭。

一辆车夫是个县衙老人的马车放慢速度，片刻之后，又加快车速赶往县城。

与柳县令一同坐在车厢内的王毅甫，瞥了眼那个正在闭目养神的柳清风。

王毅甫是国师崔瀺秘密派遣进入青鸾国的两人之一，如今名义上是县尉，其实是作为柳清风身边的武秘书郎，防止一些刺杀。以此可见，崔瀺对于这么一个小小国的小小县令，是何等器重。

王毅甫知道，马车身后的道路上，有几个妇孺蹒跚而行。

王毅甫也闭上眼睛。他这个卢氏王朝的亡国大将，终于开始有些期待这个青鸾国文官，以后在那大骊朝廷，可以走到什么高位。

朱荧王朝北方边境，乱象横生。

一条山路上，有几个小门派的谱牒仙师，隐瞒身份，假扮成山泽野修，早早盯上了一支往南逃难的官宦车队,马苦玄刚好遇上。其中一个练气士正拽着一个衣裳华美的妇人的头发,将她从车厢内拖曳而出,说是要尝一尝郡守夫人的滋味。马苦玄一开始没想插手,想继续走自己的路,结果被一个练气士拦阻,马苦玄便两拳打死了一个,还有一个仅剩半条命,最后一人仓皇逃窜,马苦玄没有理睬。

剩下半条命的那个可怜的练气士,被马苦玄一脚踩住胸口,马苦玄微笑道:"坏人是这么当的吗?当了坏人,好歹得有点眼力吧,这还要我来教你?"

马苦玄一脚踩穿那人胸膛,然后继续赶路。

不承想那个衣衫不整的妇人的亲人当中,有一个倍感羞辱的少年,愤而质问马苦玄为何不杀了最后一人,这不是养虎遗患吗?

马苦玄便一拳打死了那少年,这才穿过噤若寒蝉的车队,只是撂下一句:"蠢人犯蠢,比坏人更该死。"

远去之后,那位真武山兵家修士现身,皱眉道:"那个无知少年,罪不至死。"

马苦玄笑道:"本来所有人都要死的,难道不该感谢我难得行侠仗义一次?"

那个妇人趴在儿子的尸体上号啕大哭,对那个草菅人命的年轻疯子充满了仇恨以及畏惧。

距离大骊京城最近的那座仙家门派长春宫戒备森严。

皇子宋和与他娘亲站在山顶上,笑问道:"皇叔这是要篡位?"

宋和很快就自己摇起了头,道:"可是需要这么麻烦吗?直接弄出一桩刺杀不就行了?大隋的死士,卢氏王朝的余孽,不都可以?娘亲,我估计这会儿,别说大骊边军,就算朝堂上,也有不少人在撺掇着皇叔登基吧。向着我和娘亲的,多是些文官,不顶用。"

那个失去了所有权势的大骊妇人,微笑道:"和儿,别这么小觑你皇叔。人家心大着呢,瞧不上一张龙椅。"

宋和不太相信。

瞧不瞧得上是一回事,世俗王朝,谁还会嫌弃龙椅硌屁股?

妇人安慰道:"大骊朝野,民心可用。"

宋和转过头:"民心?娘亲,你不是一直说那些都是愚昧无知的蝼蚁吗?"

妇人掩嘴娇笑:"这种话,我们母子谈心无妨,可是在别的场合,切记,知道了就知道了,却不可说破。以后等你当了君临一洲的九五至尊,也要学会装傻。跟你那个英明神武的皇叔是如此,跟满朝文武也是如此。"

宋和问道:"那么跟山上人呢?"

妇人竟是有些犹豫。

宋和说道:"我其实一直想不明白,父皇为何一直要跟那些神仙较劲,换成我是练气士,尤其是境界高了,谁乐意被一个人间君主束手束脚?如果以后我真当了皇帝,改变既定国策,你说会不会有更多的仙家势力向我投诚,一个个围绕在我那张龙椅四周?说不定我就可以凭借这个,逐渐制衡国师与皇叔?"

身材矮小却极其玲珑动人的宫装妇人,叹了口气:"和儿,这种傻话,以后不要再说了,最好想也不要想。"

宋和哦了一声:"行吧,听娘亲的便是。"

妇人嫣然一笑。

这一点和儿最讨喜,乖巧听话,故而母子事事同心。

至于另外那个,她刻意不让自己去多想。

龙泉剑宗。

阮秀站在自己院子里,吃着从骑龙巷买来的糕点。

院子里边,鸡崽儿长成了老母鸡,又孵出一窝鸡崽儿,老母鸡和鸡崽儿越来越多。

那条成精开窍的土狗,有了占山为王的迹象,在西边大山里四处撒野,所幸曾经吃过苦头,不敢太过放肆,在市井间见着了人,它就乖乖地夹着尾巴。

阮秀吃完糕点,收起绣帕,拍拍手,一掠而起。她来到那座不知何人刻出"天开神秀"四个大字的峭壁,从峭壁之巅,向下行走而去。走到峭壁底下,又原路返回。

这一天陈平安带着李宝瓶和裴钱去大隋京城游逛。

崔东山站在自己书房内,瞥了眼那些随便堆放的仙家卷轴,又看了看那几本陈平安从藏书楼借来的书籍。

书桌上还有陈平安的刻刀和几片竹简,是为了方便摘抄那些书上的文字,都没有收起来。

崔东山有些开心。李宝瓶、裴钱和李槐将这里当作自己的地盘,陈平安何尝不是有这么个迹象?

但是今天,崔东山还是有些心情不那么畅快,无缘无故的,更让他无奈。

能做的,他明里暗里都做了,可好像还是很难。他便离开书房,来到绿竹廊道那边盘腿而坐,手心抵住地板,微微一笑:"小家伙,出来吧。"

随着崔东山猛然一抬袖子,一个小家伙被拽了出来,晕头晕脑,摇摇晃晃。

莲花小人儿发现是崔东山后,便想要逃回地下。结果发现不管他怎么蹦跳,都没办法做到,就想要跑出廊道,去院子那边试试看。只是他好似一头撞在墙壁上,跌回廊道。

崔东山哈哈大笑:"小笨蛋。"

莲花小人儿坐在地上，耷拉着脑袋。

崔东山看着他，便想起了自己。

当年求学，陪着个尚未发迹的穷酸老秀才住在那贫穷陋巷，当年的自己虽说算不得什么高人，可其实也已经是个练气士，如果不是老秀才一开始就订立了那么多烦琐规矩，他们师徒二人，何至于混得那么惨？连饭都吃不饱？然后终于有一天，他想要去挣点钱回来，至于会不会被老秀才按照约定逐出师门，顾不上了，活人不能给尿憋死！只是当他拿着一大袋子银子回来后，老秀才面无表情，就说了两句话，一句话是："从此之后，不再是师徒。"第二句话是："希望这些银子从哪里来，就送回哪里去，因为这些银子，是你这弟子的不义之财。在那之后，你崔瀺爱坑蒙拐骗还是打家劫舍，我老秀才连开山大弟子都教不好，也就管不着了，没这么大本事。"那个时候，年轻崔瀺，就像现在这个莲花小人儿一样，闷着，低头不说话。可能心态大不一样，但是可怜模样，如出一辙。

崔东山记得那个年轻崔瀺，没有哭闹，没有求着老秀才不要赶他离开师门，也只说了两句话。第一句话是："银子我可以还回去，但是希望留下一两枚银锭，本来就欠着一笔半年的求学钱，就当是两清了。"第二句话是："拿着这点银子，去买几支好些的毛笔，一杆杆光秃秃还舍不得丢的笔杆子，就算肚子里有点学问，你又怎么写出文章？"

那天老秀才让年轻崔瀺在家徒四壁的屋子里边等着。

老秀才走出屋子，在陋巷里偷偷唉声叹气一番之后，最后觍着脸跟一个街坊邻居借了些钱，本就看不惯他穷酸样的泼妇，将他骂了个狗血淋头，还阴阳怪气地说了一大箩筐的混账话。老秀才也不还嘴，只是赔着笑。老秀才花光了所有钱，去买了半只油纸包裹的烧鸡，大摇大摆回到屋子，再也不提赶崔瀺离开的言语，只是招呼崔瀺坐下吃烧鸡。

两人在那张破烂桌子上相对而坐，年轻崔瀺吃了一会儿，问老秀才为何不吃。

老秀才说："最近牙疼，吃不了油腻的。"

年轻崔瀺继续低头吃，问那个老秀才："借了钱，买毛笔了吗？"

老秀才拍了拍肚子，说："都在这儿呢，跑不掉，晚些写又有什么关系，还可以一口气写更多文章。"

年轻崔瀺其实知道，说着豪言壮语的穷酸老秀才，是在掩饰自己饿得咕咕直叫的肚子。

老秀才最后轻声道："小瀺，这半只烧鸡，先生也好，你也罢，咱们都只能用钱去买。但是先生肚子里这点不合时宜的学问，你只管拿去，能拿多少就拿多少，不用花钱，当然好像也不太值钱。我们读书人，只要一天不饿死，还是要讲一天道理的。"

其实那一天，才是崔瀺第一次离开文圣一脉，虽然只有不到一个时辰的短暂光阴。

只是后来的师弟左右和齐静春，所有的文圣门生、记名弟子，都不知道这件事。

崔瀺不说,老秀才也不说。

今天,崔东山拿手指敲了敲莲花小人儿的脑袋,微笑道:"与你说点正经事,跟我家先生有关,你要不要听?"

小家伙犹豫了很久,点点头。

崔东山缓缓道:"我家先生有座山头,叫落魄山,那边有个池塘,里边有颗金莲种子。那极有可能是你的证道机缘,比如说,成为打破元婴境瓶颈,在宝瓶洲跻身上五境的第一头精魅。到时候,落魄山也会因此而大受神益,可以通过你,稳固、凝聚大量的灵气和机缘。修行一事,某些关隘,想来是先到先得。晚了,连蹲茅坑的机会都没有。"

莲花小人儿眨眨眼睛,然后抬起手臂,紧握拳头,大概是给自己鼓气?

崔东山却摇头:"但是我要求你一件事。将来的某天,我家先生不在你身边的时候,有人与你说了这些,你又觉得自己特别没出息的时候,觉得应该为我家先生做点什么的时候……"

崔东山沉声道:"不要去做!"

莲花小人儿越发迷糊了。

崔东山指了指自己心口,然后指了指小家伙,笑道:"你是我家先生心中的世外桃源。"

小家伙歪着脑袋,表示自己听不明白。

崔东山转过头,望向高处:"他在你身上,看到了他心目中这个天地最美好的景象,嗯,至少也是之一。怎么说呢,你就像我家先生回头看待自己年少时遭受的所有苦难,开出了一朵花儿。看到了你,先生就会心安。原来天底下,他不是孤单的,也有跟他一样的傻瓜,一模一样。然后运气那么好,你们相遇了。甚至有一天,我家先生因为复杂的世道,这样那样的无可奈何,也会变,那么到了那个时候,如果你还没有变,先生就还能略微心安一些,变得少一些,慢一些。"

崔东山收回视线:"可是如果你按照我说的去做,就会失去一桩天大的机缘。"

莲花小人儿使劲摇头,像是在说没关系。

崔东山笑容灿烂,身体前倾,伸出小拇指:"那咱们拉钩。"

只有一条胳膊的莲花小人儿,便抬起那条胳膊,与崔东山拉钩,双方手指大小悬殊,十分有趣。

崔东山一直弯着腰,微笑道:"拉钩上吊一百年不变。嗯,可以的话,一千年一万年都不变。"

小家伙使劲点头。

崔东山突然凶神恶煞道:"你如果哪天反悔了,我就打死你,把你放在砧板上,咔嚓咔嚓,大卸八块,煮汤喝,加上葱蒜,撒上油盐……"

说到一半,崔东山自己乐和起来,做了个鬼脸。似乎还不过瘾,伸出双手,掰开嘴巴,顶住鼻子,做了个怪脸。

莲花小人儿咯咯而笑,干脆躺在地上,手舞足蹈。

崔东山也开怀大笑。

在之后漫长的岁月里,落魄山就一直有这么一只小精魅。他无忧无虑,天真无邪。陈平安无论未来成就有多高,每次出门远游返回家乡,都会与小家伙独处一段时间,简简单单,说些心里话。

大概是察觉到陈平安的心境有些起伏,茅小冬没有将陈平安喊到书斋,而是挑了一个夜深人静无书声之时,带着陈平安逛起了书院。

随便走随便聊,茅小冬总是这般,无论是为人行事,还是教书育人,恪守一点:我教了你书上的学问,说了自家的道理,书院学生也好,小师弟陈平安也罢,你们先听听看,当作一个建议,未必当真适合你,但是你们至少可以借此开阔视野。

陈平安就与茅小冬这么走过了悬挂三位圣贤像的夫子堂,偶有星星点点烛火光亮的藏书楼,一栋栋或鼾声或梦呓的学舍。最后两人走到了东华山之巅,一起俯瞰大隋京城的夜景。

有钱处,灯火辉煌,连绵成片,仿佛距离这么远都能感受到那边的莺歌燕舞。贫寒处,也有月辉相伴,也有柴米油盐。

陈平安突然说道:"茅山长,我想通了,炼化五件本命物,凑足五行之属,是为了重建长生桥,但是我还是更想好好练拳,反正练拳也是练剑,至于能不能温养出自己的本命飞剑,成为一个剑修,先不去想它。所以接下来,除了那几个有可能适合五行本命物搁放的关键窍穴,我依旧会给予体内那一口纯粹武夫真气最大限度的放养。"

茅小冬点头道:"这么打算,我觉得可行,至于最后结果是好是坏,先且莫问收获,但问耕耘而已。"

陈平安嗯了一声。

茅小冬其实没有把话说透,自己之所以认可陈平安此举,在于陈平安只开辟五座府邸,将其余版图双手奉送给武夫纯粹真气,其实不是一条绝路。

人身本就是一个小天地,其实也有洞天福地之说,金丹之下,所有窍穴府邸,任你经营打磨得再好,不过是福地范畴,结成了金丹,方可初步领略到洞天靖庐的玄妙,某部道家典籍早有明言,泄露了天机:"山中洞室,通达上天,贯通诸山,遥相呼应,天地同气,合而为一。"

"结成金丹客,方是我辈人。"这句话之所以能够风靡天下,被所有练气士奉为圭臬,自然有其根脚渊源。

茅小冬不说，是因为陈平安只要步步前行，迟早都能走到那一步；说早了，蓦然蹦出个美好愿景，反而有可能动摇陈平安当下好不容易平稳下来的心境。

传道授业，从来不易，岂可不慎之又慎。雕琢美玉，更是要刀刀去芜存菁，务必不伤其筋骨神气，何其难也，怎敢不推敲复推敲？

退一步说，陈平安对待那个叫裴钱的小姑娘，不一样是如此？只不过陈平安暂时未必自知罢了。

茅小冬轻声道："关于先生提出的人性本恶，我们这些门下弟子，早年各有所悟。有些人随着先生沉寂，自己否定了自己，改弦易调；有些踟蹰不前，自我怀疑；有些以此沽名钓誉，标榜自己的特立独行，号称要逆大流，绝不同流合污，继承我们先生的文脉。凡此种种，人心多变，我们这一支几乎已经断绝的文脉，内部便已是众生百态的纷乱景象。试想一下，礼圣、亚圣各自文脉，真真正正的门生遍天下，又是怎样的复杂。"

陈平安肩膀被茅小冬轻轻拍了一巴掌："任重而道远啊。"

陈平安苦笑道："肩膀就两只。"

茅小冬哈哈笑道："我这叫看人挑担不吃力，岸上观潮嫌水小。"

陈平安会心一笑，前半句是家乡老话。

今天晚上，裴钱和李槐两人躲在小院外，两人约好了一起蒙上黑巾，假扮杀手，偷偷摸摸去"刺杀"喜欢睡绿竹廊道的崔东山。那么多江湖演义小说，可不能白读，要学以致用！

裴钱大大方方借了一把竹剑给李槐。

两人在李槐学舍那边一番商量，觉得绝对不能走院门，而是翻墙而入，不这样显不出高手风范和江湖险恶。

刘观和马濂想要加入，为裴钱这位公主殿下担任马前卒，只可惜被裴钱义正词严地果断拒绝了，说他们只算初出茅庐的少侠，学艺不精，杀不得大魔头，只能送死。

两人来到小院墙外的寂静小道，还是之前拿杆飞脊的路数，裴钱先跃上墙头，然后就将手中那根立下大功的行山杖，丢给眼巴巴站在下边的李槐。

李槐跃上墙头倒是没有出现纰漏，裴钱投以赞赏的眼光，李槐挺起胸膛，学某人捋了捋头发。只是两人落地的时候，裴钱如猫儿无声无息，李槐却直不愣登发出了不小的动静。

裴钱怒道："李槐，你怎么回事，这么大声响，敲锣打鼓啊？那叫沙场打仗，不叫深入龙潭虎穴秘密刺杀大魔头。重来！"

李槐自知理亏，没有还嘴，小声问道："那我们怎么离开院子去外边？"

裴钱瞪眼道："走大门，反正这次已经失败了。"

两人从那本就没有闩上的院门离开，重新来到院墙外的小道。

躺在廊道那边的崔东山翻了个白眼。

裴钱手持行山杖，念叨了一句开场白："我是一个铁血残酷的江湖人。"

李槐有样学样："我是一个没有慈悲心肠的杀手，我杀人不眨眼，我在江湖上掀起血雨腥风……"

裴钱有些不满："唠叨这么多干吗，气势反而弱了。你看书上那些名气最大的侠客，绰号最多就四五个字，多了，像话吗？"

李槐觉得有道理，假装自己戴了一顶斗笠，又学某人伸手扶了扶斗笠，一手扶住腰间竹剑："我是一个没有慈悲心肠的杀手和剑客。"

两人先后登上墙头，这次两人落地都没有出纰漏。

然后裴钱和李槐一前一后，在院子里做了个翻滚动作。

这是两人"早有预谋"的步骤，不然直愣愣跑上台阶，给崔东山一刀一剑，两人都觉得太乏味了。

翻滚起身后，两人蹑手蹑脚猫腰跑上台阶，各自伸手按住了竹刀和竹剑，裴钱正要一刀砍死那恶名昭彰的江湖"大魔头"，冷不丁，李槐嚷了一句："魔头受死！"

裴钱猛然间停下脚步，转头对李槐怒目相向，李槐随之愣在当场："咋了？"

裴钱问道："你不是一名来去无踪不留名的杀手吗，刺客杀人前嚷嚷个啥？"

李槐恍然大悟。

裴钱一跺脚："又要重来！"

李槐道歉不已。

两人浑然不将那"魔头"放在眼里，再次跑向院门那边。

崔东山坐起身，无奈道："我这个束手待毙的大魔头，比你们还要累呀。"

出了院子，裴钱教训道："李槐，你再胡来，我以后就不带你闯荡江湖了。"

李槐保证道："绝对不会出错了！"

裴钱突然问道："如今我才是记名弟子，在帮派内的地位比你都不如。立下这桩名动江湖的功劳之后，你说宝瓶姐姐会不会提拔我当个小舵主？"

李槐点头道："肯定可以！如果李宝瓶赏罚不明，没关系，我可以把小舵主让贤给你，我当个副手就行了。"

裴钱老气横秋道："不承想李槐你武艺一般，还是个古道热肠的真正侠客。"

李槐反驳道："杀手，剑客！"

结果两人脑袋上各挨了一颗栗暴："这么晚了，还不去睡觉，在这里做什么？"

裴钱一见是陈平安，立即踹了李槐一脚，李槐豪气干云道："是我邀请裴钱，与我一起为民除害，刺杀大魔头崔东山。"

陈平安笑道:"行了,大魔头就交给武功盖世的大侠客对付,你们两个如今本事还不够,等等再说。"

裴钱从李槐那边要回竹剑,就去院子的偏屋睡觉了,之前都是跟李宝瓶睡在学舍,只是今天例外。

陈平安带着李槐返回学舍。遇见了一位巡夜的书院夫子,恰好熟悉,竟是那位姓梁的看门人,一位籍籍无名的元婴境修士,陈平安便为李槐开脱,找了个逃避责罚的理由。

老夫子好说话,对此根本不介意,反而拉着陈平安闲聊片刻。李槐觉得特别有面子,恨不得整座书院的人都看到这一幕,然后羡慕他有这么一个朋友。

陈平安与老夫子告别后,摸了摸李槐的脑袋,说了一句李槐当时听不明白的话语:"这种事情,我可以做,你却不能认为可以常常做。"

李槐说道:"放心吧,以后我会好好读书的。"

陈平安便说道:"读书好不好,有没有悟性,这是一回事;对待读书的态度,很大程度上会比读书的成就更重要,这是另外一回事,往往在人生道路上,对人的影响显得更长远。所以年纪小的时候,努力学习,怎么都不是坏事,以后哪怕不读书了,不跟圣贤书籍打交道,等你再去做其他喜欢的事情,也会习惯去努力。"

李槐似懂非懂。

陈平安一边走一边在身前随手画出一条线:"打个比方,这是我们每个人人生道路的一条线,来龙去脉,我们所有的心性、心境和道理、认知,都会不由自主地往这条线靠拢,除了书院夫子和先生,绝大部分人有一天,都会与读书、书籍和圣贤道理,表面上愈行愈远,但是我们对于生活的态度、脉络,却可能早就存在了一条线上,之后的人生,都会按照这条脉络前行,甚至连自己都不清楚,但是这条线对我们的影响,会伴随一生。"

然后陈平安在那条线的前端和周围画了一个圆圈:"我走过的路比较远,认识了很多人,又了解你的心性,所以我可以与老夫子说情,让你今晚不遵守夜禁,免去责罚,但是你自己却不行,因为你现在的自由……比我要小很多,你还没有办法去跟'规矩'较劲,因为你还不懂真正的规矩。"

李槐直愣愣盯着陈平安,突然哭丧着脸:"听是听不太懂的,我只能勉强记住。陈平安,我怎么觉得你是要离开书院了啊?听着像是在交代遗言啊?"

两人已经走到李槐学舍附近,陈平安一脚踹在李槐屁股上,气笑道:"滚蛋。"

李槐揉着屁股走到学舍门口,转头望去,陈平安还站在原地,朝他挥了挥手。

总是这样。

陈平安回到崔东山院子,林守一和谢谢都在修行。

练气士一旦走上修道之路，跻身金丹境地仙之前，往往不分昼夜修行。由不得修行之人不断绝红尘，清心寡欲。

陈平安轻轻叹息一声，开始在院子里练习天地桩，倒立行走。以一口纯粹真气，温养五脏六腑，经脉百骸。

传说跻身武夫第七境金身境后，行气既久，便可以达到鼻中无出入之气的绝佳境界。

到了武夫十境，也就是崔姓老人以及李二、宋长镜那个境界的最后阶段，就可以真正自成小天地，如一尊远古神祇莅临人间。

善用气者，嘘水，可使得江水逆流，嘘水，焚湖煮海，亦可身处大疫之中，而不染纤毫，万邪不侵。即是此理。

陈平安突然想起那趟倒悬山之行，在街上偶遇的一个高大女子。

当时陈平安眼力浅，看不出太多门道，如今回想起来，她极有可能是一个十境武夫！

武夫合道，天地归一。

崔东山不在院子，出现在了东华山之巅，与茅小冬站在一起。

崔东山说了一些不太客气的言语："论教书传道，你比齐静春差远了。你只是在对房屋窗户四壁，修修补补，齐静春却是在帮学生弟子搭建屋舍。"

茅小冬罕见地没有跟崔东山针锋相对。

崔东山缓缓道："赵繇从小衣食无忧，天资聪慧，性情温良，就得教他放弃一些东西，理解这个世道的艰难困苦，才能真正知晓心中所学、手中所有的珍贵。宋集薪貌似跋扈、锋锐，实则内心自卑、软怯，必须以某些近儒的法家学问，让其内心强大，规矩分明，明白治国一事，务必弃小聪明而取大智慧，既不偏离儒家太远，又最终走向正途。而我家先生，习惯了一无所有，内心极其坚硬，但是又无所依，恰恰得让他学会拿起一些东西，然后不断去读书识人，然后将那些自己不断琢磨出来的道理，当作一叶扁舟泛苦海的压舱石。这就叫因材施教，有教无类。"

茅小冬终于开口说道："我不如齐静春，我不否认，但这不是我不如你崔瀺的理由。"

崔东山笑道："跟我这种货色比，你茅大山长也不嫌磕碜？"

茅小冬扯了扯嘴角，不屑言语。

崔东山笑呵呵道："啥时候正式跻身上五境？到时候我给你备一份贺礼。"

茅小冬不愿回答这个问题，心情沉重："剑气长城那边，会不会出现大问题？诸子百家现在如此活跃，纷纷押注九大洲的各个世俗王朝，大大违反常理，我怎么觉得……"

茅小冬不再继续说下去。

崔东山感慨道:"浩然天下都觉得那拨刑徒抵御妖族,是我们九大洲习以为常和剑修职责所在、天经地义的事情,至于真相和结果如何,拭目以待吧。"

茅小冬转头望向他。

崔东山眺望远方:"设身处地,你若是遗留浩然天下的妖族余孽,想不想要落叶归根? 你若是画地为牢的刑徒遗民,想不想要背转过身,跟浩然天下讲一讲……憋了无数年的心里话?"

茅小冬皱眉道:"剑气长城一直有三教圣人坐镇。"

崔东山笑了:"不说一座蛮荒天下,便是半座,只要愿意拧成一股绳,愿意不惜代价,打下一座剑气长城,再吃掉浩然天下几个洲,很难吗?"

茅小冬说道:"我觉得不算容易。"

崔东山没有否认,只是说道:"多翻翻史书,就知道答案了。"

茅小冬犹豫了一下:"距离倒悬山最近的南婆娑洲,有一个肩挑日月的陈淳安!"

崔东山缓缓道:"史书上也有一些人,早死,流芳千古;晚死,遗臭万年。"

茅小冬正要再说什么,崔东山已经转头对他笑道:"我在这儿胡说八道,你还当真啊?"

茅小冬说道:"如果事实证明你在胡说八道,那会儿,我请你喝酒。"

崔东山笑道:"不愧是即将跻身玉璞境的读书人,修为高了,度量都跟着大了。"

茅小冬放眼望去。

浩然天下,版图辽阔,各洲各处自然也有战乱纷飞,可大体上还是如大隋京城这般,歌舞升平。孩子们只在书上看到过那些血流长河、饿殍千里;大人们每天都在斤斤计较柴米油盐;寒窗苦读的读书人,都在想着朝为田舍郎、暮登天子堂;许多已经当了官的文人,哪怕已经在官场大染缸里变得面目全非,可偶尔夜深人静翻书时,兴许依旧会愧对那些圣贤教诲,向往那些山高月明、朗朗乾坤。

崔东山看着这个他先前一直不太看得起的文圣一脉记名弟子,突然踮起脚,拍了拍茅小冬肩膀:"放心吧,浩然天下,终究还有我家先生、你小师弟这样的人。再说了,还有些时间,比如,小宝瓶、李槐、林守一,他们都会成长起来。对了,有句话怎么说来着?"

茅小冬说了一句自己先生的传世名言:"青出于蓝而胜于蓝。"

崔东山咳嗽一声:"实不相瞒,当年老秀才能够说出这句话,我功莫大焉,不妨与你说一说此事的缘由趣闻。那会儿我与老秀才经过一座染坊,遇上一个身姿曼妙的秀气小娘子……"

茅小冬一把抓住崔东山的肩膀,使劲一甩,将崔东山随手抛下东华山之巅,怒骂道:"胡说八道还上瘾了?"

蛮荒天下,三月悬空。

一座形若古井的巨大深渊,被这座天下誉为英灵殿。

相传此地曾是远古时代某个战力通天的大妖老祖,与一个远游而来的骑牛小道士,大战一场后的战场遗址。

这座天下将那场战事描绘得荡气回肠,只有屈指可数的大妖知晓真相。事实上,大战是真,却不是大妖与那个骑青牛来此游历的道士,而是更为遥远悠久的一桩惨烈战事,当时有个辈分极高的大妖历经千辛万苦攀爬数千年,好不容易能够挣脱束缚爬出井底,来到井口,结果一个道士站在井口上,一根手指轻轻按下,将其打落回井底。

如今这座"水井"四壁上空,有排列成一圈的一个个巨大座位。总计十四个,座位高低不平。

既有一座破碎倒悬的山岳如高台,也有好似传说中上古天庭的一部分琼楼玉宇,更有飘浮在无尽虚空的巨大尸骸。

有一座白骨累累而成的宏大枯骨王座,有一个莹白如玉的白骨大妖,正在持杯饮酒,脚底下踩着一颗头颅,轻轻蹍动。

有一根高达千丈的圆柱,篆刻着古老的符文,屹立在虚空之中,有条猩红长蛇盘踞,一颗颗黯淡无光的蛟龙之珠,缓缓飞旋。

一件破碎的灰色长袍,空无一物,无风飘荡。

一个身穿金甲、覆有面甲的魁梧身形,不断有金光如流水,从甲胄缝隙之间流淌而出,像是一团被拘束在深井的烈日骄阳。

有一个头戴帝王冠冕、身穿墨色龙袍的女子,人首蛇身,长尾笔直拖曳入深渊。无数相对她巨大身形而言,如同米粒大小的缥缈女子,怀抱琵琶,五彩丝带萦绕在她们婀娜多姿的身旁,达数百之多。女子百无聊赖,一手托腮帮子,一手伸出两根手指,捏爆一粒粒琵琶女子。

一个身穿雪白道袍、看不清面容的道人,身高三百丈,相较于其余王座之上的"邻居",依旧显得无比渺小,只是他背后浮现有一轮弯月。

有袒胸露腹、三头六臂的魁梧巨人,盘坐在一张由金色书籍叠放而成的蒲团上,胸膛上有一道触目惊心的伤痕,由剑气长城那个老大剑仙一剑劈出。

在座大妖,没有任何一个,参加过那场惊天动地的剑气长城厮杀。

绝大部分的隐蔽存在,都是从无尽长眠中被喊醒。一小部分,已经声名显赫千万年,却从来不理会剑气长城的那场战事,一直选择冷眼旁观。

当初去十万大山拜访老瞎子的那两个大妖,同样没有资格在这里占有一席之地。

十四个座位围绕着正中央的一块悬停石块。

当一个老者的身影缓缓出现在正中,又有两个远古大妖匆匆忙忙现身,似乎绝对不敢在老者之后。

老人环顾四周，还剩下一个座位空着，只留了一把刀在那边。

那个座位，是最新出现在这座深渊英灵殿的，也是除了老人之外第三高的王座。

老人没有说什么。

这座蛮荒天下，比其他任何地方都更敬重真正的强者。

那把刀的主人，曾经与剑气长城的阿良偷偷打过两次生死大战，却也称兄道弟一起喝酒，也曾闲来无事，就跑去十万大山帮老瞎子搬动大山。

仅次于老人的位置上，是一个身穿儒衫、正襟危坐的"中年人"，并未现出妖族真身，显得小如芥子。此人位置，比那把刀还要高。

连同那个儒衫大妖在内，在座所有大妖纷纷起身，对老人表示敬意。

老人说道："不用等他，开始议事。"

众妖这才缓缓落座。

老人望向那个儒衫大妖："接下来你说什么，在座所有人就做什么，谁不答应，我来说服他。谁答应了，事后……"

儒衫大妖微笑补充道："阳奉阴违。"

老人点头道："那么还是由我亲自找他聊。"

蛮荒天下，一个魁梧汉子身后跟着一个好似背剑童子的少年。

汉子衣衫洁净，收拾得清清爽爽，身后那个蹒跚而行的少年，衣衫褴褛。少年双眼各异，在这座天下会被讥讽为杂种。

在这座贫瘠、瘴气横生的广袤天地，能够以人身形象行走四方，本身就是一种强大的象征。

这个汉子，与阿良打过架，也一起喝过酒。少年身上绑缚着一种名为剑架的墨家机关，一眼望去，放满长剑后，少年背后就像孔雀开屏。

浩然天下，中土神洲大端王朝的曹慈，被朋友刘幽州拉着游历四方，曹慈从来不去武庙，只去文庙。

游行路上，赤手空拳斩妖除魔，锤杀金丹境邪修，刘幽州只需要在一旁看戏，拍手叫好。

当年穿过剑气长城和倒悬山那道大门之时，破境跻身第五境的曹慈，在经过中土神洲一个小国的时候，像往常那般练拳而已，就无声无息地跻身了第六境。

一身浩浩荡荡的浓郁武运流散四方，邻近一座武庙被撑得摇摇欲坠，武运继续如洪水流淌，竟然直接使得这一国武运壮大无数。

青冥天下，一个伤痕累累的少年，悲愤欲绝，登山敲天鼓。

天地寂静片刻之后，一个头顶莲花冠的年轻道士，笑眯眯出现在少年身旁，代师收徒。

一座白玉京五城十二楼，上上下下，震动不已。

从此之后，道祖多出了一个关门弟子。

宝瓶洲，大隋王朝的山崖书院。

裴钱和李宝瓶两个小姑娘坐在山巅的高枝上，一起看着树底下。

陈平安在练拳。

三天后的清晨，陈平安就要离开山崖书院。

李宝瓶发现李槐、裴钱他们最近经常偷偷摸摸聚在一起，就连小师叔都时不时失踪，这让她有些失落。

这天李宝瓶一大早就来到崔东山的院子，想要为小师叔送行。

昨天裴钱没跟她睡在一起，但是跟她借了狭刀祥符和银白色小葫芦。

李宝瓶发现整个院子，空无一人。难道小师叔又偷偷走了？

李宝瓶转过身，正要飞奔向山脚。却发现崔东山打着哈欠从远处小路走来，李宝瓶在原地飞快踏步，她随时可以如箭矢一般飞出去，她火急火燎地问道："小师叔呢，走了多久？"

崔东山一脸茫然："早走了啊。昨晚半夜的事情，你不知道吗？"

李宝瓶一下子停下脚步，皱着那张大体上还是圆乎乎、唯有下巴开始微尖的脸庞。

崔东山哀叹一声，一看就知道李宝瓶要洪水决堤了，连忙安慰道："别多想，肯定是我家先生害怕看到你现在的模样，上次不也这样？你小师叔明明已经换上了新衣衫新靴子，也一样没去书院，当时只有我陪着他，看着先生一步三回头的。"

李宝瓶抽了抽鼻子。

崔东山试探性问道："不然我陪你去湖边散散心，聊聊我家先生？"

李宝瓶想了想，点点头。两人去往那个湖。

天蒙蒙亮，四下无人，若是以往，已经有一些稀稀疏疏的书院学子，在这里朗诵圣贤诗篇，今天显得格外寂静。

崔东山带着李宝瓶走到湖边一座高台上，突然问道："小宝瓶，我觉得你小师叔不辞而别，太不厚道了。放心，只要你不认他这个小师叔，我就陪着你也不认这个先生了。你说我是不是很讲义气？"

李宝瓶瞪眼道："你说什么呢，天底下只有不要李宝瓶的小师叔，没有不要小师叔的李宝瓶！"

崔东山故作恍然状，哦了一声，托着长长的尾音："这样啊。"

崔东山打了一个响指，湖水四周岸边小道上骤然间亮起一条光彩绚烂的金色光环，是以那把仙人飞剑金穗画出的一座雷池，此刻崔东山撤去了其中一部分障眼法。

只见那李槐在远处湖边小路上，蓦然现身。只见这家伙手牵雪白麋鹿，学某人戴了一顶斗笠，悬佩狭刀祥符，腰间晃荡着一只银白色小葫芦。

李宝瓶愣了愣。

李槐走了一段路后，朗声念开场白："我李槐闭关三天，终于学成了一身好武艺，这次下山闯荡江湖，要好好领教五湖四海各路豪杰的能耐。"

崔东山又打了个响指。只见高台不远处出现了两个身影，可怜朱敛和石柔，扮演那剪径匪寇，正在分别暴揍两个"文弱书生"于禄和林守一。

李槐大声道："住手！"

朱敛拦住李槐去路，大喝一声："你一样要留下过路钱，交出买命财！"

李槐哈哈大笑："不长眼的小小蟊贼，也敢打劫我李大侠，我今天就要路见不平一声吼，你们有本事就只管来取。"

朱敛飘荡出一串碎步，好似凌波微步，极见宗师风采，一拳一拳轻飘飘砸在李槐胸膛，李槐岿然不动，仰天大笑。朱敛就像给雷劈了一般，震动不已，身体就跟筛子似的，以颤音开口道："这这这位……少侠……好深的内力！"然后一个倒飞出去，抽搐了两下，大概算是死了，就跟游侠演义小说中的喽啰差不多，能够在大侠跟前说上这么一句话，已经算戏份很足了。

石柔扭扭捏捏跟上，轻轻一掌拍向李槐。

李槐遥遥一挥手，哈哈笑道："滚开！"

石柔好像为罡气所伤，在空中旋转几圈，摔在远处，趴在地上，抬起一手，指向李槐，强忍心中羞赧和悲愤："你到底是何方神圣，江湖上从来没有听说过有你这样深不可测的高手！"

李槐伸出一只手掌，竖在胸前，学那僧人言语道："罪过罪过。实在是我武功太高，一下子没有收住手。"

李槐收起动作，来到高台附近，环顾四周："记住了，我就是龙泉郡总舵、东华山分舵、学舍小舵舵主李槐！江湖人称双拳无敌手、两脚踏山岳的'拳脚双绝'李大侠，我们的总舵主，便是威震天下、一统千秋的当代武林盟主——李！宝！瓶！"

李宝瓶双臂环胸，轻轻点头。

崔东山打了个响指，李槐、雪白麋鹿与朱敛、石柔，还有于禄、林守一，都消逝不见。

接下来，只见于禄和谢谢出现在左右两侧的湖边，一人站而吹笛，一人坐而抚琴，像是那江湖上的神仙侠侣。

笛声幽幽,琴声悠扬,越来越激昂慷慨。

李宝瓶所在高台正对面的湖岸那边,在崔东山微微一笑后,有一个黑瘦身影刹那之间出现,一路狂奔,以行山杖支撑在地,高高跃起,扑向湖中,在空中双手分别抽出腰间的竹刀竹剑,身形旋转落地,有模有样,十分霸气。每次裴钱落在湖面上,脚下就会出现一朵金色花朵,故而不用担心落水。

裴钱先以竹刀表演了一记白猿拖刀式,一鼓作气势如虎,笔直一线,奔出十数丈后,向崔东山这边高台大喝一声,重重劈出一刀。然后脚尖一点,踩在崔东山帮忙驾驭而出的金色花朵上,身形猛然拧转,将竹刀别回腰间,落地后,以那套她自创的疯魔剑法继续向前狂奔。

为了将来能够打最野的狗,裴钱觉得自己习武可用心了。这套独门绝学,她更是觉得天下无双;这一套剑法,裴钱打得酣畅淋漓,一气呵成。

一个站定,收起竹剑。裴钱站在距离高台不过七八丈外的湖面上,手腕翻转,突然变出那个手拃小葫芦,高高举起,大声道:"江湖没什么好的,也就酒还行。酒呢,来来来!谁来与我共饮这江湖酒?"

崔东山爽朗大笑,大袖飘摇,掠向裴钱那边,双手分别一探臂,一弹指,一边将银色小葫芦抓入手中,一边从湖水中汲出两股水运精华做酒,一股萦绕银色养剑葫,一股飘荡在裴钱手拃葫芦四周。两人并肩而立,一大一小,皆摆出仰头饮酒状。然后崔东山和裴钱好似演练了无数遍,开始醉酒踉跄,摇摇晃晃,之后两人像两只螃蟹,横着走,摊开双臂,大袖如浪花翻涌,最后两人学那红襦裙小姑娘,原地踏步,蹦蹦跶跶。这幅画面,看得独自一人站在高台上的李宝瓶,笑得合不拢嘴。

崔东山蓦然坐下,大袖翻摇,不知从哪里变出的东西,竟然开始击缶而歌。是陈平安和裴钱以龙泉郡一首乡谣改编而成的吃臭豆腐歌谣。

崔东山高歌道:"店小二,我读了些书,认了好些字,攒了一肚子学问,卖不了几文钱。"

裴钱已经收起了手拃小葫芦,挺起胸膛,高高抬起脑袋,绕着崔东山画圈圈而走:"臭豆腐好吃买不起哟!"

"山上有魑魅魍魉,湖泽江河有水鬼,吓得一转头,原来离家好多年。"

"吓得我赶紧吃块臭豆腐压压惊哟!"

"哪家的小姑娘,身上带着兰花香,为何哭花了脸,你说可怜不可怜?"

"吃臭豆腐哟,臭豆腐跟兰花一样香哟!"

"试问夫子先生怎么办,树枝上挂着一只晒着日头的小纸鸢。"

"爬树摘下小纸鸢,回家吃臭豆腐喽!"

"坟前烧香神仙若少年,坟中子孙白骨已百年,你说可笑不可笑?"

这是崔东山在胡说八道呢,裴钱便愣了愣,反正不管了,随口胡诌道:"唉?臭豆腐到底给谁吃哟?"

"你讲你的理,我有我的拳,江湖纷纷扰扰,恩怨到底何时了?"

崔东山还在胡乱篡改歌谣,裴钱便再次假装小酒鬼,左右摇晃:"臭豆腐下酒,我又饱又不渴,江湖没有意思无所谓哟。"

"世人都道神仙好,我看山上半点不逍遥……"

裴钱对没完没了瞎改乡谣的崔东山怒目相向,也瞎嚷嚷哼唱道:"你再这样,我可连臭豆腐也要吃撑了哟!"

崔东山不再为难裴钱,站起身,问道:"吃过了臭豆腐,喝过了酒,剑仙呢?"

裴钱也是一脸讶异,反问道:"对啊,酒有了,剑仙在哪呢?"

两人望向高台那边,异口同声道:"喊一声试试看?"

李宝瓶深呼吸一口气,朗声道:"小师叔!"

崔东山打了个响指,李槐众人都现出身形,所有人都望向东华山之巅,李宝瓶也转头望去。

一抹雪白身影从山顶一掠而来,气势如虹,落在了湖面之上。一身金醴法袍飘荡不已,如一位白衣仙人站在了幽幽镜面。

陈平安并没有背负那把剑仙,只是腰间挂了一只养剑葫。

陈平安一伸手,崔东山从咫尺物当中取出一把长剑,双指一抹,学那李宝瓶的口头禅:"走你!"

长剑出鞘,划破长空。陈平安伸手握住,剑尖画弧,持剑负于身后,双指并拢在身前掐剑诀,朗声笑道:"世人皆言那积雪为粮、磨砖作镜,是痴儿,我偏要逆流而上,撞一撞那南墙!饮尽江湖酒,知晓世间理,我有一剑复一剑,剑剑更快,终有一天,一剑递出,便是天下头等风流快活剑……"

陈平安开始如蜻蜓点水,在湖面上翩翩而行,手中剑势圆转如意,如风扫秋叶,身躯微向右转,左脚轻盈前落,右手握剑随身而转,稍向右侧再后拉,眼随剑行。骤然间右脚变作弓步,剑向上画弧而挑,眼看剑尖:"仙人撩衣剑出袖,因势采剑画弧走。定式眉眼看剑尖,剑尖之上有江山。"

陈平安大踏步而走,长剑随身,剑意连绵,有急有缓,突然而停,抖腕剑尖上挑,剑尖吐芒如白蟒吐芯。之后长剑离手,却如小鸟依人,次次飞扑旋绕陈平安。陈平安以精气神与拳意浑然天成的六步走桩前行,飞剑随之一顿一行。陈平安走桩最后一拳,刚好重重砸在剑柄之上,飞剑在陈平安身前一圈圈飞旋,剑光流转不定,如一轮湖上皎月。陈平安伸出一臂,双指精准抹过飞剑剑柄,大袖向后一挥,飞剑飞掠至十数丈外。随着陈平安缓缓而行,飞剑随之绕行画出一个个圆圈,从小到大,照耀得整个大湖都熠熠生辉,剑气森森。

"夜游水神庙,日访城隍阁,一叶扁舟蛟龙沟,仙人背剑如列阵……世人皆说道理最无用,我却言那书中自有剑仙意,字字有剑光,且教圣贤看我一剑长气冲斗牛!"

李宝瓶使劲拍掌,满脸通红。

陈平安摘下养剑葫,随手一抛,伸手御剑在手,一剑递出,剑尖刚好抵住酒葫芦,挥剑竟是比裴钱那套疯魔剑法更随心所欲。但是不管如何出剑,养剑葫始终停在剑尖,纹丝不动。

陈平安并不知道,崔东山早已撤去了那座金色剑气造就的雷池。虽然外人不可听闻言语声,书院许多人却可见到他的御剑之姿。

一行人站在书院门口。

陈平安已经背好长剑剑仙和那只大竹箱。裴钱斜挎包裹,手持行山杖,腰悬刀剑错。朱敛和石柔站在一旁。

李槐与裴钱一番窃窃私语,约好了以后一定要一起闯荡江湖后,对陈平安轻声道:"到了龙泉郡,一定记得帮忙看看我家宅子啊。"

陈平安点头笑道:"没问题。"然后对李宝瓶和林守一、李槐一行人说道:"你们都去学堂上课吧,不用送了,已经耽搁了不少时间,估计夫子们以后不太愿意再看到我了。"

李宝瓶没有一定要送小师叔到大隋京城大门,点点头道:"小师叔,路上小心。"

陈平安揉了揉她的脑袋:"小师叔还要你说。"

李宝瓶展颜一笑。

陈平安对茅小冬作揖告别,茅小冬点头致意,抚须而笑:"以后常来。"

最后是崔东山说要将先生送到那条白茅街的尽头。

裴钱与宝瓶姐姐也说了些悄悄话,两颗脑袋凑在一起,最后裴钱眉开眼笑:得嘞,小舵主捞到手了!

陈平安与崔东山缓缓走在最前边,一直走出了这条大街拐入白茅街,最后在白茅街的尽头,崔东山终于停步,缓缓道:"先生,我没有觉得如今世道,变得比以前更坏了。山上的修道人越来越多,山下的丰衣足食,其实更多。你觉得呢?"

陈平安点头道:"应该是这样的。"

崔东山抬起头,望向天空,喃喃道:"但是不可否认,高出大地的山峰,像一把把剑一样,直指天幕的那些山峰,每百年千年之间,它们出现的次数,确实越来越少了。所以我希望我们所有的悲欢离合,不要都变成鸡笼外边的啄食,麻雀窝里的叽叽喳喳,枝头上的那点寒蝉凄切。"

崔东山伸手指向高处:"更高处的天空中,总要有一两声鹤唳嘶鸣,离地很远,可就是会让人感到悲伤。仰头见过了,听过了,就让人再难忘记。"

陈平安笑道:"你能这么想,我觉得很好。"

陈平安犹豫了一下:"先生读书还不多,学识浅薄,暂时给不了你答案,但是我会多想想,哪怕最后还是给不出答案,也会告诉你,先生想不明白,学生把先生给难住了,到了那时候,学生不要笑话先生。"

这大概是陈平安生平第一次承认,自己是崔东山的先生。

崔东山笑脸灿烂,突然一揖到底,起身后轻声道:"故乡垄头,陌上花开,先生可以缓缓归矣。"

陈平安无奈道:"这都入秋了。"

崔东山使劲摇头:"愿先生心境,四季如春。"

图书在版编目(CIP)数据

剑来11：君从故乡来/烽火戏诸侯著. —杭州：
浙江文艺出版社，2020.9（2025.6重印）
ISBN 978-7-5339-6176-3

Ⅰ.①剑… Ⅱ.①烽… Ⅲ.①长篇小说–中国–当代
Ⅳ.①I247.5

中国版本图书馆CIP数据核字（2020）第134884号

选题策划	柳明晔
责任编辑	关俊红
营销编辑	俞姝辰　徐轶暄
封面绘图	里　夏
责任印制	吴春娟

剑来11：君从故乡来

烽火戏诸侯　著

出版	浙江文艺出版社
地址	杭州市环城北路177号
邮编	310003
网址	www.zjwycbs.cn
经销	浙江省新华书店集团有限公司
印刷	杭州杭新印务有限公司
开本	710毫米×1000毫米　1/16
字数	318千字
印张	16.25
插页	2
版次	2020年9月第1版
印次	2025年6月第18次印刷
书号	ISBN 978-7-5339-6176-3
定价	43.00元

版权所有　　违者必究

（如有印、装质量问题，请寄承印单位调换）